一个双面特工的投毒史和浪漫史

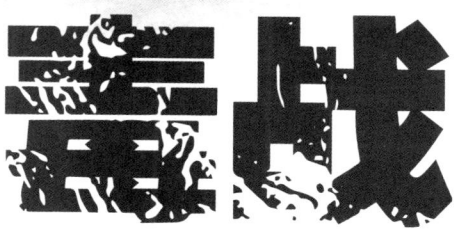

姬妮 著

山西出版传媒集团　北岳文艺出版社

图书在版编目（CIP）数据

毒战 / 姬妮著．—太原：北岳文艺出版社，2015.11（2023.6 重印）
ISBN 978-7-5378-4570-0

Ⅰ．①毒… Ⅱ．①姬… Ⅲ．①长篇小说－中国－当代 Ⅳ．①I247.5

中国版本图书馆 CIP 数据核字（2015）第 241508 号

书名：毒战	著者：姬妮	责任编辑：刘文飞
		书籍设计：张永文

出版发行：山西出版传媒集团·北岳文艺出版社
地　　址：山西省太原市并州南路 57 号
邮　　编：030012
电　　话：0351-5628696（发行部）
　　　　　0351-5628688（总编室）
传　　真：0351-5628680
网　　址：http://www.bywy.com
E-mail：bywycbs@163.com
经 销 商：新华书店
印刷装订：山西万佳印业有限公司

开　　本：890mm×1240mm　1/32
字　　数：240 千字
印　　张：9.625
版　　次：2015 年 11 月第 1 版
印　　次：2023 年 6 月山西第 2 次印刷
书　　号：ISBN 978-7-5378-4570-0
定　　价：55.00 元

本书版权为本社独家所有，未经本社同意不得转载、摘编或复制

引子

  这个故事，与我的家族有关，是关于我爷爷和我奶奶的故事。但遗憾的是，我从来没有见过我的爷爷和奶奶，对我来说，他们就是那么一个名词而已。因为我是个典型的"老生子"，父亲生我的时候已经整五十岁，而他的父亲和母亲早已作古许多年了。小时候也曾羡慕别的孩子们有爷爷奶奶叫，可以在爷爷奶奶跟前撒娇，并且从爷爷奶奶那儿讨得零花钱，得到好吃的零食。这些我都没有，我总觉着这是我人生中的一个缺憾。

  我没有想到，在我年近知天命之年的时候，我却得以寻找我爷爷奶奶的生活轨迹，从而让他们从我朦胧意识的黑暗处迟迟疑疑地走到了光明处，慢慢地走到了我的面前——

  就在2012年的那个夏天里，也就是"小暑"的那一天，我先是接到侄子打来的一个电话，说是村子里烧砖窑挖土，把老爷和老奶的祖坟挖出来了。接着我又接到了我们县政协的一个电话，含含糊糊地谈到了我爷爷迁坟的事情，说我侄子也找了县政协，因为我爷爷当年曾经为党做过一些有益的工作，而后来因为多方面的原因，诸如和爷爷联系的上线关系的失落，所以多年来一直没有做出过结论。但我那侄子不知听谁说了，说老爷当年参加的确实是共产党，而且是地下党，杀过不少日本人，尤其是日本人的特务分子。所以就要求……他们需要证实这个事情，问我知道多少这方面的情况。

这我倒是没有想到，爷爷曾经是共产党！

这方面的情况我确实一点也不知道！！

关于我们家的祖坟地我倒是知道的，小时候跟着我父亲去上过坟。据村子里看风水的李老拐说，那是村子里最好的一块坟地了，方方正正的一块地，东北和西南各有一条官道，就如同两条水道缠绕着，谓之"两水绕长安""德泽四方"，大贵也。但从我父亲一生的遭遇来看，倒也没有贵到哪里去，无端的磨难却受了不少。后来，农业学大寨，生产队大搞农田基本建设，平田整地，破除迷信，地里的坟墓都给平掉了，也就找不到坟墓在哪一块了；没想到如今又给挖了出来。

我问侄儿："肯定是你老爷的坟么？"

侄儿说他看到挖出来的镌砖了，上面刻着姬鑫成，村里人说就是老爷的名字。镌砖就是随棺材一块埋在墓穴里面的，上面刻着故去人的姓名和生辰八字等。时间一长年代一久，尸骨朽化掉了，就靠镌砖上的字迹来确认了。

我倒是记得父亲告诉过我，爷爷的大名叫姬鑫成，那应该就是了。

"还有，就是……"估计侄儿那天是在坟地里给我打的电话，支支吾吾的，似有什么话不好说。也许是信号不好，我听到有呼呼的风声。

我大声说："有甚事，你赶紧说么，有甚为难的？"

侄儿说："好像是只有一具尸骸……我听爷爷说过，是老爷和老奶的合葬墓么……"

这回倒轮上我吃惊了，可我还在省城里，什么话也不好说。我就说："等我回去再说吧。"

于是我就匆匆地赶了回去。

尽管事先侄儿已告诉过我一些情况，但当我真正面对眼前已经暴露在光天化日之下的墓穴时，心里还是有些吃惊：棺材早已朽掉了，只剩下有数的几根长长短短的森森白骨埋在褐黄色的泥土里，一队接一队的蚂蚁在裸露出的白骨上排着长队爬来爬去。我们这些不速之客的造访对它们没有产生任何的影响，它们依然队列整齐，悠闲从容。

陪着我一同来的县公安局副局长、我的同学李可安排他带来的法医小朱下到墓穴里，把那些白骨挨个认真地看了一遍，经过认真细致地勘察，小朱拍拍手，肯定地对我说："确实只有一副骨架子，而且是女人的。"

这就是说，这个墓穴里只埋葬着奶奶一具尸骨，那爷爷呢？随着岁月朽掉了？风化了？而且还就这样彻底，竟然一点儿骨头渣子也没剩！

可在我父亲断断续续的讲述里，爷爷和奶奶是在相差不到两年的时间里去世的，这才把他们合葬在了一起。我也不止一次听父亲讲过，奶奶生前不止一次地说过，是不愿意和爷爷合葬的，说她宁愿一个人，也绝不和那"活死人"埋在一起。"活着都不在一起，死咧死咧却埋在一块算甚哩？噢，我是他婆娘？问问他把我当过他婆娘么？"奶奶不止一次地当着母亲的面这样气愤地说。母亲说奶奶一辈子都在生着爷爷的气，说不和爷爷同穴，那是在和爷爷置气哩。

但死了的奶奶是没办法和活人置气哩。她只有听从活人的摆布，和她那不愿同穴合葬的"活死人"丈夫埋在了一起。

可爷爷的尸骨竟然失踪了！

好在镌砖还在，爷爷一块，奶奶一块，分别刻着两人的名字和生卒时间，证明这确实是爷爷奶奶的合葬墓。于是，我还是按照老家的风俗，置办了两个小棺材，一个装奶奶的尸骨，一个用黄土捏了个人形装在了里面，很隆重地在新选的墓地上安葬了他们。

我的心里却产生了一个疑问来。我问李可和县公安局的法医小朱，人的骨头需要多少年就消朽得一点都没有了。

小朱说："得几十年甚至上百年吧。没见那些考古的么，挖出的古墓里尸骨还好好的呢。"

我于是向李可提出了我的疑问："有没有这么一种可能，这座墓里根本就没有我爷爷的尸骨，就是那么一块镌砖！"

李可说："从现场看，完全有可能。"他看看我，充满疑惑地问："可这又是为什么呢？"

我也不知道，而且我可以肯定，在我们家，不要说现在没有一个人能够说清楚我爷爷，就是我的父亲、我的奶奶，恐怕也说不清楚。

也许父亲有着他的难言之隐。

我们县城1949年解放后，父亲作为对革命有功人员曾到县商业局主持了一段时间的工作。但在1950年审干时，组织上全面了解每一个人的家庭情况，父亲却对他的父亲一事支支吾吾，说来说去也说不清楚。幸亏当时分管商业的副县长是个比较通情达理的人，也多少知道一些情况，就对组织部的人说："唉，这些年里老子说不清儿子，儿子又弄不清老子的事情太多咧，这个同志我还是了解的，就这样子，说不清楚就说不清楚吧。"谁知就是这个"说不清楚"让父亲后来蒙受了很大冤屈，几乎伴随了他的后半生。就在那位副县长调离后，父亲在1952年冬天因为爷爷那"说不清楚"的历史问题（当然也有父亲自己说不清楚的一些历史问题，这些在我的另一部长篇《1939父亲的暗杀》里有过交代）被商业局清退回家了。在我的印象里，父亲一直对爷爷的事情语焉不详。在我参军入伍后的入党提干问题上，尽管我一贯表现很好，连年立功受嘉奖，但因为家里这一段"说不清楚"的历史，活活地比同年入伍的战友晚了好几年。

因为这个原因，我并不喜欢这个从来没有多少印象的爷爷，甚至还有点恨他。就是因为他，我多吃了很多年的苦头，好多年一直是夹着尾巴做人！

我怎么也没有想到，爷爷竟然是共产党，而且是地下党！

我问侄子是怎么知道的。

他挠着头说，也是这些日子听村里人讲的，说当年老爷杀过不少的日本人哩，后来跑去延安投了共产党咧……李老拐说我们家的这块坟地就是他爹当年给看的，而且李老拐向侄子透露了一个天大的秘密：他的父亲，也就是我的大哥，并不是父亲亲生的，是抱来的。我们姬家一直是一脉单传，老爷就是弟兄一个，然后就生下父亲也是一个，父亲也只生下我一个。李老拐还说，当初这一大片地都是姬家的，姬家当初也算是村子里的大户，富着哩。都是你那老爷把好好的光景弄屎倒灶咧！

"你老爷是个浪荡公子哩！"李老拐哼唧着，对侄子这样说。

我在村子里了解了一下，没想到会有那么多老人知道我的爷爷和奶奶，这让一直以来在我头脑中是一片模糊的爷爷和奶奶突然变得清晰起来，我心底陡然生出一种想要真正了解他们的渴望。

村子里的人让我去找林富有老汉，说他年轻的时候和我爷爷是"一把儿"的。"一把儿"是我们河东话，就如同我们说的哥们儿。当我找到老眼昏花的林富有老汉时，他佝偻着身子，靠在儿子刚花了十多万建起的二层小楼的豪华门框上，间或移动一下身子，用门框来蹭背上的痒痒。他说出的话更是让我吃惊。他说："你爷，嘿，自小就是个杀人投毒犯哩。你真不知道他投毒杀尿了多少人哩。"他抹着嘴上一直往下滴的涎水，咂吧着我递给他的那根已湿了半截的"软中华"，口齿含混却又十分清楚地说："要说你爷那人，自小就和我、生娃最好咧，是最好的一把儿哩。嘿嘿，要说起来我仨可都是个害货哩。村子里人都这样说我仨哩，'赵家村子三条虫，富有胖子加瞎熊'。'胖子'是说生娃，他熊长得胖；'瞎熊'是说你爷鑫成哩。我仨中，你爷最大，家里么也最有钱咧，你老爷在河东城盐务局里做大管事哩。所以你爷鑫成也就是我们的头儿。"

我按捺着一直惴惴不安的心情，大声地问："你说，我爷他咋投毒杀人么？都杀的谁么？"

林富有老汉说："杀谁？日本人么。还能杀谁！你不知道吧？你爷他是这个哩。"他颤颤地用手做了个"八"字，"那年我仨在河东城里投毒杀了几个小日本后，他就和胖子偷偷地过黄河咧，说是要跑到延安去投八路咧，后来么，他和生娃两个……唉，说尿不清咧！"

我的心又猛烈地跳了跳，说："那我父亲咋就一直说不清楚我爷的情况呢？村子里知道我爷是延安共产党的人多么？咋也不说说？"

林富有老汉就唉叹了一声说："刚解放那会儿闹审干哩，后来又闹'文化大革命'哩，谁还敢乱说话么？一句话说不对，就打成'反革命'，捆到县里关起来，弄尿的不好让人打了靶咧！"

他这话我信。我记得我们村里有一个年轻人叫印全，就因为在干活时顺嘴说了一句"×××领导好，就是成天吃不饱"，结果被当作现行反革命分子抓了起来，后来被枪毙了。

林富有老汉接着说："后来就听说你爷不知咋的又参加了那个老蒋的国民党，当尿了甚的特务，跑到重庆那边去咧，就是打日本时老蒋躲的地方，在那边又干的是投毒杀人的事。听说还杀过这边的人，哦么，就是共产党八路军么，你说这事情谁敢说么？你父亲也不敢说哩么，都怕沾染上哩。那年月……就因为我和你爷好过，那些外边来的'造反派'们派的调查人员也没少找我，我只有一句话，要说鑫成那熊瞎是瞎坏是坏哩，可不祸害村子里的人。他是投过毒哩，可杀的都是日本人！我就知道这些，别的么，就不晓得咧！"

我看林富有老汉聊得兴起，又赶紧递给他一支软"中华"，顺着他的话问："你仨那年是咋着在河东城毒杀日本人的？"

林富有老汉低下头，似乎是在回忆那件事，回忆那过去的时光。过了一会儿，他抬起头看着我说："要说我么，当初都是我爹我娘死拦住不让去延安么,要是那会儿和你爷和胖子一块过黄河去了,我就也跟胖子去延安咧,现在也是个老革命咧。娃们就不用这样子折腾咧。可话又说回来,你爷要是在闹'文化大革命'时还活着,也要给人整死哩。唉,你看么,到最后都不知道死尿到哪儿咧,尸首也没有搬回来……还有,胖子最后死得那个惨,只剩下几块骨头咧……"

我听他这样讲,赶紧问:"这么说,你一开始就知道我爷爷那坟里埋的是空坟?就是一块镌砖?"

他叹息了一声说:"咋不晓得?刚开始你爹还想出去找一找哩。可后来么,就又说你爹参加的是国民党,是那个专门杀人的军统特务,投毒杀人犯……没看你爹给人整得……唉,甚人甚命。"他狠劲地抽了一口烟,眯缝起眼睛来,慢慢地说:"要说么,那还是民国三十年的时候,就是日本人和咱中国开战后的第五年,那年日本人占了咱河东城已经好几年咧。你算算,那应该是公元哪一年?"

我说:"不用算,那年应该是公元1941年,日本人是1937年在卢沟桥制造'七七事变'的。"

我明显地看到林富有老汉那混沌的眼睛亮了一下,喃喃地说:"对咧,就是1941年,就是那一年的冬季里,那一年的冬天真是冷哩……

第一章

1

　　日本人是1939年的7月侵入河东城的。当时河东城里的驻军是国民党晋绥军新编第五旅的一个营，他们对日军的防守抵抗，搁现在来讲，就纯粹是在作秀哩。勉强支撑着打了不到一天，就全部弃城逃走咧。河东城里的老百姓就说，这些老阎的兵么，平时看上去硬气得就和城门楼子上的砖样，尤其是收拾起老百姓来那可真的是厉害呢，可和日本人真正动起手来，就软得如同没进窑烧过的砖，根本就派不上用场，稍微碰一下就碎尿成渣渣咧！

　　俗话说，养兵千日，用兵一时，可老阎的兵养了多年，一点用都没有。日本人占了河东城后，大部队并没有在城里长期驻防，很快开往中条山一带，与那里的中国军队作战去了。在河东城里只留下一个宪兵队和牛岛师团的一个联队，剩下的就是那些投降了日本人的皇协军了。由于日军没有遇到太大的抵抗，河东城也就没有遭受太多的炮火，城里的建筑设施损坏并不大。日本人为了宣扬他们极力鼓吹的"中日亲善"和"大东亚共荣"，先是鼓励商店开门正常营业，又很快成立了维持会。维持会会长是一个叫李良苟的夏县棉花商人，而副会长就是爷爷的父亲，也就是我的老爷。老爷之所以能当上日本人的维持会长，是因为他是河东盐务局潞盐管理处的大管事。日本人在进入华北后首先拼命侵占河东城，就是冲着河东有名的潞盐资源来的。日本国资源缺乏，所以他们就疯狂地抢掠资源。记得小时候听母亲和村子里的老人们讲起日本鬼子，第一句话总是，那些小日本就像是饿死鬼托生下的，看见甚都往嘴里塞哩。老爷因盐发家，成了我们村子里的首富，却教育不得法，没有管教好他的独生子，使得姬鑫成成了河东城里出了名的浪荡公子。如今，老爷又当上了日本人的维持会副会长，姬鑫成就更是有恃无恐了。

要说老爷并不是心甘情愿地当这个维持会副会长的。日本人占了河东盐务局后，立马换上了自己的人当局长，那个局长名字叫空山一郎，是个中国通，能说一口流利的汉语。他不止一次地让老爷把盐务局里的所有管理人员召集到一起，先是弯腰九十度地鞠躬，他脸上堆满了笑说："日中要大大地亲善，要建立大东亚共荣，我们都是大大的朋友。"然后就又是鞠躬。他拉着老爷和那个真正的大汉奸李良苟等一帮子人合影照相，热闹得让外人看上去挺亲善挺像共荣的那么一回事。

老爷也知道有许多人在底下骂他是"汉奸"，是"日本人的走狗"，但老爷有老爷的难处，因为独生子姬鑫成始终是他最大的一块心病。他希望独生子能好好读书，将来有一天改变姬家的门风，便通过熟人，花钱让儿子进入河东师范读书。也许是老爷觉着日本人得着势哩，竟让儿子学习日语。姬鑫成脑子虽然活泛，心眼儿也多，鬼主意也多，却不好好读书，逃学旷课成了家常便饭，经常从学校里偷偷溜出来，约上自己的好朋友林富有和张明生（也就是胖子），三个人到处闲逛，还隔三岔五惹是生非。

在河东城里，有一条叫作禹西路的街道，据说大禹治水时曾在此停留过。街口有一尊大禹挥锹的石像，多少年风吹日晒，眉目已经不甚清了。这条街与别的街道不同，基本是一些中式商铺和大片的露天卖场，那些吃开口饭的各阶层的老江湖都在这一带搭棚摆摊卖艺为生。每到太阳擦着西半边天的时候,那些棚棚摊摊毫无顾忌地就摆在街边,几乎把街道都占满了,地上垃圾成堆,污水横流,行人走起道来都得不断地躲避和跳跃。这禹西路的繁华还在于有一些更特殊的场所,那就是混杂无序胡乱分布其中的赌场和妓院。古往今来,对于这种地方,一般正派规矩的百姓唯恐避之不及,实在有事要来禹西路,也绝不靠近这些地方,即便路过,也是匆忙经过。就连日本人也规定,军人不许随便进入赌场妓院,如被巡逻的宪兵发现,受军法处置。

那天,姬鑫成偷偷溜出校门,带着他的两个玩伴,一左一右,一胖一瘦,晃荡到禹西路上来了。要说这禹西路也确是河东城比较繁华的一条街,酒楼、商店、书场、烟寮、妓院等,一间挨着一间,确实是个做生意的好地方哩。姬鑫成在前面晃着膀子走,两个玩伴跟在两边。胖的是张明生,他的父亲名叫张高升,在河东城里开药店,名叫"高升堂",生意做得风生水起。他希望儿子能读点书,好出人头地,便托同乡老爷的关系,把张明生送进了河东师范里,没尿想正好给了这几个浪荡公子相聚的机会;瘦的是林富有,他父亲在我老爷当大管事的盐化池里做"起灶",也就是捞盐的小管事。他也干脆就不上学,每天跟着姬鑫成闲逛,成了姬鑫成的名副其实的小跟班。

三个人横着膀子晃悠着在禹西路走了一会儿,眼看着就临近了那条叫花街的巷子了,胖子张明生看到了巷子口上挂着随风摇摆的红灯笼,忙缩了缩脑袋说:"头儿,我看咱们就别往里走了吧,前头可都是妓院了。"

林富有也扭头看姬鑫成,因为在他们三个里面,姬鑫成的爹权力最大,家里也最富,而且姬鑫成年龄也要比他俩大几岁,前些日子刚过十八岁,所以无形中就成了他们三个人里的头儿。

说起来,姬鑫成平时也不会来这里,这里是淫毒之地,他们学生还曾经组织游行,要求当局取消赌场和妓院。但那天姬鑫成也不知是哪根筋扭着了,格外地透着一股邪性,心血一涌,就用满不在乎的口气说:"唉,不就是个窑子么,咱们进去开个眼又咋咧!"

一听姬鑫成这样说,林富有赶紧跟上说:"就是,看看又咋咧!"其实,林富有心里也有进去看个新鲜的念头。

一看他们两个都想去,胖子张明生也就同意了。他其实也是无聊之极的,就说:"行么,咱们也就是去看看,又不去做别的甚事……"

说着话,三个人就晃悠着拐进了花街。

要说花街最气派也最热闹的妓院自然是"怡红院"了。姬鑫成他们没看过《红楼梦》,也不知道这是借用的书里面贾宝玉住的那座院子名。高大华丽的门楼子上挂着一排红灯笼,门楣上还装着闪烁的七彩霓虹灯。姬鑫成说:"看么,社会可真是在进步哩,连窑子都用上了洋玩意咧。"

张明生就扭头左右看了看,附和着:"可不咋的,别家的都没装,就这家进步哩。"

林富有嘟囔着:"可我觉着,这洋灯没有咱的红灯笼看上去红火、好看哩。"

姬鑫成摆了一下手,用一种大哥的口气说:"管他挂红灯笼还是挂彩灯,还不都是窑子。这家应该是个老字号,咱们就进去开个眼。"

三人正要往里进,却被门口一个窑伙计挡住了,说是妓院里不接纳未成年人,让他们到别处去玩。

一看这样,胖子张明生首先就泄了气,无精打采地说:"咋样?我说不行么。咱们还是到别处去吧。"

姬鑫成却不干了,拍着胸脯说:"你咋知道我没有成年么?你这是要查户口还是怕我们没钱是咋的?"

林富有也在旁边帮腔:"你知道他是谁么,说出来吓出你屎来哩……"

正吵闹着,就见从里面快步走出一个人,身穿白纺绸裤褂子,脚踩一双宽边柳条绒布鞋,倒也显出几分风流来。只是脑袋有点过大,还有些扁,安在上面的鼻子眼睛就显得有点分散,七零八落了些。尤其是那眼睛,本来就小,现在一笑又眯了起来,乍一看还以为是在一面团上开了两道缝哩。姬鑫成看着这人有点面熟,一下子却想不起来,没等他开口,大脑袋抢先开口了,说:"这不是鑫成么?你尿咋来了咧?"说时,又扫了一眼姬鑫成身后的张明生和林富有。

这一叫,姬鑫成立马想了起来,此人名叫万太礼,也曾在河东师范读过书。不过,这家伙对读书没有一搭,却对吃喝嫖赌这一套很在行,不但自己常常到禹西路的花街玩,还常悄悄把一些老师也带到这里来。这样一看,这个万太礼应该是最小的教唆犯了。他那会儿比爷爷还小两岁,才十六岁吧。后来姬鑫成才知道,万太礼的亲姑姑万桃花就是花街妓院的老鸨,因和人争地盘,被人下毒害死了。万桃花没有儿女,万太礼就继承了姑姑的妓院,小小年纪就当上了妓院的老板。

万太礼正在陪一个大户客人,听手下的窑伙计来报告说,有三个看上去年纪不大的孩子要进妓院里玩。他担心是故意来捣乱的,就赶紧跑了出来,没想到是河东盐务局大理事兼河东城维持会副会长的独生公子姬鑫成。

姬鑫成听万太礼这样问他,就说:"在学校时你不也叫过我来逛逛么?现在我就来逛逛了么。怎么,不欢迎?"

万太礼如捣蒜般点了几下头,说:"看您姬少爷咋说话?您请都请不来哩,还能不欢迎?快,里面请!"他赶紧改了口,叫起"少爷"来。这就是生意人的精明,别看现在赔着笑脸叫你"少爷"哩,等会儿可是让你掏口袋里的银子哩。

听见万太礼开口叫自己"少爷",姬鑫成还是愣了一下,说:"你尿叫我甚哩?甚少爷?"

万太礼弯腰点了几下头，眼睛更是眯得细了，细声细语地说："噢，这可不比在学堂里，咱们是同学。到了这种场面上，当然得喊您少爷喽。这是规矩。"

姬鑫成一边往里走一边说："哎哟，那就规矩吧，可给你说好了，少爷就是来逛逛，不干那些乌七八糟的烂事。"

胖子张明生晃了一下身子，翻翻眼睛跟着说："对着哩，不干烂事，就是逛哩。"

林富有也想说句甚，以显着自己并不比张明生差，但嘴巴张了几下，就是不知道该说句甚，只好耸耸肩，"哼"了一声。

姬鑫成说："我说么，你尿也是上过学堂的么，这里就没有一点上档次的文明事儿？"

万太礼就赶紧赔了一下笑脸说："我说姬少爷，您还真是来着了，前些日子刚从陕北那边来了个角儿，名叫小艳儿，不光是长得水灵乖巧，还天生一副好嗓子哩。尤其是唱起眉户戏来，周围四乡八里凡听过没有不叫好的哩，压得住咱河东一带。"

听万太礼这样说，姬鑫成就扭头看了他俩一眼，做出一副常在江湖飘的样子说："那好么，咱今个就去听上一段。"

万太礼叫了一声："好嘞！"又附在姬鑫成的耳边说："别看这小艳儿，红着哩，可就是一条，卖艺不卖身，还真的是个……"他没说全话，挺有意味地冲着姬鑫成笑了笑，就赶紧让窑伙计安排去了。

姬鑫成三个人跟着万太礼的窑伙计，上到二楼，来到一间不到十平方米的小包房里。这小包房四周都用屏风围罩着，只在正前方留出一扇很大的窗户来正对着台子。窗户上吊着两层帘子，一层纱帘，既能看演出，外面的人又看不清里面的人；另一层是不透明的花布帘，这纯粹是要遮断和外面的联系，也是私人聚会用的，比如哪位嫖客要带着妓女在这里喝酒，自然不愿让外面的人看到了。还有一些官员什么的，也是不愿意抛头露面的。包间里一溜摆着十张铺着软垫子的红木椅子,中间是一张圆桌,客人可以一边喝酒吃点心嗑瓜子,一边看演出。这是妓院里的最高档次,一般都是当地富豪和官员才在这种包间里看演出的。

胖子张明生到窗前朝下面看了一眼,宽大的厅堂内已坐了二十多个人了,正兴致勃勃地等着看小艳儿的表演哩。

万太礼特意将姬鑫成他们三个请到包间雅座来,并非真的是看在他们相识且做过几天同学的情分,他自然有自己的想法。你既然进到包间,享受了雅座,那就得按这种规格付费了。他才不管政府不让未成年人进妓院的规定哩。再说了,河东盐务局大理事、河东维持会副会长的独生公子,口袋里也不在乎这几个钱的,他曾在学校里看到姬鑫成花钱时那种满不在乎和大手大脚的样。这种地方只要你来了第一次,就会有第二次、第三次……就像吸鸦片烟一样,会上瘾的。而将姬鑫成拽到了这里,就等于是拽住了钱袋袋哩。

万太礼在心里乐着,吩咐窑伙计取来一瓶陈年佳酿的法国干红葡萄酒,正要打开,就听姬鑫成问道:"哎,今个唱甚哩?"

万太礼说:"今儿个应该唱《表花》,这可是咱眉户戏里的名段子哩。不过也就是小艳儿一人唱两角哩。小艳儿单唱这一段,主要还是为了展现一下她的相貌和才艺。"说着话,问也不问他们一声,哧地打开了那瓶酒盖,给他们三人依次倒上了,然后就掩饰着得意,说:"您三位先慢慢品用,这戏马上就开场,我还得下去照应一下哩,一会儿再上来陪三位。你看这乱得……"然后轻轻替他们带上门,下楼去了。

这阵儿,就听台上的鼓板敲响了,接着,板胡、笛子等家伙什儿也都有了动静。随着一个尖锐的唢呐长声响彻整个厅堂,小底锣当当当地一阵敲,就有女声在帘子后面脆生生地一嗓子喊出来:"行行走啊,走啊行行,这走啊——"顿时,台下一阵叫好声。

姬鑫成他们也听过看过眉户戏,但从未深究过,毕竟还是孩子么。

这阵儿真正静下来坐在这儿听,感觉还行。只是觉着唱的人过于拿腔作调了些,听起来挺忸怩的。随着小艳儿又一声"行步儿来在观花亭",就见帘子掀开,小艳儿踩着小底锣打出的点子,扭着小碎步来到了台前,腰一弯,身一斜,腿一屈冲大家打了个万福。随着欢快悠扬的板胡声和唢呐声就唱开了:

> 要说这正月里没有花采,
> 唯独那迎春花儿朵朵开。
> 奴有心采上一枝鬓前戴,
> 猛想起月季花儿月月开……

只见这小艳儿上身穿着粉红宽袖夹袄,下身水绿色裤子,底下镶着白边儿,整个人长得娇艳玲珑,还真是艳丽哩。尤其是那双杏仁眼,随着唱腔似睁非睁地抛着媚眼,似在看你却又飘移浮动,透着撩人的风骚,令台下厅堂里的那些浮浪子弟们淫心摇曳,不能自制,鼓掌,吹口哨,兴奋异常,就连坐在二楼雅间里的姬鑫成也忍不住喊了一嗓子:"好!"

话音刚落,就听身后传来叽里咕噜的声音:"吆西,支那的花姑娘,大大地好!"

姬鑫成回头一看,不知什么时间包间里进来三个日本兵,咧开嘴,龇着一嘴龅牙,拼命地伸长短脖子看着台上的小艳儿,魂都要掉咧!

胖子张明生最先反应了过来,就过去推了前边的那个日本兵一下,说:"这是咋咧?你们咋进来咧?出去出去……"

他的话还没落音,那个日本兵就张口骂了声:"八嘎!"冲着他就是一个大耳刮子,一下子就把张明生打得趴在那张圆桌子上了。这日本人打耳光打得又准又狠,那都是练出来的。从小在街头混大的胖子张明生哪吃这个,也不管你是日本人还是中国人,从桌上抓起一个茶盅冲着打他的那个日本兵砸了过去,那个日本兵偏头躲过,后面那个没防备,被砸在额头上,血顿时流了出来。那个日本兵捂着额头,叫道:"八格牙路!你的良心大大地坏了!"冲过来要打张明生。这边,林富有抄起把靠背椅抡了起来,竟然把三个日本兵在屋子里撵得东躲西闪……

这时候,万太礼进来了,一看是和几个日本兵在打,像是见了鬼般哆嗦了起来,说话声音都变了:"哎哟,太君,来咧?都怪我没有看到太君来……"他慌忙中劝了日本兵,又劝姬鑫成他们,却没想日本兵又冲着他来了,一拳打在他左眼睛上,顿时就乌了一圈儿。

要说还是姬鑫成见多识广,经见的场面多。他知道再这样打下去就没法子收场了,但眼下也不能让这三个日本兵轻易离开。那样不但他们三个人全家,还有"怡红院"都会遭到十分残酷的报复。他也看了出来,这三个日本兵都是宪兵队的,臂章上都有一个红圈儿,而且万太礼也似乎认识这三个日本兵的,看样子是常来这里哩。突然,一个恶毒的念头就倏地从姬鑫成的脑海里闪过。他站起来,低沉地喝了声:"行咧,闹够了没?"

正在推搡着的几个人猛然听见这么一声挺有威严的低喝,不约而同地住了手,扭头看着姬鑫成。

三个日本兵也盯着姬鑫成,从刚才他一直不动手且处变不惊地只在看戏的情形看,他应该是这三个孩子的头儿。其中一个日本兵喘着气,问道:"你的,什么的干活?"

万太礼捂着发肿的左眼赶紧凑上来,赔上笑脸说:"他的,河东盐务局姬大管事和维持会姬副会长的独生公子,姬鑫成姬少爷。"

听万太礼这样一介绍,三个日本兵相互看了看,不去理会姬鑫成,也许他们也知道这是个不好对付的角色哩,却对着万太礼说:"万的,你的看到的,我们的受伤了,你的要包赔损失!"

万太礼赶紧点头说:"好说好说。太君的请坐。不然,太君到另一个雅间去?"

这时姬鑫成又开口了,说:"不妨事,让太君就坐在这里看戏么,我请太君喝酒。"对着万太礼一摆手:"去,拿瓶……"他大概一下子也不知道什么酒高级了,便支吾了一下说:"把你们这里最好的酒拿一瓶来。"

万太礼一听,心说赚钱的机会来了,忙满脸堆笑说:"好咧,姬少爷,我把我们'怡红院'那瓶保存了十几年的路易十三拿来给太君哦,给大家品尝。"他捂着眼睛,赶紧走了,生怕姬鑫成改变主意似的。

胖子张明生和林富有瞪大眼睛看着姬鑫成,一时不明白他是什么意思。姬鑫成把他俩推到门外,冲张明生挤了一下眼睛,低声说:"你快到你爹的'高升堂'去一下。"

张明生扭了一下身子,呸了一口血水,气鼓鼓地说:"不去。我没甚事。现在我要拾掇这三个熊货!"

林富有也说:"就是,三个对三个,不怕他!"

姬鑫成说:"就是杀这三个熊货,也不能在这里明目张胆杀呀。你去、去药店找点砒霜之类的药,要剧毒的,赶快拿来。"

张明生一下子就明白了,说:"你要……"

姬鑫成说:"行咧,快去。记住,千万不能让你爹知道。万一碰上了,就说学校里闹耗子哩。"

打发走了张明生,姬鑫成赶紧进了包间,先招呼三个日本兵坐下,笑着说:"太君先看戏,这戏在你们日本可是看不到的,也没有长得这么美的姑娘。是不是么?"

三个日本兵相互看了看,一下子没有弄懂姬鑫成的意思,不过从他脸上的表情来看,似乎是认输了。这些年他们在中国的土地上横行霸道,看多了这些表示认输的神情。于是他们就大咧咧地坐了下来,抓起桌子上的吃的就往嘴里塞。

这会儿,小艳儿的《表花》正唱到五月里了。由于锣鼓乐器很响很

热闹,楼下的厅堂里也没有人注意到楼上小包间里发生的事情。只听小艳儿脆声唱道:

　　五月里来是呀么是端阳,
　　石榴开花满堂红。
　　姑娘来在花园里,
　　朵朵花儿那个相映红……

厅堂里又是一阵鼓掌声和叫好声……

这时候,万太礼带着一个窑伙计小心翼翼地端着一瓶挺古怪样式的酒上来,又拿了三个高脚杯。姬鑫成也不问价,挥手就让万太礼把酒打开,满脸堆笑地说:"太君,我们中国有句话叫'不打不相识',用在这儿特别合适。咱们先喝酒,然后再吃再玩。好不好?今天我请太君。"

万太礼也在一旁介绍说:"这可是一瓶窖藏了十几年的好酒,叫路易十三,光听名儿就让人眼气哩,一般人可是喝不上的。今天姬少爷请太君……"

姬鑫成嫌他啰唆,从他手里拿过酒瓶,摆摆手让他退下,又让林富有把纱窗帘拉上,说:"别让外面打扰咱们喝酒。"

日本人是个小心眼,岛国的劣根性让他们眼界局促,也向来爱占小便宜,尤其喜欢吃的东西。三个日本兵一听姬鑫成这样说,眉开眼笑,忘记了刚才的冲突,就连那个头被砸破了的日本兵也似乎忘记了疼,嘴里叫着:"吆西吆西。"他们大概也知道一瓶窖藏了十几年的法国红酒是什么价钱了,没想今日却碰上了这等口福,更是乐不可支,学着中国人翘起大拇指冲着姬鑫成晃,说:"姬的少爷大大地好!""维持会的,一家人的,吆西吆西!"六只眼睛盯着姬鑫成手里的酒瓶子。

其实这会儿,姬鑫成的心跳加快,似乎要从胸膛里蹦出来咧。他装着在查看酒的商标,实际是在拖延时间哩,心里不住地骂着张明生:

"这个笨熊货，就这么几步路，咋尿还不回来？"

这样又过了一会儿，看胖子张明生还没有回来，姬鑫成不好再装下去，就给三个日本兵跟前的杯子里每人倒了半杯，又给自己倒了半杯，然后举杯邀请三个日本兵："来，太君，先干一杯。"想了想又冒出一句来："大古桑（日语：大量的）。"

在一阵叮叮当当的碰杯中，三个日本兵也叫着"大古桑"，一扬脖子，放下杯子后又连声说"吆西"。

站在旁边的林富有看见姬鑫成只给自己和日本兵倒酒喝，没有自己的，有点儿急了。他捅了一下姬鑫成，低声说："我的呢？咋不让我喝、喝这外国高级货？"

姬鑫成说："一个娃娃家喝甚酒？再说咧，这外国酒你喝不惯。"

林富有不干，非要喝不可。姬鑫成就给他倒了一点，他还嫌少哩。可当他端起来一口喝干后，真是觉得一点味道都没有，就像是家里的涮锅水般，连连呸了几口，抹了一下嘴说："甚尿外国酒？一点都不好喝。"那三个日本兵看着他的样子直乐。

也正是他们这一系列的举动，让三个日本兵深信不疑，觉着这三个中国娃娃是怕他们，是在请他们喝酒哩。

这时，胖子张明生在包间门外露了一下头。

姬鑫成装作有甚事的样子问："咋咧？"起身出去了。

在包间外，张明生从身上掏出一个小瓶子，低声说："好像是氰化钾。我从危险品柜子里偷出来的，我爹锁着的，我把锁子撬了。"又看了一眼里面，问："咋往酒里面放？"

姬鑫成牙一咬，说："不用你操心咧。你离开这里，到下面去看戏。"

张明生说："我不走，我要亲手杀了这几个熊货！"

姬鑫成说："你挨了日本兵的打，又半天不在这包间里，突然出现，他们会起疑心的。富有不要走，跟我一起去喝酒。"

林富有说："我才不喝这烂外国酒啦。难喝死咧！"

姬鑫成眼一瞪，说："你得陪着我，万一我……"

林富有哆嗦了一下，再没有说甚，乖乖地跟着姬鑫成又回到了包间里。而这会儿姬鑫成的右手心里已经多了一撮氰化钾了。

姬鑫成看到三个日本兵正眼巴巴地盯着酒瓶，等着再喝第二杯哩。他就拿起酒瓶子，这回先给自己倒了一满杯，然后装作瓶口上有酒洒出来了，伸出舌头舔了舔，对日本兵笑着说："好酒，不敢浪费了。"接着用手去擦瓶口，手心里的氰化钾就滑进了酒瓶子了。又仿佛恍然大悟的样子，对日本兵比画着说："哦，用手擦不卫生哩。"就又晃着瓶子过去，让林富有喊窑伙计送一块干净的毛巾上来。等到用窑伙计送上来的干净毛巾擦了瓶子口，毒药已彻底在酒中融化开。他给三个日本兵也满满地倒上了，倒好后还回头故意问林富有说："你还喝么？"

林富有急忙摇头摆手说："不喝不喝，甚尿烂酒哩！"

三个日本兵就又乐了。

姬鑫成端起自己的杯子，对三个日本兵说："行咧，他不喝，太君咱们喝。为了尿甚……为了送你们上路吧。"他似自言自语般嘟囔了一句，一仰头，把那杯没毒的酒倒进了自己的嘴里。

三个日本兵根本没发觉这杯酒里已放了剧毒，毫无戒备地又一仰头，把酒一滴不剩地灌进了嘴里。

要说这氰化钾，可是剧毒中的剧毒哩，其威力远远胜过砒霜一类剧毒品，一旦入口，用不了几秒钟即可毙命，根本无法解救。那酒杯还未离唇，三个日本兵就眼睛发直，身子颤抖着，倒在地上，眼翻腿蹬去见了阎王爷。

虽说爷爷姬鑫成心里有准备，要毒杀这三个在中国的土地上横行霸道的日本兵，却没想到这药的毒性如此厉害，眨眼间就让这三个日本兵丧了命！他端着手里的空杯子，有点发愣，看到右手心里那一点氰化钾残留物，心里慌乱了一下，赶紧用酒冲洗干净了。

林富有这会儿可真是吓着了，浑身颤抖，说不成一句囫囵话："这……这就……就死咧……"

姬鑫成反倒镇静下来了，他想着当务之急是咋着处理这三具尸体。他吩咐林富有，看住包间的门，谁也不准进去。然后走出包间，疾步下楼，找见正在厅堂里坐立不安的胖子张明生，让他悄悄把万太礼叫到楼上来。

万太礼一跨进包间，差点晕过去，半天才缓过气来，声音颤抖地带着哭腔说："我说姬少爷，你还真是敢干呀！你那胆子可真是够大的咧！我们几个人的加在一起怕是也没你的大哩！"

姬鑫成说："你别扯这些没用的。事情发生在你这里，首先你就脱不了干。"

万太礼说："咋说不是么？不过，这三个熊货也该死咧，三天两头来这里捣乱，白吃白喝不说，还去强奸轮奸那些个妓女，说是要把这里的花姑娘都睡一遍哩，还乱来，把好几个女子都吓跑尿咧。这些日子又盯上小艳儿咧，所以几乎是天天来，总想找个机会……唉，咋说么，也是惹不起呀！"

张明生就晃一晃胖身子，一副满不在乎的样子说："现在我们把这三个熊货收拾咧，可算是给你出了气咧，你应该好好地谢一下我们哩。"

万太礼搓着两手说："理是这么个理，可眼下你们这真是在害我哩！你说仨日本兵死在我这里，我能脱得了身么？哎呀，我看我还是先逃命去吧！"说着转身就走。

张明生一把扯住他，说："想逃走？别想。怕个屎么，大不了再杀他几个日本熊货，一命抵一命！"

姬鑫成转转眼珠子，骂万太礼道："亏你还是在花街上混出来的哩，碰见个事就熊样儿咧！"

万太礼看着姬鑫成，说："那你说个招儿么，我听你姬少爷的。"

姬鑫成拍拍脑门儿，说："咱们这里不是正好三个人么，个头和日本兵又差不了多少。咱们等会儿换上日本兵的衣服，趁天麻子眼的时候醉着从'怡红院'大门出去，你带着俩窑伙计装着送我们，让街上的人都能看到这仨日本兵是活着从这里出去的。"

万太礼担心地说："可要是万一被人识破了呢？"

姬鑫成说："穿上那身日本兵衣服，哪个中国老百姓会靠近我们，还去仔细辨认一下么？你记住，一定要送出大门口来，大声喊着'太君慢走'什么的。"

事到如今，也只能这样子了。姬鑫成、张明生和林富有三个人迅速扒下日本兵的衣服，换到自己的身上。就是打绑腿时麻烦了些，因为他们从来没有打过绑腿，怎么也打不好，只好胡乱缠在腿上。恰好这会小艳儿刚好把《表花》唱到了末句：

　　花名我表完走一番，
　　尊一声客人听我言，
　　所有花儿都赏遍，
　　同上高楼把景观……

厅堂里就又是一阵叫好声。有些听完《表花》的客人就准备离开了。

趁这个时候，姬鑫成他们三个装成日本兵，衣冠不整、浑身酒气地相互搀扶倚靠着，歪歪斜斜地从二楼下来了，三个人几乎无一例外的都是帽子扣到了脸上。林富有的绑腿没有缠好，下楼时从楼梯上一直拖了下来，这样子反而更让人觉着这几个日本兵就是跑到妓院里胡闹去了，喝得醉醺醺的，行人唯恐避之不及。路过厅堂的时候，姬鑫成还不时挥舞一下手里那瓶法国酒,嘴里吆喝两句:"酒的,肉的,大古桑!"张明生和林富有嘴里则是呜里哇啦地胡乱叫着,谁也听不懂他们在说着什么。

万太礼则带着两个窑伙计恭敬地跟在后面,一个劲儿客气地相送,嘴里说:"太君慢走,慢走,下次再来玩。"

到了半夜,姬鑫成带着张明生和林富有又潜回了"怡红院"。万太礼正焦急地等在二楼包间门口呢。自从姬鑫成他们三个装成日本兵离开后,他就亲自守在这包间门口,任何人也不许进去。这会儿盼到了姬鑫成他们,没等他们开口,他就紧张地问道:"这尸首咋办?"

姬鑫成并不显得多么紧张,他先是观察着"怡红院"里的动静。

万太礼说:"除了个别嫖客,大部分客人都离开咧。"

姬鑫成说:"日本兵失踪了,小日本一定会进行大规模的搜查,而且首先就是你这儿。咱们一定要赶天亮前把尸体处理掉。"

胖子张明生想了一下说:"要不把尸体扔尿到黄河里,一下子就不知道冲到哪里啦。"

姬鑫成说:"行倒是行,就是要出城。晚上咋出去?城门口都有日本兵岗哨哩。"

万太礼插话说:"要不,扔到城西的汾河里,那水也深着哩。"

张明生说:"万一浮上来呢?"

万太礼这会儿也聪明起来咧,说:"往身上绑两块石头么。"

姬鑫成听了,摇了摇头,说:"小日本有潜水的,叫甚水鬼,就是戴着镜子下水,专门在水底找东西的兵哩。他们肯定会在水下找哩,这样不行。咱们一丁点儿的蛛丝马迹也不能留下。"

林富有就有点急,说:"这不行那不行的,那你说咋办?"

他一插话,姬鑫成倒灵机一动,问林富有说:"今晚潞盐厂熬硝的锅炉还烧着么?"

林富有不明白姬鑫成为什么在这个节骨眼上问这些,他挠了一下头皮说:"应该烧着吧。那硝可是天天都要熬的哩。"

姬鑫成拍了一下巴掌,说:"干脆,咱们等到后半夜,把这三具尸首偷偷地弄到潞盐厂熬硝的锅炉子里,填进去一烧,让小日本连个鬼毛都找不着。"

万太礼听着,浑身不由一哆嗦,心说:"这姬家公子可真是心狠着哩。要是往后犯在这家伙手里,还会有好果子吃么!"

姬鑫成主意已定,就打发林富有到潞盐厂熬硝的锅炉房跑一趟,看有无人值班。若是有人值班,就在半夜后想法约走他,好让他们去烧尸首。因为林富有的爹是捞盐的"起灶"小管事,熬硝也是他们这一个班组的,都归着他管。林富有是他的公子,烧锅炉的自然高看一眼了。

姬鑫成又叮咛万太礼:"这些日子'怡红院'还要照常开门接客营业。要是在这个节骨眼上关门走人,本来不怀疑也怀疑上咧。你记住一条,不管是河东警察局还是日本人,不管咋着追问,都是仨字'不知道'。眼下知道这事的就屋子里这几个人,都是哥们和铁兄弟;再说咧,这种事说出去不管是谁,都是死路一条的,小日本不会让你好活的。到了这一步,就甚都别怕,因为怕也没屌用咧。"

万太礼想了想,鸡啄米般点着头说:"姬少爷,你说的是这个理哩。咱们这回死活都在您这搭咧!"

胖子张明生也一抡粗壮的胳膊说:"谁敢说出去,我先拾掇了他个熊!"

日本兵在河东全城的大搜查终无所获。

爷爷姬鑫成他们把活做得彻底干净。万太礼亲自带着人把那个包间打扫得干干净净。

日本人还是怀疑到了"怡红院"。在全城开始大搜查的同时,一个宪兵中队长和一名河东城里警察局的探长来到了"怡红院",反复询问那三个日本兵的下落。也就是这时候,姬鑫成他们才知道毒杀的那三个日本兵里面,有一个宪兵小队长一个伍长一个上等兵。而这个上等兵,还是一名日本皇室的亲戚哩。要不然,他们也不敢每天出来寻欢作乐,大白天的就敢上妓院里来呢。

但不管日本人咋着问,万太礼都以不变应万变,来个一问三不知,只说:"太君来玩么,我们咋敢不让太君玩?太君玩够了,就走咧,连钱都不付么!这好多人都看见了的。"再问那些窑伙计,可那些人根本不知道真相,只是看到有日本兵来了,老板拿出最好的酒去招待,最后都喝得醉醺醺的,走咧。几乎每个窑伙计都是这样的回答,再咋问也是白搭。其实最让日本人焦急的是那三个日本兵,尤其是皇室的那个亲戚,但眼下的情况是活不见人死不见尸,根本无法逼迫谁来认这个罪。

日本人耗费精力,几乎动用了驻河东的全部日本兵,还有许多伪军,进行了十多天的大搜查,仍然一无所获,无奈只好放弃搜查。"怡红院"也开始正常营业了。不过,大部分客人害怕找上麻烦,也不再光顾,生意一下子萧条了许多。

万太礼倒也不太顾及生意的好坏,只要不出甚事就偷着烧高香咧。这会儿他倒是渴盼着姬鑫成能够来一趟妓院的,他觉着这个人虽然年龄和自己差不多,但却比他们这个年龄段的人有主见,心眼儿也狠。他希望姬鑫成能来给自己拿个主意,老这样子下去,"怡红院"就该关门咧。

姬鑫成却在日本人要把河东城翻个底朝天的时候,在他那个在河东盐务局当着大管事同时又兼着河东维持会副会长的爹的逼迫下,带着他的两个玩伴回乡下老家成亲去咧。

日本兵在河东城里进行大搜查的时候,要说姬鑫成心里不紧张不害怕,那是假话。因为那天他们也是在包间里看戏喝酒,自然也被日本宪兵找去问了话，但他们一口咬定根本不知道隔壁是日本太君。日本兵看他们都是半大小子，就没有起疑心，问完话把他们放了回去。而这一下他们三个人的爹都知道了他们的儿子相约着去逛妓院的事了。林富有挨了当"起灶"的爹的一顿狠揍，把一根用来捞盐的扫把杆子都打断咧；胖子张明生虽然没有挨打，却被药店里的伙计看管住了，每天按时上下学。张明生心里庆幸，要是他老子知道是他偷了药店里的氰化钾去毒杀的日本人，还不吓个半死呀！所以，那些日子他很听话的，也老实了许多。至于姬鑫成，他老爹听到独生子去偷偷地逛妓院，没有生气，而是恍然大悟：独生子长大咧，应该给他成个家咧！

2

奶奶是爷爷的爹娘打小抱过来的童养媳。因为爷爷是独生子，按照风俗，应该有个伴儿，而且是阴阳相配的。所以他们就抱了个女婴过来，先告诉爷爷说是他的小妹妹，后来就干脆挑明了，说是等长大了就嫁给他，给他做媳妇儿。

说起童养媳，民间流传着许多歌谣：
小小子儿，坐门墩儿，哭哭啼啼要媳妇儿。
要媳妇，做甚哩？
点灯说话，吹灯做伴，早上起来给我梳小辫。

柳絮儿白，柳絮儿红，十八的姐姐七岁郎。
一更尿湿我红绫被，二更尿湿我新绣床。
恼得我——
提起腿，扔下床，又叫姐姐又叫娘……

爹娘去世才五七，九岁上就当童养媳。圆房男人十二三，半夜尿湿我床单。

白天上机织绫罗，黑夜纺线到二更多，三更过去刚睡着，婆婆就骂我瞌睡多，光晓得睡觉不做活。

隔窗塞进三只底（河东土语：鞋底），不准点灯黑摸着，赶天明必须要成活，你说我恓惶不恓惶（河东土语：可怜的意思）

……

据说，奶奶是在出生后的一个星期抱到了爷爷的家里。那会儿爷爷刚满五岁。爷爷的父母对这位童养媳还是很不错的，是当作闺女来养大的，还给取了个闺女的名字叫姬春贤，这名字有两层含义：一是奶奶是春天的时候抱过来的，二是寄希望她做姬家的媳妇后能贤惠持家。但巷子里的人没有叫奶奶大名的，小时候就叫丑妞，大了和爷爷圆房后就叫成"姬家的"了。

但爷爷对他的这位童养媳不感兴趣，尤其是到河东城里读了两年书，接触到那些现代爱情观点，又到"怡红院"里看见了那位风流绝色的小艳儿……

虽说爷爷的父母是把奶奶当闺女来养的，但毕竟那会儿爷爷的父亲是在河东城里能够挣回现大洋的人，每次回家都坐着骡子拉的轿子车，身份是不一样的，不可能下田做活。所以家里的那二十多亩地就全靠奶奶和她的婆婆两个人了，只是在农忙时雇用几个短工。奶奶六岁上就开始在家里做她能干的活，喂猪喂羊喂牛，还要做饭。她那个婆婆抽大烟，犯了烟瘾的时候，家里什么事情都管不了咧，就把这个家交给奶奶了。到十三岁时，奶奶腰粗臀肥，个子比爷爷姬鑫成还高出半个头来，一张风吹日晒的糙脸，虽说不上多么难看，但是和河东城里的那些女子一比，就一个天上一个地下了。奶奶长了一双近乎三十九码的大脚，在巷子里走起路来带着一阵风，踩得地面咚咚响，巷头能听到巷尾。到庄稼地里干起活来，一般男人都比不上她。人们都称她"姬家的那个大脚婆"。

说起爷爷的长相，村子里的人都会翘大拇指，连连夸赞说："人家那娃生下来长得就是一脸的福相哩。"

姬鑫成长了一张瘦削的脸，眼睛不是很大，却非常有神气。尤其是长了一个鹰鼻，看上去就有一股傲气。嘴唇略显薄，乍看上去有那么点女人气，但他总是抿着，让人感觉就他总是在讥笑着眼前的一切，对一切都那么不屑一顾。再加上他在河东城里读了几年书，也算是闯荡见过世面的人，甚样的事情没听过，甚样的女子没见过？自然对家里养的这个从小看着长大的粗手大脚的童养媳没有兴趣咧！但姬鑫成这次却很听话地和奶奶圆了房。

刚刚在河东城里毒杀了三个日本兵，又碰上日本人的大搜捕，这时候跑回乡下老家来，实际上也有躲藏一下的意图，因为下一步咋着走他一点也不知道。他毕竟还是一个刚满十八岁的年轻人么，毒杀日本兵全凭初生牛犊不怕虎的那股子愣劲儿，当他静下来后，意识到这件事是件塌天大祸的时候，一时间也不知道下一步该咋办了。家里人要他和童养媳圆房，他听之任之，按照家里人的安排去办了。这会儿，他就像个提线木偶一般，叫磕头就磕头，让行礼就行礼，真个是由着人提溜着绳子在耍着摆弄了。

虽是童养媳圆房，却也是按照婚礼大办的。姬鑫成的爹毕竟是在河东城盐务局管理处的大管事，是有头脸的人，在村子里也是数得上的富足人家，不可能将独生子的婚姻草草了事。日子是专门请李老拐给看的黄道吉日。请来的戏班子就在村口的塬下搭了台子，要连着唱三天的大戏。凉棚一直从家里搭到了巷子外，摆了四十四桌酒席，意思就是事事如意哩。厨子是专门从河东城里带回来的，做的主菜是河东著名的"八大碗"。

婚事办得非常排场，除了村子里男男女女，姬家的所有本家和亲戚都是全家来参加婚礼的,为得是有一顿好饭食。县长和警察局长都来参加并送来了贺礼,就连河东盐务局的日本局长空山一郎都派人送来了贺礼。

被烦琐的婚礼仪程折腾得昏头昏脑的姬鑫成,直到半夜时分才被送进了洞房。在摇曳的烛光下,他看到了穿着红棉袄红棉裤、头上蒙着红盖头的奶奶姬春贤,在张明生、林富有等一伙年轻人的撩逗揶掇下,用秤杆挑开了奶奶头上的红盖头。在一片放浪嬉闹声中,有人吹灭了红蜡烛,有人替爷爷宽衣解带,推着搡着就把他和奶奶相拥在了一起……

就在那个晚上,奶奶姬春贤就怀上了。一年后,她为姬家生下了一个男丁。

从此,奶奶走在我们村的巷子里,挺胸抬头,那双三十九码的大脚板更是踩得地面尘土翻飞、咚咚作响了。

圆房后的第三天晚上,奶奶端来两簸箕麦衣,先给婆婆的炕洞里炕了几把,这样一晚上炕都是温热的。又在自己的炕洞里炕上了,然后上炕铺好被子,等着姬鑫成归来。谁知一等不见,二等不回,一直等到了三更天,新婚刚三天的新郎官姬鑫成就不见了踪影,奶奶按捺不住,就过去想告诉一下婆婆。谁知婆婆吸完大烟后就睡熟咧,咋也叫不醒的。公公在办完圆房仪式后当天就返回河东城了。奶奶只好又回房等着,一直等到鸡叫三遍,天大亮咧,姬鑫成仍然没有回来。

奶奶的心里就产生了一种不祥的预感。

在姬家做童养媳生活的这些年里,奶奶感觉得出来,她的这个男人对她不感兴趣,不喜欢她。他打十多岁就跟上公公上了河东城,在外面念的书多咧,看得多咧,眼界也就宽咧,不喜欢她这个连县城都没去过的乡村婆姨是自然的。这一点她还是有自知之明的,她知道自己是配不上姬家的独生子的。就在戏台子搭起来的头天晚上,奶奶还在挽着袖熬着猪食准备喂猪哩。有村子里的人来告诉她，说姬鑫成在和一个穿着红棉袄很狐媚的女子在塬下说话，还拉手哩。奶奶就像是没有听到一样，仍然在忙着自己的事。新婚之夜，那个醉醺醺的新郎在自己的身上疯狂折腾的时候，嘴里却是叫着甚"小燕儿"，后来奶奶就明白咧，他不是在叫鸟，是在叫一个女子的名儿，就是那天来唱戏的那个女子的名儿。但她却从不说什么，也不流露出哪怕一点点的不满、哀伤、生气甚至嫉妒的神情来，似乎她来到姬家就是来做女儿，或者说就是来做一个用人的。

唯一让她感念的一点就是，这个男人给她留下了一个骨血，而且还是个男丁。

这是她活在世上的最大欣慰。

有了这个骨血，这个家就不会散，她就可以理直气壮地生活在姬家户里，她和公公婆婆之间的关系就不会改变。男人对自己好不好已经无所谓了，村子里的人已经根深蒂固地有了这么一个概念，她姬春贤就是姬家户的当家主事的人哩。

村子里已经没有人再喊她的小名丑妞了，人们都尊她为"姬家的"。

奶奶是知足的。

3

姬鑫成做梦也没有想到，他们毒杀日本兵的事情虽然做得天衣无缝，却还是被一个人盯上了。那个人就是在"怡红院"里唱眉户戏《表花》的小艳儿。而且更让姬鑫成他们想不到的是，这个小艳儿竟然是从西安城那边潜入河东城的国民党军统上尉特工。

那天他们把包间的帘子拉上的时候，小艳儿就注意到了包间里面有几个日本兵，并且有过吵闹。后来他们装成日本兵离开了"怡红院"，小艳儿一眼就看出是伪装的日本兵。她就猜到这几个年轻人在那个包间里把日本兵杀了，尤其是半夜时分他们又悄悄地潜回到了"怡红院"里，小艳儿就越发肯定了。至于后来日本兵开始全城大搜捕的时候，小艳儿心里更清楚是怎么回事儿了。

小艳儿感叹，别看这几个娃娃年轻，但却挺有胆量，还真的是有一腔热血的哩！

那天在"怡红院"里，小艳儿发现这几个年轻的学生娃娃不动声色、轻而易举地干掉了三个日本兵，让他们这些个专业特工都佩服得五体投地。他们用的是什么特殊手段呢？

——这几个学生娃都身怀高超武功，有一剑封喉的绝技？但轻微的搏斗应该有呀，日本兵并不是像个泥人般，而且还是宪兵小队长和伍长，没有两下子，能混到这个份上么？

——这几个娃是延安那边发展的特工人员，行动中有延安那边派来的特工配合？可是，凭她的机警，并没有看到再有别的生人出入"怡红院"，尤其是位于二楼的包间呀！

——出其不意地用刀？但如果是那样，包间里就不可能一点痕迹都没有留下呀！日本宪兵带着吐着大舌头的狼狗简直把"怡红院"嗅了个遍，甚也没嗅出来呀！

投毒！

在酒里投毒，让日本兵喝下去——

小艳儿最后得出这样的结论来。对于几个学生娃娃来说，也只有这样，才能不声不响不留下任何痕迹来。而且她听到有伙计私下里说，老板万太礼那天给那个包间里净送的好酒，还有外国酒哩，本来是想赚一笔哩，最后却一个钱没收回来，赔惨咧。

一个念头，在小艳儿脑海里倏地一闪，要是也给日军的飞行员下毒，让他们一个个都无法开飞机，飞不上天去，不就轰炸不成兰州了么？

于是，小艳儿赶紧联系了周也夫上校，把这些情况和自己的想法做了汇报。周也夫思考了半天，也觉着投毒的这个办法可行，但需要安排缜密，既能摧毁敌人对兰州的轰炸这一作战计划，又尽可能地减少无谓的牺牲。周也夫让她迅速安排人员跟踪这几个娃娃，必要时他可以亲自出面和这些娃娃谈，一定要了解清楚这几个学生娃是自发行动还是背后有人指使？抑或就是延安那边的安排？

要找到姬鑫成他们几个，对于小艳儿他们这些特工们来说根本算不上甚事哩。说白了，她就是找万太礼打听了一下，也能轻易找到的。但她不愿意自己的身份在"怡红院"里暴露出来，尤其不想让这个万太礼知道。尽管她觉着万太礼也和杀掉这几个日本兵脱不开关系，但她觉着万太礼毕竟是在社会上混的人，是开妓院的老板，真正的身份确实拿不准。所以，他们就从周围的几所学校下手，很快就先找到了胖子张明生。恰巧那天张明生说服了他爹，正准备到乡下参加姬鑫成的婚礼去呢。于是，他们就一块儿来了。当天晚上，小艳儿还露了一手，登台唱了好几段戏，为姬鑫成的婚礼捧场。军统特工们都比较有钱，他们为姬鑫成带来了丰厚的礼物：两件进口的裘皮大衣，新郎和新娘各一件；两个钻石白金戒指，也是新郎新娘各一个。就连见过世面的河东盐务局的大管事、姬鑫成他老爹也觉着这礼品太重，承受不起。他悄悄地把姬鑫成拽到一边，问道："哎哎，我问你，这个女的是甚来头呀？你和她又是甚关系？她、她背后的又是甚人，你知道么？"

毕竟还是见过大场面的老子，一眼就看出这小艳儿背后还有人哩！

姬鑫成面对着老子的逼问，一下子有点急，顺口就说了出来："甚人甚关系？人家不就'怡红院'一唱戏的么，来凑个场么。"

老子的疑惑当然不能就凭这句话就消除掉，反而更加不安起来，说："花街里一个唱戏的妓女，出手咋大方，咋就能送你这么大的礼么？"

姬鑫成就翻了他老子一眼，用一种少见多怪的口气说："看看，不理解社会咧，现在妓女可是有钱人哩。要说她出手大方，还不是冲着你这位河东城里的维持会长来的，她看上我是你的独生子，将来在河东城里也好找个靠山，地面上有甚事情咧，只要你老人家一出面，还不就……"

老子一听，赶紧摆手打断他的话说："可别，我可不和这些人来往。我警告你，今后这些地方你也不能再去咧。你现在成了亲，是有家室的人咧！"说完，唯恐独生子又说出些甚不中听的话来，赶紧扭头走咧。

小艳儿在胖子张明生的引荐下，找见了新郎姬鑫成。胖子张明生本来就是姬鑫成的一个跟屁虫，平素就害怕姬鑫成，所以这会儿一见姬鑫成就赶紧解释说："是、是他们逼着我带她来见你的。他们可是甚都知道咧。"

姬鑫成心里一紧，嘀咕说还真来事咧，咋着躲还都躲不开哩。但他还是稳住神，看着眼前这位让自己心旌动摇、见过一次就再也无法忘掉的美妙女子，淡淡地说："你们究竟都是些甚人？"

小艳儿说："我就实话告诉你吧，我们是国民政府军事统计调查局的特工。"她没容姬鑫成回应，又直截了当地说："其实，你们那天在'怡红院'毒杀日本兵的事，我们当天就知道得一清二楚了。"

姬鑫成顿时有点惊奇了，说："你不是一直在那里唱戏么？"

小艳儿笑了一下说："别说你们在那个包间里干甚咧，就是整个'怡红院'里的动静我都一清二楚的。我们都有这个本事哩，就是书里讲的那个神仙'眼观六路耳听八方'哩。"她说着，又呵呵地笑了，伸出纤手在姬鑫成的肩膀头上轻轻拍了拍。

这一拍，姬鑫成只觉得一股痒酥酥的感觉瞬间在全身迅速流动。他嘴唇抖了抖，咬了一下牙说："你就说么，找我有甚事？"说完又忍不住补充一句说:"既然你是国军的特工,那我看你绝不只是来给我送贺礼和唱戏的啦。"

小艳儿就"哦"了一声,一对杏眼儿充满媚惑地说:"我说么,姬少爷就是聪明哩。难怪你们在毒杀日本兵时能做得那么干净利落,连我们站长知道后都佩服得很哩,一直说你是做特工的好料。"

姬鑫成说:"你们还有站长?"

小艳儿说:"那当然了。站长就是专门负责河东一带对日谍报工作的。"

姬鑫成说:"杀日本人也算么?"

小艳儿说:"那当然了。这谍报工作里就包括惩治罪大恶极的汉奸和那些单独行动的日本兵之类。就像你们那天的英勇行为一样。虽然那天你们只是一种自发的热血行动,但这些抗日业绩,我们站长都已经上报重庆了,要给你们记功的。等有一天打败了日本人,这些都要昭告天下、刻碑立传的哩。"

小艳儿的这番话说得姬鑫成脑子热热的,似乎自己一下子就真的是一名抗日英雄了,顿时热血沸腾。他拍拍胸脯,用一种很义气的语气对小艳儿说:"你说么,我们能做甚?要我们去杀小日本,没说得哩!"

小艳儿伸手在他胸前捣了一拳,说:"我们没有看错你!眼下,你还是先办婚礼做你的新郎官吧,新媳妇还在等着你入洞房哩。"

可眼下在他面前,站着一个迷人的军统特工,虽然军统特工杀人不眨眼,可咋着说她也是个女人,而且是那么一个风情万种的女人哩。姬鑫成就不能自已了,心里哪还有那个童养媳呀。他就眼色迷离地对小艳儿说:"我说么,你唱完戏后别急着回河东城么!我明天就跟你们一起走。记着等我,姐咦……"他出人意料地叫出一声姐来,还是用黄河边上的土语,声音是拖着音腔拐着弯儿向上扬的,带着一股甜味儿,也夹杂着一种恳求和撒娇,叫得韵味无穷,让人听着就忍不住动了心。

果然，本来转身就要离开的小艳儿听了这声"姐咦……"，忍不住转过身来，疼爱地在他脸上抚摸了一下。就是这一下，被村子里的人看到了。

那天，姬鑫成以他不相称的年龄，对所有敬的酒来者不拒，一饮而尽，喝得醉醺醺的，被几个好朋友硬塞进了洞房里……

有时候产生一个计划容易，但真正要实施起来则困难重重了。许多的时候就是这个样子，目标是一回事，具体的做法则又是一回事。

小艳儿他们在重庆方面的严厉催逼下，也是被姬鑫成他们毒杀日本兵的举动提醒，决定对安邑机场的日军飞行员实施投毒。但机场封锁得很严，进入机场的每一个人都得经过无比细致的搜查，就是日本人也不例外，所以说一般人根本进不到里面去，又如何去实施投毒计划呢？

周也夫不愧为戴笠信得过的高级特工、"复兴社十三太保"之一。他在投毒计划还没有一点眉目的情况下，就已经敏锐地注意到了这一计划的可行性，只要是针对日军飞行员的行动，就尽可能多地实施起来，做起来了总会有机会的，而不动则一点机会也没有，这也是周也夫精明的地方。他指示河东军统人员，迅速利用关系，在安邑镇上开了一家酒吧，安排姬鑫成当酒吧老板，把胖子张明生安排到酒吧里当了服务生，同时又专门安排两位军统特工做调酒师，而那位会唱戏的小艳儿则成了联络人，周也夫的一切指令都是通过小艳儿传达给姬鑫成的，这样就让姬鑫成感觉是小艳儿在领导着他了。在开办酒吧这一点上，周也夫还是有着一个特工的良好素质，知道酒吧是一个让人精神放松的地方；凡是有军人的地方，这酒吧就少不了。周也夫曾经在哈尔滨工作过一年多，知道在哈尔滨的日本关东军驻地果戈里大街上就有两个大酒吧，每天晚上里面的日本军人很多，还有一些来自日本的女优在里面服务演出，尤其是到了节假日，几个酒吧简直被日军占满了。

有军统雄厚的资金做保证,酒吧很快就开起来咧,除了当地产的汾酒、高粱白、杏花村酒外,还专门让重庆方面运来许多洋酒,比如法国的红葡萄酒,还有威士忌酒,既然是酒吧,洋酒是必不可少的。军统还通过关系弄来不少日本清酒,光品种就达到了三十多种。

果然,在酒吧开张的第二天晚上,就来了许多日军,他们喝酒、唱歌、跳舞。那位军统特工不但会调酒,还是一位很出色的厨师,他让姬鑫成派人到黄河岸边买刚捞上来的鲤鱼,然后取其肚子上的那片白肉,切成很薄的片片,盖在凉面条上面,再配上腌就的咸萝卜条,很受日军的欢迎。日本国太穷咧,就这东西,这些日本兵在日本还不一定吃得起哩。在这期间,周也夫特意潜入安邑,悄悄地检查了酒吧的设施。他告诉小艳儿,让她叮嘱姬鑫成,只要日本兵不闹,就不要随意赊账,有些时候还要稍微较一下真,表现出贪财的模样,要让日本人觉着他开这个酒吧就是为了赚他们的钱来啦,如果总是赊账就会引起他们的怀疑。因为他们在安邑飞机场一定有日军特工在监督着日军的飞行员们,这个酒吧也一定在他们的监控中,他们会暗地里对姬鑫成的背景进行了解和调查。这一点周也夫早有准备,姬鑫成他老爹是日本人的维持会副会长这一背景,会让日本人放心的。"当然,可以准备一些小礼物,因为这些日本人的眼睛比乌龟眼儿还要小,送他一点小礼物,他就会念念不忘的,就会频繁而来的。"同时,周也夫还让小艳儿叮嘱姬鑫成,一切行动必须听从安排,千万不要急躁,不能像在"怡红院"那样随意开杀戒,要等待机会,寻找最佳的时机下手。

机会终于让他们等来了。

就在酒吧开张后的第五天,内线传来消息,日本有一个什么"忘年节"就要到了,驻河东的日军不但要让当地的戏曲班子准备唱大戏,还从驻华北的日军大本营那面请来了日本乐师和艺伎,准备举行庆祝活动。由于河东城被驻华北日军大本营命名为"大东亚共荣圈模范城市",

所以这些日子里，不管是河东城还是安邑镇，都显得热闹非凡。城里的各大街头，都插上了膏药旗，不时有一些背着一块方方的布料包袱、脚踩木板子的日本女子迈着细碎步走过来走过去的，城里的日军也一下子客气起来，迎面碰上了，都会主动地点头，扭动着短粗的脖子，操着生硬的中国话问好。有的碰上了小孩子，还会很殷勤地跑过来，伸手抚摸一下小孩子的脸蛋，从口袋里掏出糖块给小孩，笑眯眯地咂巴一下嘴，问道："甜的，你的喜欢？"

姬鑫成的酒吧里真是人满为患，挤满了那些携带着艺伎的飞行员们，他们和艺伎们打闹着，每天喝得醉醺醺的。有的喝醉了大声地哭闹，有的则唱日本歌，还有的则从怀里掏出家人的合影，一边流泪一边观看……

也就是在得知消息的第二天，姬鑫成就接到安邑镇日军机场的通知，说三天后日军将要过"忘年节"，同时庆祝河东城成为"大东亚共荣圈模范城市"，要他们送一些日本清酒到机场去。来通知他的这个日军姬鑫成认识，名字叫成田次郎，时常到酒吧里喝酒。从日军的交谈里，他知道这个成田次郎是安邑飞机场里的后勤人员。

姬鑫成闻言一喜，知道时机等来了，但他仍镇定地问成田："到底要多少？我好准备哩。不然……"

成田次郎心里也没数，一见酒吧的老板这样问他，便挠了几下头，有点为难地说："斯米马塞恩（对不起），我再问一问去。你的等着我……"说完就打算回机场去。

姬鑫成忙喊住他说："这样吧，既然你们要过甚节么……"

成田次郎赶紧说："是'忘年节'的，就是、这个……哇达西哇门依乌考道一奥，克开哇（听我说，就是说要忘记一年的）……"他双手比画着，用有限的中国话说不清楚，一着急，便一下子叽里哇啦地讲了一串日语出来。

姬鑫成心里骂了一句说："我才不管你是甚尿烂节哩，我是要利用过节杀掉你们这些东洋货哩。"但他还是满脸堆笑地说："行咧，我也不懂你们要过甚节哩。我是说，你们干脆来酒吧里过么，酒我管够，还可以给你们准备点小菜，就是你们说的，那叫尿甚？寿司？是这样叫么？"

那成田一听，顿时眉开眼笑，叫了一声："哟噶达（太好了），我的，马上向司令官的汇报。你的皇军的大大的朋友的。"然后就扭动着短粗的罗圈腿乐颠颠地回去报告了。

姬鑫成等成田次郎一走，立刻把情况告诉了小艳儿。

小艳儿一听，觉得这个时机不能错过，说："这个情况太重要了，我立刻向上级汇报，请示下一步的行动。"

姬鑫成一听，诧异地瞪大眼睛问道："咋还有甚上级？我不就是听你的么？还有别人管着你？"他一直认为就是小艳儿领着他们干呢，却没想到她上面还有人管着。

小艳儿乜斜了他一眼，说："你忘了么？我告诉过你我们有站长的。"

姬鑫成之所以愿意跟着他们干，口头上是为了杀小日本，但还有一个原因是小艳儿，他在心里觉着这一切都是给小艳儿在做的。

这会儿小艳儿自然顾不上给姬鑫成解释那么多，也没有注意到姬鑫成的情绪变化，只是简单地说了几句："我们做这项工作，上面不但有站长，站长上面还有区长……对了，就像你有你爸管你，你爸还有他爸，就是你爷爷管他一样哩……"然后立即回河东城向周也夫汇报去了。

毫无疑问，周也夫也觉着这个机会千载难逢，如果行动成功，不但可完成阻止日军对兰州轰炸的任务，也可给骄横的敌人一个沉重打击，同时也给艰苦抗战中的中国军民一个巨大的鼓舞。周也夫迅速做出决定，指示小艳儿安排姬鑫成他们准备行动，他亲自担任行动组组长，小艳儿担任副组长，仍然具体负责和姬鑫成他们的联络。按照姬鑫成的那个计划，一定要让日本人来酒吧里过那个"忘年节"。一旦要往机场兵营里送酒，下毒就不是那么容易了。

交代完一些具体事情后，周也夫带着小艳儿来到地下室，小心地从铁柜子里取出一管如大拇指般粗的药瓶，说是重庆方面刚送来的一种最新的毒药，还没有使用过。据说这种毒药的特点是吃下去后当天没事，第二天或是第三天才发作，发作起来人全身出汗，不时地发冷发热，类似于感冒特征，但一旦用感冒药比如阿司匹林等药去治，则更会令人出汗，直到最后全身的水分排干，形成一具干枯的躯体。这种毒药一旦侵入血液，便无任何解药可救，不管熬多久，最后必死无疑。

研制这种毒药就是专门用于特工进行暗杀活动的。

周也夫说着话，从地下室的角落里提过来一个小铁笼子，里面有几只小老鼠，但都已经死了，而且身体干枯，看上去很轻，就像是一小片树叶子。周也夫告诉小艳儿，刚接到这种毒药时，他也不相信这种毒药的威力，就让人捉了几只小老鼠试验了一下，在食物里只滴了那么一小滴，小老鼠吃了三天后就慢慢地变成了这个样子。

看着铁笼子里那几只老鼠的样子，小艳儿浑身不由打了个寒战，半天没有说出话来。

周也夫神色凝重地叮嘱小艳儿，一定不能告诉姬鑫成他们这种毒药的毒性和作用，包括安插在酒吧里的那两名作调酒师的特工。

小艳儿不解地问："可要是万一他们不小心也喝下了有毒的酒呢？"

周也夫脸上没有一点表情，冷冷地说："就是让他们和日本人一起去喝酒的，只有他们也一起喝下这种毒酒，日本人才不会起疑心的。"

小艳儿愣了半天，方才明白周也夫说的意思。她声音颤颤地问："为什么？为什么要这样做？你不是说使用这种毒药就是为了掩护他们撤退的吗？"

周也夫看着小艳儿，一字一句地说："即使日本人怀疑有人投毒，但酒吧的老板和他们一起喝下了毒酒，而且最后也死了，这样日本人也就不会有多么大的动作了，这个案子就可以结束了，不会影响到河东城其他军统特工们的潜伏。否则，日军一旦恼羞成怒，像上次那样在河东城开展大搜捕，难免会发生什么意外情况的。"

小艳儿无语了。她承认周也夫这样做有一定的道理，但又觉得这样的牺牲，意义并不是很大。她想反驳一下周也夫的说法，却一下子找不到理由，只好沉默了。

周也夫没有注意到小艳儿的神情变化，仍然充满激情地说："不要想那么多了，这是一个杀倭寇、为国为民报仇的绝佳机会，任何一个战士都会毫不犹豫视死如归地去献身的。想一下，全国战场上，我们多少战士在流血牺牲，和他们比起来，我们做出的这一点牺牲算什么！"他说得慷慨激昂，双眼圆瞪，脸孔涨红，紧握着的拳头狠狠地擂在地下室的墙上，将墙壁上的土震落了不少。

小艳儿看着处于亢奋激动中的周也夫，这位以冷酷著名、号称军统"三大杀手"的上校站长，知道再说什么也无法改变他的决定了。

周也夫这才发现了小艳儿的情绪不对，就问："怎么了？有什么困难？"

小艳儿低着头缓慢地摇了一下。

周也夫严厉地盯着她，声音低沉却又不容抗拒地说："有什么话和什么想法还是说出来，不要隐瞒得好。"

小艳儿抬起头，看了周也夫一眼，又迅速地移开了。此刻她不敢和周也夫的眼睛对视。她几乎是用一种听不见的声音说："我只是觉着他们都那么年轻……"

周也夫听小艳儿这样说，沉默了一下，说："军统组织纲领第二十三条，你还记得吗？"

小艳儿点了一下头。

周也夫说:"背诵一下。"

小艳就低声缓缓地背了起来:"……当革命同志在执行任务时遭遇不幸,要决定是否进行搭救的问题时,革命者是不应该考虑那些私人感情的,而只应该考虑革命事业的利益……一方面要充分估计这些同志所能给革命利益带来的好处,另一方面也要考虑到由于搭救这些同志需要损失多少革命力量和利益,要反复权衡轻重再行动……"

"好啦。"周也夫打断了小艳儿的背诵,仍然用那种毫无感情色彩的声音说,"我想你应该知道下面该怎样去做了。肖小艳上尉。"

小艳儿在听到周也夫用自己的军衔称呼自己时,便不由自主地立正答道:"是。上校站长,我知道怎么去做,投毒杀敌计划一定要成功,不成功,就成仁!"

是的,投毒杀敌一定要成功,这个艰巨任务一定要完成!

就在这一瞬间,肖小艳上尉的心里突然产生了一个大胆的想法。她一定要想法救姬鑫成,她不能让他这么年纪轻轻的,才刚刚开始享受生活的时候就去成仁。

她并不怕死。自从加入军统的那天,她就宣过誓:"……既视死如归之决心,既必须残酷面对之敌人,也必须残酷面对自己,一切必以冷酷专一之坚定革命意志所替代之……"

4

第二天一大早,肖小艳满怀悲壮,悄悄地来到了安邑镇。她没有去酒吧,而是直接来到了姬鑫成的住处——一间离酒吧不远的土坯平房里。平房顶上有几缕炊烟冒出来,随着清早的微风飘散着。肖小艳观察了一下四周,没有一个人影儿,确信没有人跟踪,才蹑手蹑脚地来到姬鑫成的平房前,轻轻地敲了敲门。

肖小艳没有想到，姬鑫成这会儿刚脱掉衣服躺到床上，连被窝都还没暖热哩。

昨晚有几个日军飞行员在酒吧里喝酒唱歌，一直闹腾到凌晨还没有离去的意思，最后还发生了冲突。先是相互推搡，接着就乱砸乱摔起来，酒吧里凡能抄到手的东西全成了乱砸的对象。刚开始姬鑫成还按照当时小艳教给他的，一直忍着，制止胖子张明生和那几个军统人员几次想冲上去的举动，暗示他们不要与这些喝醉了的飞行员发生冲突，自认倒霉算了，而且这个酒吧本身就不是他们自己花钱办的。但不料这几个日本飞行员砸起来没完没了，实在忍无可忍的张明生不顾姬鑫成的阻止，冲了过去，可还没等他开口，一个日军飞行员冲着他就是一拳，跟着又是一脚，就把他踹倒在地上了。姬鑫成见状，赶紧去把张明生拉起来，却没想一个日军飞行员抡起个酒瓶子，一下子砸在他的头上，顿时头破血流。这情形让那两个做调酒师的军统特工也无法若无其事地坐下去了，遂冲上去，几下子就放倒了那几个日军飞行员，和几个服务生把姬鑫成和张明生抢下来。一个军统特工赶忙冲出门把巡逻的日军宪兵喊来了，这才把这几个醉醺醺的日军飞行员带回了机场。姬鑫成也被叫去审问了半天经过，回来时天已经大亮咧。

肖小艳还是第一次来到姬鑫成的住处。

姬鑫成睡眼惺忪地胡乱裹了一条厚厚的毛毯，懒洋洋地嘟囔着说："谁么，一大早的就来……"等他打开门，一看是小艳，就赶紧又关上门，回去穿好衣服，这才又打开门把小艳让进来，不好意思地说："这些日子忙哩，没有打扫，胡乱对付着……你不是也说，就住、住一段儿时间么……嘿嘿。"

小艳打量了一下，靠门的地方放着一个挺时兴的铁皮炉子，上面架着一把被炉火熏得乌黑的铝皮茶壶。靠里的地上架着一张铁杆子床，床上和地下胡乱堆着穿过的脏衣服，被子胡乱团卷在床头，散发出一股男性荷尔蒙的气味；桌子上堆着剩饭和酒瓶子。清晨的阳光从屋顶的缝隙中射了进来，形成了一缕缕的线条，里面的灰尘飞舞着。房间里的简陋程度似乎和他这个酒吧老板的身份格格不入。

姬鑫成有点结巴地说："你坐，坐么……姐咦……"一声呼唤让肖小艳紧绷着的脸变得松弛了，情绪也稍稍放开了。她长出了一口气，打量了一下屋子，却不知道该坐在哪儿。

姬鑫成也有点尴尬，就过去把床上的衣服被子往里推了推，让肖小艳坐在床上。

肖小艳过去坐下，点了一支烟，吸了一口，很随意地吐向屋子里。

姬鑫成看着肖小艳，觉着她抽烟的姿态真是太迷人了，比起他在花街上见过的任何一位妓女都优雅。这样一想，他又在心里骂自己，咋能把她跟那些女人放在一起比呢！他使劲吞咽了几口唾沫，搓着两手说："昨天晚上，几个日本飞行员……咳……"他简略地把事情讲了一下，又看了肖小艳一眼，赶紧避开了。虽然他们已经熟识很长时间了，但两个人单独在一起还是第一次。姬鑫成显得有些慌乱，目光散乱地在屋子里漫游着，无法在一个地方停留，问道："姐咦，这么早，你过来……是为计划么？"

肖小艳没有吭声，将手里的烟丢在地上，从床上站起身来，然后伸手在姬鑫成的脸上摸了一下，又轻轻地拍了拍，目光显得有些迷离。

姬鑫成的身体一下子就僵住了，嘴唇抖抖地嚅动着，吐出两个字来："姐咦……"

肖小艳伸出她蛇一样的手臂，轻轻挽住了姬鑫成的脖子……

姬鑫成虽然经过了新婚的洗礼，已不是一个童子身了，但确切点说，新婚圆房的那个夜里，他喝得醉醺醺的，咋着入的洞房，又咋着圆的房，一概记不清楚了，更记不得那个被他一直当作妹妹的姬春贤怎样一下子就成了他媳妇儿的，他又是咋样和她做那一切的，似乎瞬间就完成了童子身的转换……而此刻面对着自己日思夜想、千娇百媚的肖小艳的引诱，他先是怔住了，平常显得精明的头脑顿时一片空白，而后不由自主地伸出男子汉更加有力的臂膀，把肖小艳柔软的身子搂抱住，抱得肖小艳都快喘不上气来了，两张嘴急不可耐地寻找着对方……

他们双方都显得非常急切而又亢奋，扑倒在床上后连衣服都顾不上褪尽就交合在一起了。他们似乎不是在一起做爱，而是在进行着一场生死搏杀。

肖小艳也似乎忘记了她这么早匆忙赶到安邑镇来的使命，姬鑫成也好像忘记了即将面临的厮杀。

炉子上茶壶里的水烧干了，发出一阵哔卜声，屋子里弥漫起一股呛人的焦煳味儿来。

姬鑫成从肖小艳的身上翻起来，又裹上那条毛毯，过去把茶壶从炉子上提开放到一边，突然想起了昨天晚上那个成田次郎对他说过的关于酒的事，刚想转身对肖小艳说，没想到肖小艳也下了床跟过来，又从后面抱住了他，两人汗津津的身体又紧贴在了一起。

肖小艳在背后用下巴抵着姬鑫成的背，轻声说："我问你一句话，你必须对我说心里话。"

姬鑫成从肖小艳的拥抱中转过身来，看着她说："你就问么，我说实话。"

肖小艳盯着姬鑫成的眼睛说："你怕死么？"

姬鑫成想也没想就说："跟你在一起，我甚都不怕！"

肖小艳说："不要管我，我就只问你怕死么？"

这一下就让姬鑫成不好回答了，他的心里开始犹豫。要是真正说到怕不怕死，姬鑫成正处于初生牛犊不怕虎的阶段，对于生死还没有完全形成一个概念，所以在许多的时候可以说对生死置之度外的，处理方式是轻率的，甚至可以说是冲动的。但是现在他身边有了这么一个风情万种的尤物,他咋舍得去死呢?尤其是刚刚经过了那么一场令他欲生欲死的销魂过程,体验到了人生的真正美妙,他又咋着能让生命这样轻易地就消失掉呢?

犹豫了半天后,姬鑫成看着肖小艳这样说:"姐咦,你要是让我去死,我就坚决地去死哩,我一切只听姐咦、听你的哩。"

肖小艳听着姬鑫成那从心底发出的肺腑的语言,看着姬鑫成那双单纯的眼睛,竟然被感动了。许多年里,她已经很少被感动,或者说已经不会动那种女人才会有的感情了。

此时,肖小艳似乎又是一个女人了。

两个人谁也没有说话,又开始吻在了一起,吻得那般缠绵而让人心碎,就像是要生离死别。然后两人又到床上,开始了一轮疯狂的搏杀。

终于停下来了,姬鑫成显得从容了许多,他翻身倒在一旁,长长地出了一口气,看着顶棚上一对正在往上吊线的喜蛛,对肖小艳说:"姐咦,我告诉你,那个成田次郎又找我咧,说他们这次过那个甚'忘年节',就在咱酒店里过哩,而且还要喝咱们的老白汾酒,吃中国菜,说这是要体验甚'大东亚共荣圈'里的异国风味哩。"

肖小艳一下子睁大了眼睛,翻身起来,看着姬鑫成说:"要喝老白汾,酒吧里有那么多的老白汾么?"

姬鑫成看着肖小艳着急的样儿,就做出一副轻松的样子说:"这没有什么的。我找了个厨师,能做我们河东有名的'八大碗'哩。昨儿个我又让日本人弄了个大卡车到汾阳县的杏花村去了,拉一大车老白汾回来。我就让这帮子小日本尝尝咱们老白汾的威力。姐咦,我一开始还一直担心着哩,怕他们喝清酒不好把毒药往进放,可偏偏他们想要喝咱们中国的汾酒,那就好办咧,只要那酒瓶子从我的手上过一下,药就能放进去哩。要说么,他们日本那甚尿烂清酒,喝上就像是咱们涮锅的泔水一样哩。那天明生和那俩伙计看日本人成天喝得挺带劲,就也开了瓶尝一下，可喝了一口就全呸呸地吐尿掉咧！"

听姬鑫成这样一说，又看着姬鑫成这样呸了两下，肖小艳似乎想起了什么。她三两下穿好衣服，对姬鑫成说："你是开酒吧的老板，不防身不行。现在我就教你一招防身术，就是预防酒内或者食物里下了毒吃进肚子后的招数。"

姬鑫成眨了下眼睛，看着肖小艳说："咋防止？"

肖小艳说："其实也简单，就是在两三个小时内把吃到肚子里的食物吐出来。只要在毒素没有进入血液之前把它吐出来，一般来说就可以防止中毒的。即使全部吐不出来，那毒素也已经很小了，就可以在医院里进行治疗了。对于我们从事的工作来说，这一招是必不可少的，就如同中毒的人送到医院后要先洗胃是一个道理。"

姬鑫成说："咋一下把吃到肚子里的东西吐出来么？"

肖小艳说："用中指抠喉咙，强迫自己反胃呕吐。"她一边说着一边把手伸到自己的喉咙里做示范。

姬鑫成照着肖小艳的样子，把中指伸进喉咙里，试着抠了一下，果然一阵恶心。他就吐了两口唾沫说："哦，是这个样子呀，我知道了。我也有一招哩，或者可以说是以毒攻毒，就是多喝点酒，喝多了酒，晃一晃，再让凉风一吹，也就吐出来咧。"

肖小艳就笑了，说："这倒也是呢。可我们女的一般场合是不喝酒的，就只有采用此法了。这还是我在培训班时教官教的呢。"

姬鑫成忽然想到了什么，就问："姐咦，你是害怕我们在这次下毒时误喝了毒酒才教我的么？"

肖小艳听姬鑫成这样问，脸色顿时变得凝重起来，迟疑了半天才说："不是误喝，而是要和他们一起喝，和他们一起中毒。"

姬鑫成怀疑自己是不是听错了，瞪大眼睛盯着肖小艳，吃惊地问："你是说，让我们和日本人一起喝毒酒？"

肖小艳点了点头。

姬鑫成说："那我们……也是要被毒死的了？"

肖小艳摇了摇头，说："这就是我为什么要教你抠喉咙进行呕吐的原因了。"

姬鑫成差点就叫了起来，说："你知道不知道？那药一入口人就完蛋尿咧，还有时间吐出来呀！原来你是要把我们一起害死的呀！姐咦，我这才明白刚才你咋问我怕不怕死咧。姐咦，为了你，我不怕死，你说喝毒药就喝毒药哩。可要是你的那个甚上级要我们这样子，我就不干咧，不干咧不干咧！我以为就是杀日本人哩，可咋着连我们也杀呀……"

肖小艳把情绪有点失控的姬鑫成轻轻地搂进怀里，低声说："你别急，听我慢慢把话说完。这次我们使用的是一种新式毒药，药效在四十八小时，也就是两天后才能生效。这样做也是为了不让日本人对咱们产生怀疑，为了保护你们的家人，因为你们都有家人在河东一带的。我们只要在十个小时之前把吃到肚子里的毒药成功呕吐出来，就不会中毒的，或者是轻微中毒，完全可以治愈的。"肖小艳尽管嘴上这样说着，但想起在地下室里小老鼠的惨状，她心里仍不免担忧。毕竟他们还是个大孩子呢，却已经置身于这种血与火的厮杀中了。

姬鑫成听肖小艳这样讲，情绪便平稳了下来。过了一会儿，他从肖小艳的怀里抬起头来，说："这些要不要告诉张明生他们呢？他们是不是也要喝下毒酒呢？"

肖小艳说："你是酒吧老板，怕有日本人敬你酒，你要是一拒绝不喝酒，怕他们产生疑心。而他们都是服务生，在工作期间完全可以不喝酒，所以他们拒绝是有理由的。"

姬鑫成点了点头，说："姐咦，我明白了。我知道该咋着去做，就是说万一……万一那个了，也是为着姐的，值了哩。"

肖小艳说："不要那样去想，有姐在哩，就一定没问题，一定会活下去的哩。"她在心里默默地说："姐咋舍得让你去死呢！就是万一……也是姐先去死，不会让你去的……"

"忘年节"这天的一大早，成田次郎就抱来一大堆写着日本字的花花绿绿的纸和彩旗子，在街上到处贴到处挂，还拿了两面膏药旗子要挂到酒吧门两边，让胖子张明生拦下来了。成田次郎很不高兴，说："今天是日本的节日，大东亚共荣了，所以也是中国人的节日，应该挂旗子的。"张明生就反驳说："那共荣是你们说尿的哩，我们觉着并不共荣。不过么，你要挂旗子就不能只挂你们的旗子，也得挂我们的青天白日旗哩，不然就不公平，不公平咋能说到共荣么？"

这话听起来似乎还挺有道理，成田次郎眨巴了半天眼睛，总觉着不能挂中国的旗子，却又想不出理由来说服张明生，便使起了皇军的性子，骂了句"八嘎"，就伸手给了张明生俩耳光。张明生躲闪不及，嘴就给打出了血来，乘张明生被打得迷糊的当儿，成田次郎赶紧去挂膏药旗子。但是成田次郎个子矮，刚踩个凳子好不容易挂上去咧，张明生跳起来就又把旗子扯了下来。成田次郎气汹汹地又要打耳光，却被张明生闪开了，还被他推了一个跟斗；成田次郎爬起来，又扑上去和张明生厮打起来。

姬鑫成看成田次郎也挺认死理的，看来今天若不让他挂上那膏药旗子，他是非要和张明生拼争出个你死我活不可哩。他看了半天热闹，觉着这样子闹下去不是个办法，说不定还会真闹出个甚事来，那就耽误晚上的行动哩；但他也不能说张明生那样做不对。从心里讲，他也不愿意在酒吧的门上挂上膏药旗子，那安邑镇的老百姓能砸了他的酒吧哩。他想了想，就让后厨切了一盘子牛肉，炒了一盘花生米，打开一瓶汾酒，又出去把成田次郎拉了进来，硬把他按在椅子上，让他喝两杯。成田次郎一看有肉吃有酒喝，乐得眉开眼笑，冲着姬鑫成翘着大拇指，连声说："姬的，你的朋友大大的。他的，小小的。"他冲着张明生翘了翘小拇指。

姬鑫成对张明生使了个眼色，让他不可过分造次了，因为成田次郎毕竟是个日本人哩。然后他又对成田次郎说："你的共荣，朋友大大的哩，他的玩笑的有。你的辛苦大大的，那就米西米西啦。"

成田次郎说着"吆西"，不停地往嘴里塞牛肉和花生米，并往嘴里倒汾酒，似乎有人和他争抢吃喝一般。

张明生过来，低声对姬鑫成说："看这熊货馋相，真是饿死鬼托生出来的哩。"

姬鑫成就也低声说："你没听小艳儿说么，这帮子东洋货，就是在他们的那个小岛上甚尿都没有，饿得不行，才跑到咱们国家来抢夺吃的穿的来咧。"

张明生说："还有咱们的盐哩。我听林富有说咧，日本人占了咱潞盐湖，小日本的监工每天像个催命鬼一样拎着鞭子，催促他们日夜捞盐晾盐，然后就用十轮大卡车拉到河东火车站装上火车，都不知道拉尿到哪里去咧！"

姬鑫成一副见多识广的样子说："还能拉到哪儿，都拉到他们那个小岛国上去咧。他们真的是太穷咧，所以到咱们国家，看见甚都要抢哩。"

说着话，那个成田次郎已经风卷残云般吃完了那盘子牛肉和那盘子花生米，一瓶子汾酒也见了底。只见他快活地抹了抹嘴，哼唧着日本歌，摇摇晃晃地扭着罗圈腿回去了，把挂膏药旗子的事情忘得一干二净了。

张明生看着成田次郎的背影，气哼哼地说："我要是有枪，就一枪撂了他这个熊货！"又想起来甚似的说："刚才还不如把那药放进酒瓶里让这熊货喝了哩。"

姬鑫成看着屁颠颠走远了的成田次郎,低声说:"别总这么使性子了,晚上的任务才是重要的哩!"

张明生一看姬鑫成生了气,也为刚才的冲动后怕,赶紧低声说:"记着哩,都准备好咧。包括小艳吩咐的,肥皂水都泡好咧。现在么,是万事俱备,只欠东风。"

姬鑫成看了一眼张明生,心里忽然产生了一种异样的感觉,不自觉地问道:"你怕么?"

张明生就挺挺肥胖的肚子,说:"怕,怕尿他个小日本么?单个对单个,我一个人就能杀掉他几十个哩。"说着又用手按了按肚子,说:"可就是这里面跳得慌哩,就像是要跳出来似的。还是你……"他有点钦佩地看着姬鑫成,说:"要不你咋就是我们的头儿么,我就是佩服你哩,不管遇上个甚事,都是这么的稳,那个词叫稳……稳如个甚?那句话咋说哩?就在这舌头尖上打着转,一下子想不起来咧。"

姬鑫成就接过话说:"稳如泰山。"

张明生赶紧说:"对哩对着哩,就是稳如泰山。你就是比我们稳定成熟得很哩。"

姬鑫成觉着这话从张明生嘴里说出来还真是有点不容易哩,就也做出一副老成的样子,淡淡地说:"要说么,人都有个长大成熟的过程,谁都有年轻气盛的时候哩,那会儿甚都不当回事,等遇上几个坎,知道事情轻重和是非曲直了,人也就成熟咧。"

姬鑫成的这一番话竟然说得张明生直点头,完全忘记了姬鑫成仅仅比他大两岁。他又叹了一口气说:"我觉着,就咱们中国的头头们窝囊废哩,咋就打不过这些矮不拉几的小人人么?"说到这里,他有点神秘地瞅了周围一眼,凑近姬鑫成低声说:"头儿,我可是听说咧,就在前些日子里路过咱们河东的那股子叫八路的队伍,可是真和小日本干哩。我打听好啦,他们的总部就在黄河那边的延安府。咱们把这帮子日本开飞机的弄掉后，就去延安府投他们去。你说呢？"

姬鑫成没有吭声。他何尝没有想过把这次投毒任务完成后的去处呢？但他心里有个坚定的信念一直在支撑着他，让他这么义无反顾地去做这件事，去完成这个任务。那就是他觉着肖小艳一定把什么都安排好了，尤其是他们有了实质性的身体接触后，他一下子觉着自己就像是变了一个人，变得深沉了，变得爱思考了，变得……为了她，他真的可以舍弃一切，当然包括自己的生命了。

就在这个时候，从河东城里过来好几辆黄包车，姬鑫成看到肖小艳从其中一辆黄包车上下来，远远地向着酒吧这边走来。她穿着一件绿色的白格子厚旗袍，上面罩了一件黑色的长袄，姬鑫成那会儿还不知道那长袄叫风衣，直到他后来到重庆也有了一件这样的风衣。小艳长长的头发不像平时那样高高绾起，而是随意地披散在脑后，被空旷的风吹得飘扬着，像是黑色的精灵在跳舞。

肖小艳此时的打扮以及她走路的姿势就和她旁边那些被黄包车拉过来的妓女没甚两样，姬鑫成觉着她就像是会变色变脸似的，今天妖艳，明天淑雅，后天则充满杀气，翻来覆去没个重样儿，甚场合就唱甚戏哩。而此刻，她又恢复了"怡红院"里的做派，或者说她压根就没有离开过，在河东城里一直就是"怡红院"里的那个唱戏的红角儿！

5

天还没有黑透，日本兵们就早早地携带着那些娇柔美艳的艺伎和从河东城里赶来的妓女们来到了酒吧和饭店里。要说起吃饭的等次来，这在军阶森严的日军里，那还是层次分明的。飞机场的几个佐官们被邀请到河东城里参加日本驻军司令的宴会了，剩下的日军飞行员们等次要比驻军高些，则全部来到了姬鑫成的酒吧里，陪同他们的全是艺伎们。而机场里的地勤人员和机场守军们则在旁边的饭店里，陪同他们的则是当地的妓女。

姬鑫成刻意地打扮了一下，那件黑色的西服和白色衬衣及褐色蝴蝶领结，甚至裤带，都是肖小艳一手给他制办的行头。说只有这样，才能体现出他们在一心一意地和日本人共度节日共荣哩。等他出现在酒吧里时，包括张明生和那两名军统特工在内的所有人都先愣了一会儿，然后一齐拍起了巴掌，赞叹说："这才是酒吧的老板哩。"

姬鑫成心里却沉甸甸的，感慨道："这是自己第一次穿成这样来当酒吧老板，却也是最后一次当这个酒吧老板啦！"他打起精神，打量了一下张明生和其他的服务人员，他们也是黑西裤、白衬衣、褐色的蝴蝶结，一个个精神抖擞。他再次想起肖小艳反复交代的，一定要让服务人员打起精神，只有像大城市的酒吧那样子去服务，才能使日本人不起疑心，最终完成使命！

酒吧里热闹非凡，可以说盛况空前，每张座位上都是人，后到的日军没有了座位，只好站着。晚会开始，先是几个日本飞行员搂抱着艺伎唱起了歌，歌曲的旋律听起来缠绵徐缓，有点伤感的味儿。接着，几乎酒吧里所有的日本人都跟着唱了起来，有的人眼里竟含着泪花。

这时，姬鑫成听见门外传来一阵吵嚷声，好像还夹杂着肖小艳的声音，然后就是日本人叽里哇啦的声音，随即，就有几个日本宪兵进到了酒吧里。领头的看上去是个尉官，左胳膊上都套着黄袖章，写着红色的日本字。那个尉官打量了一下酒吧里面的人，朝着这些飞行员们鞠了个躬，叽里哇啦地大声说了几句，又鞠个躬，然后扭头带着宪兵出去了。接着，外边就又传来吵嚷声。一会儿，张明生走到姬鑫成身边，低声说："那些宪兵说为防止抗日分子的捣乱破坏，这里要实行戒严。他们要把从河东城里来的本地妓女全部赶走，只让他们国的妓女留下来。还要这里的日本人在十点钟以前都回到兵营和飞机场里，否则，格杀勿论哩。"

日本宪兵的这次戒严行动，又一次坚定了姬鑫成杀掉这些日军飞行员的决心。他清楚地听到了肖小艳在酒吧外面的喊声："我们就是不走，就是要在这里！"他明白，肖小艳一直在等着他行动的消息哩，他不能让她失望，不能让精心准备了这么长时间的行动功亏一篑了。

他沉着地打开了第一瓶汾酒的瓶子盖，又如同玩魔术般把早已准备在手心里的毒药注入瓶子里。就在毒药进入瓶子的这一刹那，他的心猛地抖动了一下。他使劲咽了几口唾沫，压住狂跳的心，沉着地摇晃着瓶子，让毒药均匀地溶解到酒里。然后他用盘子端着来到第一张桌子前，亲自给每一位日军飞行员面前的杯子里倒满了酒，最后给自己杯子里也倒满了，笑容满面地说："祝各位节日快乐！"然后自己一仰头，喝干了自己杯中的酒。他这样做就是告诉日本人，这酒没有问题，他自己都带头喝干咧。

看到酒吧老板带头把自己的酒都喝干了，那些日军飞行员们一个个端起杯子来，大声地叫喊着："吆西！""哟噶达！（太好了）""挖来挖来闹，油依给闹他麦尼，考恩帕依！（为大东亚共荣干杯）""达哇尼，天皇！（天皇万岁）"然后在一片"考恩帕依（干杯）"的狂喊中一饮而尽，扬起空了的杯子大声喊："大依丝克呆丝！（太美了）"

接下来的第二桌，姬鑫成就不那么紧张了，依然如同第一桌那样，他先干了第一杯酒。

第三桌、第四桌……

把每个桌子都上了掺进了毒药的酒，姬鑫成的心情反而平静沉着地走到吧台前的台阶上，抬起头环视了一下整个酒吧，只见那些个日军飞行员们搂着怀里的艺伎们，打闹着，互相之间敬着酒，渐渐地无所顾及，进入了开怀畅饮的境界里了。

一直跟在姬鑫成身边的张明生轻轻地抹了一把额头上渗出的细密汗珠，有点焦急地低声说："头儿，快到后面、到后面吐……"

姬鑫成用眼色制止了他的多嘴和慌乱，静静地观察着这帮陷入狂热中的日军飞行员们，他知道他此刻绝对不能离开，也不可能只是喝了这几杯酒的，还会有人来找他的。

果然，最先是那个成田次郎，只见他端了一杯酒，来到了姬鑫成的身边。也许是因为这场酒宴是他一手联系办成的，此刻他有点得意，大声地喊了几句，大意是姬老板是大日本皇军忠实的朋友，今天和大家一起共度"忘年节"，特意举办这个中国风味的宴会，真是大大的辛苦，他要先和姬老板喝上一杯。于是他显得十分殷切，踮起脚来想搂住姬鑫成的脖子，但他实在太矮了，搂不住，只好挽住姬鑫成的一只胳膊。成田次郎学着用中国话喊"干杯"，而姬鑫成却学着用日语说"考恩帕依"，两人碰了杯子，都把酒干了。

看着酒喝得差不多了，姬鑫成就吩咐上菜，就是河东传统的"八大碗"，全部清一色的大钵碗，四凉四热，有鱼有鸡有红烧肉和丸子汤。这些日军飞行员们乐得又是一阵狂欢乱吼，急忙去碗里夹肉吃，有的干脆下起了手来。

大吃大喝了一阵儿，那个来河东机场执行轰炸兰州任务的超级王牌飞行员坂井三郎少尉涨红着脸，摇摇晃晃地走到姬鑫成跟前，右手举着酒杯，左手还搂着一个艺伎，用蹩脚的中文说："你的，大老板，赚钱大大的，我的，只会这样子……"他用抓着酒杯的手在眼前画了一个圈。

姬鑫成明白他是在比画飞机飞翔哩，就说："你的大大的好，能上天哩。"

坂井三郎使劲地摇晃了一下脑袋，说："巴卡那考道奥一乌（狗屁）！考恩期古小侬（找死），我们是自己找死……来，你的，朋友的，干、杯！"他仰起头把杯子里的汾酒全倒进嘴里，然后又高高地举起让大家看，大声喊道："考恩帕依！"

由于坂井三郎少尉带了头,这一下子又掀起了一个敬酒的小高潮来,那些日军飞行员们也纷纷来给酒吧老板姬鑫成敬酒了。

姬鑫成也一反平时很少喝酒的习惯,真的是来者不拒,都是一饮而尽,不一会儿,就喝下去二十多杯酒了。这让一旁的张明生和那两个军统特工看得目瞪口呆,要知道,这酒里可是下了毒的呀,而且就是他自己下的,他能不知道么?而他这样喝下去,恐怕就是想解毒也一下子解不了!他这是咋了呢?眼看着姬鑫成喝得东倒西歪起来,却还在和几个日军飞行员搂着拼酒,一会儿中国话一会儿日本话的,张明生心里那个急呀,刚想上前劝说一下,却被姬鑫成劈面打了一个耳光,嘴里说:"看见了么,大东亚共荣哩,你的,好好地伺候朋友,大大的朋友。"几个日军飞行员也就大声喊叫着:"吆西,大大的朋友。"有两个想让张明生也喝酒,却被姬鑫成一挥胳膊拦住了,说:"他的,服务生的,不能喝酒。要喝就开除掉他!"张明生的眼泪就差点出来咧,他知道姬鑫成并没有喝醉,而是在拼命在蒙蔽着日本人,是在用命保护他们哩!

这会儿,好几个日本艺伎扭着看上去弱不禁风的身躯,哒哒地走上前来,要敬英俊的酒吧老板一杯,姬鑫成不禁心里一颤……因为他一眼看到了在和服包裹下的东瀛女子身体上最迷人最性感的那个部位——胸脖部位。东瀛女子虽然身材不佳,但脖子确实非常好看,白皙玉润般的肌肤,随着她们说话时东瀛味儿的软语,就像是雨中的樱花,一阵乱颤,让人心里痒痒的,也让姬鑫成一下子呆住了,愣是半天没有回过神来。

忽然间,一个念头从他的脑海中蹦了出来,这些美妙的精灵们手里端的杯子里不都是他刚才下了毒药的酒吗?她们喝了这些毒酒,不就都在四十八小时后变成小老鼠干枯后模样了吗?那干枯的小老鼠,那干枯得如同树叶子一般的小老鼠……

姬鑫成的脑子里一下子翻动着肖小艳给他看过的小老鼠尸体的样

子，浑身不由打了个激灵，胃里顿时翻腾起来，直往上顶，他一把推开身边那些艺伎们就往后边跑，可刚跑两步，就撞在了一个人的身上。他抬头一看，还是个日本艺伎，却又恍惚间觉着这个穿着和服的艺伎有点面熟，再一瞅，嘴巴就张大咧！原来她是……还没等到他叫出声来，一个酒嗝翻上来，他就把夹杂着酒臭和下午吃下去的所有东西全喷到了这个"艺伎"的身上了……

谁也没想到姬鑫成这一下子吐了个天昏地暗，可以说把胃里的东西吐了个一干二净，竟然吐满了张明生端过来的一个大洗脸盆，最后吐出来的都是黑黑的水了……

这一吐，就自然救了姬鑫成的命咧！

看到为他们筹办节日的酒吧老板喝吐了，日本飞行员们觉得过意不去，便围过来看望，大声地喊叫着他们军医官的名字，而军医官竟也喝多了，摇摇晃晃地过来，一脚踩翻了姬鑫成刚吐过的那个大脸盆，顿时酒吧里就弥漫起了一股发酵后的酒臭味儿，顿时又有几个人开始呕吐，酒吧里就有点乱了起来，有的喝多了在大声喊叫大声唱歌，有在趴在桌子上痛哭，有的紧搂着那些艺伎们在摇晃着跳舞，有的则独自抱着一瓶酒还在往嘴里倾倒……

这阵儿对姬鑫成最关心的除了化装成艺伎的肖小艳和张明生他们外，成田次郎是最着急的一个人了，他觉着老板都是给了他的面子，才在酒吧里举办"忘年节"，免费提供食物的。喝成这样子，也是体现了"大东亚共荣"的。他一看那个军医官醉醺醺的，根本无法对已经开始休克了的"皇军朋友"酒吧老板姬鑫成实施抢救，就自作主张地把平时他们到河东城里买东西的那辆带着偏斗的三轮摩托车开了来，亲自送姬鑫成到河东城里的医院去咧，张明生自然不敢怠慢，也坐在摩托车上跟去咧。

到半路上，被冷风一吹，成田次郎也吐得一塌糊涂了，把吃进去喝进去的全吐了出来,他非常遗憾,觉着这一天的好东西都白白地"米西"啦。

看到姬鑫成这样一吐,肖小艳就知道她教他的那个抠咽喉的呕吐法子用不着了,估计姬鑫成不会有多大的危险了。她便趁着一片混乱,换掉身上沾满姬鑫成吐出的污物的和服,悄无声息地出了酒吧,坐着一辆黄包车迅速离开了安邑镇,赶回河东城里向周也夫汇报。

但让她没有想到的是,周也夫一直在她的身后边跟着哩。当她有点儿紧张也有点兴奋气喘吁吁地来到河东城八里桥的一间公共浴室和一家蒸馍店的中间夹道,拐过弯上到二楼,来到周也夫的房门口时,周也夫就在她的身后像个幽灵似的出现了,没等她伸手用暗号敲门,他就抬起胳膊从后面捂住她的嘴,然后打开门,将她近似提起一般地推了进去,然后迅速关上了门。

肖小艳一看是周也夫,兴奋地说:"成功了。进了酒吧的日军飞行员都喝下了毒酒。"

周也夫非常冷静,低声说:"我都知道了。我一直就在你后面。"

肖小艳一愣,说:"你也去安邑镇了?"

周也夫说:"我当然去了。我是这次行动的组长,这么关键的时刻怎么能不露面?我告诉你,我还带了一个武装行动小组呢。"

肖小艳说:"这些我怎么一点都不知道?!"

周也夫说:"你的任务就是配合那家伙成功地完成投毒。当然,你很沉着,处理得很好。我带武装行动组是准备万一投毒不成功,进行突击行动,冲进酒吧里杀死这些日本飞行员。你想一想,那是个多么好的机会呀,日本飞行员都集中在酒吧里了,只要堵住门,几支快慢机枪一扫,还想有活口吗?不过,要真那样去干,付出的牺牲可就大了,至少武装行动小组的人员就有可能全部牺牲,因为街上巡逻的宪兵还真不少呢。要说呢,这个姬鑫成还真是干得不错,等过了明天,看日本飞行员有多少人中毒了,我就可以向重庆报告了。还要给你,给他们一起请功呢。"

肖小艳说:"是应该给他请功的,他可真是冒着中毒的危险,和那些日军飞行员一起喝下了那些毒酒的。"

周也夫沉默了一下,问道:"这个姬鑫成现在怎么样了?中毒了吗?"

肖小艳说:"他被送到河东医院了。"

周也夫一听,有点急了,紧张地说:"怎么又送医院了?我不是一再告诉你,就让他们英勇……他这么一去抢救,不是明明白白地告诉日本人那酒里有问题吗?要是他们现在开始进行洗胃抢救,我们的行动不就前功尽弃了吗?"

肖小艳说:"不是因为这个送医院的……"

周也夫交代肖小艳说:"不管怎么样,你要盯死他,千万不能让他被日本人控制,必要时,可以执行军统纪律!"

肖小艳不由在心里打了个寒战,难道这就是卖命的结果?她不敢往下去想了。

周也夫看她不语,又用一种上级的口吻教训她说:"你不要忘了,现在是一场民族战争。我们在这场战争中,对一切软化个人意志之情感、亲情、友情、爱情、感激之情,甚至荣誉之心,概必压制。这是纪律,也是宗旨。"他先是给她背诵了一段军统纪律,然后又缓缓地说:"在这场生死存亡的战争机器面前,我们这些人只是这架机器上一颗微不足道的小小螺丝钉,许多时候真的是太渺小太渺小了。"

肖小艳静静地听着,等他讲完了,平静地问道:"那我们下一步怎么办?"

周也夫说:"隐蔽。暂时停止一切行动。"他语气严厉地告诉肖小艳，从现在开始，除了在暗处盯着姬鑫成外，务必斩断和姬鑫成他们之间的一切联系，关于酒吧的事情已经全部结束了。在说这番话的时候，他的语气始终很平静，然后他将手轻轻地放在肖小艳的肩膀上，抚摸了一下她溜平的肩，告诉她，她已经正式调归军统河东站了，通过这次对日军飞行员的投毒暗杀行动，确认了她的出色表现。他将向重庆申请，抑或直接报告戴老板，要给她记功，并将她的军衔调整为少校。

肖小艳哦了一声，说："那我先谢谢周站长周上校了。"随即说："如果没有别的事情，我就先走了。"

周也夫送她出来，又在背后叮咛说："记住，暂不要和任何人联系。到时候，我会安排人联系你的。"

肖小艳点了一下头。

就在肖小艳推开门的那一刻，周也夫又用他那没有任何感情色彩的语气说："我们所从事的事业没有退路，而为此付出的所有代价都是值得的。"

虽然河东城里的日本人也在过他们的"忘年节"，庆祝河东城被评为"大东亚共荣模范城"，但那是日本人一厢情愿的事件，除了一些汉奸捧场，与老百姓没有甚关系的。再说逢着乱世，所以街道上的行人并不多，偶尔有巡逻的日军宪兵的摩托车上架着机关枪疾驰而过，更是增添了一种森严恐怖感来。肖小艳一个人在街道上走着，心里乱极了，暗淡的路灯把她的影子拉长又缩短。

她知道，姬鑫成是被周也夫这个军统特工耍弄了，抛弃了，用句当地老百姓的话说，就是"卸磨杀驴"了。

耍弄、抛弃姬鑫成他们的人里面也包括她！因为对姬鑫成的一切指令都是通过她传达给他的，就是这个投毒计划一开始也是她先提出来的呢，而且这就像是一个合谋。尽管周也夫对她说了那么多表扬的话，也许了承诺给她，让她感觉到组织上是如此相信她的忠诚，如此器重她，但她却感到了一种从未有过的折磨！她甚至觉着连她自己也要被组织抛弃了。

肖小艳心里矛盾痛苦极了！

实际上，周也夫心里是要让姬鑫成他们彻底消失，就是彻底地脱离这个投毒事件。周也夫这些年在尔虞我诈钩心斗角相当厉害的军统内部，由于在南京几个暗杀事件失手，已经没有开始时那样受戴笠欣赏了，他早就想找时机露一手，以期恢复他在军统内部的威信和声望。而且他们"复兴社十三太保"里的其他几位除牺牲成仁以外，剩余都已分别晋升少将军衔，只有他还是上校，他既不服气也不甘心。这次戴笠特意派他到华北来，就是给他机会表现的。周也夫来到华北后，一直想找到一次能引起国人震惊的行动，一次带有标志性的、让他能赢得尊重的行动。他要做的事件要在国人心中成为一个传奇，而他的名字也一样会成为传奇。

送走了肖小艳，周也夫并没有去休息，而是在屋子里转来转去，他是在等候日军飞行员中毒的确切消息，因为日军飞行员的中毒多少和死亡情况关乎日军对兰州轰炸行动能否中止。而重庆所要的是必须尽快结束日军对兰州的轰炸。这也关乎他下一阶段在军统的位置和影响。在离开安邑镇时，他安排的那两名潜伏在酒吧里当调酒师的特工并没有撤离安邑镇，而是潜伏在那儿进一步摸清日军飞行员中毒后的详细信息，他要根据这些信息，制定下一步的行动计划。

周也夫踱到窗前，把窗帘掀开一个角向外看了看，街道上很静；蒸馍店里的人还在忙碌着，不时有面团重重地摔在案板上的响声。远远的不知从哪儿传来胡琴声，有人跟着吼"乱弹"，在这夜里听起来像是有人在伤心地哭泣！

周也夫内心有点儿焦躁，他觉得时间过得太慢了，尽管他是个非常优秀的特工，有时候为了完成一件任务，在等待目标时常常是几天几夜的守候。但今天晚上不知道是咋了，他特别渴望知道日军飞行员中毒后的信息，竟然有了一种自己再到安邑镇去摸情况的冲动……

这时，肖小艳的一些反常表现和她在不自觉间流露出的对那个年轻帅气的酒吧老板姬鑫成的暧昧和好感，对这次投毒行动中明显地夸大姬鑫成的作用以及每说起姬鑫成来眼睛里闪现出的那种特别的热情，都清晰地浮现在他的眼前来了。他静下心来把肖小艳这一段的表现回顾了一下，感觉到肖小艳的许多行为很不符合一个特工应具备的沉着和冷静，表现出了一种浮躁来，这是特工的大忌。肖小艳是个很受上峰器重的特工，按说不应该有这样的表现。这就说明肖小艳是被那种布尔乔亚式的小资情调冲昏了头脑，陷入爱情中了，看起来她是爱上了那个看上去放荡不羁的风流公子哥了。

周也夫也清楚，越是在这种激烈的生与死的搏斗中，爱情越是会意外地出现和发生，加上肖小艳本身就是个唱戏的出身，生性就风流多情。对这些，周也夫并不奇怪。他也清楚地知道，在特工活动中，有许多刚开始是受组织派遣，以假扮夫妻的身份开展工作的，但是到后来都几乎弄假成真了。但眼下还不行，首先是要完成好组织上交给的任务。同时，这样做对队伍的稳定会带来一定的负面影响的，毕竟那个公子哥还不是军统的正式人员，将来……他后悔刚才没有多留肖小艳一会儿，把这些道理讲给她，毕竟她还年轻得很哩，如果真在这上面出了事，有了失误，他是负有不可推卸的责任的。

他拍了拍脑袋，对自己的失察和失责表示懊悔。就在这时，他隐隐地听到了一阵汽车的鸣叫声，随着风声传了过来……

肖小艳就这样一个人在街头走着，心里很乱，不知道应该怎样去做才对。

她非常清楚,日军飞行员的中毒事件很快就会浮出水面,也许根本就用不了四十八小时的时间,到不了明天晚上就可能见分晓的。那么,日军首先怀疑到的人肯定就是酒吧的老板姬鑫成了,即使他眼下已没有了中毒的危险,但如果被弄到日军宪兵队,就是不死也会脱层皮的。不行,得赶紧去救他,先把他隐藏起来,最起码不能让日军在一开始进行大搜捕的风头上找到他。这时候,肖小艳就把周也夫交代她的话全扔到脑后去了,心里涌上来的全是柔情,这足以让她为了心爱的人丧失理智忘记一切的。

然而,肖小艳却发愁了,因为她不知道姬鑫成被那个日本兵送到河东城里的哪家医院了,而那个胖子张明生跟了去后,也不知道咋着能和他取得联系?总不能在深夜里一家家的医院去寻找吧?谁知这个念头在脑子里一闪现,肖小艳反而不犹豫了,就决定这样去找姬鑫成了。

肖小艳虽然下决心要去河东城里的医院一家家去寻找姬鑫成,但她毕竟是个特工,凡行事都要做充分考虑分析的。她想,河东城里有日军驻防,虽然有个随军医院,但规模很小,医生医术也有限,只是为一些日军伤员做前期的简单处理,然后还是要送进当地医院的。再说咧,姬鑫成又是个中国人,更不可能送到日军的医院里了。而最大的可能就是送到当时河东城里的那家比较有名的仁义大医院了。因为,仁义大医院位于安盐路,是从安邑进城后必须经过的第一家医院,那个日本人再蠢,总不会舍近求远吧!

这样一分析,肖小艳就打定主意,先到仁义医院查找一下,若不在那里,再做打算。她急匆匆地迈步往前走,不料却撞在不知什么时候出现的一辆黄包车上。她一惊,正要躲开,却听那黄包车夫开口说:"夜深人静了,小姐一个人在街上走,很不安全,快上车,我送您一程么。"

肖小艳就打量了一下这个突然冒出来的黄包车夫,见他头上包着河东人在冬季里包的羊肚子手巾,但他却几乎把半个脸也包住啦,加上街头的路灯暗淡,一下子看不清他的眉眼来。

肖小艳警惕地后退一步,两手攥成了拳,做好了格斗的架势,压低声音问道:"你是干什么的?"

黄包车夫仍然低着头说:"干甚的,肖上尉还看不出来么?"

肖小艳有点吃惊,他不但知道自己的名字,竟然还知道她的军衔。他究竟是什么人呢?日军特工?看上去不像,而且既然已经知道自己的身份了,日军特工就不会以这种方式来和自己打交道了。军统的人,来和自己联络的?可自己刚和周也夫分开,也没有必要采取这样的方式和自己联络呀!难道是……八路军……

这个念头刚冒出来,就见那黄包车夫向她身后看了一眼,急迫地说:"快点,不然时间就来不及啦。"

肖小艳略一迟疑,就跨上了黄包车,屁股刚挨上座垫,还没坐稳,那人便弯腰抄起车把,拉着车子猛跑起来。这时,就听身后有人追过来,边追边喊:"站住,车上的女人,下来接受检查!"

黄包车夫低着头,弯下腰,用全力拉着黄包车,越发跑得快了。就在他要拐进一个巷子时,后面的人开枪了。一颗子弹擦着肖小艳的左边脸颊飞了过去,就听见黄包车夫哦了一声,脚步明显地趔趄了一下,但又开始猛跑起来,刚出了这条巷子,又迅速地拐进了另一条巷子里,看来,他对河东城里的地形很熟悉。就这样又钻了两个巷子后,后面的人被甩开了。

但黄包车夫的步子并没有慢下来,还是低着头弯下腰在拼命地跑。肖小艳听到了他粗重的喘息声。她观察了一下四周,虽然朦朦胧胧的,看不太真切,但她还是能判断出来,黄包车是在向着出城的方向跑。

肖小艳在车上喊道:"你让我下来跑吧,我能跑动!"黄包车夫不吭声,只是往前跑,喘息声越来越重,越来越粗。

肖小艳说:"你、你到底是什么人呀?你要把我拉到什么地方去呢?"黄包车夫还是只顾往前跑,看样子他是在拼尽全力了。

肖小艳大声喊道:"你停下来。你再不停下来我……"没等她的话落音,就见黄包车夫一个踉跄,又拼命般往前跑了几步,一下子扑倒在地上,差点把肖小艳也掀落在地下。

肖小艳从车子上下来,刚想上前扶起他,却见黄包车夫挣扎着坐起来,从怀里掏出一把手枪,递给肖小艳,喘着气断断续续地说:"快,快到前面的路口,有人在……在那里接……接你哩,你学……学两声布……布谷……"话没说完,他头一歪,停止了呼吸。

肖小艳这才发现,他穿着黄包车夫号衣的背部有大片血往出洇,把地下瞬间染了一大块。刚才那一枪正打在他的背部上了。他是在受伤后咬牙坚持着跑到这里牺牲的。

肖小艳就在心中感叹,真是条硬汉子呀!可他又是什么人?为什么要来救她呢?她低头看了一下手里的枪,是那种叫"独橛子"的手枪,一次只能装一发子弹。这种枪现在谁的队伍还在使用?一个是土匪,还有一个就是共产党领导的抗日游击队。而土匪是不会来救她的。那么,这个人会是游击队的吗?

肖小艳打量了一下周围,迅速把黄包车夫的尸体移到黄包车上,推到墙角处。然后掰开这把"独橛子"后座看了一下,发现装有子弹的,就顶上火,按照刚才黄包车夫指的方向悄悄摸了过去,快到路口的时候,她学了两声布谷鸟的叫声,她知道自己学得并不像,但过了一会儿,她就听到在自己的前方也传出三声布谷鸟的叫声,然后就从路口旁边的一堵残墙后面慢慢站起来一个黑影,低声问道:"是肖小艳肖上尉吗?"

肖小艳举起手中的"独橛子"对着那个黑影,低声说:"你们是什么人?"

那黑影说:"我们是吕梁山抗日独立大队的,奉延安指示,来接肖上尉。"

肖小艳一听他们是奉延安的指令来接自己,心里就蓦地想到了一个人来。但她又疑惑,自从"西安事变"后,自己再未和这个人有过任何的联系了,怎么他还在一直在关照着自己,注意着自己的行踪呢?而且这次来到河东执行这个粉碎日军轰炸兰州的任务,是军统西北局秘密下达给自己的,延安那边怎么能知道呢?哦,难道在军统西北局内也有延安的卧底人员?!这样一想,肖小艳紧张的心就放下了一大半来,就向黑影走了过去。这时候,她发现,在那堵残墙的四周还隐蔽着好几个人,都是全副武装,警惕地察看着周围的动静。

那黑影迅速走了过来,把手里的匣子枪往腰里一插,伸手和肖小艳握手,一边说:"我是吕梁山抗日独立大队副大队长赵克义。昨天我们接到中共河东特委送来的情报,说是延安来了指示,让我们派人潜入河东城执行保护你的任务,并在你完成任务后迅速接你出城。"

肖小艳觉着这个赵大队副握着她的手就像是把钢钳一般,疼得她咧了一下嘴,然后问:"为什么?"

赵克义在黑暗中眨了眨眼睛,说:"为什么?那我就不知道咧。我们就是执行河东特委的命令的。你知道么?就在寻找你的过程中,我们先后牺牲两名同志了。"

肖小艳一听,语气沉重地说:"刚才接我的那位同志也……牺牲了。"

赵克义一听,就唉了一声,一把扯下头上包着的毛巾,说:"我就说哩么,咋不见接你的人么!加上这个郭才娃,三个咧。"然后他对旁边喊了一声说:"你们两个去把才娃的尸首找个地方埋好,做上记号。剩下的保护好肖上尉,撤!"

肖小艳问:"上哪儿?"

赵克义没好气地说:"先到我们驻地,然后等河东特委派人来护送你过黄河到那边去。"说着,他又低声自言自语道:"真是哩,为接一个国民党女特务,竟然牺牲了我们三个人、三个战士呀……"

肖小艳不解地说:"可为什么要让我过黄河?我刚刚完成任务,而且据我所知,我并没有暴露的……"

赵克义说:"那就不关我的事咧。"然后一挥手,说:"我们不能在此停留时间过长,赶快撤退!"

肖小艳一看这样,就请求说:"赵队副,我们还有一位同志,在完成任务时中了毒,在医院里抢救,我们是不是也接上他一块过黄河去?"

赵克义显然已很不耐烦,毫不客气地拒绝说:"不行,我们没有接到这个命令!"又低声说:"就为了接你,已经牺牲我们三个同志咧,再去救一个国民党特务,那还不知道要牺牲几个同志哩,不值!"后面这两个字是他压低了嗓门憋出来的。

肖小艳一听这话,知道他是不会去救姬鑫成了,顿时变得固执起来,说:"你们怕死不愿意去,那我自己去救他!"她手里拿着那把"独橛子"走到赵克义面前,说:"这把枪还给你,能否借一把称手的枪使用一下,过后还你两把二十响。"

"不行!"赵克义没思索就一口拒绝了,十分干脆地一摆手说,"我们的枪都是用鲜血和生命从敌人手里夺来的,不能借给你去救甚国民党特务……"话没落音,就见肖小艳纤手一伸,眨眼间就从赵克义的怀里掏出了那支匣子枪,然后把"独橛子"扔了过去,赵克义慌忙接住,有点气急败坏地喊:"肖上尉,你……你是个军人,咋能这样子,无组织无纪律……"

肖小艳说:"特殊时期,只能这样,我只好自己去一趟了。"话刚落音,身形闪了闪,已隐没在黑暗里了。

在赵克义周围警戒的队员们见状都冲过来,有的就要朝肖小艳隐没的方向开枪,被他拦住了。他没好气地骂道:"开甚枪,这不诚心引鬼子来么？再说咧，她也是、算是个自己人哩，不是国共合作了么。"又不由夸赞说："真看不出哩，一个小女娃子，身手这么利索！"然后回头对几名队员说："在后面跟上她，看她究竟要去做甚哩，要去救个甚人哩。危急时帮上一把，别让小鬼子把她伤了。她可是延安下令保护的人哩。"

6

这次对河东安邑机场的日军飞行员进行的投毒暗杀事件，确实是个非常重大事件，尽管日军方面努力封锁消息，但最终还是不胫而走，迅速流传。而将这一消息最先报道出来的竟然是国民党的《中央日报》，紧接着，《河东日报》《西府报》《山西抗战》以及延安的《解放日报》和重庆的《新华日服》等报都登载报道了日军飞行员中毒的消息，并说此举极大地鼓舞了全国军民的士气。《中央日报》先是用一则短消息报道了此事件，标题为："敌驻华北安邑机场飞行员集体狂欢，均中酒毒，十余名飞行员毙命。"副题称："敌称抗日分子所为。"随后又继续报道称："据敌《每日新闻》消息，敌飞行员中毒者达二十余人，其中十六人当场毙命，剩余敌伪中毒官员经抢救后均已出险。酒吧老板虽已投案自首，但后经查实，并非投毒之人。……日军河东驻军本部暂停对兰州作战计划之执行……"

日军飞行员们发现酒里有异并非像周也夫告诉肖小艳的四十八小时，而是当天的晚上，确切点说应该是第二天的凌晨时分，就有飞行员的身体出现了异常，上吐下泻，然后全身开始出虚汗。刚开始并没有引起注意，所有的人都认为是喝酒喝多咧，吐完了，身体发热出汗了，都觉得睡一觉就会过去的。天明还要驾飞机去继续轰炸西北的那个兰州城呢。

然而，天刚蒙蒙亮的时候，就有两名日军飞行员因为出汗而产生虚脱,那个喝多了的日军医官虽然也感到不适,但还是咬着牙给这两名飞行员进行了检查,却不知是什么原因。他按照自己的诊断,各打了一针镇静剂,让他们俩再休息一会儿。谁知这一休息,就永远地睡了过去,在睡梦中回他那东洋岛国去啦。而这两名飞行员死前身上出的汗水,把身下的白床单打湿得能捏出水来。

这就不像是单纯的醉酒了,而像是患上了一种怪病!

这样,日军机场的军官就不敢怠慢,先是向河东城驻军司令部汇报,然后赶紧组织人员把所有醉酒的飞行员以最快的速度送往河东城里的医院进行抢救。在这么紧急的时刻,他们并没有去寻找日军的医院,而是都就近送进了仁义大医院,与姬鑫成在同一家医院里进行抢救。

就在送往医院的路上,又有一名飞行员死亡!

这一下非同小可,单是喝醉酒是不可能让飞行员这么快死亡的,这应该是中了毒咧!日军立即对河东全城实行了戒严,搜捕有关人员,当然首先就是酒吧老板姬鑫成了。

姬鑫成和成田次郎躺在仁义医院的一间特护病房里吊盐水哩。姬鑫成的心里很不安很焦急,头脑里乱糟糟的,如一团麻般,他不知道安邑镇那边的情况,而胖子张明生自打把他送到这里就不见影子,也不知又去干甚咧!他装着没有完全清醒过来的样子,似睡非睡地躺着,看着那盐水一滴一滴地流进了自己的血管里。就这样也不知道过去了多长时间,他竟然觉着困了,眼睛也有点睁不开咧。就在姬鑫成睡意正浓的时候,忽然听见外面传来一阵嘈杂声,紧接着,走廊上就脚步乱沓,不时夹杂着日本话的喊叫。姬鑫成一下子清醒过来,第一个反应就是日军飞行员中毒的事情被人发觉了!

然而,他不知道,已经有飞行员因毒发而身亡,日军已经全城戒严,他被列为第一嫌犯咧!

这时,成田次郎也醒了过来。他是真正睡了一大觉。听见外面乱糟糟的,他还不高兴地问姬鑫成说:"姬的,有什么事情的发生?"

姬鑫成说:"不知道。去看一下么。"然后他就下床,一手举着吊瓶,慢慢地打开门一看,只见走廊的椅子上都躺着捂着肚子呻吟的日军飞行员。他心里清楚那是毒药发作咧,但他故意大声惊呼一声,对成田次郎说:"快来看,这是咋的咧!"

成田次郎已经不输盐水了,跳下床跑了出来。当成田次郎问清这些飞行员是因为喝了有毒的酒而中毒的时候,身子一软,一下子倒在了走廊的地板上!

姬鑫成急忙拔掉手上针头,把成田次郎扶起来,也装作吓得不知如何是好,连声问他怎么办。

成田次郎吓归吓,但还没有到彻底被吓昏头的地步。他看着眼前发生的这一切,极力让自己镇定下来,然后告诉姬鑫成,赶紧回到安邑机场,找机场的司令官说明情况。他说那里毕竟都是一个部队的,人员也熟悉,不会太为难他们,而且更重要的是,机场的司令官成田一夫和他是同乡,在关键的时刻,他会出面保护。这样就有时间去查清楚这件事情的真相,他们就不会被冤枉咧。千万不能被宪兵队捕了去,到那里可就是有话也说不清了,这件事情即使与你无关,你也不能轻易从那里走出来了!他一边说着一边不住地往四周看,两手紧紧地抓着姬鑫成的胳膊不放。

姬鑫成知道,成田次郎是怕自己借机跑掉。眼下这个成田次郎也卷进去咧,因为酒吧是他联系的,酒也是他到汾阳的酒厂去拉回来的。这一切都与他脱不了干系,所以他着急咧。但如果现在自己这样一撒丫子,不但证明就是自己下的毒,而且也把在盐务局的老爹也卖咧!

这样一想,姬鑫成决定跟着成田次郎回安邑镇的日军飞机场去。也许他说得有道理,那里毕竟是老部队,就是姬鑫成也认识不少日军飞行员哩。他赶紧装出不知所措的样子说:"行么,现在你说咋办就咋办,我听你的哩!"

成田次郎就说:"哟西哟西,姬的,从现在起,你的一切都要听我的安排……"

于是,两人乘着混乱,溜出医院,坐上黄包车,又赶回安邑镇去咧。

在姬鑫成和成田次郎刚溜出医院后不到一分钟,日军就把医院戒严了。日本驻河东特高课分部也派出特工赶到医院抓捕酒吧老板姬鑫成和专门去采购酒的成田次郎,但扑空咧!

肖小艳刚到仁义大医院的大门口,就看到一队持枪的日军冲进了医院,而且门口已布上了岗哨,严密监视和盘查着每一个进出的人。肖小艳观察了一下周围,发现医院的后院侧墙那边并没有日军岗哨,就绕过去,翻墙而入,蹑手蹑脚地来到医院大楼旁边。看到在拐弯处放着一把扫帚和一个簸箕,上面还挂着件脏污不堪的白大褂,肖小艳想也没想,就将白大褂披在身上,用手在地下摸了一把土,在自己的脸上抹了抹,然后抓起扫帚和簸箕,低下头,走进了医院的大楼里。她打量了一下一楼大厅,除了几个日军岗哨和医院里值班人员外,并没有别的人。她就低着头来到楼梯口,边扫边往上走。因为她知道,一般医院里一楼都为诊断处治室,住院的应该在二楼。

肖小艳刚上到二楼,正准备一间间地寻找姬鑫成,就听身后传来一阵急促的脚步声,她一回头,就见从楼梯上跑过来十几个穿着黑西装的汉子,领头的一把推开她,然后一挥手,那十几个黑西装就分别冲进一间间病房里搜索起来。肖小艳看得明白,知道他们在搜索姬鑫成,就把右手伸向腰后,握住了匣子枪的手柄,眼睛紧盯着那些进出病房的黑西装,一旦发现姬鑫成被他们抓住后推出来,她就会不顾一切地挥枪杀将过去,救出姬鑫成,怎么也不能让他落到日本人的手里。

然而,那些黑西装把二楼的所有病房都搜遍了,也没有搜出姬鑫成和成田次郎。

肖小艳看此情景，松了一口气，暗自思忖：这小子一向脑子灵活，肯定早溜了。可现在全城已经戒严了，他会躲避到哪里去呢？会不会躲到"怡红院"里去？要是不在那里，也许会跑回到乡下，躲藏在乡下他老家里。

肖小艳就在那儿这样正琢磨着哩，只听日军特高课领头的厉声问道："她是干什么的？怎么跟着我们？"

一个穿黑西装的就大声朝着她喝问说："喂，你是干什么的？"

肖小艳心里一惊，就慌忙从腰后抽回手，扬了一下手里的扫帚和簸箕，没有说话，身子却向后退到了楼梯口上。

黑西装很显然对这个看上去有点不起眼的邋遢女人起了疑心。就是啊，看见他们这些人过来，所有人都躲得远远的，她却敢跟过来，本身就说明她不是一般女人了。只见领头的向那个黑西装摆一下手，说："抓住她，仔细搜一下身，看她究竟是干什么的！"

那个黑西装"哈依"一声，就晃着手里的二十响朝肖小艳走过来。

肖小艳知道这回躲不过去了，但看到黑西装手里的二十响的时候，心里一动。她装作害怕的样子说："你们要干什么？"边说边向后退。就在黑西装伸手要抓她的时候，她手臂轻挽，顺手一勾，就将黑西装手里的二十响抓到了自己的手中，顺手就对着黑西装的肚子扣动了扳机，只听"噗"的一声，黑西装就呆呆地站了一会儿，然后向后倒下去。而肖小艳一跃身子跨上了楼梯栏杆，一滑到底，然后跳下栏杆就向门外奔去。没等门口那个日军岗哨反应过来，她已冲到了门口，手里的匣子枪几乎就是抵着日军岗哨的脑门开了枪，只听又是"噗"的一声，枪声被身后从楼上追下来的穿着黑西装的特高课的枪声淹没了。

肖小艳不敢怠慢，冲出医院大楼后扭身向后院奔去，打算原路出去。但她刚奔到墙跟前，打算往墙上跃时，那些黑西装就看穿了肖小艳的想法，用密集的火力压制着，使她无法腾跃助力爬上墙去，很显然，特高课是想活捉她。

肖小艳隐藏在医院大楼的转角处，看着后院的墙就在跟前，却无法爬上去，再这样下去，枪里没了子弹，还不成了瓮中之鳖，她觉得自己还没有如此窝囊过哩。正当她困在那里无法施展的时候，却听从两边的院墙上传来枪声，随即就有一个黑西装"哎哟"一声栽倒在地下，其余的便都赶紧找地方躲藏，趁这时机，肖小艳扭身猛跑几步，一个箭步蹿上了院墙。也就在这时，那个特高课领头的朝她开了两枪，肖小艳只觉着大腿根一麻，知道自己中枪了。

肖小艳翻下墙头，发现救了自己的是八路军吕梁山抗日独立大队的赵克义他们。刚才在和日本人特高课的对射中，他们的武器差了点，又有一个队员受了伤，被打中了肩头。好在腿还能跑，迅速撤离了仁义大医院，跑了一阵子，又来到了他们见面的路口。

肖小艳喘了口气，问道："你们有没有急救包？"

没有人吭声。

赵克义回头说一个队员："出发时不是让你带着了么，给她一个。"然后问："咋，受伤咧？重不重？打哪儿咧？要不要……"

肖小艳说："不重。我自己来。"她接过那个队员很不情愿递过来的急救包，转过身子包扎，心说，打得真不是个地方。

赵克义没好气地说肖小艳道："我说你们这些国民党军统特、特……军统人员咋就这样子没组织没纪律？想咋干就咋干，逞个人英雄主义哩。再说，你又是个女娃子……"

肖小艳忽然打断了赵克义的话，说："给您！"伸手冲赵克义递过去一支枪，就是那把二十响。

赵克义先是一怔，等他看清了肖小艳手里的东西，顿时喜出望外，说："哟，是把德国造二十响哩。你弄来的？"

肖小艳说:"我说话算话,先还你一把,另一把过些日子还。"

赵克义这回是真高兴了,用手抚摸着那把二十响,简直是爱不释手了,几个队员都围过来看,有的伸手摸一下,啧两下嘴说:"烧蓝还好好的哩,比大队长那把还要新哩。"听队员们这样讲,赵克义就过去对肖小艳说:"我们大队长就背这样一把枪,可是神气哩,晚上睡觉也放在身边。不过要说么,这枪使唤上就是带劲,一梭子打出去就是二十发,像挺小机关枪咧!"

肖小艳看着赵克义对这支二十响德国造的样儿,就知道这些土八路有多么的穷啦,就说那种只能单发的"独橛子",连土匪都不愿意要,他们却都舍不得扔,她想起军统人员在嘲笑八路军时这样说:"土八路,胡尿闹,一身虱子两脚泡。"然而就是这伙子人,在真正地和日本人拼命,在顽强地抵抗着日寇的侵略呢!肖小艳这样想着,心头一阵酸楚,就对赵克义说:"赵队副,你放心,当条件允许时,我给你们多弄些武器弹药。"

通过这次行动,赵克义看出来肖小艳并不是个简单的军统特工,也许她还有着更深的背景哩,不然,延安咋会通知中共河东特委,专门让他们来护送她过黄河呢?赵克义这样猜测着。按说这样的女孩子一般都在父母的身边,或者都已做了媳妇啦,可她却在这血与火中做着这种手提脑袋的活计,真是不简单的哩。赵克义比一开始显得热情了许多,关切地问:"你的伤势咋样,要不要……"

这样一问,肖小艳倒觉着伤口那儿有点火辣辣地疼,按说急救包上的药都应该有止痛成分的,可怎么还这样疼疼呢?她问赵克义,他们带的急救包是哪儿的?赵克义说:"什么急救包呀,也就是那样叫哩。"原来他们带的急救包就是几块纱布,什么药都没有的。

赵克义又主动问道:"你要到医院救的那位同、同志现在咋个样咧?要不要我们再去救一次?"说这话时,赵克义挥舞着手里的二十响,显得很有底气。

肖小艳说，那个同志已撤离医院了。她在医院里遭遇到的那伙子穿黑西装的人是日军特高课的便衣特务，就是到医院里抓他的。但他们扑空了——

赵克义问："那位同志躲避到哪里去咧？"

肖小艳摇了一下头，说："暂时还不知道。"又说有两处隐蔽地点，她需要去寻找一下。一处是河东城里禹西路上花街里的"怡红院"；另一处就是乡下他的家里。眼下先进城去，到"怡红院"那里去寻找。

这次赵克义出奇地果断，低声却是有力地叫了两个队员的名字后，把二十响往腰间一插，对肖小艳说："肖上尉，我们三个跟你进城去寻找，听你的指挥！"说这话的时候，赵克义的眼睛里流露着男人的敬佩。

肖小艳带着中共吕梁山抗日独立大队的副大队长赵克义，潜入戒严后的河东城里寻找姬鑫成，日本驻河东特高课分部和日军宪兵队也在寻找投毒嫌犯酒吧老板姬鑫成，姬鑫成却和成田次郎又潜回到安邑镇里。进到机场后，成田次郎就赶紧带着姬鑫成去"投案自首"咧。机场的日军司令成田一夫详细地询问了当时的情况，看样子成田司令官又挺紧张。根据他们的叙述，机场的警戒保卫部又对酒吧进行了搜查，结果发现了肖小艳扔掉的那套日本艺伎服装，也找到了那个受到袭击的艺伎，据她讲，袭击她的是一个女人。这样，机场方面虽然基本排除了酒吧老板投毒的可能性，但并没有放姬鑫成走，而是把他安排在一间屋子里，说是让他好好地休息，实际上是把他软禁起来。这一点姬鑫成也理解，毕竟事件还在调查中。成田次郎安慰姬鑫成说，这样子其实是司令官在保护他们采取的措施，他在机场里的这个采买美差就是司令官特意关照给他的。他拍着胸部要姬鑫成放心："你的大大的朋友，害怕的不要。"

随后，机场和河东驻军司令部迅速组织人员到仁义大医院进行抢救。与此同时，日军驻河东司令部从华北驻军司令部请来了一位经验丰富的专家，在河东日军特高课分部的配合下立即抽取了这些喝过酒的飞行员的血液，提取了他们胃里的残留物进行化验，结果却让日本人大吃一惊。化验结果出来，在日军飞行员胃里面的酒里，含有"阿米巴菌"病毒，而这种病毒正是他们的731部队为细菌战而研搞出来的。

于是，日本人就把侦察目标锁定中国人中的抗日分子，同时也在日本人中间进行秘密调查。因为日本人觉得，研搞细菌病毒是非常秘密的，一般人根本接触不上。而且这种细菌病毒更不应该到了中国人的手里，并且被中国人利用来杀害日军的。他们一方面觉得应该是日本人中的反战分子所为，而这些人就在自己的身边隐藏着；同时，因为他们那天在酒吧里发现了有女人假扮艺伎，因此在另一方面又怀疑这起投毒事件是女人所为了。于是，他们又在那天来安邑的艺伎里面展开了调查。

与此同时，日本人也对姬鑫成和成田次郎以及那几位中毒较轻后来被抢救脱险的飞行员，其中包括那位空中"三剑客"坂井三郎进行了抽血及提取肠胃物进行化验，结果发现肠胃里的食物也含有少量"阿米巴菌"病毒，但血液里却没有病毒，这样就避免了中毒。询问结果，是这几个人虽然喝了有毒的酒，但后来都呕吐过，有可能把含毒的酒和食物一起都吐出来了。

这时，姬鑫成虽然仍然被软禁在机场，却已经没有什么人关心他了。相反，日本人反而把调查重点放在了成田次郎的身上。为什么要选择在酒吧里举行庆祝活动，为什么要到汾阳杏花村酒厂拉酒，中间曾经遇到过什么人，为什么要从河东城里请妓女过来，为什么要吃中国菜等等一系列的问题全都要成田次郎这个倒霉蛋一一道来，他反倒成了机场投毒案最大的嫌疑人了。

虽然特高课和宪兵队不止一次地来机场，要求把姬鑫成和成田次郎移送过去，但机场的成田一夫司令官却特别强硬，坚决不把嫌犯移送特高课和宪兵队，非要自己把这件案子弄个水落石出不可。他是这样婉言推托的，大意就是："案情我们已经侦查得差不多了，很快就会真相大白。所以在这种时候，给谁都是送个顺水人情。但这个人情给谁也不好，给一家就要惹另一家。我们谁也不愿意惹，所以就谁家也不移送了。"成田次郎有一次悄悄告诉姬鑫成，一旦执行了特别移送，不管案情最终结果如何，人就别想活着回来了！

这话把姬鑫成吓得不轻。

他还告诉爷爷，机场司令官究竟能拖延多久的时间，还要看日军驻河东司令部如何定这个案情了。不过，成田一夫司令官私下里对上面表示过，自己研制出的细菌病毒，却害了自己的飞行员，传出去就是日军的一个大丑闻，就在机场内部处理消化算了，不必再张扬了。若是让那些好事的记者暴露出去，恐怕就要牵连到很多人呢！

这意思很明白，这个丑闻一旦张扬出去，就不只是机场司令官要被惩办，日军驻河东司令官也难逃干系的。这也就是成田一夫司令官敢顶着特高课和宪兵队不办理移送的原因。

但尽管这样，姬鑫成还是感到了巨大的压力和潜在的威胁，被日本人长时间的软禁在兵营里，除了憋闷外，危险也随时都会袭来的，毕竟日军一下子中毒死了十几个飞行员，这可是通了天的大案子，据说连天皇都知道了！这么大的案件不是说了就能了的。万一日军上方不愿暴露丑闻，恼羞成怒要找个替罪羊呢？或者日本人把机场这个成田一夫司令官换了呢？又或者日本特高课的特工和日军宪兵深夜潜入，强行把自己劫持走了呢？……这样一假设，吓得姬鑫成浑身颤抖不已，惊惶不安，一天也在这里待不下去咧！可不想待也不行，这里并不是说想离开就离开的。他只好让自己平静下来，表面上装成没事人的样子，暗地里在寻找着逃离的机会。由于这一段日军对他的怀疑基本上可以说是取消了，他也可以在机场外围转一转,但绝不能进到停机坪里去。他看到这些日子日军的飞机也不再起飞去执行轰炸任务了,心里倒也觉着欣慰,有时候还产生出这样的念头来,就是日本人查出来了,自己至少毒死了十几名飞行员哩,应该算是一种壮举咧,应该青史留名咧,也值咧!

这时候,姬鑫成想到了肖小艳,也不知道她逃出去没有。还有胖子张明生,把自己送到医院里就再也没有见到他的影子,肯定是吓坏咧,吓得躲藏起来咧!

要说这个日本人成田次郎,这次倒也挺够哥们儿的,在被软禁的日子里,不知道他是觉着自己把姬鑫成牵涉上了还是有着别的目的,每天都陪着姬鑫成说话,每次总先让姬鑫成"大大的放心,害怕的不要"。然后很费劲地用日本话又夹杂着中国话,给姬鑫成讲他们的九州岛。姬鑫成每次都很有耐心地听他讲着,不插话。

姬鑫成被软禁在日军飞机场的兵营里,进不得退亦不得,度日如年,而且危险也与日俱增,不知如何是好,他的老爹突然来营救他咧。

要说这事还得感谢胖子张明生,他真不愧为姬鑫成的铁哥们儿,不管多么危险,他也没有丢下哥们儿不管,一跑了之。那天晚上他跟着成田次郎把姬鑫成送到仁义大医院后,便想着把这事情告诉姬鑫成的老爹,但他又觉得这事情不能自己做主就在他打算告诉姬鑫成的时候,却看见姬鑫成正昏昏沉沉地躺在床上,任由几个年轻护士找血管输盐水哩。他就来到走廊尽头的一张长靠背椅子上,打算休息上一会儿。几天来精神紧张,又加上劳累,他靠在椅子上就迷迷糊糊地睡着了。这一睡,不知道睡了多久。等他嘴角涎水横流,梦中仍往酒里下毒的时候,被人粗暴地推醒了,他眯瞪着睁开两眼,看到推他的是两个日本兵,吓了一大跳,以为日本兵是来抓他的呢。谁知一看日本兵的架势,原来是要把他往医院的外面驱赶哩,说是戒严啦!他赶紧说自己是来送病人的,正在屋子里输着液哩。谁知等他跑过去一看,病房里不但没有了姬鑫成的影子,连那个日本人成田次郎也不见咧。

他大吃一惊,以为姬鑫成肯定是被日本人抓了起来,可那个日本人跑到哪儿去了呢?他不应该被抓起来的呀!正当他在那里发愣的时候,日本兵揪着他的衣领子将他连推带搡地拉到了医院的大门外面,骂了一声"八格牙鲁"!看见他要往医院里面冲,就扬起刺刀对着他晃了晃,大声吆喝道:"姆丝高,呆台西(小孩子,滚开)!"

医院里看来是进不去咧,姬鑫成又不知道被日本人抓到哪里去,死活还不知道哩!说不定这会儿正在遭受着日本人的毒打折磨哩!日本人折磨起中国人来,那可是残暴哩,把你折磨得快要死咧,就把你拉出去让狼狗啃咧!这样想着,张明生就感觉到再也见不上自己的哥们儿啦,不禁悲从中来,一屁股坐在医院的大门外,哇哇地大哭了起来。

站在医院大门口的几个日本兵反倒觉着挺好玩的,看着他在那儿大哭,倒嘻嘻地乐开了。

张明生哭了一会儿,便觉着无趣了,哭上半天屁事不顶。想起姬鑫成说过的,一个爷们儿,哭是最无能的表现咧!就赶紧抹了两把眼泪,站了起来。这会儿,刚才在医院里产生的那个念头又在脑子里浮现了,应该去找姬鑫成那挺有权势的老爹,还是让他来救自己的独生子吧!

姬鑫成的老爹得知自己的独生子因为日军飞行员中毒一案被捕,吓得全身哆嗦起来,好半天才镇静下来。他问张明生知道不知道姬鑫成被押在何处,张明生摇晃着脑袋说:"不知道。"

姬鑫成他老爹不敢怠慢,慌忙动用自己在河东城里和日伪内部的关系,查找独生子的下落。很快,就有消息说姬鑫成被软禁在安邑镇的飞机场的日军兵营里面,虽然失去了自由,但并没有遭甚罪,因为日军并没有把飞行员中毒的事件和姬鑫成关联起来。得到这个信息,姬鑫成他老爹立即找到那位在盐务局当着挂名局长的日本人空山一郎,在痛陈一番后,取得了空山一郎的同情,然后又让空山一郎陪着,直接找到了日军驻河东司令部，既痛心疾首，为飞行员的中毒事件深表同情；又慷慨陈词，说如果自己的儿子真的和日军飞行员中毒一事有关，那就任皇军处治，他无二话说哩。但现在既然没有甚证据，而且姬鑫成也是毒酒案的受害者，若不是酒醉呕吐了，现在怕也命在旦夕哩！那日本人的盐务局长空山一郎也在一旁帮腔，并极力赞扬姬鑫成他老爹在潞盐生产中的能力和功劳："没有姬大管事，潞盐的生产将大大滞后。姬大管事是皇军大的朋友的。"言外之意，他的公子也毫无疑问地肯定是皇军大大的朋友了。

不知是怕耽误了潞盐的生产和掠夺，还是真觉着姬鑫成与日军飞行员的中毒事件并无关联，又或者是因为空山一郎的面子，因为听说这个空山一郎是皇室派来的人。总之，河东驻军司令官当即就给安邑机场的司令官打电话，让他们立即放人。

有了驻军司令官的电话，机场自然不好继续扣着人不放了。但机场司令官知道姬鑫成的老爹的背景，借故这一段时期姬鑫成在公子吃住都在机场里，而且享受的都是一流的招待，一切都尽可能地去满足姬少爷的。姬鑫成老爹在河东城里的商界打拼多年，自然明白日本人的意思，为了营救独生子，他毫不犹豫地给了机场司令官一大笔钱，从安邑机场领回了姬鑫成。

姬鑫成的老爹把他领回去后，气呼呼地训斥了他大半天，责令他从此要好好地读书，再不准他胡思乱想地去开甚酒吧了。姬鑫成也正好借题发挥，要把安邑的那个酒吧盘出去。恰好有两个日本人也看中了这家酒吧，经过简单的协商后，姬鑫成就把酒吧以非常便宜的价格盘给了他们，后来他才得知，安邑机场的司令官早就相中了这家酒吧咧，想低价收购过来，让自家人去开，赚一笔钱。

拿到这笔钱后，姬鑫成就想，此时不走，更待何时！料理完善后，姬鑫成就告诉老爹，这河东城是万万待不下去咧。虽然眼下日军飞行员中毒一事几成悬案，再随时日久些，就会慢慢地放凉的。但就是不知道日本人哪天一翻脸，就又会上门兴师问罪的，不如走远些，让日本人断了这个念头。他老爹觉着独生子的想法也不无道理，因为在和日本人打交道的这一段日子里，他也饱尝了日本人反复无常的苦头。而胖子张明生早就有此想法了。于是，两人便带上了一笔款子，在一个深夜里悄悄地出了河东城，来到黄河边上，坐船过了黄河，去了陕西。

以姬鑫成的想法，是想到西安城里去做点生意的；但胖子张明生早就打定了主意，要到延安去。两人在路上争执了半天，谁也说服不了谁，于是便约定，先到西安城，然后再决定是留西安还是去延安……

第二章

1

姬鑫成带着张明生跑咧,但河东城并没有就此安宁下来。

就在他们离开河东城后的第三天,日本宪兵果然又找到了姬鑫成的老爹。他们看上去十分客气,但却非常霸道地说要找他儿子姬鑫成到宪兵队了解一些情况,希望他配合一下。原来,日军在对那天晚上在酒吧的艺伎调查中,有一个艺伎提供了一个情况,说酒吧老板在喝醉酒呕吐时,有个化装成日本艺伎的女人,看上去似乎认识酒吧老板,曾伸手扶着酒吧老板去呕吐了。

姬鑫成的老爹在这个时候就显得非常老练和沉着了,因为他知道独生子已经过了黄河到了陕西那边,那边已经不是你日本人的地盘咧,说了就不算啦!他很客气地对那个领头的日军宪兵说:"扶上一把就算是熟悉么?酒吧老板在呕吐,就算是你们国的女人站在旁边,就不能扶上一把么?再说咧,他已经被你们的'共荣'吓跑咧!"

日军宪兵也承认这话有一定的道理,扶一把并不能说明他们之间就熟悉,也许那个化装成艺伎的女人借此机会在掩护自己呢!不过,日军宪兵还是客气地问道:"那么,请问贵公子会到哪里去啦?"

姬鑫成的老爹说:"那我就不知道咧。你们那样子对待他,自然不可能在河东城待下去咧,跑咧,至于跑到哪儿,我就不知道咧。"

日军宪兵问:"贵公子会不会回到老家去?"

姬鑫成的老爹说:"那我就不知道咧。你们派人去看看么。"

于是,那个领头的日军宪兵就"哈依"一声,带着人走了。随即就悄悄地派了一个伍长,带着一小队伪军赶到了姬鑫成的老家去。

在年关临近的一天夜里,星星出奇得多,密密地布满了天空。奶奶早早地关好门,往婆婆和自己的炕洞里各炕了一簸箕碎麦衣子,然后就坐在门边一边看星星一边纳鞋底子。心想着要是星星懂自己的心就好了,给那个不晓得野到甚地方的男人捎句话儿,就说自己肚子里有咧,是他的哩……不管咋着,爱不爱见她,总是有了自己的骨血了么……

突然,门外响起了脚步声,随即大门就被人敲响了。

笃、笃、笃。

声音很小,很轻,好像有点犹犹豫豫,让奶奶感觉着是自己的耳恍了。她仔细听了一下,声音又没有了。她就在心里笑了一下,又开始纳自己的鞋底子。

笃笃。

敲门声又响了,这次听得真真切切的,就是有人在敲自家的大门哩。

奶奶的心一阵狂跳,手一抖,被针狠狠地扎了一下,不由蓦地一下子站了起来。大概是站得猛了些,她感觉头有些晕眩,便稳了稳神,放轻脚步来到大门前,大声问道:"是哪个么?"

大门外有人低声应道:"妹子,是我,我么。"

听起来好像是个女人。这晚上黑漆漆的,哪个女人来找她做甚呢?这样想着,就打开了门闩,女人总是很容易让人放松戒备心理的。只见那个说话的女人被两个男人搀扶着无力地靠在大门洞的砖墙上。尽管是在夜里,但奶奶还是一眼就认出来这个女人啦,那就是在新婚圆房的第三天里勾走了她的丈夫，被她骂作"狐狸精"的河东城里的女戏子。

可她周围的那些个样子凶神恶煞般拿着枪的男人又是做甚的呢？莫非她不唱戏，又做了土匪咧？

但不管咋着，面对着抢走了自己丈夫的"狐狸精"，奶奶的第一个反应就是排斥，一种说不清楚的恨与气压在胸口。但随即，奶奶挺起她骄傲自豪的大肚子站在大门当中间。她是要给这个"狐狸精"看哩，看么看么，我这个明媒正娶的婆娘肚子里怀的就是我男人的娃娃哩。你就是凭着你那副狐媚性勾引男人，可有结果么？看来老天爷也觉着你不配哩。奶奶将骄傲的下巴翘起来，在心里恶狠狠地痛骂着，深夜里带着人跑到我的家里来做甚？你以为抢走了我的男人你就过得好了么？看你那个靠在人家屋墙洞上软弱的那个样子，就像是没了魂一样哩。你以为你是谁么？你以为那个男人不在眼前咧人家就会忘记掉你勾引起男人的那狐媚样子么？忘记你曾经勾引过人家屋里的男人么？咋着还敢跑到人家的家里来呢？脸皮咋就这样子厚么！

奶奶姬春贤站在大门口，心里骂了大半天，其实她一句话也没有说出口来。她看到那个靠在门洞砖墙上的女人，身子一点点地矮了下来，越缩越小咧。那个搀扶着她的男人低声惊呼道："赵大队，她晕倒咧！"

那个被称作赵大队的男人就把手里的枪往腰里一插，过来看了看，有点不高兴地低声对奶奶说："我们是吕梁山抗日独立大队的，哎哎，大姐，就别老让我们站在这里啦，快让我们进屋去么。一群人老站在这里，被汉奸发现报告了日本人就坏咧！她来找你们家哩，你却不让她进门，是咋回事么？没看见人都晕倒了么！"

肖小艳一晕倒，把奶奶设想好的一切全都打乱啦。她赶紧让开大门，让几个队员把肖小艳抬到屋子里，放到暖烘烘的炕上。在河东城外给肖小艳急救包的那个的卫生员，过来打开他背着的那个画着十字的袋子，从里面掏出一颗白色的片片，掰开肖小艳的嘴塞了进去，然后扭头对那个赵大队说:"走了这一路,她是失血过多咧。现在要想办法止血哩。可是,她伤在那个地方……"他的脸上一副为难的模样。

本来,按照奶奶的设想,要好好地在自家的大门口晾一晾她的,别以为勾引了别人家的男人就一切如愿啦,就是要让她知道别人的家门并不是说进就能进的。除非她跪下来——不,就是跪下来也不能让她进,那算个甚?是二房还是妾么?

结果,奶奶的防线在肖小艳的晕倒中彻底崩溃啦。

看着卫生员那手足无措的样子,赵大队副也帮不上忙,就把求救的目光望向奶奶。这会儿,奶奶已点亮了那盏已经许久都没有点过的豆油灯,用别在头上的针挑了挑灯捻子,屋子里就亮堂了些。奶奶端过豆油灯来,一眼就看见躺在炕上的肖小艳大半截裤腿子都是血。

只见她把豆油灯往旁边那个卫生员手里一递,说:"照亮点。"又一扭头说其他人:"你们都到屋外去。"

赵大队副就带头和那些队员们都自觉地到屋子外面去了,尽管外面冷飕飕的。

奶奶从炕头放针线的簸箩里拿出一把剪刀,拽起肖小艳的被血染得湿漉漉的裤子叫了一声:"造孽哩,真是造孽哩!"随即哧的一声,就把裤子豁开咧。看到肖小艳大腿根那流血的伤口,自言自语地说:"咋伤到这搭咧,也真不是个地方哩。"她说着话一弯腰,用手在灶炕里抓出一把热灰按到伤口那儿,疼得肖小艳啊了一声,刚醒过来就又晕了过去。

卫生员担心地问:"这样子,能行?"

奶奶一边伸出大拇指,很内行地掐住肖小艳的人中穴,一边说:"咋不行?热灰止血,祖辈传下来的哩。哎呀,都打穿咧!别又是给别的男人……"她没有把话说完,却听那卫生员说:"是日本人打的,日本人的枪威力大,一下子就打穿咧。被日本人这枪打后刚开始感觉不到疼，到后来就……"

奶奶说："咋，是日本人打的？日本人咋打她么？她……"

卫生员说："他们是去杀那些开飞机的日本人。后来么，她又要去医院救一个甚……甚……好像是他们一伙的，姓甚哩？好像是姓姬……"

奶奶的脑子就嗡的一声，顿时就觉着气短了，胸膛剧烈地起伏着，好半天才喘出一口气来，问道："那救出人来没？"

卫生员说："噢，等她寻到医院，那人已经从医院里跑咧。她从医院里翻墙出来时被日本人打了一枪，刚好就打在了那儿咧……"

奶奶似乎一下子明白了些甚来，敢情他们是去打日本人哩！她扭头看了一眼那端着豆油灯看得有点目瞪口呆的卫生员，厉声说："把灯端近些，别光瞪眼睛瞅，头转过去。"

那卫生员就赶紧扭过头去咧。

奶奶从炕上抽出一面粉色的洋布花床单来，这是在她和爷爷姬鑫成圆房的时候公公从河东城里专门买回来的。但奶奶也只是那么略略犹豫了一下，然后就又哧地一下子撕下了一条。她就用撕下的这条床单包在肖小艳的大腿部，熟练得像个专业护士，可这一切都是奶奶习惯了的庄稼人的做法，在地里做家活时身上有了伤口，就抓一把土捂在伤口上先止住血，等过几天结了痂也就好咧。她一边包一边说："你们那么多的男人，咋就让一个女人去救……"

卫生员吭吭哧哧地解释着说："不是，是……这个，一开始我们接到的命令，是去接她的，可她非要去救、救……"

这时候，肖小艳醒了过来，看着正忙乎着给她包扎的奶奶，眼泪一下子涌了出来。她努力地欠了一下身子，动情地叫了声："妹子！"

奶奶却板着面孔，生硬地说："论辈分，该叫我姐！"

2

虽然没有找到我的爷爷姬鑫成，但因为肖小艳大腿根部的伤势并非像她轻描淡写的那样"擦破了一点皮"，再加上当时没有很好地包扎，失血过多，所以就暂时不能行动啦。但是，打算接上肖小艳送她过黄河的吕梁山抗日独立大队的这部分队员也不能在我们这个离河东城很近的村子里长时间地待下去，赵仁义副大队长准备带上队员们先回吕梁山根据地去，留下肖小艳在村子里养伤，由奶奶负责照顾她。本来他还打算让那个卫生员也留下来的，但姬家忽然凭空出现个年轻男人，会引起注意的，也就打消了这个念头。临走时，他留下了一些钱和那支驳克枪，说万一有个甚情况，好防身用。

肖小艳倒没有拒绝，虽然凭着她的身手，若在平时并不在乎村子里会有什么危急情况发生，但目前身体有伤，行动不便，有把枪在身边，也保险些。

肖小艳养伤的这些日子里，奶奶比过去更加忙碌劳累了。

每天天不亮，奶奶就要起床，先把婆婆和自己屋里的两个尿盆倒掉，再到羊圈里挤奶，煮开后一分为二，婆婆喝一半，肖小艳喝一半，她自己则一口也不喝，最多是把两只盛过奶的碗从水缸里舀些凉水涮一涮，晃一晃，"咕咚、咕咚"喝下去咧，然后就挺着个大肚子到场院里放置夏秋时节打麦收秋之后攒下的麦衣和杂柴，满当当地提一大筐子回来，分别给两个已渐凉了的炕洞里炕进去，让炕热乎起来。北方人都喜欢在冬天里偎在热炕头上，与屋子外面数九寒天滴水成冰的寒冷比起来，这也是一种幸福一种享受呢。

给炕洞里炕过了麦衣子和杂柴，她便和平时一样，拿把扫帚到大门口打扫，这一方面是习惯啦，一方面也是趁机探听一下周围的动静，也有点站岗放哨的意思。把家门口打扫完啦，又靠在门洞里，纳着鞋底子，一站就是一个上午或者一个下午。家里毕竟藏着一个因为打日本人而受了伤的伤号哩。

在得知肖小艳是在打日本人的时候受了伤，奶奶对她的态度有了点小变化，最起码不是那么对立和敌视了。但表面上仍然是那么不冷不热的感觉，也不多说一句话。就是迫不得已说上两句，也总是以奶奶呛肖小艳而告结束。比如肖小艳总是看到奶奶给她喝羊奶子，自己却一口不喝，就感动地说："妹，哦，姐，你也喝一点么。"奶奶就面无表情地说："你喝不喝？不喝就倒进茅坑里去。"肖小艳知道奶奶说得出也做得到，就赶紧把羊奶喝干净啦。再比如，奶奶给偎在炕上的肖小艳端上用白面做的细面条，自己却在灶前呼噜着昨天剩下的稀粥。肖小艳当然吃不下去，就硬要分给奶奶一半。奶奶就还是那句话："不吃就倒茅坑里去。"肖小艳就不敢再多说，赶紧把细面条吃干净了，等奶奶收碗时赶紧奉上笑脸说："谢谢姐呀。"奶奶却不领情，在盆里洗涮着碗筷，一边嘴还不停，说："就会说些哄人的话哩。怕也是这样子哄男人的哩。养得细皮嫩肉的，再去唱戏勾人去么……"

这些话肖小艳自然听得到，但她不还嘴。奶奶虽然嘴上不饶人，长长短短地说一些让她听上去不受用的话，但对她真是比亲妹子还亲哩，每天想方设法调理着她的吃食，连炕都是一天烧三遍哩。两只母鸡下的鸡蛋，原来除了婆婆一个月可以吃几个外，剩下的都是要拿到镇上卖掉，再买油盐酱醋什么的。现在则全都给肖小艳吃咧，就这样，奶奶还用卖鞋的钱，从别人家里买鸡蛋给肖小艳吃。她心甘情愿地为他人吃苦奉献着，为这个家庭吃苦奉献着，别看她对肖小艳表面上冷归冷，嘴里说归说，但她该做的都做了。肖小艳在第二天就完全吃透了奶奶的脾气和方式，也就十分坦然地偎在热乎乎的土炕上，每天清早一碗羊奶，中午吃细白面馍和葱花面条，隔三岔五的还有鸡蛋吃哩。正是由于奶奶姬春贤的精心照顾和伺候，也加上肖小艳年轻，本身体质也好些，在第三天她就可以下来炕,叉开着腿在院子里转着圈走咧。

这时候的奶奶就把大门紧闭,自己则守在大门外,十分警觉地注视着巷子里的动静。

到后来,奶奶居然和肖小艳成了朋友,不,应该说是成了亲姐妹啦。

女人之间通常就是这个样的,当她们不是敌人的时候,一般来说很快地就会成为朋友;而当她们不再是朋友的时候,就有可能立即成为敌人,很少有中间状态发生。她们的爱恨转化非常直接,也非常快。这是因为在她们两个女人中间有一个共同的话题,就是说那个他——爷爷姬鑫成。

肖小艳开始较详细地告诉奶奶他们是如何利用开办酒吧给那些日军飞行员们的酒里下毒的,告诉了奶奶她的身世,当讲到自己从小学戏,不知道自己亲生父母是谁的时候,勾起了奶奶从小当童养媳所遭受的辛苦和酸楚,两人竟唏嘘不止。当后来说起年龄的时候,确实是肖小艳要比奶奶大两岁,但奶奶还是认真地说,她是爷爷姬鑫成明媒正娶到姬家的,应该为大房,所以肖小艳就是要叫她姐哩。说这些话的时候,奶奶幸福地用手轻轻抚摸着自己那已经很鼓的肚子,说这就是那个他——姬鑫成下的种哩。这时候的奶奶姬春贤不知道是故意的还是心里确实高兴的,也许肖小艳的到来给她一股充实吧。因为人类也和那些畜类动物一样,天生是习惯于群居的动物,本能地惧怕孤独和寂寞的。她忽然当着肖小艳的面哼了一段《耕地歌》,当然这《耕地歌》不是指在田间耕地,而是对两性关系中的一种性启蒙,或者说是性教育:

"老嫂子,我问你,你的娃娃哪来的?"

"哎呀呀,我告诉你,我的娃娃是种出来的,你兄弟就是那种地的。"

"老嫂子,我再问你,你的地是咋种的?"

"我的地是一道沟呀嗨，你兄弟的牛牛就是耕地的犁……"

虽然肖小艳也是经历过男女之事的过来人啦，但听到这些赤裸裸描述男女之事的歌曲时，仍然感觉脸上热辣辣的。对于奶奶总是有意无意间流露出自己是大房的那种优越感，肖小艳从心里感觉挺有意思哩。当然了，奶奶并没有把肖小艳比作二房，但肖小艳总觉着自己已经和姬鑫成有了那事，嘴上虽然不承认，但私下里也就心甘情愿地认了奶奶这个大房、这个姐啦。有时候，肖小艳一个人独处时想起她与爷爷奶奶之间的瓜葛纠缠来，心里也不免好笑，她开始是被姬鑫成那一声带着上扬音的"姐咦"吸引了的，然后才从心里渐渐地爱上了这个情感还挺纯正的大男孩的。可现在，他明媒正娶的童养媳妇却要当她的姐哩，他们三个人之间让人扯不清是一种甚关系啦。

有时候，肖小艳也会低声哼一段秦腔，奶奶听见了就会毫不客气地说："要唱就放开声儿唱么，哼哼唧唧的，让人听着心里起毛哩。"有时候还会加一句："你不就是个戏子么，还怕让人听见？"

肖小艳就说："行哩么，姐，我就给你唱一段。"她放开嗓门唱一段很有名的秦腔《三滴血》里的段子：

"未曾开言泪花儿落，叫一声相公小哥哥，深山野岭夫人过，狼虫虎豹常出没。除了你来就是我，二老爹娘没下落。你不救我谁救我，你若走脱我怎奈何？常言说救人出水火，胜似烧香念弥陀……"

肖小艳特意唱这一段戏的意思，是想告诉奶奶姬春贤，她是感谢这几天在这里养伤的，是感谢奶奶的照顾的。可没想奶奶一听她唱段里有那个"相公小哥哥"甚的，没等她唱完就将手里的碗"咚"地一下墩在了桌子上，连里面的水也洒了出来——本来她是给肖小艳端来喝的，骂叽叽地说："打日本就打日本么，可又要唱戏，成天就是哥呀哥的，怪不得人家都是说哩，戏房戏房，不是个好地方，就是唱这些勾引男人哩！勾引我……"她没有把下面的话说出口，但肖小艳却听明白咧，她是说自己勾引了她男人姬鑫成啦!

在说到爷爷姬鑫成的时候,两个女人之间倒是渐渐有了一种共同的话题,而且这时候两个女人同时担心起来,这个"他"会躲藏到哪儿去了呢?

日本人会不会抓住他呢?

也就在这个时候,日本宪兵派出来寻找爷爷姬鑫成的那一小队伪军在日军宪兵伍长的带领下,来到了村。由于有熟人带路,他们直接到了,一拐进巷子口,远远地就看见了挺着大肚子站在大梢门前的砖台阶上纳着鞋底的奶奶。

带队的皇协军头儿李有喜熟门熟路地直接带着日本人和伪军奔了爷爷家,离老远就亲热地喊奶奶嫂子,问爷爷姬鑫成回来没有?

经他这一问,奶奶才反应过来,这些日本人和伪军不是奔肖小艳来的,而是来找自己的男人来的。

奶奶反倒镇静下来,一边纳着鞋底一边看着这些一路上被寒风吹得黄土满脸的皇协军和日本人,淡淡地说:"你们跑到家里来找他,我还想跑到外面去找他哩。"

那个日军宪兵伍长就走上前来,咧开嘴笑了一下,说:"姬先生,皇军大大的朋友的干活。他的在家,我们来请他回城里的。"

奶奶说:"他的早就不在家里啦,早不知道跑到甚地方咧。"

那个日军宪兵伍长就看了一眼李有喜,咕噜了几句,又示意了一下。李有喜就赶紧点了点,然后对奶奶说:"皇军说不管我哥在不在家里,他要搜一下哩。"

奶奶想到在家里养伤的肖小艳,顿时就有点紧张起来,她退后几步,一下子将身体挡在了大梢门口,故意大声喊道:"搜甚哩搜,我一个妇道人家,还有着身子,屋里就一个有病的婆婆,你们还要上门来搜我男人。你们不会到河东城里找我公公要去么……"她其实是喊给屋子里的肖小艳听哩。

然而,李有喜没有让奶奶姬春贤继续喊下去,他自己朝后退了退,然后朝旁边的两个皇协军使了个眼色,那两个皇协军就走上前来,一左一右抓住奶奶的胳膊,把她架进了院子里。随后,那个日军宪兵伍长和李有喜带着其他皇协军也进了院子,李有喜指了指院子里的几间屋子,然后就带着几个皇协分头冲进几间屋子里,开始了搜查。

奶奶听到了婆婆在偏屋里的叫唤声,也听到了李有喜叫婆婆"老婶子"的声音。

奶奶知道肖小艳一般都待在中间的那间正房里,所以也就紧走两步随着那个日本伍长进了正房,看到炕上并没有人,被子也叠得整整齐齐地堆在炕角上,心里就松了一口气。难怪这个肖小艳敢去杀日本人,倒真的是挺利索的哩。但就这么一间房子,也不知道她躲藏在哪儿啦?心里这样想着,奶奶就坦然了许多,走上前去对那个伍长说:"我说过了,甚也没有吧。"

那个日军宪兵伍长转过身子来,看着奶奶,眼睛突然有点迷离,他的目光从奶奶的脸上慢慢地移动到奶奶的肚子上。看着看着,他竟然伸出手,想去摸一摸奶奶鼓起来的肚子,嘴里咕噜了一句说:"欺-萨依,姆斯高哟(小孩子的哟)!"

奶奶被他这一举动吓了一跳,就退了几步说:"你要做甚?"

那个日军宪兵伍长却向奶奶跟前逼近了两步,嘴里继续说:"乌滋古西,姆斯高的哟(好美的小孩子哟)!"这样说着,他已经接近了奶奶,伸出两手在奶奶的肚子上开始了抚摸。而奶奶这会儿退到了锅台跟前,已无法再后退了。她有点惊慌地看了一眼那几个皇协军,说:"你们把他弄出去么。他要做甚哩?"

那几个皇协却像是在看甚好戏般,眼瞪得老大,还有一个笑嘻嘻地说:"妹子,别怕,皇军喜欢花姑娘的干活哩。"

奶奶就啐了一口骂道:"喜欢花姑娘,咋不领到你家去么?"

谁知奶奶和这些皇协们一斗嘴,倒让这个日军伍长淫心大发,不由分说,就抱住了奶奶,然后就往炕跟前拖,急得奶奶手脚乱拍打,喊道:"你这个小日本,想做甚哩!救命,救命呀!"

日军宪兵伍长就扭头说这些皇协们:"你们,统统地出去!"

那些皇协们就像一群听话的狗般赶紧都跑出去了,他们就这样眼睁睁地看着奶奶,看着自己的同胞姐妹被这个日本小鬼子糟蹋,不但不管,还讨好般地拉上了门。

那个日军宪兵伍长把奶奶抱到炕沿上,嘴里发出类似叫唤"妈妈"的声音,右手抓住奶奶的两只手,左手开始动手撕扯奶奶的衣服。奶奶拼命地挣扎着,不断地摇晃着头,以躲避这个小日本因为兴奋而大喘着粗气的嘴。

奶奶因为怀着孕,不敢进行剧烈地挣扎,眼看着就要让这个日军宪兵伍长得逞了。却见他头往后一仰,像是中了邪般哦了一声,眼睛就直咧。随即他就被一个人揪离了奶奶的身子,扔到了一旁。奶奶这才看清,是肖小艳站在那日军宪兵后面,向其后颈上猛击了一掌,把这个小鬼子打昏咧。

奶奶站起身,整整衣服,又狠狠地啐了一口,骂道:"真是一帮子畜生哩!"然后又急切地问道:"你刚才在哪里躲着么?可是把我急死咧!"

肖小艳用手指了一下上面,原来她就在头顶的那根横梁上哩。

奶奶就"啧"了一声说:"哦呀,那么高,你腿还有伤,咋着上去的么?"

肖小艳就调皮地一笑,低声说:"你先让他们把这个小鬼子抬走,就说他自己晕倒了。"

奶奶说："他们信么？"

肖小艳说："信呢。"说着，跳上炕沿，双手抓住炕顶界墙，身子一晃，就又隐藏在头顶的横梁上了。她掏出怀里的枪，示意奶奶去开门。

奶奶就故意把头发弄乱了，然后慢腾腾地把门打开，却发现除了李有喜蹲在门前的圪台上外，其余那些皇协们在院子里的太阳底下靠着，看见奶奶出了门，有几个皇协就浪笑起来，说："妹子，日本人那家伙好用么？"

奶奶就回骂说："让你娘你妹子用去吧！"

李有喜看了一眼奶奶，说："嫂子，没、没甚事吧？"

奶奶看了一眼门前圪台上的李有喜，说："能有甚事？还是先把你们的日本干爹抬回去吧。"

皇协们先是你看我，我看你，不知咋咧。还是那个李有喜来到门口一看，咕噜了一句说："这熊也太、太……"他没有说完下面的话，回头招呼几个皇协，进来把这个日军宪兵伍长抬了出去，然后踢踢踏踏地走咧。临出大梢门的时候，这个李有喜又回头盯了奶奶一眼，那眼神让奶奶心里一惊，心想，这熊货是不是看出点甚来咧？

看着皇协们抬着日本人出了大梢门，奶奶长长地出了一口气，这才发觉全身的汗把衣服都湿透咧，身子软得差点瘫痪在门前的圪台上。

这会儿，肖小艳跑了出来，对奶奶说："走了么？"

奶奶说："谁知道呢？说不定又跑到别家拾翻祸害去咧。这帮子皇协，来村子里一趟，不拿点抢点不会空着手走哩。"

肖小艳想了一下，说："我去赶他们一下，把他们撵出村子去，不要祸害村子里的人了。"

奶奶一听这话，吓得赶紧拦住她说："可别，你一个女子，咋能把他们这伙子坏熊撵出村子么。他们可都背着枪哩。"

肖小艳冲着奶奶做了个鬼脸儿，说："姐，你跟着我去看我咋把他们撵出村子的。"说着她就拉着奶奶的手出了大梢门，往两边看了看，又看了一下地上杂乱的脚印，便又拉着奶奶出了巷子，来到村头上，果然看见在一户姓周的财主家的门前。靠着那个还昏迷着的日军宪兵伍长，旁边站着几个皇协，其余的恐怕到这户周姓财主家胡乱拾翻去咧。

肖小艳观察了一下，就拉着奶奶弯着腰，穿过巷子绕到村头上，让奶奶隐藏在村头一户人家的梢门后面，等着一会儿看这伙子皇协们往外逃跑的情景。她自己很利索地上到一户人家的房顶上，先朝天"砰砰"地开了两枪，就见那伙子正在周姓财主家里乱翻的皇协们急忙跑了出来，有的肩膀上还搭着条色彩鲜艳的红被面子。他们惊慌地四处搜寻着，却不知道是哪儿打枪。趁这当儿，肖小艳瞄准那个肩膀上搭着一条红被面子的皇协的头部开了一枪，一下子就把他的帽子打飞掉了。顿时把那皇协吓坏咧，把被面子一丢，大叫一声："哇，八路来咧！"帽子也顾不上捡就往村外跑去。顿时，那些皇协们就乱了套，各自逃命，连那个昏着的日军宪兵伍长也不管咧。有的连裹腿都跑散开了，也不管，就那么在身后拖着，越拖越长。只有李有喜还能沉住气，大声地喊了几句甚，但仍然阻止不了皇协们乱逃乱窜。无奈，最后还是李有喜硬叫住了两个皇协，抬起那个日军宪兵伍长，急急地出村子去咧。

这些都让躲在村头那户人家梢门后面的奶奶看了个清清楚楚，她就在心里想，原来这伙子皇协也就是对着老百姓庄稼汉们逞些威风哩，一听说八路来咧，眨眼间就逃得不见影子咧！看起来他们也是挺怕死的哩。今天经历了这么一遭，她不禁对肖小艳另眼相看了，觉着这个女子确实不简单哩，一掌下去就把那个日本鬼子劈昏过去咧！一个人就敢去把这么一伙子皇协们赶出村子去咧！没有胆量，没有智谋，她咋敢去这样干，咋敢去杀日本人呢？看起来，八路就是教化人哩，培育人哩！此时的肖小艳，已不再是那个要抢她男人的"狐狸精"咧，也不是一个下九流唱戏的啦,而是一个女侠、女豪杰啦!

所以,当肖小艳手里擎着那把盒子炮跑到村头的时候,奶奶主动地迎上去,叫了声:"妹子!"

这是肖小艳自打那晚来到我家后,奶奶姬春贤第一次这样称呼她"妹子"哩。

两个女人真正地走到了一起,成了相依为命难舍难分的亲姐妹咧。

就在肖小艳养好了伤,要离开时,奶奶十分动情地拉着她的手,送了一程又一程,说:"好妹子,要不是肚子里有了,我真想跟着你一起去哩!"

肖小艳说:"姐,如果我找见了他,一定让他回来……看你……看孩子……"

其实,奶奶对肖小艳还有一句评价:"她真真地就是个狐狸精变的哩,不光是勾男人的魂,也勾女人的哩!"

在后来的岁月里,奶奶始终守着这个家,没有离开过姬家一步。

有一次,奶奶跟一个劝她改嫁的人喊叫了起来。那个人见奶奶根本不听劝,就有些恼火,不高兴地说:"哎呀,姬家的哩,我也不知道你守个甚哩!他这个人,勾子一拍两腿一抡,一走这么些年都没个甚音信,也不知道死尿到哪里咧!臭都臭咧!你说你还守尿他个甚?守他那个野魂么?真是哩!"

奶奶却斩钉截铁般地说:"你不要这样讲话,我男人死没死臭没臭,这些都与你没甚关系,也不是你能晓得的。有没有音信也不是你晓得的。我甚时候给我男人收了尸骨咧,甚时候给我男人埋了土堆咧,我才会死心哩!就是真到了那一天,我就守着我男人的魂哩……"

不知道爷爷听到奶奶姬春贤的这段表白后,会是一种什么心情?会不会受到感动呢？他此刻又在哪儿呢？

3

姬鑫成和他的跟屁虫死党、胖子张明生，正在去往延安的路上，确切点说，是坐在一辆马车上。

冬季的陕北，一片土黄色，没有一丝的绿色，所有的树木都成了光秃秃的枝干，在旷野里支棱着，随风晃动着。绵亘起伏的黄土山峁上，时不时地有裹着老羊皮袄的牧人跟在瘦弱疲沓的羊群后面，放开喉咙高吼着信天游，也叫骚曲曲儿。

姬鑫成并不知道延安在甚地方，也不知道有多远，只知道他们一直在向北面走哩。倒是胖子张明生的兴致挺高，一会儿坐车，一会儿下来跟着马车跑，还跟着那些放羊的吼骚曲曲儿：

　　头一回去瞅你你不在，
　　你爸爸打了我两烟袋；
　　二一回去瞅你你又不在，
　　你妈妈打了我两锅盖；
　　三一回去瞅你你还不在，
　　你家的大黄狗把我撵出来；
　　三回五回地瞅妹妹，
　　挨打受气不后悔……

姬鑫成就笑着说："看来你真是想妹子咧，那到了延安后先给你找个妹子，把婚结了算咧。"顿一下又说："我就说哩么，你总是撺掇我到延安去到延安去，原来是早就打延安的妹子咧？哎么，我问你，你咋知道延安妹子好么？"

张明生就说："跟你实话实说哩，我就是觉着人家八路军打日本实在哩，就想去延安参加八路军。刚巧么，还就有人找上咱们咧，还有人一路护送着……"

坐在前面右边辕杆上一直不开口的那个年轻人,这会儿扭过头来说:"你们在河东杀日本人的事,我们早就知道啦,觉着你们是有志有为的青年,就吸收你们哩。你俩知道么?这次安排你们俩去延安的就是我们的边区保卫部副部长哩。"

姬鑫成和他的跟屁虫张明生坐船从风陵渡过了黄河后,先是步行到了与河东城一河之隔的华阴县城。张明生觉着过了黄河,日本人就奈何不了他们啦。日本人也想打过黄河的,趴在羊皮筏子上往过飘,被守着黄河岸的杨虎城的部队打得满河里飘着羊皮筏子和死尸,硬是没有过了黄河。张明生说这里离华山不远咧,提议到华山上逛一逛,反正他们这次从河东城里逃出来也没有甚具体的目的地。张明生提议去延安,参加八路去杀日本人,但姬鑫成总是不吭声,既不说去也不说不去,处于犹犹豫豫之中。

他的心里挂记着一个人,那就是肖小艳,不知道她现在躲到哪里去咧。现在胖子张明生提出到华山去玩,姬鑫成的心也动了,便在华阴县城里住了下来,准备第二天去登华山。登华山是需要花费很大体力的,所以头一天晚上一定要休息好的。姬鑫成和张明生在一家叫作"喜客来"的旅店住下,然后到街头的小吃摊上吃了一碗臊子面,准备回旅店休息。就在这时,姬鑫成忽然看到一个熟悉的面孔,他揉了揉眼睛,仔细再看,那人却消失了。

姬鑫成的心头突然一阵不舒服,涌上来一种说不出来的感觉,似乎有一种大祸就要临头的感觉。这种感觉在他酒醉后被送往河东仁义医院的时候有过,这会儿又出现了——

姬鑫成没有急着回旅店,而是故意和张明生沿着街道往前走,走着走着,他猛一回头,身后果然有个熟悉的人影,看见他回头,慌忙闪进旁边一条巷子里去了。

姬鑫成猛地转回身，向着那条巷子快速走过去，可等他来到巷子口上朝里面一看，并没有人。

他疑惑起来，难道是自己精神上太紧张咧，眼花了起来？

张明生气喘吁吁地跟上来，问道："头儿，咋的咧？来回地走？"

姬鑫成说："没事。"又像是突然做出甚重大决定似的说："我们马上到旅店里取我们的东西，不住咧，马上走。"

张明生惊讶地大张着嘴，半天才说："又咋的咧？明天不是要去登华山么？"

姬鑫成说："不去咧。"说着就迈开大步向旅店走去。

张明生迟疑了一下，赶紧跟上姬鑫成，想问些甚，看到姬鑫成脸上的神情，又把话咽了下去，一声不响地跟着他回到"喜来客"旅店里，进了房间收拾东西。其实他们俩也没有甚东西，除了几件衣服，就是那个装着钱的袋子了。正当他们匆忙收拾好东西准备去退房的时候，忽然听到有人在敲门。

姬鑫成和张明生愣了一下，相互看着，都在猜测这个敲门的会是什么人。因为在华阴县城里，他们并没有认识的人；而姬鑫成老爹也只是让他们到了西安后去找一个姬家同乡的。

敲门声一直没有停下来，虽然轻，很明显，敲门的肯定知道屋子里有人，知道他们在屋子里。

张明生瞪大眼睛看着姬鑫成，似乎是在等着他拿主意。姬鑫成看了看屋里，窗户上钉着铁条，没有甚称手的家伙，靠着墙有一把摇摇晃晃的木头椅子，姬鑫成就示意张明生拿起那把椅子，躲到了门后边，做了一个往下砸的手势。经历了两次投毒事件后，姬鑫成觉着死人就如同是这场中国人和日本人共同书写的这部战争大书里的标点符号罢了。他看到张明生已做好准备，便咬了一下嘴唇，过去猛地打开了门，然后往旁边一闪，然而，他却呆住了。

站在门口的是成田次郎,穿着老百姓平时穿的棉衣裤,头上还包了个羊肚子毛巾。但他似乎被人控制着,冲着姬鑫成不自然地笑了一下,然后就被身后的人一推,进了屋子。随即就有一个和姬鑫成年龄差不多的年轻人跟着进了屋子,手里握着一把盒子枪。在门口还站着一个年轻人,似乎是在警戒。

那年轻人对着姬鑫成和张明生微微一笑,自我介绍说:"我是中共河东特委的武装部长,奉延安边区保卫部的指示,一路保护二位公子。我姓吴,叫吴斌,你们就叫我老吴吧。"

姬鑫成一下子奇怪了,说:"老吴,延安来保护我们……延安咋知道我们?"

吴斌就说:"二位公子在河东的行动,不但震惊了日本人,也震撼了全国的抗日军民。延安是领导全中国人民抗日的中心,自然知道二位公子的英勇行为了。不瞒二位,你们从开始的一举一动,我们河东特委都是了如指掌的。就是你们让这个日本鬼子到汾阳拉酒,我们也通知了沿线的抗日游击队,不得擅自行动进行伏击,让他们安全把酒拉回去。不然,哪能轻易就让小鬼子喝上咱们的汾酒。"

姬鑫成扭头看着成田次郎,惊讶地问:"你咋也来这里?他们说你不是回家了么?"

吴斌说:"就让他告诉你们,他在日军里的真实身份是什么,为什么也到了黄河这边来了。"

姬鑫成说:"成田君,你在飞机场究竟是干甚的?你不是采购么?还一次次地救了我……我们成了朋友。"

成田次郎摇了一下头,一屁股坐到了床上,带点儿自嘲地说:"姬的,你的一直在误会着我,我的真实身份是特高课人员,负责监视飞机场里的一切,包括飞行员们的言语和行动,还有周围的可疑情况,包括你们酒吧。可没有想到,我这次却大大地失职了,让你、我的大大的朋友在酒里下了毒,一下子就让十几名飞行员中了毒,使天皇精心策划的兰州战役最终无法实施。我的要上军事法庭的。成田一夫司令官也无法保护我的。所以,我就只好逃了出来,到处躲藏。中国人的要打我杀我,日本人的要抓我枪毙我。我的,没法子活了,只好偷偷地跟着你。一是找着你在河东城里的幕后指使者,抓住了幕后大头目,我的就可以立功大大的,就可以不上军事法庭;再就是跟着你逃避,你的在逃避,我的也在逃避。我们一块儿逃避。可我又是日本人,怕跟你在一起,惹是生非,就只好偷偷地跟着你,结果被他们发现了,抓起来了。就是这么一回事。姬的,你的快说,我的是个好人!"

姬鑫成这才恍然大悟,说:"成田君,我把你当好朋友哩。你却在监视我,还想抓我回去立功!"

成田次郎又赶紧摇晃了几下头说:"我的没有办法,我不想死,想回我们日本,想回九州岛……"他说着,流下了泪来。

吴斌说:"我们从河东城一直悄悄地跟在你们两个后面保护着你们,直到过了黄河,才发现他一直也跟在你们后面,行动很诡秘,因为他很少跟人说话,总是低着个头。一直到了华阴县城,他还是在跟踪你们,我就让一个队员故意把他撞倒了,他大概恼火了,顺口从嘴里冒出两个字来,就是那个骂人的字眼。我们就肯定他是个日本人。刚才,他又在你们住的旅店门口探头探脑的,我们就顺手把他推了进来。这么说,二位公子跟他很熟悉了?"

姬鑫成说:"咋说呢?如果没有他,很可能这次行动就无法成功实施了。说到最后,还真多亏了他,是他无意中帮了我们大忙咧。"

吴斌笑了起来,看着成田次郎说:"这么说,日本人要枪毙你,也并不是冤枉你了。"

成田次郎苦着个脸说:"我的没有办法了。要不是成田一夫司令官,我的早就被宪兵抓去了。"

姬鑫成说:"你还有司令官在保你哩,可我只有逃跑了。要不这样,你就和我们一起逃跑,逃到哪儿算哪儿。"

成田次郎摇晃着脑袋说:"不行的。我的说话容易露馅,被你们中国人认出来,就不好办了,还会连累你们。这也是一路上我不敢和你们打招呼的原因。"

姬鑫成倒有些感动了,成田次郎都到了这一步咧,还在替他们着想哩。他看着老吴,说:"不管咋说,这个日本人在我们那儿倒是没做过甚坏事哩,一直干的是采购员工作,就是买东西……"

吴斌说:"我知道他的。他也应该算是个不称职的特工了。"他想了一会儿,说:"这样,我先给河东特委书记汇报一下,让他和延安那边联系,是否让他去反战同盟。现在在延安和西安有不少日本人是反战同盟的。如果延安同意了,我就可以把他带到西安去,让他参加反战同盟。等打败了日本人,他就可以回国了。"

姬鑫成想了想,觉着这样也好,便回头看成田次郎,看他也在认真地听他们商量,就问他同意么?成田次郎听懂了吴斌的话,就说:"吴斌君,我的,不能和我的朋友鑫成君在一起吗?"

吴斌说:"他们还有别的安排,在一起不方便的。"顿一下又说:"不过,你们以后还会见面的。"

成田次郎就点了点头,表示同意。

吴斌就喊门口的那个队员进来,把成田次郎领到旁边一间屋子里去休息。然后他正色告诉姬鑫成,他已经接到了延安的指示,让他们火速赶往延安,参加陕北公学里办的一个培训班,进行学习。

姬鑫成还没开口,张明生就不耐烦了,说:"哎呀,咋又让我们去上学呀!我是要去参加八路哩。在河东城里要不是不想上学念书,还闹不出这搭子事情哩。"

姬鑫成在经历了这么一些事情后,成熟了许多,知道有好多事情并不是想咋就能咋的。他问:"咋的又让我们去上学呢?"

吴斌说:"具体安排我们也不清楚。我们的任务就是安全护送你们到延安。据我们得到的消息,日本人即使不怀疑是你们下的毒,但为了保密,不让这件事件流传,最终也要杀你们灭口的。我们还得到消息,国民党军统也在寻找你们,究竟是何目的,我们暂不清楚,但你们一定要提高警惕。所以,西安城是坚决不能去的,那里鱼龙混杂,军统中统斗得不可开交,东北军和西北军之间也是剑拔弩张,形势非常复杂混乱。华阴县城这里和河东城就一河之隔,是通往河东城的交通要道,人员混乱,其中不乏日军特工和军统特工,所以在这里也不宜久待。我们已经雇好了马车,明天一早就送你们,直接到黄陵,然后从那边直接奔延安。"

晚上,吴斌就和他们挤在一个房间里,显得非常兴奋,给他俩谈论着延安,谈延安的窑洞和宝塔山,谈延河边嘹亮的军号和劳动的号子……但这一切姬鑫成并没有听进去,延安咋样似乎与他关系并不大,他只是在翻来覆去地考虑一个问题,听说延安那边一切都是自己动手的,像他这个公子式的人物,肩不能扛手不能提,到那里能干些甚呢?总不能天天去下毒吧!就在吴斌安排这一切的时候,他已经感觉到,眼下只有去延安这一条路了,已经由不得自己了。

第二天,吴斌先安排两名队员陪成田次郎去西安,又亲自带着四名队员,从大荔绕到澄城,然后上黄陵。快到黄陵时,又在当地租换了一辆马车。吴斌带着三个队员回到河东城里,只留下一名队员护送他们去延安。用他们的话说,到了黄陵,也就基本上算进入陕甘宁边区咧,一切也就安全咧。他们的护送任务也就算完成咧。分手时,吴斌似乎又想起了一件事情,十分郑重地对姬鑫成和胖子张明生说:"哦,还要通知你们俩一件事情哩,这件事情非常重大,本来还要举行个仪式。但现在条件不允许咧。我就正式代表河东特委通知你们两个人,河东特委支部认为你们两个人的英勇行为已经达到了共产党员的条件咧,决定吸收你们两个加入组织,也就是说,你们已经是共产党员咧。今后所做的一切,就是要为共产主义事业奋斗哩。你们记住咧?"

姬鑫成有点发蒙,咋一下子就成了共产党员呢?到现在为止,自己都还没有搞清楚共产党究竟是个甚组织哩。

吴斌又拍着姬鑫成的肩头用陕北话说:"我说乡党哩,现在你也是党员咧,咱河东特委董书记很看好你,一直夸你娃将来有出息哩。我说哩么,将来在延安当上啥大官,可别忘了咱千里相送么,要记着提携咱哩。"

张明生说:"那还用说么,咋着也是咱河东人哩么。"

姬鑫成一声没吭,从钱袋子里摸出五块大洋,悄悄地装进了吴斌的口袋里。

黄陵这一带就属陕北了,周围更是焦黄一片,土似乎都变成赤褐色的了,像是用火烤过一样。风更是刮得紧咧,卷起一股股的焦黄尘土来,打着旋转儿,呜呜地叫,听着就像是人在哭哩。

4

他们坐着马车行走,虽然省了腿脚上的力气,速度却比步行快不了多少。河东特委武装部长吴斌犯了经验主义的错误,认为只要进入陕甘宁边区的地界,一切就都安全咧。再加上那会儿国共合作,共同抗日,边区也对国民党开放着哩。民族矛盾暂时掩盖了一切,他们认为现在主要的敌人就是日本人,一路上护送姬鑫成也主要是防止日本人的。

但他们没有想到的是,国民党打心眼里就没有真心想和共产党进行合作的,而且来到黄帝陵参拜者每天都有许多人,形形色色鱼龙混杂什么身份的人都有。有从西安城里专程赶来的国民党官员、民主人士,也有从延安过来的共产党,还有从四面八方赶过来的群众老百姓,有的甚至是从西藏青海那边赶过来的喇嘛,从各地寺院赶过来的和尚。但这些人里面的真实身份就没有谁来考证咧,中间不但夹杂着中统、军统的特工们,还有日军特高课的人。

这里才真正是一个危险地带哩!

也正是在这里,姬鑫成的人生发生了改变。

其实,姬鑫成坐着那辆大车走了一段后,就产生了疑惑,因为赶大车的车把式太能说话了,简直就是个话痨子哩,从黄帝陵说到了国民党,从国民党又说到了共产党,又从共产党说到了全中国,似乎没有他不知道的。说话多但却不急着赶路,本来按照吴斌的安排,当天晚上是要赶到洛川的,因为在那里驻有八路军延安警备第四团的一个营。可看那个陪着护送他们的队员也似乎不着急,靠在辕帮子上裹着衣服打瞌睡,姬鑫成和张明生就不好说甚咧。这样就在快走到一个叫交口的镇子时,太阳就抵近西边的山峁上咧。

那车把式就问他们还走不走咧,又自言自语地说他的马要喂草料咧,走夜路不安全,这一带还有土匪哩。

那个护送他们的队员就醒了过来,一边揉着眼睛一边说:"那就住下,明天再走么,反正今天也是赶不到咧。"

姬鑫成和张明生就没有说话,只听他们的安排,其实他们俩在车上颠簸了一天,又冻又饿,也实在不想再走下去了。

那车把式又问他们是想住得好一些么还是省一些?

姬鑫成就觉着这车把式挺会说话哩,把住得差一些不说差一些而说省一些,这样让人面子上也过得去。他就接住车把式的话说:"想住得好一些又省一些。"

车把式就乐呵呵地说:"掌柜的可是真会说话呢,哪里有既能住得好又能住得省的旅店呢?像我这受苦人出门,咋都能住下哩,一晚一个角子的大通铺就行。可看掌柜的都不是受苦人,也许还是延安府的官长哩,咋能和我的这受苦人一样么?"

姬鑫成在河东城里厮混了这些年,哪能不明白这些车把式的道道和心思?这些长年跑长路拉脚的车把式大都和一些城镇里的旅店有勾当哩,他们把客人拉到旅店里来,就可以从住宿的房钱里抽成,还可以在那家旅店里白吃白住,省下饭钱和一笔盘缠来。但姬鑫成觉着这些赶车跑长路的说到底也是受苦人,确实辛苦哩,能多挣几个就多挣几个吧。反正他们到了延安后,一切都归八路军管啦,身上带着的这些钱怕是都要交公了哩。早就听人说过啦,共产党,就是共产哩。他就对车把式说:"我们就是这个要求么,既要住得好,还要住得省哩。你就给我们寻这样一家旅店么。"

那护送的队员也说:"就听他的,你就给寻一家么。"

胖子张明生也说:"寻上一家,安排上两个房间。我们俩住一间,你们俩住一间。"他是指车把式和那个护送队员。

车把式却说:"我不用你们安排,自己有房间住哩。"说着话,挥舞着鞭子打了一下马屁股说:"就是没有房间,我在车上也能过夜哩,我都带着铺盖子哩。"说着用鞭杆指了一下后面。姬鑫成就看见在车后面用羊皮卷着很小的铺盖卷,已快分不清颜色咧。车把式又接着说:"我常在这条道上跑路拉脚哩,哪家旅店既便宜又干净好住,哪家旅店不但贵还不干净,哪家旅店是黑店,我都一清二楚着哩。你们就放心地听我的安排,保险住得好,还没麻缠。"

姬鑫成就在心里说,车把式这张嘴真是上下翻着由他说哩。先说没有既便宜又好的旅店呢,又说这些便宜又好住的旅店全在他心里头装着哩。没等姬鑫成开口说什么呢,张明生却问道:"你一会儿说这种既便宜又好住的旅店没有,一会儿又说好的便宜的全在你心里。你尿的货是不是逗我们耍哩!"

车把式咧开大嘴笑着说:"你说我一个受苦人,咋敢耍掌柜的么。话又说回来,我领你去住的店,要是你们不满意,就把我刚才说的话当成放狗屁么。"

姬鑫成终于忍不下去了,说:"我说你这一路上话可真多哩,不知道你那嘴累不累。"

车把式说:"我受这苦焦,一年不分春夏秋冬雪天雨天,再不多说些话,人还不给苦受死咧!你说么,掌柜的,是不是这么个理?"

那护送的队员也终于说话了:"别说那么多的废话啦,我们跟上你走就是了。"

车把式就挥了一下鞭子打了个响,把车赶到街东头一家名叫"钱客来"的旅店门前停下了。光是从外观上看,这家旅店倒也确有些规模,一溜大瓦房齐崭崭的,门面是二层的,两边挂着红灯笼,这倒让姬鑫成觉着和河东城里的花街差不多咧。当他看到旅店的幌子时心里不由得咯噔一下,想起在华阴城住的是"喜客来"旅店,到这里却住的是"钱客来"旅店。难道这一带的旅店就只会取"客来"么?

那种说不出来的感觉就在一瞬间又涌上姬鑫成的心头了,他望着旅店大门口的幌子在夕阳的余晖里随风摇晃着,心里头迟疑着,要不要换一家旅店住呢!

站在门口接应客人的伙计一看马车停在了自家旅店门口,又看了一眼车把式,知道是自己店里的客人,就满脸堆笑地迎了上来,说:"哦哦,掌柜的,来咧,一路上辛苦咧。快,先到屋里暖和暖和。"说着把踏脚杌子放到马车跟着,让坐在马车上的客人踩着杌子下车,免得往车下跳了。

姬鑫成抓着伙计的手踩着杌子下了车,对伙计说:"你们这家店的名字起得好哩,钱来客来,客来钱来,有道理么。"

伙计的脸上堆满了谄媚的笑,用一种十分讨好的语调说:"哎呀哩,正是这个意思,一看掌柜的就是有学问的人哩么。不过,还有一层意思就是,我们掌柜的么就姓钱,这也是店名的一个由头。"

等姬鑫成他们三个人下了车,就有一个伙计过来接过车把式的鞭子来,把车赶到了后院里,从那里传来骡马的叫唤嘶鸣声。光是从这一点上看,这家旅店的档次就低不了哩。姬鑫成心想,也许是自己坐了一天的马车,有点累咧,心头就有点恍惚吧。看那个护送队员,一副大大咧咧的样儿,并无一个护送者丝毫紧张的情绪,似乎这里就是边区,危险早已经离开他们咧!

这家旅店的房间有两张床铺的,也有三张床铺的,还有大通铺,一下子睡十好几个人。但为了安全起见,姬鑫成就和张明生睡一间,护送队员和车把式睡一间。车把式高兴地咧着大嘴说:"多谢掌柜的咧。咱这受苦人今黑夜也享受一回啦!"

姬鑫成就自己说服自己,也许是自己多虑了。自从在河东安邑机场投毒杀掉了十几个日军的飞行员后,他就在心里一再告诫自己,警觉警觉再警觉,因为他知道,一旦日本人知道了真相,是绝不会放过他们的,一定会派出特工和杀手来要他们的命的!这也是他在犹豫了许久后,最终听了张明生的劝说,下决心来延安的原因之一。这会儿他也只知道他们要去的延安有一座宝塔。看到了宝塔,也就到了目的地了。

也许是因为就要到延安了,也许是因为自己的愿望就要实现咧,胖子张明生显得很激动,尽管在马车上颠簸了一个白天,却睡不着。在很软和的床铺上,他其实是很想和头儿姬鑫成说些话的,比如探讨一下到了延安的打算甚的,还有,他们不管咋着也是杀了日本人的,延安应该给他们一些什么样的奖励呢?应该让他们俩当个官儿吧。他这样想着,看着睡得挺实在的头儿姬鑫成,就觉着头儿就是头儿哩,不管到甚时候都是那么沉得住气,稳如泰山般。可他实在躺不住咧,又不好总是翻身打扰头儿睡觉哩。虽说这会儿外面已是黑漆漆的咧,但因为是冬季,天黑得早，时间还早着哩，街头人还多着哩。他就悄悄地起来，披上衣服，跋上鞋，轻轻地开门，打算到旅店外面走一走，刚出房门，就看到门前站着几个黑影，其中一个就是车把式。他有点奇怪，这车把式不是早就喊困啦去睡觉了么？咋又站在这里做甚哩？他"咦"了一声，还没开口，就见一个黑影把手里的硬东西往他胸前一顶。他就一惊，心说遇上土匪咧，正想动手反抗，那个人的胳膊只一翻一顶，就顶住了他的脖子，把他顶到了墙上，随即另一只手就死死地堵住了他的嘴，憋得他直翻白眼，被几个人连架带拖地拉进了另一间房子。

　　姬鑫成其实并没有睡着，尽管很累也很困，但他还是无法睡着。面对着即将到达的目的地延安，一切都是个无法预测的未知数。他也在考虑八路军会如何安排他们呢？万一待不下去了，他们又该何去何从呢？但不管咋样，只要日本人还在河东城里驻着，那就无法返回去咧。

　　姬鑫成正这样想着呢，就听见张明生起床了，然后悄悄地出了门。他以为他是去上茅房的，也就继续眯着眼睛想心事。突然，他听到门外轻微的动静以及张明生发出的那声短促轻微的声音来。很明显，那是被捂住嘴后憋出来的。他顿时警觉过来，一骨碌从床铺上翻起来，也就在这时，房门被推开了，进来两个人。前面的那个人对着姬鑫成摇晃了一下手，似乎是要和他握手，但见姬鑫成没有要握的意思，就自己放下了，自顾自地在对面的床铺上，也就是张明生睡的那张床铺上坐下了，笑了笑说："姬公子，一路上辛苦了。"

　　借着微弱的光线，姬鑫成看到这个人身材魁梧，长着一张还算端庄的四方脸，两道很粗很浓的眉毛下长着一对三角眼，就让人觉着他无比狡猾奸诈了。他不等姬鑫成回答，就自我介绍说："我叫周也夫，军统华北站的。姬公子应该听过我的名字吧。"

　　姬鑫成一听，就略带了些嘲讽的口气说："噢，你就是肖小艳常说的那个甚上级了，是让我们冒死投毒去杀日本人的飞行员，自己却一直躲在后面不敢露面的那个人了。噢，你就那么怕日本人，那么怕死么？"

姬鑫成这样一说，周也夫一下子显得挺尴尬，就连守在门口的那个特工也忍不住笑了一声。周也夫就对他说："你不用守在屋子里，姬公子不是敌人，是同志。"

那名特工就推门出去了。

姬鑫成就问："我甚时成了同志咧？我可没有加入过你们的。"

周也夫故作惊讶地问："哎，肖上尉没有介绍吗？我还以为她已经介绍你加入了呢。"

听他提到肖小艳，姬鑫成就赶紧问道："那肖小艳到哪儿去了？她没有被日本人抓住吧？"

周也夫摇晃了好几下脑袋，说："不会，日本人是不可能抓住她的。她呀，估计现在已经在重庆了，应该准备接受戴老板的颁奖了吧。"

听说肖小艳没有给他说一声就自己回重庆去咧，姬鑫成心里就有点扫兴，感觉挺失落的。也许他们就是这个样子的，把你利用完了就扭头甩开你走咧，就像是甩掉一根草，根本就不管你是否处在甚危险中！这样来看，自己也是被肖小艳利用咧！

不过，姬鑫成是误会了肖小艳啦。正是肖小艳用她的秘密电台直接向重庆报告了毒杀日军飞行员的情况，戴笠才知道了姬鑫成的大名，才下令周也夫不惜一切代价，保护这个英勇杀敌的年轻人，并想办法把他送到重庆来，加入军统组织，把他培养成党国精英。周也夫明白这个功劳想全部贪到自己的头上是不可能啦，这才无奈停止了对他们的追杀。

姬鑫成正这样想着肖小艳呢，就听周也夫咳了一声，正色说："姬公子，我们可是一路从河东把你护送到这里的。"

姬鑫成听他这样说，噢了一声，说："咋了？该不是也想跟我们去延安吧？"

周也夫说："恰恰相反，我们是要护送姬公子到重庆去，接受蒋委员长的表彰的。"

姬鑫成说："这我就不明白咧。一开始我就听说你要杀我们灭口哩，这又是为甚呢？你不去杀日本人，咋反而想着要杀我们呢？我都有些怀疑你不是国军而是帮日本人的皇协咧。"

周也夫说："这完全是谣传。当时我派人寻找你们，是要保护你们。你想一想呀，你们为党国立下了这么大的功劳，是要受到隆重表彰的。而且，我也接到了戴老板的指示，一定要保护好你们，说你们是党国功臣，要接姬公子到重庆去。姬公子，我得先恭喜你了。戴老板亲自看中的人，今后一定是前途无量的呀。"

姬鑫成却冷冷地说："我不认识甚的戴老板，我也不想去那个甚的重庆，我现在要去的是延安。"

其实这也是姬鑫成随口说的，他的性格继承了他老爹的固执，认死理，尤其是不喜欢别人来安排自己的事情。

周也夫听到姬鑫成那充满固执的回答后，低声笑了笑，仍然是一副和颜悦色的神情，说："我说延安有什么好？穷山恶水，黄土高坡土窑洞，吃的是小米和地瓜，还有一些土八路，拿的是土枪土炮，能成什么气候！重庆是陪都，那才是个花花世界呢，别的不说，光是那些美女，就让人流连忘返呢。怎么样？姬公子还是跟我去重庆吧。"后面的这句话他加重了点语气，并且站了起来，居高临下地盯着姬鑫成，已经有点逼迫的意思了。

谁知姬鑫成并不把周也夫这个军统上校放在眼里，他也站了起来，说："我要是不去呢？"

周也夫语气顿时变得强硬了起来，说："这，恐怕就由不得姬公子了！"他的话音刚落，就见房门又一下子被打开了，闯进两个人来，手里的二十响都指向姬鑫成，其中一个就是那个刚才守在屋子里的特工。

经历过几次投毒杀伐的姬鑫成倒是不怕这些，他冷冷地看了一下那两只枪口，反倒轻松地坐在床上，对周也夫说："你以为拿枪对着我，我就害怕咧？就会乖乖地跟着你们走么？"说着话，他顺手端起桌子上的一杯水想喝一口，却被周也夫一把拦住了。

姬鑫成说："咋咧，连水也不让喝咧？怕甚？怕里面有毒？"

周也夫显得很有耐心，声音又变得很温柔地说："这倒不是。因为我们多少也知道姬公子的手段，玩起毒药来出神入化，就连我们这些多少年来枪里血里混过来的人也佩服，所以不得不防一下。戴老板给我们的任务，就是安全地护送姬公子到重庆，必要时可以采取非常手段，保证姬公子安全抵达陪都。"

姬鑫成看着眼前的情景，知道这一劫是躲不过去了，就长出了一口气，说："看来我是非得去重庆不可咧？"

周也夫眨了几下三角眼，笑了一声，走近姬鑫成说："姬公子是聪明人，识时务。我知道你会做出正确决定的。"

姬鑫成呵呵一笑说："你们就是把我弄到重庆，我也不会再干这些下毒的事情咧！"

周也夫也呵呵一笑说："你会干的。"

姬鑫成说："我再说一遍，我坚决不会再去干咧。"

周也夫说："我也再说一遍，你会干的！"

姬鑫成差点跳了起来，大声喊道："我自己的事情，还由不得了我么？"

周也夫说："怕就是由不得你。包括去不去重庆，也不由你说了算。咱们现在就动身，先赶往西安，车子就在外面。"说着他向那两个人说："你们两个负责保护姬公子，他要是有个好歹，唯你们两个是问。"说完，一扭身，走出了房间。

姬鑫成这下真有点慌咧，急得直喊："哎哎，我的那个伙伴，就是那个胖子……"

屋子里的那两个特工一边一个,架住了姬鑫成的胳膊,其中一个对他说:"别找了,护送你们的那两个,不是要去延安的吗?已经上路了。"

姬鑫成自然知道这会儿说"上路"是甚意思了,就大叫一声,边挣扎边骂道:"你们这帮子畜生,咋总是要害好人哩么?现在还是国、国共合作着哩,你们就敢杀延安府的人,你们……"

这时,一个特工顺手往姬鑫成的嘴里塞进一块破毛巾,他呜呜两声,就喊叫不出来咧,被两个特工拖到了屋外。一辆帆布篷的美式中吉普车停在那里。他们把姬鑫成的手脚一捆,又往头上套了一个黑布袋子,抬起来扔进了车里。这时候,姬鑫成听到了从驾驶室传来一个熟悉的声音:"掌柜的,我给你们找的这个旅店咋样?还满意么?看看么,一白天是给掌柜的赶车哩,现在我又要拉着你回西安城啦,不管啥时候,咱都是受苦的命哩。"话虽然是这样讲,但那口气里透着嘲讽,还有一种神气和得意。

姬鑫成的嘴被堵着,甚也说不出来。他知道上了这个伪装成车把式的军统狗特工的当咧,他磨磨蹭蹭地就是不让马车走快些,十几里路硬是熬了一个白天,直到天黑才赶到这搭,就是和周也夫这帮子特工约好了在交口镇收拾绑架他哩。他在心里骂着:"等着吧,总有一天活剥了你熊娃的皮哩!"

5

在经过一夜的颠簸后,美式中吉普在天蒙蒙亮的时候到达了西安城。城门口站岗的兵士拦住问话,周也夫坐在副驾座上,让哨兵看他的证件,说:"我们是中央军特处的,刚抓了个日本特务回来。"那哨兵操着一口东北话骂叽叽地说:"妈拉个巴子,什么军特处的,不就是些专门搞别人情报的特务吗?"说着就转到吉普车后面,用枪挑开来篷布查看，车内的两个特工用脚使劲踩着姬鑫成，不让他动弹。那哨兵伸头看了看，说："一个屁大点的娃娃，也算是日本特务？你们又在布个局挖个坑，然后去捞钱吧！"

周也夫大概也知道惹不起这些背井离乡的东北兵们，仍然赔着笑脸说："这次是个绝对真实的，我们要马上回去审讯呢。"

那哨兵说："真是日本人，还审他个妈巴子的，干脆就一枪崩了呢！"说着就将证件随意地扔给了周也夫。

车子摇晃了一下，慢慢地开动了。姬鑫成听见周也夫狠狠地低声骂："这帮子东北来的混蛋，连家都没有了，还张狂成这样子，原来仗着那个张学良和委员长的关系，从来就不把我们军统放在眼里。现在张学良都被委员长抓起来了，这些兵怎么还这样张狂呢！"

车把式一边开车一边回答说："这些兵现在更是没人管咧，在西安城里各自为战，乱尿着哩。有的要去南京救他们的少帅哩，有的要打回东北哩。听说重庆把这些东北兵划给了西北军，让杨虎城管，却又连着撤他们的番号，还把三个师的番号给了延安的共产党了。你说他能服么？"

周也夫说："张学良就是在为虎作伥，要不是他搞了这么个事变，蒋委员长能给延安的番号？这纯粹就是在帮共产党嘛。蒋委员长能不生气吗？没有杀掉他算是宽大他了。"

车把式又多嘴问道："听说张学良的秘书刘鼎就是共产党，还有杨虎城的秘书南汉宸也是共产党。咱们和那个党调处原来不是一直在盯着他和杨虎城么？"

周也夫就开导说："所以说，对这些有枪的军阀们，我们只能暗中盯着，不能和他们明着来，否则是要吃亏的。就连戴老板当初不也和张学良称兄道弟的吗？"

车把式连连说："懂了懂了。听您一席话，胜读十年书么。"停顿了一下又说:"你咋不到我们西北区西安站来呢?那我就经常能听到您的教诲了。"

周也夫说:"你们西北站不是有胡站长吗?他也是戴老板很赏识的人呀,就不给你们传授传授?"

车把式说:"你是说副站长胡汉才呀,哼,他除了玩女人,就是捞钱。站里的几个女的都被他扫荡过了,竟然把站里一个打扫卫生的中年女子也弄了,就在他办公室里,连人都不避哩!站里没有正站长,就由尿着他胡折腾哩。就他这号子副站长,您说他能传授我们个啥?和他一样,去弄女人么?我看,西北站再让他这样子搞下去,肯定要乱了套哩,也不知道戴局长在重庆知不知道这里的事态!"

周也夫应付着打了个哈哈,再没有多说话。

那个车把式的话痨病又犯了,没话找话地说:"我说周上校,您是重庆来的,是戴局长身边的人。干脆代我们找个理由把胡汉才这熊人做了算尿了,然后西安城就由您老人家说了算。"

周也夫乐了,低声笑骂道:"你们西北站的是不是都像你这个脑子一样简单?就知道杀杀的,不多用脑子想想。哎,我听说你们站的当时还想抓张学良的秘书刘鼎的把柄,结果被张学良卫队的徐九铭带着人像赶鸭子般把你们赶了回来!最后还是戴老板出面才摆平此事的。"

车把式也笑了,说:"要说那次也真是险乎哩。要不是弟兄们看见情况不妙撤得快,恐怕就被徐九铭那个屠夫给全宰了哩!哎呀,现在想起来,心里还是害怕哩!其实,也怪胡汉才那熊人办事不周全,纯粹就是要让弟兄们去送死呢!"然后就绘声绘色地给周也夫讲他们那次跟踪张学良的秘书刘鼎遇险的经过来。

姬鑫成听了,就在心里想:"看来这国民党军统里面也不乏吹牛拍马屁和钩心斗角的哩!"

虽然进西安城时就已经天亮了，姬鑫成却因为头上套了个黑布袋子，甚也看不见，只是感觉到吉普车又从城里驶了出来，颠簸着又开了一阵子后，停下了，接着就听到了开大铁门的声音。等吉普车开进了门，姬鑫成被那两个特工提了起来，说让他下车。姬鑫成挣扎着刚从车上坐起来，就被两个特工一把拽下了汽车，差点摔倒在地上。他佝偻着身子跌跌撞撞地往前走，只听到不断地有开门声，然后进到了一个院子里。

姬鑫成觉着自己被两个特工押着在转了几个弯后，就听到铁链子的响声，然后又是很重的开门声。他被人猛地一推，踉跄几步，重重地摔倒在地下了，由于双手被捆，不能支撑，又是俯面而下，脸部就擦在了地面上，生疼生疼的。

此时，有一只手拉掉了他头上的黑布袋子，另一只手用刀挑断了捆着他的绳子。姬鑫成长长地出了一口气，却又觉着一股血腥味钻进了鼻孔里。接着背后又是咣当一声，大铁门又被关上了，并传来上锁的声音。

姬鑫成就那样躺在地上，头紧贴着冰冷的地面，四肢已近乎麻木了。不知过了多长时间，他慢慢地睁开眼睛，借着从头顶一块焊着钢筋条的方形天窗里透进来的光芒，打量着这间牢房，三面都是厚实坚固的水泥墙，左面有粗粗的钢筋栏杆隔开了，看来那边也是关人的牢房了，哦，不对，那边……姬鑫成欠起身子来，观察了一下那边，那边分明是间刑讯室，墙上挂着各种皮鞭和绳子，上面沾满了血迹，地下也都是血迹，连木桩子和那宽大的长条凳子上（姬鑫成是第一次看到那么宽的长条凳，那会儿他还不知道那叫老虎凳哩）也是血迹，那般阴冷那股血腥，令他浑身不禁打了个寒战。

也就在这当儿，姬鑫成隐约听到从那边传过来一声微弱的喘息声，他站起来，循声找过去，影影绰绰地看到一个女人被吊在从天花板上垂下的铁链子上。由于牢房里光线太暗，看不清女人的长相，只见她的头往后仰着，长长的头发散乱地披在脑后，顺着头发不断地往下滴着不知是水还是血，只有脚尖挨着地面，支撑着全身的重量。从姬鑫成所在的位置看过去，这个女人浑身上下全是血，就像是一个扭曲着的巨大的蔫茄子。

突然，传来一阵踢踢踏踏的脚步声，那边的门开了，灯也亮了起来，走进去三个男人。随后又走进一个穿着军装的中年人，长着一张白白净净的国字脸，五官倒也端正。他一进去，先进来的三个人中的年轻人赶紧搬过来一把椅子让他坐下。他没有坐，而是走到了那粗粗的钢筋跟前，隔着钢筋看着关在这边牢房里的姬鑫成，冷冷地说："这位就是姬公子，是那周上校欣赏的投毒英雄么？咋还是个尿碎娃娃哩。"

姬鑫成也看着他，觉着在白亮的灯光里，他的脸显得很惨白，像是古戏里面的白脸奸臣。他也冷冷地说："娃娃咋啦，照样杀日本人哩！"

那人被呛了一下，说："这个啥啥的，够冲的么。看来周也夫挺有眼光的哩。嗯，不错么，要不，留下来跟着我干算咧！"

姬鑫成看了他一眼，说："跟着你干？你是谁？"

那人笑了一下说："我么，呵呵，我是军统西北区西安站中校副站长胡汉才。"

姬鑫成说："哦，你就是那个胡副站长。"

胡汉才说："哎呀娃，听你说话的口气，你知道我？"

姬鑫成淡淡地说："他们在路上说你哩，我听见咧。"

胡汉才来了点兴趣，问道："他们在路上说我，都说我个啥么？"

姬鑫成说："说你啥？说你不是个人，在办公室里也搞女子，把甚的西安站搞乱尿咧，人家还说要想法拾掇了你哩。"

姬鑫成本来说的是实话，是他在路上听车把式讲的。没想到胡汉才却把这当成了姬鑫成在骂他的话，就有点气急败坏地说："姬公子，我看你这碎熊娃年龄不大,却还真是个刺猬,不好对付哩。好么,你碎娃子说有人想拾掇我,我就让你碎娃看我先拾掇拾掇人。周上校说咧,让你这碎熊娃好好地看看,受些教育,不然,又要像这个碎女娃一样,往延安跑哩么。你就先看看,去延安是个什么结果。"又朝那两个男人一摆头,说:"你们就忙起来么。先让姬公子欣赏一下这个女学生碎娃唱歌跳舞么。呵呵呵。"说完话,他踱过去坐在那把椅子上,接过身后那个年轻人递过来的瓷茶杯,掀开盖子吹吹热气和茶沫,轻轻地啜了一口,然后就像欣赏一场有趣的舞蹈那样,看着那些打手们折磨那个女学生。

姬鑫成这才知道把他关到这里是想让他看个甚了。他这会儿看清了,那女人确实挺年轻,大概还真是名学生哩。长相看不出来,因为脸上全是血道道,都是用刀子划出来的,有的肉都翻起来咧,整张脸肿得像膨胀起来的气球。全身的衣服都给扒光咧,看上去已经没有一块好肉了,都在往下淌着血水。

两个打手打着哈欠过去捅了捅火炉子,那火焰就熊熊地冒了起来,给冰冷的牢房里增添了一点热量。但对那女学生来说,却又是灾难的来临。只见他们把一把子粗铁条塞进了炉子里,一会儿,那一根根铁条的一头就被烧得通红通红的,然后那两人就在手上缠着布,抓起那铁条,把烧红的那头按在女学生的身上,那女学生的身子就像蛇一般地扭起来。在不断地哧哧的声音中,从女学生的嘴里,不,那是从嗓子眼里发出一阵阵凄厉的长长的嚎叫来。姬鑫成看着泛起的阵阵青烟,鼻孔里全是皮肤的焦糊味儿,感到自己浑身的骨头都变凉了。

那两位打手看上去年纪也不大,最多也就是个二十岁出头,但动作看起来很老练,机械地抓起一根根铁条来,把通红的那头按在女学生身体的各处。女学生发出的一阵阵惨叫,他们置若罔闻,表情木然,连目光都是毫无生机的。在他们把女学生身上已凝固结痂起来的地方又挨着用铁条过了一遍后，又将烧红的铁条从女学生的乳房上十字交叉地穿过去，然后站到旁边歪起头看着，似乎是在寻找身上的空隙，这样看了会儿，便又从鼻子上横穿了一根铁条，让女学生的面貌看上去显得很狰狞。

女学生已经不知道是第几次昏过去了，他们再往她头上浇凉水让她醒过来，然后又开始折磨她。姬鑫成注意到，女学生的手指甲和脚指甲全被他们用尖嘴钳拔光了，一个个手指和脚趾肿得像冻得透明的胡萝卜。

姬鑫成后来才知道，这个女学生既不是共产党员也不是什么重要人物，就是一个想到延安去的进步青年学生。对于军统西安站这帮特务来说，根本就没有什么审讯的价值。但他们觉着既然把她抓来了，就按照审讯共产党那般来审讯她，让她知道到延安当共产党的后果。

胡汉才就那么脸上一直挂着笑容，不时地啜一口茶，欣赏着丝毫没有反抗能力的女学生的痛苦，间或还踱过去，用手里的烟头炙烤着女学生身上还留下的那一点点好皮肤。他似乎是要将这名年轻的女学生全身变成焦炭。胡汉才也不进行例行的询问，这本身就没有什么可询问的。他只是在拿活人取乐，他要亲眼看着这个活生生的人被一点一点折磨而死，看一看有着勃勃活力的生命怎样在暴力的摧残下一点一点地消失，看一看人的生命的极限在哪里。

"人之初，性本善。"姬鑫成虽然读过《三字经》，但这一次，他却领略和体悟到了"人性恶"的含意，体悟到了人的本性里，"恶"的成分要比"善"的成分厉害几百倍。他知道自己的本性里也有恶的成分，他也杀过人，可他杀的那是东洋鬼子，是在中国的土地上烧杀抢掠犯下死罪的日本人。可他们呢？却是在折磨自己的同胞，在折磨一个手无寸铁的女学生哩！

他们竟然把这叫作游戏！

这种游戏他们一直玩到要吃中午饭的时候，胡汉才看累了，那两个打手也打累了！他们就把那个女学生放下来扔在地下，然后就哼哼唧唧着离开了。他们离开的时候把刑讯室里的一切刑具和能够帮人自杀的东西都拿了出去，看样子他们并不急于结束这个女学生的生命，他们的游戏还没有玩够哩。胡汉才临出门时转过头来看着姬鑫成说："我说碎娃，噢，要叫姬公子，快点儿想，想好了去哪儿就赶紧告诉我们一声。那个周大上校还要急着回重庆哩。"

姬鑫成咬了一下嘴唇，用一种异常平静的语气说："如果你们想着用折磨她来打消我去延安的念头的话，我现在就告诉你们，延安我不去咧。你们也就不用再折磨她咧！"后面这句话他几乎带出了乞求的口气。

胡汉才夸张地做出一种十分惊讶的神情来，说："不去延安了？这么快就清醒了？想通了？那好，算你识时务哩。我这就告诉周大上校去，让他来接你出去。"他又看了一眼那个女学生，说："她和你无关，她是共党探子。别以为你是个敢杀日本人的英雄就想来救美。你救不了她。噢么，等我们吃过饭后，我们让你看看坐飞机的游戏。呵呵。"说着，他又用手在空中比画了一下，诡异地冲姬鑫成笑了笑，转身带着人走了，门重重地关上了。

姬鑫成扶着粗粗的铁栏杆，看着那原本鲜嫩如花的女学生，此刻就如同一堆血污的肉了。

正当姬鑫成以为那女学生已经没有生命迹象的时候，却看见那女学生十分艰难地从地下抬起头来看着他，脸上似乎还微微地露出了一丝难以觉察出的笑意。究竟女学生笑了没有，他不好肯定，但他从她的目光中感觉到了。他不由从心底感叹人的生命的坚韧来。

女学生艰难地向他扬了一下手，这回姬鑫成是确切地看出来了，那是向他打招呼哩。她肯定也觉着自己是要去延安的学生哩。他便也伸出手来,向她摇晃了一下,低声问道:"我能帮你个甚?"

女学生张了张嘴,却没有声音能发出来,她的嗓子已经哑了。但姬鑫成认真地观察了一会儿,看到她每次好像都在说三个字,那三个字的意思从口型上可以判断出是让我死!尤其是最后那个"死"字,她的嘴唇一下子咬紧了,然后又有血液淌出来。

姬鑫成肯定,是"让我死"这三个字。她已经无法再忍受不下去这种折磨了,就是个男人也是无法忍受下去的,何况一个女学生呢,而且被一直这样折磨下去也还是个死哩,何必再让她受这种罪呢!

姬鑫成突然产生了一个念头来,帮助她死,不能再让那帮子嗜血的畜生们一会儿再来折磨她!

这也是救她咧!

但是,她躺在那儿几乎一步也动不了地方,自己也到不了她跟前去,周围又没有一件可以能帮她去死的工具,咋着帮她去死呢?

就在十分焦急、苦于无法帮这个女学生去死的时候,他看到就在两间被铁栏杆隔开的靠外墙角的地方,有几棵已经干枯了的花藤。那是紫藤花的藤,他的心就猛烈地跳了起来,他慢慢地移动身子过去。

姬鑫成知道,这种紫藤花结的籽和茎均有剧毒。人食用后会引起呕吐腹泻,超过五十克左右,就会口鼻出血,手脚发冷,直到休克死亡。姬家的院子里的东墙根就长着紫藤,那是姬鑫成的娘栽种的。因为在紫藤花里含的花碱可以中和大烟里的生物碱,能减轻大烟的毒性,所以他娘每次在抽大烟时都先用紫藤花泡一碗水,抽完大烟喝上两口。

姬鑫成看了一下周围,又将脸贴在那钢筋栅栏上向外面看了看,确定没有人,便小心地采摘下紫藤花的籽来,又折了一段粗茎,用手揉碎了。这时候,他的鼻子里涌进来一股植物腐败的气味。他知道,紫藤花的枯枝只要有了这种气味,那就是毒性最强的时候了。他采集好紫藤花的籽和茎秆,然后在房子里找了半天,却没找到用来包这些的东西。他想了想，果断地撕下了自己的一块衬衣，包好揉碎了的紫藤花籽和茎，然后把手伸过栏杆，先试了试，然后就很准确地扔到了女学生的跟前。他看到了女学生不解的眼神，就低声喊道："那是药，是毒药。你吃了它……"他做了个往嘴里塞的手势。

那女学生明白了，冲着姬鑫成微微地点了一下头，脸上浮现出一丝感激的笑意。她挣扎着伸出手，把包着的紫藤花籽和茎打开，连看都没看，就又翻转身子躺在了那里，把花籽和茎一股脑儿地吞入了嘴里，只听得从她的嗓子眼里传出一阵十分艰难的吞咽声，她的嗓子已被他们折磨坏了。她十分警觉地把姬鑫成撕下的那块衬衣一块塞进嘴里吞咽了下去。

姬鑫成看着女学生吞咽完，安静地等着死亡的来临，便扭回头来，不愿意再去看这一切。这时候，他就听到女学生开始在哼一首歌，女学生本来是想唱的，可她的嗓子全坏咧，就只能哼。她哼的似乎是一首江南民歌，那会儿姬鑫成还没有到过江南，也听不清女学生含混不清断断续续的音阶，但他听明白了女学生的意思。他扒着栏杆对女学生大声地说："我知道咧，你是从南方来的，你想去延安，被国民党给杀害咧。我告诉你，只要我能活下去，就一定会给你报这个仇的哩！"

他听到女学生的声音越来越低了，她的嘴每翕动一下，就有鲜血不断地从女学生的嘴里鼻孔冒出来。

她的声音渐渐地消失了……

下午，当铁门重新被打开的时候，姬鑫成对和胡汉才一同进来的一脸阴沉的周也夫说："我想明白咧，跟你去重庆。"

周也夫眨着三角眼笑了，走过来低声说："你想得通想不通，既然到了西安，想再返回去，你觉得有可能吗？其实，今天上午也只是让胡站长他们给你上了一堂课。这是一名特工必须经验的。今后这些场面还会有很多,甚至要自己亲自去体验的。"

就在周也夫喋喋不休的时候,胡汉才走过去,弯下腰查看了半天女学生的尸体,又把手放在她的嘴边拨弄研究了半天,站起来拍拍手,说:"咋这么不经折腾。"然后他双眼盯住姬鑫成,对两个打手指一指说:"先搜一下他,仔细点。"

两个打手愣了一下,就过来把姬鑫成的全身搜了一遍。实际上姬鑫成除了身上穿的棉衣裤,就再没有甚东西了。两个打手在他全身搜了半天,一无所获,对胡汉才摇了一下头。胡汉才不相信扔掉手里的烟,又亲自搜了一遍,甚至让姬鑫成把棉衣裤都脱了下来,这才对两个打手摆了一下脑袋,说:"算屎了,抬出去扔了。"女学生就被那两个打手一人抓住一条胳膊拖了出去,她的身体翻转着,在地上留下了一串长长的血迹来。

周也夫也对胡汉才的突然动作有点不解,但又明白,胡汉才不会随便那么做的,就问道:"你又发现什么了?"

胡汉才点起一支烟,笑了一下,说:"我是怕姬公子身上沾染上了虱子,别带到重庆去了。"

周也夫说:"你呀。"又对姬鑫成说:"这就是胡站长的长处。作为一个特工,要时刻怀疑一切,对一切都不要相信,包括自己至亲至爱的人,一句话,特工就需要是个冷血……"

姬鑫成对周也夫在他旁边说的话一句也没听进去。他的眼睛只是死死地盯着地下的那串血迹,在心里反复地念叨着一句话:"杀,杀了这帮畜生!别让我再碰见你们,不然,我会让你们一个个死得更惨!"

姬鑫成跟着他们一起往外走,这回头上没有戴那个黑口袋,一切便都看清了。这里是西安城郊的一座大院子,四面是一砖到顶的高围墙,估计是哪个财主留下来的,军统西安站就占了这里,用作他们关人审人的地方。

来到院子里，就见靠墙的地方竖着几根木桩子，有两男一女被绑在上面，耷拉着脑袋，脸上头上都是血，看样子也是挨了不少刑讯的。

胡汉才似乎是要向周也夫和姬鑫成炫耀显示些甚的，当着他俩的面对那三个年轻人喊道："嗨，娃娃们，再问你们一句，还想么？"

中间木桩上的那个年轻人抬起头来，看了胡汉才一眼，艰难而又坚定地冒出一个字来："去！"

胡汉才举起手里的枪，对着年轻人就扣动了扳机，只听砰的一声，年轻人的脑门那儿跃起些许血色，随即头就向前一倾，低下去了。

那个女的抬起头来，骂道："国民党反动派，破坏抗战，不得好死！"

胡汉才接过身后一个部下递过来的手帕，擦拭了一下枪口，扭头对他部下说："来吧，都别闲尿着了，试试你们的枪法咋尿样。"

那几个部下就从腰间抽出枪来，哗啦一声顶上了子弹，举起来瞄向那一男一女两个年轻人。随着一阵砰砰砰的枪声，那两个年轻人的头也低下去了。

胡汉才让部下们收拾现场，然后回头看着姬鑫成，皮笑肉不笑地说："哎呀，刚才忘尿了，应该让姬公子试一试的哩。"

姬鑫成淡淡地说："我要是有了枪，就先杀了你！"

周也夫嘲讽地说："简直是一群冷血动物，你确实把他们都培养成功了。"

胡汉才得意得腮帮子都在抖，挥着手说："对付共……"他大概觉着此时用这个字眼有点不妥，顿了一下改口说："对付敌人就是要冷血么。"他扭头看了看姬鑫成，说："你们不冷血么？这碎熊娃不冷血么？听说你们这次在河东城里一次就毒死了十几名日军的飞行员，那可都是用真金白银教练出来的人中尖子么，可还不是被你们一次都给杀尿咧，听说连日本天皇都，啊，都那个……"

周也夫说："天皇都伤心了！"

姬鑫成接过话来说："我们杀的是侵害中国的东洋鬼子，那才是我们的敌人。可我看到你们杀害的都是中国人，自己的同胞。"

胡汉才仰起头哈哈大笑，说："碎娃，你就要到重庆去了，这些话也就是在西安城说一说好了。到了重庆，你就得闭紧你的嘴了，你也就知道谁才是真正的敌人了！"

姬鑫成不服气地说："你们那也太草营人命咧，为甚？就因为人家要去延安，你们就把人给杀咧！也难怪人家都要去延安哩。就凭你们这种做法，我也……"他看见周也夫回头盯了他一眼，就住了口，咽下了后面的话。

胡汉才啧啧了两下嘴，凑到周也夫跟前说："我给你说哩，这碎娃将来绝对不是个普通人，我刚才一直在看着他哩，一点都不紧张，脸色一点没变哩。一个普通人看到会吓个半死哩，就我们这里面的，第一次杀人都尿裤子了，可他似乎对杀人没有感觉一样。周上校有眼光，看人看得准得很。"

周也夫说："要是个普通人，我会费这么大的劲拉他上重庆去？戴老板会亲自下令？"

胡汉才又不由得回头瞅了一眼姬鑫成，压低了声音说："这碎娃年纪轻轻的，就有这么好的心理素质，是当特工的好料。可是，你就没有了解一下，他是不是那边的？"他做了个"八"的手势。

周也夫回头看了一眼跟在后边的姬鑫成，和他们的距离拉开了，就压低声音认真地说："不是，他根本就没有机会接触上他们。在河东城里，他仗着老爹有钱，又是日本人的维持会长，吃喝嫖赌，就是在妓院里和日本人起了冲突，一次就毒杀了三个日本人，还是宪兵呢。你别看他年纪不大，出手狠着呢。按照我的本意，做完毒杀日军飞行员的事情后，就连他一起做掉，不留后患。我当时这样做的目的有两个：一个是毒杀案的主要角色，也就是开酒吧的老板死了，日本人就不会怀疑到我们，这事也就可以告一段落了……"

听到这里，胡汉才却呵呵冷笑了两声，说："我想，恐怕是周上校要为自己揽功劳吧，觉着一个碎娃子就把日本飞行员毒杀了，你周上校虽然在指挥行动，肯定没有少给重庆提困难提条件，而且也没有具体参与行动，说起来还是很没面子吧。就是论功行赏，分到你跟前也没有多少了。"

周也夫被胡汉才看穿了心思，一下子有点尴尬。不过，这种现象在军统里面挺多的，争抢功劳时有发生。听胡汉才这样直言不讳地说出来，周也夫也只是笑了一下，就继续说："我也明白，再一个就是这小子真的是心狠手辣，做起事来不计后果。若将来真的在一起打交道，还不知道鹿死谁手，留下就是个对头。可那个女的，就是西北区那个会唱戏的肖上尉……"

胡汉才忙说："我知道，也真是个奇女子哩，号称张掖站的一号杀手，也是在戴老板那儿挂了号，能直接和戴老板直接打交道的人。许多时候她连我们西安站的事都敢插手哩。"

周也夫点了一下头，说："对，就是她。因为事关日本人的兰州作战计划，戴老板就从张掖站抽调她过来协助我的工作。谁知她和这小子搞到了一起，当她知道我有心除掉这小子的时候，暗中出手相救，用她随身带的微型发报机和重庆联系，让戴老板知道了真相，然后就直接命令我把这小子带到重庆去。"

胡汉才又笑了一声，说出的话就有点酸溜溜的了："怕是戴老板要亲自栽培这位姬公子，为党国培养人才了。"他乜斜着眼睛看着周也夫，说："等到有一天，这个碎熊娃子真的成了气候，那恐怕要骑到我们兄弟的头上发号施令了。"

周也夫说:"完全有可能。但也得看他的造化。"

胡汉才说:"此话怎讲?"

周也夫没有正面回答,故作高深地叹了一声,说:"胡兄已在军统多年,还用得着我把话说透吗?"

胡汉才就笑了一声说:"我这个人哪,就是性子直,遇事脑子不会转弯,所以到现在还只是个中校副站长了。"顿了一顿,又近乎挑唆般地说:"不过,话又说了回来,周兄也别忘记了你们复兴社的教训和你们'十三太保'的结局。"

这句话说到了周也夫的痛处,他便闭了嘴,不吭声了。

胡汉才继续在周也夫的耳边唠叨:"养虎为患。若依着我,还不如现在就⋯⋯"他用巴掌做了个抹脖子的手势。

周也夫不屑地看了他一眼,说:"你以为是你在杀几个学生吗?要是能动手,我在河东城就动了,何必又亲自追踪到黄陵,把人截回来?现在我不但把人送到你们西安城,而且还要一直安全送到重庆呢。"他看了一下四周围,压低了些声音说:"我也奉劝你一句,今后说这些话发这些牢骚的时候要么干脆不说,要么尽量避开人。西安站有多少戴老板的眼线,你也应该清楚,心里有数⋯⋯"

胡汉才如梦初醒般地点了点头,连连说:"是哩是哩,就说我们这儿吧,屁大个事情,很快重庆那边就知道了,还一清二楚了如指掌。哼,要是让我查出谁是眼线,我才不管他是谁的人哩,非⋯⋯"

周也夫又冲他打了个手势,挡住了他的话,说:"有些事可以做,但还是那句话,最好不要先说出口来。"

胡汉才就又点了几下头,说:"经验,经验之谈,可也是教训哪。要说这些年我干的工作不比哪个站差,可就吃了这嘴上亏了,不然,咋混到现在还是个中校副站长呢。三年前我在军界时就是副团级中校了,可到这里升得这么慢,简直就和蜗牛差不多。说到底,还是军统里面的坏人多。"

周也夫回过头去，看了一下院子里正在那儿闲聊天的几个胡汉才的部下，那个车把式正夹着一根烟，旁若无人、口若悬河地在讲着什么，看来话痨的毛病又犯了。胡汉才注意到了周也夫的目光，也看过去，似无意地说："我的前任留下来的，人倒是很能干，做事还行，做人么，就是傲慢了些，也就显得有点目中无人。他自己么，倒觉着自己很不含糊的。"

周也夫说："戴老板身边能干人多了。可没有一个像他这么能说的，什么话都敢说，迟早会惹是生非的。"

胡汉才想了一下，说："是我派他去协助你的。哦，今天那个姬公子一开始也说了几句让我摸不着头脑的话，现在就明白了。看来……噢，我知道该做些什么了。"他的眼睛里就流露出了一股杀气来。

胡汉才看着周也夫，又回头看一下姬鑫成，说："这个姬公子，看上去还是个碎娃哩，但确实不简单。就说今天那个女学生娃的死，我总觉着有甚地方不对。虽然我们用了刑，但不至于要命的。但等我们吃了中午饭回来，人却已经死尿了。我认真察看了一下，七窍出血，应该是中剧毒死的。我怀疑是你的那个姬公子帮了她。可我就是不知道他咋着帮了她的，我也亲自搜了他，搜得很仔细，身上甚也没有发现……"

周也夫就笑了一笑，说："一个女学生，连个共党的边都还没挨上，充其量算一条小泥鳅。你们稍微用点刑，也就是给年轻人个印象，让他死心塌地一点。没想你们还真有那么大的兴趣……不过，也就这样子吧，目的应该是达到了。我觉着，他对怎么去利用毒药好像有一种天然的本能，这种人，用好了，就是一柄十分锋利的匕首。"周也夫眨动着他的三角眼，若有所思地说。

这时，胡汉才的一个部下匆匆地跑了过来，报告说："站长，已联系好了，明天上午十点飞机直飞重庆。给周上校留了两个座位。"

胡汉才就吩咐那个部下："你就再去安排一下，在钟楼街的太白居酒楼订上一桌，今晚给周上校饯个行。"

6

那是姬鑫成第一次乘坐飞机，那年，他刚满十八岁。

姬鑫成跟着周也夫乘坐胡汉才派出的军统西安站的中吉普车赶到西安南郊机场，看到一架双机翼的飞机停在那儿。他那会儿并不认识那架飞机就是由伊-III轰炸机改装成的飞机。由于这种机型座舱大，容纳的人多，国民党也经常把它当运输机用。

那天周也夫和姬鑫成是搭乘专程送几个国民党高级军官去重庆的飞机，尽管周也夫也穿上了军装，但他只是个上校，在这些人面前就牛不起来啦。姬鑫成当然不认识那些军阶，只见周也夫给人家敬礼，而那些人却只是随便地抬一下手臂。姬鑫成觉着那些人一个个气度不凡，说起话来从从容容，神态安详。在这些人的面前，他觉着自己简直就如同一个没见过世面的小叫花子般，低着头，小心翼翼地跟在周也夫的后面踩着悬梯上了飞机，找了个角落悄悄地坐下。

那会儿的西安机场虽然也在咸阳，但却不叫咸阳机场，而是叫南郊机场，规模也不大，就一条用水泥修筑的跑道。飞机在起飞助跑时，姬鑫成趴在舷窗上看稀罕，只见被螺旋桨带动下形成的尘土遮挡住了一切，甚也看不清楚了。然后，这架伊-III双机翼的飞机就在地面上颠簸着猛跑了一段，升到了天空中。

不知是不是那些将官们对军统特务们没有好感，反正自从上了飞机知道周也夫是军统的人，就再没有一个人和他说话了。他们聚集在前面说话逗笑，把周也夫和姬鑫成两个人晾在后头。而且他们说着说着，就有骂军统特务的话出来。有一个操一口西北话，肩膀上扛着两颗星的将领说话声音挺大，似乎就是要给周也夫听哩。他说他们部队在一次发饷时,为了公平,他亲自从部队里抽调了几个士兵为监饷组。结果没想到抽调出来的一个士兵是个军统特务,不知道甚时候安插到他部队里去的。那小子非常傲慢,动不动就告诉我,让我管好自己的队伍,最好别管他的行动,说他的一切都是戴局长在亲自安排的。我说现在是在老子的地盘上,才不管你甚尿局长哩。我限他一分钟内离开我的部队,否则,不保证他的性命安全。结果,你们猜咋着?他小子跑得比兔子快多咧。就这,也没我的子弹快哩。

一个肩膀上挂着一颗星的将官问:"毙咧?"

两颗星的说:"不毙了咋?那种人还能留?哎,你那儿发现没?"

一颗星摇晃了一下头,淡淡地说:"发现过,还有共党分子哩,但我都很客气地把他们送走了。"

另一个插话说:"要在老子的部队上,才不管他是谁哩,发现一个杀一个。哼哼,我这一辈子就最恨这种在背后搞鬼的人咧!"

……

虽然飞机伊-Ⅲ的轰鸣声很大,但他们说的话还是清晰地传了过来,姬鑫成自然全听见了,尽管听不多么真切,但大概意思还是明白的。他不明白大家都是国民党,矛盾居然还这么大这么深哩。他扭头看了一眼周也夫,就见他闭着眼睛靠在机舱壁上,像是在睡觉,但肯定没有睡着,因为飞机巨大的轰鸣声让人根本无法入睡的,而且还在空中就那么很随意地摇来晃去,不停地颠簸。周也夫似乎习惯了,对这种颠簸和摇晃无动于衷。那么那些将官们说的话周也夫能听见么?肯定听见了,他却显得那么气定神闲,似乎什么也没听见。他在闭目养神,似乎这些天的奔波让他太疲惫了,正在利用坐飞机的这段时间养养神呢。

这会儿,有个穿着军装的女军人从前舱走了过来,手里的盘子里放着茶杯,里面是新沏的茶。那些将官们就各自端了一杯。等她走到周也夫和姬鑫成的跟前时,盘子里就恰好只剩下两杯了。显然,她对姬鑫成能乘坐这架飞机有点小小的惊讶,所以就格外地多看了姬鑫成两眼,笑容可掬地对姬鑫成说:"您好。请用茶。"

姬鑫成先端了一杯,却听她用很好听的声音说:"把您长官的也端下来吧。"姬鑫成就把两杯茶都端了下来,其实,凭感觉他也知道这两杯茶应该就是他和周也夫的,因为后面再没有人了。

也许是这名女军人的声音惊醒了周也夫,他睁开了眼睛,抬头看了一下女军人,问了一句说:"几点钟到重庆?"

女军人立正回答说:"报告长官,估计在十一点半左右。因为在飞行中间遇到了横行气流,飞机绕了个弯,耽误了一些时间。"

周也夫又似随意问道:"前面那些人……"

女军人也回头看了一眼,把腰略微弯了下来,往周也夫的身边凑了凑,压低声音说:"听说是西北军的几个师长,这专机是委员长特别批准来接他们到重庆的。"

周也夫就哦了一声,没有再说什么。但从他的表情中,姬鑫成似乎看到了一种如释重负般的惋惜。后来姬鑫成才明白,周也夫一听说是蒋介石特地专批来接这些西北军的师长们,就知道他们重庆之行是凶多吉少了。因为在此前,他已经知道西北军的首领杨虎城被蒋介石强令出国考察了。同样作为军人,他是为这些西北军的将领们惋惜呢!

也许是知道了这些同机的将官大员们的前程并不是很妙,周也夫也就不存在畏惧心理了,行动也就坦然了起来。他大声地喊来了那名女军人,让他送两杯咖啡来。女军人答应着,很快地就单独给周也夫和姬鑫成端来了两杯咖啡。姬鑫成开过酒吧,见识过国内国外的各种咖啡,可以说对咖啡并不陌生。他端着咖啡啜了一口,就不再喝了,对周也夫说:"这咖啡放的时间太长咧,味道都变咧。"

周也夫看到姬鑫成主动对自己说话了,就笑了一下,有点自嘲地说:"在飞机上,有咖啡喝就不错了。"他看着姬鑫成,说:"第一次乘飞机吧?"

姬鑫成点点头。

周也夫说:"有点紧张,很正常。你确实很有运气,如果不是重庆要接这帮大员们过去,咱们也搭不上这个顺机。不过,从现在开始,你的一言一行,都要谨小慎微、三思而行。你要收起你那公子哥的脾气来,一切都将从头开始。这次戴老板亲自要你到重庆参加特训……"

姬鑫成一愣,这可是他从未听到过的,就问:"甚戴老板的?参加甚特训?"

周也夫循循善诱、不厌其烦地对姬鑫成说:"戴老板就是戴笠局长,他是军事统计调查局的局长。这次你被戴笠局长看中,虽然与你这次在河东城里毒杀日军飞行员有关,但也是你的运气。你知道有多少有本事的人想加入军统而被拒之门外!这关系着你一辈子的前程。只要干好了,说不定能出将入相,将来光宗耀祖,享一辈子的福呢。"

姬鑫成说:"这些我倒是没有想那么多。要说在河东城里投毒杀那些日本人,头一次是心里头气,凭甚他是个日本人就在咱们的地盘上欺负人么?第二次杀那些开飞机的,我也就是听那个肖小艳说哩,她说替咱们中国人报仇哩,那些飞行员每天开飞机就是去杀咱们中国人的。我心说杀就杀,哪里会想这么多。把人杀后心里才害怕咧,而且还有点不忍心哩,和他们都熟咧。再说哩,我开始也不知道那个肖小艳和你们是一伙的哩。我以为……"

周也夫笑了起来,说:"以为能娶她当老婆,是吗?"

姬鑫成摇了一下头,说:"也不全是。我都娶媳妇咧。就是……反正她说的话我们就都愿意听哩。"

周也夫神色严肃起来,说:"好啦,这些话到重庆后就不要再讲了,一切要听我的安排。"

姬鑫成点了一下头,说:"要说么,我爹倒是想让我好好地念书哩,根本没有想到我会去做这些打打杀杀的事情，更没有想到会让我去当兵！"

周也夫说："汉朝班固，投笔从戎。谁说读书人就不能打打杀杀？就是今天，也有许多有为青年从军，保卫国家呢。要说起来，我本人就曾是一介书生，辛亥革命开始后，我参加了家乡起义攻克清朝县衙的战斗，从此就走上了这条革命的道路了。其实，说穿了，每个人的路都是自己走出来的，不是别人修好的。修身、治国、平天下，这应该是一个男人的生平志向。我之所以向戴老板推荐你，是看中了你的头脑灵活和你特别的心理素质，这正是做一个优秀特工必需的东西。"周也夫这会儿把姬鑫成能去重庆说成全是他的鼎力推荐了："我喜欢聪明人，而你是聪明的。"

姬鑫成此时甚话都无法说了。随着飞机的颠簸，他的心也在颠簸着，没有一刻安宁。

周也夫继续说："你放心，我离开河东时已对你家里作了安排，让人袭击了盐化局的日本人局长，袭击时也对你父亲下了点手。当然，并无大碍，但足以让日本人相信他这个维持会长是在替日本人办事呢。另外，我还让人往你家里悄悄送了一笔钱，算是你的薪水吧。再者，到重庆后我将遵照戴老板的安排，要送你去参加一个特训班。"

姬鑫成再不说话就显得他不近人情，也不够聪明了。他看着周也夫说："周长官，我可以这样叫你么？"

周也夫点了一下头，微微笑了一下，说："完全可以，自从我奉命来到河东城指挥这场行动，我就可以说一直是你的长官。"

姬鑫成就接着说："周长官，我是很感激您哩。我们当时从河东城里跑出来，是因为一下子不知道往甚地方去哩。是您给我指出了一条路，让我去走的。"

周也夫说："你是个聪明人，所以应该对形势有个准确的估计。你看眼下，日本人、共产党，还有中央当局，都在闹腾，中国一时半会是安宁不下来的。你开始是想去延安，想去找共产党，当然，那也是眼下年轻人愿意走的一条路。我也承认，共产党的理想听上去很好，很吸引人，特别是对年轻人。刚开始时我也看过一些马克思的书，天下为公，大道之行。但那些太遥远了，只能说是一种理想主义的东西。所以说，在许多的时候，理想和危险只差一步，而在目前，共产主义是根本无法实现的，所以共产主义就成了危险。"他看着姬鑫成，态度诚恳地说："我采用这么一种方式把你带了出来，你并没有怪我，我很欣慰的。到重庆后我会照顾好你的，只要你跟着我好好干，不怕苦，不怕艰难，我要栽培你走得更高更远，世界大得很呢。中国待不下去了，我们可以去美国，那才是个好地方，是我们这些人将来的安身乐土。"

姬鑫成看到周也夫上校在说到美国的时候，一双三角眼眯缝了起来，脸上流露出一股非常向往的神情来。

姬鑫成确实如同周也夫上校夸奖的那样，是非常聪明的。如今已经在去重庆的飞机上了，甚也由不得他咧。往前面看一看，举目无亲，而后可依靠的人也只有周也夫了。他看着周也夫，认真地说："周长官，今后你咋着说，我就咋着去干，唯你马首是瞻。"他想起不知在哪本旧书上看到过这么一个词，觉着是表忠心的，就在这里用出来了。

周也夫听他这样说，非常满意，伸出手来在姬鑫成的头上拍了一下，表示亲热。

那名女军人过来通知大家，把安全带系好，重庆到了。

飞机开始下降了。

特训班设在歌乐山里一处叫作松林坡的山谷里，虽然和"中美特种技术合作所"在一起，却不受所里的管理，自成一家，独立在一排依山而建的两层楼房里。"中美特种技术合作所"在歌乐山里纵横达二十多华里，包括梅园、白公馆、松林坡、渣滓洞、五灵观等被划为特区，不准人随便进入，在所里的工作人员必须持有特别通行证才能出入。在这里，除了建有蒋介石住宿的公馆外，还有戴笠和梅乐斯的公馆，有一千多幢专供美方人员居住的高级二层宿舍楼，有办公厅、餐厅、舞厅、大礼堂、会议厅等场所，以及军火库、仓库、监狱等。"中美特种技术合作所"自建立后，先后举办过两期特工训练班，共训练中国特工一千多名，第一期是"中美特种技术合作所"成立不久后办的，那次是在军统所控制的单位中招考和选拔的，名单全部由戴笠钦定，整三百名，是所谓的高级特工；第二期的人数就多了些，有八百多名。那就是从全国的青年学生中招考的了。

姬鑫成参加的就是第一期，也就是所谓的高级特工，是戴笠在听取了肖小艳的汇报后亲自点名，让周也夫不惜代价把他送到这儿来的。在这之前，姬鑫成根本不知道特务是干甚的呢。就这样，他稀里糊涂地当上了特务。

那天，周也夫亲自开车送他，一直把他送到了松林坡。下车时，周也夫从车里拿出两个大信封递给他，说是奉戴老板指令，提前支付他两个月的薪水。

姬鑫成就用手捏了捏，感觉到是一笔大钱哩。尽管他在河东城里混的时候，也没有缺过钱，但一下子有这么多的钱，还是第一次哩。不过，他压抑着心里的兴奋，把一个信封递过去，对周也夫说："周长官，我一个人，肯定花不了多少钱的。这钱你拿一些去用吧。"

周也夫没有接他的信封，说："过些日子，戴老板还要给你发一笔奖金，表彰你这次在河东城里投毒的行动。这些钱你留着在特训班里用。你是第一次参加特训班，又年轻，这些钱会用得上的。你在特训班里尽量把这些钱用完，花散完。这个世界上，没有人不爱钱的，找个合适的机会，悄悄地给你的分队长和教官一些，你就会在特训班里过得好一些舒服一些的。你现在的事业刚刚开始,正是寻靠山交朋友的时候,这些钱可以用来铺路。"

此时的周也夫显得非常有耐心,他循循善诱,认真叮咛,似乎把一切都要替姬鑫成安排妥善,就像是在安排自己的孩子一样。

姬鑫成面带感激,对周也夫说:"周长官,我都记下咧。"

周也夫又说:"到了特训班,要学说普通话,尽量不要说家乡话,也不要学当地的四川话。首先要学会忍耐。这一点我相信你。在开办酒吧的时候,对那些肆无忌惮的日本人,你就很能忍耐,这是个长处,要保持。"

姬鑫成又点了一下头。

"还有一条,干我们这一行的,要尽量学会寡言。中共有个很有名的将领叫林彪,就是打平型关战役的那个师长,他就对部下说过:'没有想明白的不要说,想明白了不用说。多说话的人是很庸俗的。'这一条对我们也很有用。你要记住了。"周也夫似乎还有话要说,但他也许觉着自己说得太多了,也许觉着自己对这个一开始还想置于死地的年轻人太关照了。他便再没有说什么,只是冲着姬鑫成摆了一下手,让他进去。

姬鑫成觉着他一旦跨入那两个叉开双腿横眉冷目的哨兵把守的大门后,就是孤单一人了,就一切要靠自己咧。这些天来,他已经对周也夫产生了一种本能的依靠了。他嘴唇不自觉地抖动了一下,低声说:"周长官,您、您不进去咧……"他原以为周也夫会一直把他送到特训班驻地呢。

周也夫摆了一下手,用他那双犀利的三角眼看着姬鑫成,又叮咛说:"特训班的一切,都有人安排好了的。多余的话我就不说了,你好好学习一些本领,尤其是一些专业技能,将来会大有用处。眼下国逢乱世,正是用人之际。切切记住,这个特训班里面藏龙卧虎,都是各行当里出类拔萃的尖子。所以,一定要争上游,千万不能做下游,因为下游只能被淘汰掉。中游虽然是大多数,但就显示不出个性了。"

姬鑫成让哨兵看过周也夫给他的特别通行证,一步三回头地走进了特训班的大门。

7

姬鑫成在心里不得不承认,周也夫算是自己人生道路上的第一个领路人,也是自己生命中重要的一个人,正是他唤起了自己生命中的第一道亮光。也正是因为周也夫一路上喋喋不休地教导和灌输,姬鑫成混沌的心里才朦朦胧胧间有了一种志向,一种追求,一种目标。他心想,自己所走的这条道路,肯定要比自己那当个盐务局大管事的老爹荣耀得多,也要宽敞得多哩。

姬鑫成的心里有那么点忐忑,更多的是一种面对未知的兴奋!

姬鑫成找到了教务处,报到后才知道,这个特训班已经开训两个多月了,所培训的课程已过了三分之二,所有基础知识业已讲授完毕,只剩下爆破学、毒药学、密码学和搏击还没教授。教务长是个老头,穿着一身有些皱巴巴的军装,不声不响地把姬鑫成的军装领了来。那是一套士兵服,没有军衔标志,鞋是草鞋,没有袜子。紧接着就来了一个理发的士兵,也是一声不吭,几下就给他理了个大光头。教务长又给他领来了日常生活用品,把他领到了宿舍里。等一切办妥后,这才开了口,他操着一口川东口音说:"校长特别交代要我来接待你噻。我以为是个啥子大人物,没晓得是个细娃子。你记住了噻,这里来参加培训的,都没得名字,只有代号。你的号码子放到了你的床上咧。啷个要是再没啥子事,你就到教室里上课去。校长说了噻,你落下的课是太多咧。"这样说着话,他领着换了军装、穿着草鞋、胸前别着那个号码的姬鑫成沿着山坡来到后面的大礼堂里。

被当作教室的大礼堂里面很安静,只有一个人的声音在回响着,姬鑫成看到一个中年教官正在前面讲课。看到他们进来,他略停顿了一下,示意姬鑫成坐下来听课,姬鑫成就坐在了最后一排的边上。那教务长对讲课的教官做了个手势,然后就悄悄地退了出去。

姬鑫成悄悄地打量了一下周围,都是和他一样穿着深绿军裤、草黄色衬衣的学员,一个正襟危坐,眼睛盯着前面,没有人对新来的他感到新奇,人人都表现出一副心无旁骛的样子。而且这些学员年龄都比他要大出许多,没有像他这个年龄段的学员。在教室的两边墙上挂着几幅标语:

秉承领袖意志,体念领袖苦心。

创造光荣历史,发扬清白家风。

做革命的先锋,做无名的英雄。

智仁勇,都健全。

坐在教室里的姬鑫成的心里有一种非常奇异的感觉。他正是因为不愿意上学,不愿意被限制在教室里听先生嗯嗯呀呀地讲课,这才在社会上吊儿郎当地瞎混,这才闹出了毒杀日本兵的事件来,才被肖小艳和周也夫他们相中,做了出头露面的杀手,在安邑镇开酒吧毒杀日军的飞行员。他是出来逃避日本人追杀的,却没有想到远离家乡,现在又鬼使神差地走进了课堂里,又开始听人讲课咧。

不,应该是叫特训咧!

这种感觉不断地在内心深处纠缠,不可言传。

姬鑫成怎么也没有想到,在入学上课的第一天,他就不经意地显露了一手,一下子让所有的人都刮目相看了。

这时,坐在教室里最后一排的姬鑫成就听到教官敲了敲课桌,要大家加强注意力。他说这是毒药学的最后一个课时,也是最重要的一讲了，就是有关各种新型毒药的使用方法，包括生物学毒药和化学性毒药。

顿时，教室里就响起了一阵翻动笔记本的声音。然后就只能听到教官那充满磁性的有力的声音，几百个学员十分用心地聆听着，生怕漏掉一个关键词语。没有人交头接耳，更没有人做小动作。学员们这样认真听课，除了特训班有着严格的纪律外，更是因为今天所学的即为将来自己所用！

姬鑫成一开始还有点心不在焉的感觉，并没有认真去听课。他先是抬起头打量了一下教官，第一个感觉是挺威严，很有气势。年龄在五十岁左右，讲一口很标准的普通话，精神头很足，只是头顶没有多少根头发了，在教室里上空挂的几个碘钨灯的映照下，显得很亮堂。最显眼的是，他的讲桌上放着一个特大型号的玻璃杯子，里面泡着黑乎乎的茶叶，看上去那茶水都变得很混沌了。每每讲到兴奋处，他就端起那杯子喝上几口茶水。每喝一口，都发出很响的咕咚声来。姬鑫成觉着有点好玩好笑。但后来，他收回了胡思乱想的心，开始仔细聆听教官的讲解，几乎要把教官讲的每个字都记在脑子里。他没有好好上学，用笔记录自然没有其他学员快，只有用脑子记。他听见教官这会儿正讲的是有关生物"毒药"在生活中的合理运用，也就是在生活中普遍存在的花草生物。而姬鑫成看见教官手中举着的就是一株紫藤花。

不知什么时候，在教官面前的台子上，出现了一个装着各种花草的大盆。

教官在讲完紫藤花后，又不断地从盆子里拿出其他花草来，然后告诉大家这是一种什么花草，有什么毒素，毒性多大，误食后会有什么反应。他拿着一株十分鲜艳的虞美人，告诉大家，别看虞美人花开得漂亮，但全株花都有毒，尤其是果实，毒性更大，误食后轻则引起神经中枢中毒，重则就会有生命危险了。他在讲解郁金香时说，郁金香中毒后，轻者头昏脑涨，重者会有严重的毛发脱落现象。这样讲着，他摸了一下自己的秃头顶，解嘲地说："当然，我的脱发与郁金香无关哟，我这是聪明的象征。"

鸦雀无声的教室里发出一阵轻松的笑声来。

教官讲解完这些花草生物后，就要求大家下课后自己到阅览室里把这些花草的形状认真记下来。然后他将这盆花草推到一旁，又变戏法般在讲桌的台子上摆上了许多透明的玻璃器皿和试验用具，里面装着各种液体和粉末子，颜色和形状都不相同，就如同是一个小型的化学实验室。只听教官大声说："刚才是生物毒药学，那都是生活中间的，毕竟应用要少一些，毒性也发挥慢，不大适合我们在战时应用。现在我们讲解化学毒药学，这才是我们作为一名特工人员应该掌握的本领。"接下来，他详细地讲解了各种毒药的特性及发作时间。他着重讲解了除了几种不可解的剧毒之外，又讲解了一些毒药的解毒方法。尤其是他讲解了在特殊的条件下，如何从看似普通的物品中快速提炼和萃取出几种剧毒来，又讲了如何利用化学方法来控制毒药发作的几种中和方法。他边说边亲自实践，现场操作，这引起了学员们极大的好奇心和学习热情，坐在后排的只恨自己视力有限，无法看清教官的操作。有些坐在后面的干脆离开座位跑到了前面，团团围在教官的周围，紧盯着教官熟练操作的手，课堂气氛非常热烈，赞叹之声不绝。教官在大家的赞叹声中也愈发得意，亲手调配好毒药后，告诉大家这种毒药可使敌方在几秒钟内毙命。然后他就从放在屋角处的笼子里抓出一只小白鼠进行试验，随即就让大家都看着自己的表掐算时间，果然，小白鼠倒毙的时间和他所说的时间相差不到一二秒。大家顿时热烈鼓掌，赞叹教官真是毒药专家。

教官更加得意了，端起杯子大口喝了几下，然后环顾一下四周那一双双钦佩和敬仰的眼神，问道："我刚才给大家讲的，你们都懂了没有？"

学员们齐声回答："懂了。"

教官更加兴奋，情绪几乎处于一种癫狂状态中了。他扫视了一下周围的学员，说："那好，我现就进行一下现场考核。我要从你们中间挑一个人，来和我玩一个游戏。"

学员们都相互看看，又都把目光集中在教官身上，一个个显得既兴奋又紧张，不知道他们的教官要玩的是什么游戏。

教官继续说："这是一个既需要胆量又需要聪明才智的游戏。要说也很简单，我现在调配出一种毒药，并控制它的发作时间，这样，我们放宽一点，就控制在十分钟吧。我的调配过程完全公开，所使用的原料也完全公开，让大家都看得到。我可以告诉大家，这里的化学品很全，参加测验的人需要在十分钟之内，根据我的原料调出解药来。"

顿时，几乎所有的学员都跃跃欲试，更有几个自认为聪明的急切地站了起来，高举着手，生怕错过了这个当众表现和显示自己的机会。

教官扫视了一下，又特意多看了一下那几个举着手的学员一眼，嘴角露出了一丝讥笑来，说："我还有一个要求，就是参加这个游戏的人，必须先喝下我调出的毒药，再进行解毒药的调制。这样一来，这场游戏就等同于一场考试，而考试就等于是自救。只有接受了生死挑战，敢于挑战自我的，才有资格挑战权威。"

一听教官这样讲，学员们的情绪顿时委顿了下来。那几个踊跃举手的，也迟疑着收回了高举着的手。

而此时坐在最后一排的爷爷姬鑫成，看着前面踊跃地争先恐后地围在教官身边的学员们，默默无语，感觉到自己很孤单，还没有融入特训班的这个环境中去呢。这会儿，在最后一排的座位上，就只有他一个人呆呆地坐在那儿，与前面学员们热烈的情形一比，就更是显出一种特别来。

这时候，教官用他那锐利的眼睛扫视着每一个学员，既像是在挑选测试对象,又像是在挑衅大家,每一个被他目光扫到的人都不由心里一紧,生怕他点到了自己的名字。等他目光扫到最后一排时,就看到了孤单单一个人坐在那儿的姬鑫成,他一个人坐在那儿不知道想些什么。

教官似乎觉着自己的尊严受到了挑战,也似乎故意想找一下这个新来的年轻学员的茬子,便问道:"新来的,你的学号是多少?"

特训班就是为培训将来的特工人员的,所以学员之间也是进行保密的,不许单独来往,不许打听对方的情况,居住单间,互相之间不允许透露真实姓名和部属及驻地,都以代号相称。这也是刚才姬鑫成进了教室后,既无人介绍也无人打听,大家都对他视而不见的原因。

姬鑫成并没有感觉到这是在叫他,仍是一副无所谓的神色,一个人呆坐在那里。

教官提高了些声音,说:"新来的,在说你呢。站起来!"最后三个字,他加进了些严厉,心说:"这家伙看上去年龄确实不大,却是戴笠亲自安插进来的,说明是有背景的。但也不能这样傲慢呀,教官的话也装着听不见吗!"

姬鑫成感觉到众人的目光齐刷刷地注视着他,慌忙站了起来,说:"是、是在叫我么?"

他的家乡土语引来了一阵轻微的嬉笑声。

教官威严地敲了一下教桌,制止了大家的嬉笑,把语气放缓和了一些,问道:"我是问,你是多少号?"

姬鑫成这才知道确实是在问他了,就赶紧低下头看了看胸前的那个号码,回答说:"哦,长官,我是301号。"

教官走下讲台,向着姬鑫成走了过来,一边走一边说:"我知道你是这个号。我们这个班一共招收学员三百名,你是由戴……这个,是特别插班进来的。本来按照规定,培训课程已经进行了三分之二了,就不再接受培训学员了,可你还是进来了,就成了第三百〇一号学员。三〇一,这应该是个特殊的号码,既然这样,也就应该是个特殊的人物了。"说着话,他走近了姬鑫成,看着他说:"那么,你敢不敢接受这个挑战呢?"

姬鑫成有点蒙,脸上毫无表情地问:"接受挑战?你刚才说的甚?我没听清楚,我再听一遍,行么?"

教官竟然没有想到在这座教室里竟然还有这么沉得住气的人,还有敢这么对他讲话的人!他把姬鑫成要他再讲一遍的举动完全理解成了姬鑫成在利用这些稳定情绪,或者是拖延时间。于是,他就毫不客气地把刚才要和大家做的游戏又讲了一遍,然后问道:"你这回听明白了没有?"

姬鑫成说:"听明白咧。不就是喝毒药么?"

教官说:"这么说你是接受挑战了?只要你接受了这个挑战,我就可以把毒药学课程给你评第一名。"

姬鑫成淡淡地说:"行么,接受吧。"

教官就叫了一声"好",接着说:"那你到前边来。"然后自己快步走到讲桌前面,端起杯子又"咕咚"地灌了几口,往旁边一推,饶有兴趣地等着姬鑫成。

姬鑫成跟在教官后面,慢慢地向着讲台走去。他心里在想着肖小艳教给他的方法,就在毒药尚未发作的时间段内,用手指头抠喉咙,把毒药呕吐出来。难道他就敢真的让这些还没有完全掌握了毒药性能的学员们喝下毒药么?要真的让他配制的毒药毒死了……莫非国民党的军队里就都是这样子草菅人命的哩……姬鑫成就这样想着,站到了讲桌前。

教室里的所有学员都注视着他,有替他担心的,有幸灾乐祸的,更多的则有一种解脱感,轻松地聊着。

姬鑫成知道,一旦站到了这讲桌前,就是把自己逼上梁山了,没有退路了。在整个教室里几百双眼睛的注视下,一旦退缩,一旦尿了,那是绝对没有办法在军统混下去咧，就算彻底完了。现在自己只能往前走，就算把那毒药喝下去没有救了，就算是死了，也只有这一条路了！

他这样默默地在心里念叨着，也许这就是命吧。谁让自己亲手用毒药杀死那么多人呢？虽然他们都是东洋人，但毕竟也是人哪！也许上天就是这样来惩罚自己的，一报一还，自己也得命丧在毒药上面。

姬鑫成突然涌上来一股十分悲壮的豪情来。

教官在姬鑫成的注视下一边迅速配制着毒药一边讲解，很快地就配制好了半试管的缓释毒药。他将试管交给姬鑫成，然后把自己手腕上的手表解下来放在讲桌上，对姬鑫成说："好，该你把这毒药喝下去了。记住，你只有十分钟的时间，也许会更短，生命攸关呢！"他后面这句带着点恶作剧的恐吓。

也许是后面这句带着点恐吓的话让姬鑫成坚定了自己的判断，死活就在此一搏了。他接过教官递过的试管，没有丝毫的犹豫，一仰头就喝了下去，然后很镇定地把试管插回到木制的架子上，就扭头往回走。

在全体学员惊愕的目光里，教官叫住了他，奇怪地问道："你要去哪里？"

姬鑫成站住，转身回答说："我去解毒呀。"

教官问："你怎么去解毒？"

姬鑫成说："我有我的方法。"

教官问："你不调配解药了？不用这种方法解毒？"

姬鑫成平静地说："我不会调配。"

教官惊讶地说："怎么，我讲的那些你没有听懂了？"

姬鑫成摇摇头，认真地说："没有。"

教官很恼火，大声地说："那你听懂了些什么？"

姬鑫成想了一下，就又返回去，在旁边那盆花草里随便拿出几枝花草来，对着教官摇晃了一下说："不过，也不全是。前面你讲的这些花花草草的毒性，我倒是全听懂咧。因为我是从农村出来的，知道这些花草的一些毒性。"

教官有点哭笑不得，严厉地说："那是生物。那我问大家对我讲的化学性毒药学听懂了没有的时候，你是不是也跟着回答'懂了'？"

姬鑫成把手里的花草扔进盆里，拍拍手，又摇摇头，老老实实地说："长官，我没有回答，因为我确实没听懂，不，是根本就听不懂哩。我刚来，甚都还没有弄清楚哩，也不知道你说的甚是生物甚是化学哩。而且我自打进了这个大房子里面，除了刚才您问我的，前面我甚也没说过。"

教官微微点了一下头，说："明白了。这么说，你准备接受死亡这个结局了？"他又扫视了一下全部学员，说："你应该是全体学员中最年轻的，难道你就愿意这样结束自己的生命？"

姬鑫成点了点头，说："愿意。"

教官端起杯子又喝了两大口，然后看了一下讲桌上的表，说："现在还有三分钟。只要你当着全体学员说一句，我输了。我马上给你调配解药，一切都还来得及。"

姬鑫成摇了一下头，轻松地说："不用咧，愿赌服输，这是规矩。"

周围学员脸上的表情由惊讶变成了惊恐，个个嘴巴微张，像是吞了个什么无法下咽的东西，开始仔细打量起这个新来的年轻学员了。

有的说："人真的是不可貌相噻，看这家伙年纪轻轻的，对生死真的是不屑一顾的噻！"

"行噻，面对生死，冷静，沉着，面不改色心不乱跳！"

"看来这个来插班的真是个不简单的家伙呢！"

此刻，偌大的教室里静极了，大家的心都提到了嗓子眼上，讲桌上那只手表"咔嚓咔嚓"地走动着，声音清晰地传到大家的耳膜里，还有大家怦怦的心跳声。

终于，秒针转完了十分钟的最后一圈。

大家盯着姬鑫成看，观察着他的变化。姬鑫成仍然就那么站着，十分坦然地盯着那一大盆花草。

教官呵呵地笑了，把表戴到自己的腕上，走到姬鑫成身边，绕着他转了一圈后，很有力地在他的肩膀上拍了一掌，说："好，不愧是……好了，我也不折磨你了，也不折磨大家的神经了。实际上，你刚才喝的东西里没毒。"

姬鑫成面无表情地看着他，既无惊喜也不惊讶，似乎早就知道了这个结论。而其他的学员都觉着不可置信，刚刚明明看着教官把那几种剧毒物质加进试管里的。

教官显得很得意地端起杯子喝了几大口，然后唾沫飞溅地对一帮子学员说："是的，刚才你们亲眼看见我加进去的几种原料都是剧毒性的，但是大家别忘记了它们的化合性和还原特性。虽然都是剧毒，但酸性和碱性是能中和的，是酸性的，我就加进去碱性，反之亦然。所以，刚才试管里的毒药已经没有毒性了。最多就是闹闹肚子而已。当然，这里强调一句，酸碱度要完全中和，关键是剂量一定要特别准确。在这一点上，不谦虚地讲，目前咱们中国恐怕除了我，还没有几个人完全靠心算和手眼估量得出来。"他又端起杯子喝了几口。

大家听完都松了口气，紧张的气氛没有了。

教官拍拍姬鑫成的肩膀说："说实话，我很佩服三〇一号的胆量，在他的身上体现出了一种精神，那就是我们党国精英的那种舍我其谁的精神。这是我们每一个学员都必须具备的素质。"

大家对着姬鑫成鼓起了掌。

教官转过身来，看着姬鑫成，继续说："不过，我也注意到了，你一直很沉着，虽然有那么点紧张，但完全出乎一个正常人面对死亡该有的恐惧。这说明两点：一个是你见惯了死亡，面对着死亡没有了任何恐惧；再就是你经过这方面的训练，你的心理素质极佳，因为你肯定分析了，在你的分析中至少有一点敢肯定，这毒药要不了你的命。是不是这样？"

姬鑫成肯定地点了点头，说："我来参加特训，刚上课就被您用毒药杀掉咧，那上面还不要您的命么？"

其他学员都点头，心说，怎么就没有想到这一层呢？

教官听着，也笑了起来，端着大水杯子，问道："你喝下试管里的东西后准备往外走，说是要去排毒，你是准备怎么去排毒呢？"

姬鑫成就做了个抠喉咙的动作，说："有人教过我，让我抠喉咙，把毒吐出来。实在不行，再喝一点肥皂水。"

教官点点头说："这些解毒方法对于化学毒品很有效，因为化学毒品容易中和，而生物毒品就难以化解了。"

姬鑫成凑近教官，压低声音说："长官，您是不是要回去喝点肥皂水咧？"

教官一愣，问道："为什么？"

站在教官身边的一些学员也有点发愣，不知道这个新来的学员在搞什么名堂，竟然敢让教官喝肥皂水。

姬鑫成盯着教官，说："因为我刚才往您的水杯子里泡进去含羞草的叶子咧。我想，要是您真让我喝的是毒药，我死咧，也要报复一下您哩。所以就在刚才，我往您的杯子里放进去了含羞草叶子，大概还有其他花的叶子哩。你赶紧去呕吐吧，不然，您的头发就全要掉光咧，也许眉毛也要掉光了哩。"他说完，看着有点目瞪口呆的教官，对他敬了个十分不标准的礼，这是他看着那些军人们敬礼模仿的，觉着自己现在也穿着军装咧，应该敬礼了。然后认真地说："对不起，请长官处罚我吧。"

学员们刚听教官讲过含羞草的毒性，仅仅接触过多都会引起眉毛脱落,头发变黄,误食后严重的会引起毛发脱落,甚至昏迷休克。大家都不约而同地看一看教官头顶那已很稀疏的毛发,压抑不住地想笑,却又拼命地憋着,心里都在为这个新来的学员不知天高地厚的行为捏着一把冷汗。

教官端详着杯子里面,果然发现了一大把含羞草的叶子,当然,还有一些其他花草的叶子。可是,这杯子除了端在自己手上外,其余的时间都在自己的身旁,几乎就没有脱离过自己的视野的,什么时候就被他放进去这些有毒的花草了呢?他绕着姬鑫成转了一圈又一圈,突然问一直站在他们周围的学员,说:"你们中间,刚才有没有谁发现他往我的杯子里放含羞草?不,应该是下毒!或者说,注意到他的行为很不正常的?有没有人?"

学员们面面相觑,都一个个低着头看着讲桌。

教官就又看着姬鑫成,不置褒贬地自言自语说:"真是一个神出鬼没的投毒手呀!本来想替你保密呢,但你这样做,太让我没面子啦!"他这样说着,突然对着大家说:"你们看没有看报,最近在华北战场的河东城日军安邑机场,有人毒杀了近二十名日军精心培养出来的飞行员。这是咱们军统在最近的一个特大战绩。而具体实施投毒的,就是这个新来的三〇一号学员。"

"啊!是他!"几乎所有的学员都发出了一声惊叹来。

教官低声嘟囔了一句说:"不这样把他亮出来,我今天这个面子可是丢大了!"

8

下课后,姬鑫成没有先去食堂,而是赶紧回到宿舍里喝了一大杯浓茶,又到卫生间里按照肖小艳教给他的,抠着嗓子眼使劲呕吐了半天,感觉似乎没有那些毒药在胃里了,这才作罢。等他来到食堂时,那些学员们已经开始进餐了。食堂门口有两个学员看见姬鑫成进来，竟然放下手里的碗筷鼓起了掌，这样子带动了大家，许多人都开始鼓掌，以表示对他的钦佩。虽然大家都穿着草黄色军衬衣，看样子都差不多，但姬鑫成仅从今天这一堂课上就心里明白，这些人都是军统在各个地方雄踞的魔头，平时就飞扬跋扈惯了，没有一点本事也到不了这个特训班里来。对他这个新来的年轻人鼓掌，真正是不容易的呢。姬鑫成心里有点暗暗得意，觉着今天这个头开得还不错，在这些个个自命不凡的人面前没有尿，没有掉链子，应该说是得到大家的认可了。

姬鑫成很谦逊地对大家笑笑，过去打了饭菜，走到一处人少的地方坐下来吃饭。菜就是和老家河东不一样，全是青翠的绿菜，还有带鱼。有些学员吃完饭就离开了饭堂，有些看到饭堂里并没有教官之类的人员，便不顾禁令来到姬鑫成的身边坐下来，开始谈论这堂课上姬鑫成的表现，谈论那一幕不亚于惊险电影的情节，赞誉之词不绝于耳。

姬鑫成问道："哎，今天这个教官姓甚？"

一个学员说："老弟，你可玩大发了。他不是专业教官，而是特训班的主任，叫郑光民，著名毒药学专家，也是军统二号人物郑介民的堂弟。"

姬鑫成就吃了一惊，没想刚来就给主任玩了一手。这下惹了他，整个训练期间可就有小鞋儿穿咧。不过，也怪自己眼神太慢，观察力不过关不到位。现在回想一下教官在课堂上的那种做派、那种气势，确实有主任的神采哩。

一个学员低声打趣说："我说三〇一号，你的动作真是太快太神了，不知道你什么时间就把那含羞草就放到主任的杯子里了。你是不是干过那个呀？"他做了个掏人口袋的动作。

姬鑫成老老实实地说："没有。我家的钱够我花咧。"

一个个子高大、满脸横肉的学员端着碗凑了过来，瓮声瓮气地说：

"小老弟,可真有你的,刚来就敢在太岁头上动土呀!"

另一个学员笑着,低声说:"我说呀,你要是真把郑主任头上剩下的那点毛都除掉,郑主任也就和咱们的蒋委员长齐名了。哈哈。"

几个学员就低声笑了起来。

一个学员又低声问道:"小老弟,这次河东毒杀日军飞行员的事件,就是你做的呀?难怪连郑主任都在全体学员的面前说你是个特殊人物呢。你是怎么做的呢?讲一下,让弟兄们开开眼。"

姬鑫成咽下去一口米饭,咕囔着说:"也没甚,就是……"

这时,就见教务长佝偻着腰走进饭堂,四处打量了一下,快步走到姬鑫成跟前,让其他学员散开,然后低声对他说:"快点吃饭噻,郑主任找你。"

姬鑫成一听,连忙放下碗筷,抹了一把嘴,说:"吃好咧。"赶紧跟着教务长朝着山坡下的一所独院走去。

郑光民的办公室在二楼,依山坡而建,坐北朝南,阳光很充足。姬鑫成站在门口,等着教务长先进去通报。然后教务长出来,示意他可以进去了。他正要推门,却听教务长低声说:"要喊报告,大声点噻。"于是,他就喘了一口气,大声喊了声:"报告——"

屋里传出郑光民的声音:"进来吧。"

姬鑫成就推开门进去,首先看见的是从那张硕大的办公桌后面冒出的一团团烟雾,然后才看见了郑光民那个没了头发的很圆很光的脑袋。这不由让姬鑫成想起了河东城北边那座叫作孤峰山的山头来。在孤峰山顶有个深不见底的洞,据说与海底相通,所以也叫"海眼",每逢阴雨天时,就会从洞中涌出云雾,笼罩着山顶,只露出山头的那一块儿。现在姬鑫成看到郑光民的光头笼罩在那片烟雾中,不由就联想起了老家的孤峰山,也就想起了老家的爹娘来。

郑光民的烟瘾实在太大了,只见他埋头在办公桌后面,大团的浓烟就一股股地冒了出来,不知情的人还以为办公桌后面着火了呢。但在上午的课堂上,姬鑫成却发现那么长的时间里郑光民竟然一直没有抽烟,只是不停地抱着他那个特大号的杯子喝水,不由就很佩服他的毅力了。这也正是郑光民所遵循的师德,讲课时从不抽烟。而且他在做试验时也从不抽烟,这是要遵循的基本化学常识。郑光民是这方面的专家,自然十分懂这些,也就会严格遵循这些了。

郑光民缩在办公桌后面,直到抽完了手里的烟,才从办公桌后面站了起来。他看着姬鑫成,眼神中半是欣赏半是气恼,好半天才问道:"你属什么的?"

姬鑫成不知道他问这个是什么意思,就老老实实地回答说:"属猴的。"

郑光民就哼了一声说:"难怪在你身上有这么强烈的报复性。你去过公园吗?在公园里逗过猴子吗?你要是欺负了猴子,它瞅不冷子就会报复你一下,或者吐你一身,或者等你靠近时抓你一把。这就是猴性。"

姬鑫成局促地站着,不知道说什么好。他已经知道这个郑光民的背景,也知道他目前的地位,不知道接下来他会怎样来报复自己,给自己小鞋穿了。唉,既然到了这里,就一切听天由命吧。

郑光民就像在课堂上一样滔滔不绝,根本不给姬鑫成说话的机会:"我接到局里要安排一个插班生的电话,而且还是戴老板那儿直接安排的,我就想,你是个什么样的人物呢?今天上午领教了,心理素质果然不同凡响。刚才,周也夫上校和我通了电话,让我着力照顾你。我想,最好的照顾就是对你严格要求,让你在最短的时间里学到真本事。"

姬鑫成终于找到了插话的机会,赶紧说:"请长官主任教育,严格要求。"

郑光民笑了一下,接着说:"今天上午我也看到了,你虽然很年轻,但能够看到老周年轻时的影子,稳妥和冒险并存。怪不得连戴老板也如此器重，看来他们都对你寄予了很大的期望，希望将来你能为党国建功立业。"

姬鑫成逼着自己说话："我还差得很远哩。"

郑光民说："是差得很远。你现在能认识到这一点，就是进步的开始。不要以为你杀了几个日本兵，就不得了了。在这一批参加特训的学员里面，哪一个不是出生入死、身经百战的，杀的敌人何止十个八个？你要明白，一个好的特工，一份有用的情报，在许多时候，价值高过一个团一个师。当然，你和他们不同，半路出家，所以你要比别人更加努力。我打算在毒药学方面给你开开小灶，让你尽可能多地掌握这方面的知识，既杀敌人，也保自己。"

姬鑫成点头说："长官，我记住了。既杀敌人，也保自己。"

郑光民听到姬鑫成这样说，就从办公桌后面走出来，拍拍他的肩膀说："很好，作为一个优秀特工，一定要认识到这一点，保存自己尤其重要。周也夫是我的朋友，在军统里面算是个很出色的特工。可有一点，他太傲慢，恃才傲物，拒人于千里之外，可以说除了我，他没有一个真正意义上的朋友。若非戴老板赏识他，恐怕……既然说到朋友，我也算受朋友之托了，在培训期间会特别关照你的。你有什么事情和要求，可以直接告诉我。现在有，也可以说。"

姬鑫成看着墙角处一个高高的台子上放置的一部红色的电话机，迟疑了一下，试探着说："主任长官，是这样的。我自从逃出来后就和家里人失去了联系。我能不能给家里、给我爹打个电话？"

郑光民看了一下墙角处的那部红色电话，摇了摇头，坚决地说："不行！"

姬鑫成顿时面露失望的神色，抿了一下嘴唇，说："那就没有别的事情咧。"

郑光民看着他，说："你暂时还不能和家里人联系，尤其是你那个当着维持会副会长的爹。据我了解,你家里并没有电话,你应该是打给你爹的。但眼下他正处于日本人的监视之下,你这样打电话给他,不是置他于危险之中吗?再说,特训班也有保密禁令,我不能带头违反。你刚才一直看的那部红色电话机,那是和军统戴老板直接联系的专线电话,连我也轻易不用的。好了,知道了这些,你就安心学习吧。什么时候可以和家里联系,我会通知你的。"

姬鑫成敬了个礼,离开了。

郑光民走到办公桌后面,发现在自己的真皮椅子上有一个信封。他并没有急着去看,而是先点燃了一支烟,猛烈地吸了一大口,喷出一股浓浓的烟雾来。就在这片烟雾中,他过去拿起信封,在信封两边的梭上捏了一下,口子就张开了。他看了一眼,又用手捏捏信封的厚度,嘴里说:"这小子,倒是挺懂规矩的。孺子可教也。"然后拉开抽屉,随手将信封丢到了抽屉里。

在那个抽屉里,类似这样的信封可是不少,有些鼓鼓囊囊的。但郑光民似乎从没有打开过里面哪一个。

在之后的日子里,郑光民确实给予了姬鑫成许多额外的关照,而且令姬鑫成惊讶的是,郑光民非常大度包容,从没有利用职权给过他一次小鞋穿,似乎把他第一天上课时恶搞的事件完全忘记了。郑光民对姬鑫成在投毒时的那种沉着心理和神出鬼没的投毒手法十分欣赏,称他有只魔手。他有一次很惋惜地对姬鑫成说:"很可惜,你在应该读书的时候没有好好地读书,没有打好基础,所以短时间里无法提高你的化学知识。不然,你会成为一个非常优秀的世界级的间谍化学专家的。"

"特种工作是一种非常的事业,也只有非常的人才能胜任。"他又告诉了姬鑫成特训班真正的口号,实际上也是军统的宗旨——以领袖的意志为意志,以领袖的行动为行动,做领袖的忠实耳目。他说:"我听说了,在这之前,你是准备到延安去的。眼下,这无可厚非,共同抗日嘛。但你还年轻,许多事情还看不明白。不管在什么朝代,都只能有一个君主,就是皇帝。现在中国谁是皇帝,就是这个人,这个大光头。"他指了一下身后墙壁上挂的那幅蒋介石戎装照片,又摸了一下自己的光头,戏谑道:"我是个小光头。"又接着开导姬鑫成说:"一个国家就和一个家一样,当家做主的人多了,就乱了。所以,为君者只担心两件事,一是内忧,一是外患。而这两件事现在全都有,你说,这个大光头能不担忧吗?他心里清楚得很,明朝不是被清朝灭的,而是被陕西的一个农民李自成领着一群农民起义军推翻的。而现在同样是在陕西,有一个农民领导着一帮被称为泥腿子的破衣烂衫的军队,权且这样称呼他们吧,在和他对峙着,要造他的反,要推翻他的政权呢。所以,这个大光头眼下心里最想办的事情并不是抗日,而是剿匪,消灭延安的共产党。那帮子农民,才是他的心头大患。当然,对于日本人,这个大光头也有他的策略,并不是一味地示弱,除了在正面战场上有限的接触外,更需要在秘密战场上的示威。比如你们这次在华北战场上成功投毒,使河东城轰炸兰州的日军飞行员中毒而迫使日军取消了轰炸兰州的作战计划一事,他就很高兴。"

姬鑫成愣了一下,压抑着心头的惊喜问道:"你说、那事情,这个大、大光头皇上也知道?"

郑光民点燃了一根烟,说:"他应该知道。一次毒杀十多个日军飞行员,不是个小战绩呀。除了《中央日报》外,全国各大小报都登载了,这对国人是个鼓舞,也算作他对国人不断地质询中央不抗日或消极抗日的一个答复。你可能在当时并没有明白,说大点,这是在为国家做事情;说小点呢,就是在为这个大光头做事情了。"

姬鑫成觉着他讲的有些话和周也夫很像,有些话却似乎要比周也夫深奥些。

郑光民就这样谆谆告诫、循循善诱着,在看似漫无边际、漫不经心的闲聊中,把许多的特工专业知识教给了姬鑫成:"特务这个名称,听上去似乎带些贬义,外界也对这个名称怀有偏见,尤其是中共方面,一说特务,就立刻势不两立,成为敌对。其实,要说起这个词,还是他们共产党发明的呢。在北伐以前,他们就在武汉组织有特务处。后来在上海的特务科,更是人才济济了、全国闻名了,那是由中共里面最出色的特务头子周恩来亲自领导和组织的呢。要说起世界上的特工情报组织,各种名称挺多,不管是情报机构、特工组织、间谍部门,叫上去似乎都有些单一。反复斟酌一下,我倒是觉着特务这两个字,最能涵盖我们所担负的工作和任务了。"

姬鑫成一声不吭,认真地聆听着。

郑光民翻开他亲自编写的教材,让姬鑫成看其中的一段话:"我总结,我们的工作性质具备了两个基本元素,一个是阴谋,一个是暗杀,综合起来就是阴暗。听起来似乎都不是什么好词汇。但是,我们的工作性质就决定了我们的一切行动都必须是秘密的,必须阴,必须暗。这就如同我们在下棋,阴谋就是布局,暗杀就是吃子,一切都在不知不觉中进行。"

他明白姬鑫成刚刚踏入这条路,就反复开导着姬鑫成:"也许你一开始并不是很适应这种工作,那是因为在此之前,你所走的路都是明路,所做的事情都是光明正大的、循规蹈矩的。而从现在开始,你要走的是暗路,不但偏僻神秘,而且没有同伴。这对任何一个人来说,都是极大的心理考验。一个人从明处走到暗处,眼睛总要有个适应过程的。但是你和别的人不同,你虽然年轻,但你却深刻,这是周也夫上校对你的总结。经过这些日子的观察,我同意他的判断。但你是明路上的深刻,需要转到暗路上来,这更需要深刻。周也夫选择你,应该说是一个冒险,但我赞成他的这个冒险。你值得他,现在也许还得加上我,为你冒这个险!"

郑光民除了教给姬鑫成专业的化学知识外,尤其在毒药学上,比别的学员花费更多的精力和时间。有一天下课后,在全体学员惊讶的注视下,他让姬鑫成端着他那只特大号水杯,陪他散步。当他们沿着山坡走了不远,在一个用砖砌的花池子里,有不少长势茂盛的花草。这些花草姬鑫成大部分都没有见过,只认得紫藤花、含羞草和水仙花。郑光民停住脚步,指着那些花草让姬鑫成辨别,然后一一告诉他这些花草的毒性,说着,随手拽下一棵尖上长满小花的草来,告诉姬鑫成这花叫作马钱子:"化学毒首推氰化钾,动物毒首推眼镜蛇,植物毒就要首推马钱子了。它本身含有马钱子碱,与氰化钾有着同等的毒性。"

郑光民还送给姬鑫成一些书让他读,有《孙子兵法·用间篇》,这是军统的理论基础课程,方法是采用民间秘密结社并吸收现代资本主义美国中央情报局的科学技术和共产党地下党活动和办法等,由特训处编选的。还有由他的堂哥、军统二号人物郑介民编写的《军事谍报学》,以及他自己编写的《毒药学》等书,抓紧时间认真地读一读,遇到不懂的地方,随时来问。

郑光民又特别强调说:"特训班禁令很多,你要严格遵守,不要随意违犯。如果真有违犯,我会不客气的。要知道这也是为大家好,毕竟将来做的都是隐蔽工作。你平时要尽可能地少说话,不要随意交流,不要随便向别人透露自己的身份等。"

姬鑫成觉着这也和周也夫交代的一样。

最后,郑光民又似随意地交代说:"当然,你要是听到别的学员之间在说些什么议论些什么,也可以告诉我。"

姬鑫成明白,这是让他去做耳目,也就是去做特务了。在老家,这种爱窥探别人家的隐私,然后又去传播的人叫作嚼舌头翻闲话或者搬弄是非的人,也有把这种喜欢传播东家长西家短的人叫长舌妇,是没人待见的。在古代还专门有一种刑罚处置这种人的，把他（她）的舌头割掉，让他不能再去搬弄是非。

而他现在学习的和将来要做的就是这种事情，而且是为国家在做的大事。

当然，姬鑫成没有去做这种不招人待见的翻闲话的探子，但他自己却严格地约束自己，很少和别人交流。虽然他晚到了一些时间，但这反倒给他提供了借口，只要一下了课，他就回了自己的单身宿舍里，除了到食堂吃饭，几乎足不出户，学习郑光民特意让他读的几本书。

就是从那个时候起，姬鑫成变得少言寡语了，轻易不说一句话，和他在河东城晃荡街头的时候相比，几乎是脱胎换骨，变了一个人。

就这样，姬鑫成在军统特训班上校主任郑光民的特殊关照下，认真刻苦地开始了他人生的第二次学习，姬鑫成看了几本书，目睹了周围发生的一些事情后，开始思考起问题来咧。

姬鑫成一会儿觉着周也夫说得很有道理，一会儿又觉着郑光民说得也挺正确，两个人说的话有几分相像，好像都很正确，却又有什么地方不对劲，但具体哪儿不对劲，姬鑫成却一下子想不出来。

不过，姬鑫成一下子长大了，也变得成熟了懂事了。

一个多月后，军统总部的嘉奖通电下来了，姬鑫成获得青天白日勋章一枚，被授予少尉军衔。周也夫也终于如愿以偿，获得了少将军衔。

之所以授奖迟迟下不来，是因为在军统内部有争论。其中一个是因为姬鑫成的身份问题。按照勋章章程，青天白日勋章只能授予国民革命军人，而姬鑫成直到进入特训班，虽说穿上了军装，但身份一直没有正式落实，确切点说他只是一个老百姓。据说周也夫在中间起了很大作用，他不光是在戴笠跟前夸姬鑫成的能力，还提出了一个变通办法，授奖与授衔一起进行，直接把姬鑫成变为国民革命军人。另一个争论就是给周也夫的少将军衔,这个主要是戴笠有抵触,怕如果再给周也夫一个少将军衔,在军衔上就和自己平起平坐了,这样以后更是不好管辖他了。周也夫是聪明人,私下里给戴笠写了保证书,绝对服从他的领导。再说了,军衔和职务并不挂钩,当时的郑介民才是个中校,却是军统的二号人物,哪个敢不服呢?据说后来连蒋介石都发话了,毕竟周也夫还是当年紧跟着自己的"十三太保",蒋介石不能不给予关照。这样,周也夫也就堂皇地挂上了少将军衔了。

授衔颁奖仪式在军统位于重庆罗家湾的小礼堂举行,参加仪式的除了军统内部人员,还有几十名被叫来接受鼓励的重庆情报界的特工人员。那天,周也夫穿着崭新笔挺的呢子军装,肩膀上别上那枚闪闪的将星,亲自开了一辆美国产的"罗德斯特"车来接姬鑫成。因为还邀请了特训班的全体学员参加,所以,郑光民也出席了。但不知是被虚荣的周也夫肩膀上的将星刺激了还是别的原因,郑光民非常冷淡地拒绝了周也夫热情的邀请,而是冷淡地说让他好好地开车,别昏了头,搅了授衔颁勋仪式,然后又严厉地命令姬鑫成去坐学员的大轿车,说完就坐自己的车去了。

姬鑫成只好上了大轿子车。周也夫自己一个人开车走了。

看来,不管这个人多么能干,多有资历,多有职位,但是在荣耀、官职等许多事情上的虚荣心并不能脱俗的,周也夫一样,郑光民也一样。

让姬鑫成没有想到的是,就在这个授衔颁奖仪式上,他看到了肖小艳。

肖小艳也晋升了一级,被授予少校军衔,也同样获得了青天白日勋章。穿着一身笔挺的美式小翻领女式军装的肖小艳,更是显得无比俊俏,同时又增添了许多威武来。

当姬鑫成看到肖小艳的一刹那,心跳都几乎要停止了。如果不是因为在授衔颁勋的会场上,他恐怕要大声喊出来,要扑过去拼命地抱住她,倾诉这分别的思念和牵挂了。这些天里,她不止一次地出现在姬鑫成的梦里,她的一颦一笑,她柔软的充满诱惑的躯体,她如火般的热情、如冰般的冷静,无时无刻不让姬鑫成浮想联翩。但让他奇怪的是,肖小艳却对他不冷不热,连个笑脸都没有,似乎压根就不认识他。在整个授衔颁勋仪式过程中,她几乎没有正眼看姬鑫成一次,而且当她有一次和姬鑫成目光即将对视的时候,仅仅只有那么一刻的缥缈,然后就迅速地躲开了。

授衔颁勋仪式刚结束,她就很快地离开了,连个招呼也没有和姬鑫成打,更是不知道去了什么地方了。

这是咋咧?

姬鑫成一个人呆呆地想着。虽然已经授予了他少尉军衔,但由于他还在特训期间,按照禁令是不能戴军衔的,还是他那身士兵服装,就连勋章也只是挂了一会儿,出礼堂时就摘了下来。而且他们这种颁奖只能是悄悄地进行,不能让记者拍照宣传。姬鑫成就想起了教室里挂的那条标语:"做无名的英雄!"

难道就是因为这些,肖小艳才表现得这样不近人情么?难道就真的只是在毒杀那些日军飞行员时利用了他,过后就淡薄如云烟,所有的情义都消失得干净咧?

姬鑫成就又想起了在老家流传的一句话:"戏子无情,婊子无义。"而他结识肖小艳恰好就是在婊子馆里,又是个唱戏的,两条她全占啦。再加上被这个特别的行业,那就更加冷血,缺少情义了。

姬鑫成默默地回忆起这些日子在特训班的情况,心里对肖小艳有了那么一点理解。也许这就是特务工作的性质,同事们之间都是相互提防,相互保密,说白了,就是一种清汤寡水、不粘不连的关系。而且姬鑫成也感觉到了,在特训班学员的眼里,他已经成了郑光民跟前的红人，是在进行特殊的培养的。再加上他是插班进来的，许多学员甚至猜测着他是军统局某位高官跟前的人。这样在特训班里，很明显地就有了两分法了，一小部分人拼命地往他跟前靠，比如在食堂里，看到他进来了，就主动让他加塞，站到自己前面去打饭。虽然学员之间严禁串门交流，但还是有人趁上下课的时间，主动地来跟他套近乎。但更多的学员采取的是一种排斥，一种从内心深处爆发出来的排斥。在食堂里，当他打好饭来到一个饭桌时，本来有几个在吃饭的学员正说着话，也不见得是什么秘密，但看见他来了，大家就都噤了声。有时候，他也想和大家说几句话，努力地挑起个话题来，却没有人接话，显得十分尴尬。

很明显，他被人当成了那个喜欢嚼舌头的长舌妇咧，说准确点，他被人当成了郑光民安插在学员中间的告密者了。他被孤立了。

难道这就是特务工作？在任何时候都处在一种阴影里么？就连看到了自己最亲爱的人都不能打个招呼，和所有的人都处在一种防范中么？

姬鑫成沉默着，低着头走出礼堂，听到周也夫在问郑光民说："我给你推荐的这个学员怎么样？"

郑光民淡淡地说："你周上校，不，现在是周将军了。你推荐的人，能差了？差了的你能看得上？你就是咱们军统里的伯乐嘛。"

周也夫拍拍郑光民的肩膀，连声说："这不是你老兄该说的话嘛，你肩膀上迟早也要戴上的。"

郑光民正色说："要说这个学员，确实在毒药学方面很出色。其实他真正出众的方面是在心理素质上，这个特训班里目前还无人可比。至于其他方面我正在加紧培养他，要做一个合格的特工，恐怕还要下点功夫。"

周也夫说："把他栽培成功，也是你对党国的贡献嘛。另外，在生活和其他方面也要关照一下，让他感到组织的温暖。他毕竟还很年轻，说白一点，还是个娃娃子嘛。"

郑光民似乎记起了什么事，说："这个自然。哦，他刚来那天，我找他到我办公室里谈话，他大概是看到了电话，说想给家里打个电话，我没同意。一是有禁令；二是考虑到他家里的情况……"

周也夫扭头看了一下两旁，压低了声音说："关于他家里的情况，组织一直在关照着。和他填的表上情况有些出入，主要是他父亲担任日军维持会副会长的事。我们也了解了，主要还是……"

两人说着往前走，后面的话，姬鑫成没有听清楚。因为他已经走到了拉学员的大轿车跟前了，他不能一直跟在郑光民的后面走下去了。

就在这时，周也夫回过头朝这边望，看到了他，姬鑫成感觉到周也夫的目光很有意味地盯了他一眼。

回到特训班后，并没有多少学员对姬鑫成授衔颁勋感到新奇，大家似乎就是去参加了例行的一个会议罢了，然后就各自忙各自的了。

姬鑫成的心里隐隐感觉到一点失落。

其实，能被选拔到特训班里的学员，都是在一线拼杀出来的，都是踩着刀尖过日子的人，估计里面有不少人得过各种奖励。但他们都明白一点，得到的勋章再多，也是无法对外宣扬的，只能把那些勋章藏起来，默默地去做一个无名英雄。

这天是星期六，下午四点钟的时候，郑光民乘车回重庆市区的家里了，每个礼拜他要回家过一次夜。临走前他交代教务长，安排姬鑫成到他办公室给家里打个电话。吃过晚饭后，教务长告诉了姬鑫成这一安排。姬鑫成听后，知道这是周也夫做了工作，但他并没有因为这种特别的法外开恩感到一丝欣喜，反而从心里涌出来了一种沉重感，因为他不知道给老爹说些甚？不知道在自己逃离河东城的日子里，老爹是咋着度过这些日子的？人只有离开了家，才知道家是多么重要，对一个人意味着什么。

姬鑫成跟着教务长来到了主任办公室。教务长过去拿起墙角架子上的那部座机电话，先要通了军统局重庆总机，然后转到华北区。接下来，就听见教务长嘴里叽里哇啦地讲开了日本话。因为姬鑫成在河东开酒吧的时候，几乎都是和那些日军飞行员打交道，时间一长，多少能听懂一些日本话了。他不知道这个看上去并不起眼的教务长竟然能说一口流利的日语，他听见教务长是在让华北区总机想办法用无线接通河东日军特高课的电话总机，然后再通过特高课总机要通河东盐务局的电话。姬鑫成就明白咧，这是让河东盐务局的人误以为是河东日军特高课打来的电话哩。最后，只听教务长又讲了两句，然后就把话筒递给了姬鑫成，低声说："只问个好，报个平安，其他多余的话就不要说了。"

姬鑫成接过话筒，看到教务长就站在身边，完全没有回避的意思。过了有几秒钟，他听到了老爹那略带沙哑的声音，而且似乎有那么点儿惊慌，他大概不知道日军特高课打电话找他是甚事哩。

姬鑫成心里一紧，迟疑了一下，低沉着嗓子说："爹，是我。"

那边的电话顿时无语了，姬鑫成听到了一阵哆嗦声，随之而来就是一阵啜泣声，好半天才冒出一句："儿，你……"

姬鑫成说："爹，你甚也别说，就听我说。我很好，不用挂念。我现在在为国家做事情。我正在重庆念书哩。"

这时，姬鑫成就看到教务长看了看表，在向他示意可以了。否则，时间一长，容易被日本人察觉的。

姬鑫成就赶紧接着说："爹，您和娘多保重！还、还……"话还没说完，就见教务长伸手一压，切断了电话。他对姬鑫成说："主任看你是大功臣，才破例批准的。你要多感谢他。"

姬鑫成点了点头，对教务长敬了个礼，说："是，长官，也谢谢您。"然后走出了郑光民的办公室。也就在这会儿，他在心里突然想起了那个和他度过一夜的那个童养媳来，她会咋样了呢？在自己离开了家的日子里，她是改嫁咧还是守在这个家里，就像是古老传说中的那样从一而终呢？

这是爷爷姬鑫成对奶奶姬春贤的唯一一次产生的一点思念……

9

就在特训期间，发生了一件事，这件事情也许对这些杀人如麻的军统特务们来说算不上甚事件，就如同他们在平时执行一次杀人的任务一样罢了。但对刚刚加入这个圈子、还比较单纯的姬鑫成来说，这让他对自己将来所从事的这项在大家的眼里无比神圣、利国利民的工作，产生了怀疑来，难道将来就这样去随意地杀人？或者说就这样去草菅人命么？

那天他们特训班上的是格斗课，而且是格斗实战演练。别看这些学员们大都有一些实际厮杀的经历，但都是靠本身的蛮力在打斗。这次则是按照教练员教授的格斗技巧进行操练了。训练是在一片人工铺造的沙滩上，由于重庆雨水多，前一天晚上下了一场小雨，一大早太阳又暴晒了一会儿，沙滩就有些结块，显得有些干硬了。虽然大家都戴着护具，但也只是护住身体的紧要部位而已，其他部位则受了不少皮肉之苦。

教练员也许是一开始看到姬鑫成身体有些单薄，就给他配了个身材差不多的学员。没想到姬鑫成从小在村子里就和孩子们打架，稍大一些又在河东城里混，打架对他来说并不生疏。他不按照教练员教的技巧和技术来操练，而是按照自己从小和孩子们在一起打架练出的那些怪招来进行。当那名学员按照教练教的，拉开弓箭步，左拳在前护住头脸，右拳在后准备冲击的时候，姬鑫成却闲散地站在那里，看上去毫无还击的准备。

那名学员看这情形说："怎么，你不和我练？"

姬鑫成说："咋不练？你上来么。"

那学员说:"我上来,你怎么不作准备迎击?那你上来。"

姬鑫成说:"我上来你就倒咧。"

这样一激,那学员就挥舞着拳头冲上来,就在拳头快要挨着姬鑫成脑袋的时候,他只是略偏一偏头,就躲过了学员那凌厉的一击,然后腰一弯,顺势一个"黑狗叼裆",两手插入那名学员的裆间一掀,就将那名学员掀了个仰面朝天。

那名学员不服气,又朝着姬鑫成扑了过来。这回姬鑫成却是等他到跟前时往地上一扑,猛地借力跃起,用头一顶,又把他顶翻在沙地上。

如此几次,那名学员摇摇头,不和他打了,过去对教练说:"三〇一号总是不按照您教的规矩打,把老子的腰都要摔断了。我不和他对练了。"

那教练就走了过来,看了看姬鑫成,叫过来另一个落单后在那儿单练的学员。那学员身材高大,足足比姬鑫成高出一个头来,四肢有力,胳膊上的疙瘩肉一个个隆起,长相凶恶,所以没人愿意和他配对练习。现在看教练喊他过来和人对练,顿时很兴奋,又一看姬鑫成显得单薄的身材,根本就没有把姬鑫成放在眼里。

姬鑫成一看这么个大个子,模样又挺凶恶,便在心里掂量着对方,暗暗地提高了警惕。不过,他又安慰自己,和这么一个大个子对练,就是被他摔倒也不丢人的。这样一想,心里就坦然了,他原地站稳,以逸待劳,等着大个子学员扑上来。

就在这个时候,从教室那边走来几个人,等走到近处,大家才看清,是几个卫兵押着三男一女四个年轻人。等走到沙滩跟前,一个卫兵兴冲冲地跑过来对教练员说:"郑主任让给你们送过来几个活靶子陪练,让你们练习格斗。"

教练员看这情形,就问道:"都是些什么人?"

卫兵随口说:"说是共党嫌犯呗。主任亲自审了一夜,什么也没有审出来……"然后又趴在教练员的耳朵低语了一阵。就见教练员嘟囔一句说："好哇，要借我们手……不过，现成的陪练上哪儿去找！"他没有把下面话说出来，然后冲大家一挥手，说："分成四组，一组一个，练背摔。"

这时，就见那四个年轻人中间的那个人，对着学员们大声喊道："我们是学生，是想去抗日的，我们只是想走近路误入了这里，却被他们说成是特务分子抓起来……"

那三个人也跟着喊道："真的，我们是学生，救救我们，求你们放了我们吧！"

这些本来就嗜血的军统学员们早对这种不疼不痒的练习腻味了，早就想真枪实弹地去进行一场杀伐游戏了。一听说有活靶子陪练，根本不听这四个年轻人的哀求，顿时像饿狼般一声吼，冲了过去，挨个开始练起背摔来，就如同在摔练习用的沙袋一般，只听得一声又一声摔下地的惨叫声，此起彼伏，到后来，那四个年轻人几乎被摔成了四具血糊糊的肉酱了，只有出的气，没有进的气了。

就在这时，仍然没尽兴的那个大个子学员，竟炫耀般地用右胳膊单手举起那名女的，在原地转了几圈后，吼叫一声，一下子扔出去好几米远，竟然扔在了沙滩外面的水泥地上，那女的顿时呼出了最后一口气来。

姬鑫成听见那女的尖叫了一声，那真的是一声能撕心裂肺的尖叫，长时间地回荡在松林坡的上空，久久不散。在这之前，姬鑫成就一直呆呆地站在沙滩上，看着那些变得疯狂的学员们把一个活生生的人摔来摔去，他一直在想，就是共党嫌犯，也不能就这样把人活活摔死呀！这究竟是要特训甚呢？最后就是要把这些人都特训成杀人机器么？

教练员看他不动，就过来厉声问他怎么不去利用这大好时机进行练习。姬鑫成冷冷地说："利用一个毫无反抗能力的人能练出甚来呢！"

教练员听后，语塞了一下，哼哼了两声，没再说什么，走开了。这话也让那大个子学员听见了，他转过身来，挑衅般地摇晃着他那肌肉隆起的两只粗壮的胳膊，说："三〇一号，别以为你投毒杀了几个日本人，就了不得。告诉你，我杀过的日本人不比你少，杀过的共党分子更多，咱硬碰硬，靠的就是这个！"他又扭身用手指点着那个被他摔死的女子，说："上次抓来六个共党分子，我全用这样方式送他们去见他们的马克思了！"

姬鑫成没理会他的炫耀，眼睛看着那边，那四个刚才还活蹦乱跳浑身充满青春气息走着来的年轻人，此刻被一个一个拉走了，往松林坡的一个山脚下拉去了，那里有一个早就挖好的坑洞，他们年轻的生命顷刻间就灰飞烟灭了。

大个子学员心中的那股子血腥被刚才的杀戮激了起来，一时无法平复。此刻，他围着姬鑫成转悠着，冲着姬鑫成挥舞着两只拳头，大有一拳头就把姬鑫成拍趴下的架势。

其他的学员们在疯狂发泄了一番后，也意犹未尽地围了过来，想看一看这两个很不均衡的人的角力拼杀。他们在旁边大声地吆喝着，助着威，叫着好，想看一场好戏。

姬鑫成心里清楚，这些学员的心理不平衡，本来对自己这个年轻的插班生就有一点看法，再加上郑光民时有时无的特殊关照，他们更加嫉妒。刚好借这个大个子学员的手，整一下这个插班生，灭灭他的威风，让他也知道一下军统里面先来后到的规矩，不要再那么张狂。

受到了大家的怂恿，大个子学员更加有恃无恐了，根本不管姬鑫成愿意不愿意，一下子就扑上来想抓住他，把他举起来摔得远远的，让他也知道来参加特训的这些爷们都不是吃干饭的。

但是，这个大个子学员蛮力有余，技巧不足。姬鑫成看他扑上来想抓自己，就借力在原地转了两个圈，不但让他抓了个空，还把自己的身形转到了大个子的身后。接着顺势跃起,来了个"兔子双蹬鹰",双脚猛地一下蹬在大个子的踉跄前跌时撅起的屁股上,使他顿时来了个狗吃屎。

大个子在学员们的哄笑中爬起来,恼羞成怒,挥起拳头不顾一切地向姬鑫成的身上打来,第一拳姬鑫成没闪开,被他打中了左胸,顿时一阵发麻,身子一歪,差点躺下了。大个子紧接着又在众人的惊呼声中来了第二拳,直冲着姬鑫成的脑门,若给他打中,不死也要闹个脑残了。姬鑫成一看他来真的,想要自己的命,就也认真起来,先向后侧闪,躲开了这一拳,然后又扭身前倾举起右臂隔开大个子的手,再轻轻翻腕一叼一拽,再次借力将大个子拽向了自己的怀里,随即屈膝抬右腿,膝盖就直顶向大个子双腿之间男人的命根处。也就在这时,姬鑫成的眼前就突然冒出来刚才那个被大个子摔得惨死的年轻姑娘的面容来,耳边又响起那一声惨叫,顿时脑子就嗡的一声,牙齿不由得就咬紧了,全身的力量一下子就凝聚在右膝盖上;如果这一膝盖真的顶上去,就是只用半成力,大个子学员可能就此废了。一直站在旁边环抱双臂观看的教练员自是搏击老手,一下子看出了这一险招,急忙提醒道:"不可,点到为止!"而此时大个子学员也觉察到了,叫了一声"哎哟",自己先翻身跳开去,但因为站立不稳,一下子趴下了。

教练员看着姬鑫成,带头鼓起了掌。其他学员本来一开始是想看姬鑫成的笑话,却没想姬鑫成三下五除二,就把大个子学员制服了,也就跟着拍起了手。

如果按照姬鑫成的本意,他真想一下子置这个狂妄的大个子于死地。但姬鑫成此刻也冷静下来,回到了训练场上,没有了刚才的冲动,也想起郑光民多次告诫他的话,特训班藏龙卧虎,都是党国精英,将来免不了要碰面打交道,所以,做人做事都不可太过分。他过去向大个子学员伸出了手,要拉他起来,嘴里说:"甚呀,是他让着我哩。他那一拳可是差点要了我半条命哩。"

大个子学员也顺势从地上起来,对他说:"看来你确实有两下子,真人不露相,红萝卜调辣椒,吃出看不出。"

大家就都笑了。

大个子学员拍着身上的沙子说:"三〇一,你是跟着谁学的这些招数,全不按照套路来打呀。"

这时,教练员就站了过来,把大家召集到一起,乘势侃侃讲解说:"刚才大家看到了三〇一的搏击,看似不按套路技巧来,实则是他灵活运用得当。技巧只是搏击的一方面,重要的是要和实战结合起来。到了实战中,你不能让对手按你的套路来打呢。"他又问姬鑫成:"在这之前,你在哪儿受过训?"

姬鑫成笑了笑,说:"老家。我就是从小和孩子们打架中学来的。"

教练员赶紧说:"这就是实战,他把我们教的技巧和他从小的实战结合起来,就无往而不利了。"

大家就又鼓起掌来。

姬鑫成感觉得出来,通过这一场打斗,大家也确实看到了他的实力,在人事关系方面对他又靠近了些。这些人虽然个个不可一世,但有一点,他们对比自己强的人服气。

尽管这样,姬鑫成的情绪一直到下课都缓和不过来。他似乎又看到了在西安军统站那几个想去延安的年轻学生被胡汉民他们随随便便地枪杀了。而今天这四个年轻学生怀揣着美好的目标想去投奔抗日的,却无端地在号称专门培训抗日人员的地方丧了命!原因就是他们误闯入了歌乐山中,可既然是在培训抗日人员,这里又有什么秘密可保呢?

在强权面前,小人物的任何东西,包括生命,都是无法保证的。那么,自己算是一个什么人物呢?小还是大?抑或什么都不是?姬鑫成陷入了深深的思考中……

这天，吃过晚饭，学员们都去礼堂看电影去了，那是一部日本电影，是一部反映江户时代德川家康和丰臣秀吉两大家族争斗的间谍片，内容主要是宣扬一种效忠的武士道精神，而这种精神正好与军统所宣扬的效忠领袖的宗旨相吻合，于是也不管它是不是日本电影，就放映了。

姬鑫成在礼堂里坐了一会儿，实在看不下去，他对那些个把头剃成V型的日本武士看不惯，动不动就自己在自己的肚子上拉一刀，说不清那是勇敢呢还是愚昧呢！他离开了礼堂，一个人在冷冷清清的甬道上走了走，不知不觉间走回到宿舍楼下来了。尽管天色还很早，他还是一个人回宿舍了。他刚走到自己的宿舍门前，就感到有点不对劲儿。他四下里看了看，并没有什么变化，唯一的变化就是自己宿舍的门。他清楚地记得，自己在下午出门上课前是关紧关严实了的，门和门框是紧贴着的。而现在门和门框之间却出现了手指头宽的那么一条缝隙，很明显，门是被人打开过咧。这么说是有人乘他上课的时候进过他的宿舍了，或许这个人此刻还在他的宿舍里呢。他准是以为他也去看电影了，就趁机进了他的宿舍，他想干甚呢？

姬鑫成又看了一下周围，发现走廊尽头有一把竹子墩布，便弯下腰，悄悄地踅摸过去，将墩布拽下来，然后握紧竹竿，来到自己的宿舍门口。他长长地呼出一口气，然后猛然一把推开了宿舍门，双手端平那根竹竿，正要大吼，却一眼看到在窗前的椅子上坐着一个人。在从窗外透射进来的光线包裹下，曲线玲珑，有凹有凸，形成了一个非常美丽的剪影。而且从剪影上可以看出，是一个女人。

姬鑫成顿时愣住了。特训班是严禁女人进入的，所有的工作人员全部是男性。他从未看到有女性进入过特训班这块男性领地，而此刻在他的单身宿舍里却出现了一个女人……

桌子上的台灯亮了，那女人竟然是肖小艳，一身美式女军服，肩膀上的少校军衔，姬鑫成又惊又喜，目瞪口呆，半天说不出话来，眼睛里不由流露出一些抱怨来。

面对着愣怔半天说不出话的姬鑫成，肖小艳站起身来，打量了一圈他的宿舍，笑着说："我还以为培养军统精英的地方多么豪华呢，现在一看，挺简陋的。军统总部平日可是铺张得很呢，在重庆都是出名的，却对你们要求很严。"

姬鑫成这才缓过气来，赶紧给肖小艳倒水，说："听郑主任说，这些人平时都是一方霸王，花天酒地惯咧，若不严厉管束，就要出乱子哩。"

肖小艳就一笑，说："难怪我一到重庆，就听老百姓中间这样传言哩，说是'前方吃紧，后方紧吃'。那你现在算不算个霸王和花天酒地的人呢？"

姬鑫成叹了一口气，笑着说："我原来以为我在河东城里混，被称作公子哥，就觉着很是花天酒地哩。可和这些家伙们一比，我连门都还没入哩。不过么，再这么特训下去，将来就很难说咧！近朱者赤，近墨者黑么。"他说了一句最近刚学的成语。

肖小艳哟了一声，说："士别三日，当刮目相看呢。还真的文绉绉上了呀，看来没有白训呀！"说着，咯咯地笑了起来。

姬鑫成说："我么，纯粹就是被人绑架咧，误打误撞，跌入此门中的。"说着，他就急切地讲了他们是如何从河东城逃出来，在准备投奔延安的路途中被周也夫带着西安军统绑架了，讲了在军统西安站的所见所闻，讲他是咋着坐飞机来重庆的。然后又述说了对肖小艳的担心和牵挂，讲了对好哥们胖子张明生的挂念。他觉得有许多的话要对肖小艳讲，此时却显得语无伦次。他还对肖小艳说出了他一直闷在心里的那个念头，说他怀疑胖子张明生并没有死，很可能是逃走咧。别看他胖，好像很笨，其实他机灵着哩，可不是轻易就会被人害了的哩。

肖小艳垂下头，很认真地听着姬鑫成激动地讲着这些，有那么好几次，她似乎是被感动了，抬起头来，动情地望着姬鑫成，欲语又止。最后，她走到姬鑫成跟前，扶住他的肩头，然后将自己的头靠了上去。

姬鑫成感到一阵晕眩。但他知道，在每个人的宿舍里都有监视设备的，他不敢造次，就只是这样站着，悄悄地捏住了肖小艳的手。

他觉着这就够咧。这就说明肖小艳并没有忘记他。

他对自己曾经误解肖小艳并狠毒地诅咒她而心生深深的歉意！

过了一会儿，姬鑫成把肖小艳拉到自己正面端详着，问道："哎，我们这儿戒备森严，说是连鸟儿也轻易飞不进来。你是咋着进来的？"

肖小艳轻蔑地一撇嘴，说："你也太小看姐儿啦，这么个地方就能挡住我么？"她掏出一个证件来放在桌子上，那是一张军统局特别行动处的工作证，说："我能来这里，是军统局特别行动处，也就是周也夫少将特批的，身份是《中央日报》特派记者，来采访你这个英雄的。我已离开张掖站，调军统局特别行动处了。对外的身份是《中央日报》驻军统特派记者。"说着，她就又掏出一张《中央日报》的记者证来。然后，又从她的军装上衣口袋掏出个印着深蓝色青天白日图案的牛皮纸证件来，上面印着"特别通行证"五个大字，也是深蓝色的。她低声说："你看，这是张特别通行证，是特意给你办的。这个星期六，郑光民是要回重庆家里过夜的。你不用请假，就用这张特别通行证悄悄出来，我在山口处接你。"

姬鑫成问道："有甚事？不会是你又要绑架我离开这里吧？"

肖小艳说："现在不能说那么多，这不是说话的地方，到时候你一切就都知道了。"

姬鑫成说："哦，郑主任咋就让你一个来找我咧？前几天有个学员的亲戚来咧，让卫兵盘问一个多小时还不算，在见面的过程中，一直有个卫兵陪着哩。"

肖小艳说："也派了一个卫兵，说是陪着我，我知道是在监视我。

被我支走了,说采访中间不让外人在场,不然被采访者会感到拘束的,达不到采访目的。"

这时,就听走廊上传来脚步声,大概是看完电影的学员们回来了。姬鑫成赶紧做了个手势让她噤声。她反而大声说:"看来这个特训班还真的把你这个公子哥给训出来了,知道守制度了。你放心,采访完就离开。"

也许是听见姬鑫成的房间里有女人的声音,就有好事的学员在窗户上探头探脑。自从进了特训班,这些平时花天酒地惯了的男人们就开始过着苦行僧一般的清苦生活了,现在突然出现个女人,并且进入了同样是学员的姬鑫成的房间里,顿时羡慕的、嫉妒的、不满的,甚至有低声的谩骂声传了进来。更多的学员感觉到姬鑫成的身份更加与众不同,也更加神秘了。

肖小艳走过去,大大方方地把门打开,对大家亮了亮那张印着青天白日标志的记者证,说:"我是《中央日报》的特派记者,来采访姬先生的。希望你们也能接受我的采访。"

站在门外的学员们一片哗然,发出一声感叹,纷纷夸赞肖小艳的漂亮,有派。很显然,他们那天虽然参加了授衔颁奖仪式,却没有认出肖小艳来。有的就逗弄说:"我想单独接受采访,行不行呀?"还有人说:"我也当过记者,我想深入点采访你,可不可以呀?"接着又冒出一个说:"我不接受采访,我喜欢交流。"顿时引起一片浪笑声。

这时,就听一个浑厚的声音从学员们身后传来:"都是党国精英,这个样子,成何体统!"

学员们一听,顿时噤了声,像一群老鼠听见了猫叫声,一个个低下脑袋,溜回自己的房间去了。

这时,那个声音又对着姬鑫成的房间说:"肖记者,我想采访应该完成了吧?"虽然是询问的口气,但显然是在下逐客令了。

姬鑫成一听声音,赶紧出来,先敬了个礼,大声说:"长官好!"

肖小艳却落落大方地从屋子里出来,先叫了声"主任",然后打趣说:"哎呀,还有劳主任亲自来接送,怎么,还怕我刺探你们特训班的情报不成?"

郑光民不是一个人来,身后还跟着两个卫兵。他用一种半开玩笑的口气说:"哪里哪里,我只是担心肖少校、不,是肖记者的安全。我们特训班的地界是在深山里,如果一不小心走到警戒线,暗哨问您口令,您是肯定答不上来的。万一有那个冒失的士兵开了枪,我就罪过大了。"

肖小艳也开玩笑说:"怪不得连个采访都挺难进行的,一问三不知,比审讯个犯人还要难。我说郑大主任,你真是把你的学员们都培训成了机器了!"

10

又是一个星期六。

吃过晚饭,学员们照例各忙各的,偶尔有几个胆大的,关起门来玩推牌九,用从酒店里偷偷带回来的骰子进行赌钱。这些都是特训班严禁的,但却难不住这帮搞特工的学员们。虽然特训班不定期地对学员宿舍进行大检查,但从未检查出什么来。

姬鑫成站在窗前,一直注意地观察着,直到看见郑光民离开了特训班,这才赶紧换了一身便装,沿着山坡走下来。特别通行证果然好使,沿途的明卡暗哨一律放行,畅通无阻。等他走出特训班,来到位于松林坡下的一个拐弯处时,就看到一辆帆布吉普车停在那里。姬鑫成迟疑了一下,慢慢走过去,就看到肖小艳坐在驾驶位置上,正冲他笑呢。姬鑫成就赶紧绕过去,拉开车门,坐在了副驾位置上,长长地出了一口气,说:"哎,一路上提心吊胆的,真怕让哨兵拦住扣下了。就这么一段路上碰到不下五个哨位哩。我也不知道,一个特训班,搞这么紧张做甚哩?"

肖小艳仍然穿着那身少校军官服,头上戴顶船形帽。等姬鑫成坐好,她往自己的脸上扣了一副墨镜,顿时显得威风凛凛了。她一边发动车一边说:"你以为这里面只是一个军统特训班呀?这里边大得很呢。中美特种技术合作所就在这里面呢。"她把自己知道的有关中美特种技术合作所的事告诉了姬鑫成,并让他多注意这里面的一些动静,但一定得万分小心谨慎,因为这里面不但有许多美方高级人员,还有戴笠的公馆,蒋介石也时不时地来这里住一住呢。

肖小艳的话让姬鑫成听得出了一身冷汗。难怪郑光民说肖小艳呢,若答不出暗哨的口令,这些家伙可真敢开枪的呢。多亏这些日子里特训班抓得紧,才没有到处去乱走动。他不由又想起了那四个年轻学生来。他们就因为误入了这里,做了牺牲品咧!

肖小艳的车开得很熟练,在山坡上转来兜去,风驰电掣,把副座上的姬鑫成摔过来扔过去,一点也坐不稳,而且一会儿眼看着就要撞上前面矗立的山崖了,一会儿又似乎要掉入旁边的万丈深渊了,让他提心吊胆地紧紧抓住扶手。

车子快进入市区时,肖小艳才放慢了速度,沿着一条叫李子坝的路行驶着。她指了一下左边对姬鑫成说:"看,那就是长江,不过,流经市区的这段叫嘉陵江。"

姬鑫成有点贪婪地趴在吉普车的窗口,看着奔流的长江,隐隐地有船工喊的号子声飘了过来。

车子驶上了嘉陵江大桥,虽然是战时,经常实行灯火管制,但桥上的路灯还是亮了起来,让这座闻名的大桥顿时显得璀璨夺目。

姬鑫成虽然到重庆参加特训班已有很长时间,但特训班就如同是个笼子,他几乎没有上过街,更别提到重庆市区了。他趴在窗口,欣赏着这座作为战时陪都的山城景色,简直有点陶醉了。他觉着这大都市就是要比自己那个河东城强许多，繁华许多。如今在这里，他感觉当初自己在河东城里的想法，就有些井底之蛙了。

肖小艳把车子停在一旁，抬起手腕看了一下表，说："还有一会儿时间。我们到朝天门码头上走一走吧。"

此时的姬鑫成根本不辨东西，一切只听肖小艳的安排了。

他甚也没说，乖乖地跟着肖小艳下了车，来到了那座偌大的著名码头上。此时码头上已是灯火一片了，靠岸停放着各种船只，有的挂着外国旗帜，有星条旗，有米字旗，竟然还有太阳旗。如蚁的人群沿着那条直通到江边的台阶艰难地上下着。一些达官贵人们也夹杂其中，但他们大都是空着两只手，或者还有保镖杂役人员搀扶着他们。更多的是那些扛着扁担的"棒棒们"，靠双肩把人们的货物扛上背下。一些顺流而下的船只在江面上快速地滑行着，渐行渐远，慢慢地只看到一团灯火在水面上漂着了。

一个年龄不大的报童来到他们身边，看着他俩，嘴巧巧地说："大哥大姐，买张报噻，看完了还可以坐着耍。花一样的钱办了两样的事么。买噻买噻。"

姬鑫成看到这孩子一头长发乱糟糟地在头上蓬着，像长江边的蒿草，也分不清他是男是女，就从口袋里掏钱准备买，却发现自己一分钱也没有。

肖小艳笑了一下，一边从自己的军装口袋里掏钱，一边问："有啥子报么？"

报童说："有'新华''扫荡''中央'。大哥大姐看啥子报？要不，全都给你们来一份。"

肖小艳就笑了，说："行么。"

报童刷地一下子递过来三张报纸，然后接过肖小艳递过来的钱，喊叫着："看报看报，'新华''扫荡''中央'……"跑开了。

姬鑫成没听懂是甚意思，就问肖小艳说："甚是新华扫荡中央？报纸就叫这个名么？"

肖小艳扭头看了一下周围，低声说："这是三种报纸。'新华'就是《新华日报》，是中共南方局办的；'扫荡'叫《扫荡报》；'中央'就是《中央日报》，我就是这家报纸的特派记者。后两家报纸都是国民党中央办的。报童们这样喊，是有人教他们这样喊的。"

姬鑫成还是没弄懂，说："谁教他们这样喊？有甚作用？"

肖小艳低声说："这也是两党在暗地里较劲，在斗着呢。你听，'新华''扫荡''中央'，新华把中央扫荡了，还不就是中共把国民党扫荡了？"

经肖小艳这么一说，姬鑫成恍然大悟。就在山城重庆陪都这看似表面的灯火璀璨下，仍然充满了你死我活的搏斗。中共、国民党，还有日军特务、各种帮派势力，在这座迷雾笼罩着的城市里演绎着刀光剑影般的大剧。

肖小艳又看了一下腕上的表，说："我们走吧。"

姬鑫成问道："到底是去做甚？"

肖小艳说："我带你去见一个人。"

姬鑫成问："甚？什么人？"他开始改正家乡土语，说着普通话了。

肖小艳说："见了面你就知道了。这可不是一般的人。走吧，上车。"

肖小艳把车开到一家叫"辣妹儿"的酒店门口停下，然后迅速换上了一身便装，对姬鑫成说："军装在这种地方太显眼了。"店老板似乎早就在门口等着他们，一看到肖小艳，眼睛就闪了闪，没吭声就带着他们踩着木楼梯，咯吱咯吱地上了二楼，来到一个包厢门口。店老板掀开帘子，低声对肖小艳和姬鑫成说："二位请吧。"随即朝旁边晃了一下脑袋,就有两三个人从暗处站了过来。

姬鑫成在特训班待了这么长的时间,自然明白这几个人都是保镖,心想今晚要见他的还真是个人物哩。等他进了包间,就看到一个有着一头浓密的黑发,国字脸,唇间留着一鬓黑胡须的人坐在那儿,两眼从戴着的方框眼镜后面透露出一种威严来,令人不寒而栗。

看到姬鑫成进来,那人站了起来,向他伸出手说:"欢迎您呀,姬鑫成先生。"

姬鑫成一愣,迟疑地伸出手来,心想:"咋着,他认识我?"

肖小艳在后面介绍说:"他是从延安来的边区保卫部李副部长。"

那人微微笑了一下,自我介绍说:"我是李克农。"

姬鑫成闻言,惊得嘴巴张半天没合起来。这个名字在军统特工中间太响亮了,他不止一次地从那些教官嘴里听到这么一个词:"南潘北李!"这是中共两个大特工头子,情报高手。"南潘"就是在上海领导情报工作的潘汉年,"北李"就是这位李克农了。姬鑫成根本没有想到要见他的人竟然是共产党大特工头子。那些教官们说,这李克农的人头虽没有朱、毛、周那么值钱,却也是值上万两银元的。没想到他竟然敢在国民党的陪都里出现。

李克农似乎看出了姬鑫成的担心,就呵呵一笑说:"姬鑫成先生,不用担心,现在是国共合作时期,暂时还是安全的。重庆还有我们八路军办事处呢,就设在红岩村。之所以约在这里和你见面,主要是考虑到你的安全。当然,我这里要先向你道个歉,由于我们护送同志的大意和失误,让你在去延安的半道上遭到国民党军统人员的绑架,结果让你来到了重庆。"

姬鑫成这会儿反倒让自己镇定了下来,在他的心里隐隐有那么一点儿感觉,也似乎猜到了李克农要见他的目的了。他就在李克农的对面坐了下来,淡淡地说:"来重庆和去延安不一样么?现在不都是一块抗日,合起来打日本人么?"

李克农点点头说:"是的,日本人想要吞并整个中国,面对外侮当前、亡国灭种的威胁,我们党抛弃前嫌,与国民党携手抗日,得到了国人的普遍赞扬,包括国统区的群众,这里面也有许多国民党里的有志之士呀。眼下是抗战最艰难的时刻,希望姬鑫成先生能以国家民族大义为重,多帮助我们,必要时伸出援手。"后面这些话,李克农说得有些试探的味道。

姬鑫成说:"我现在充其量只是一个国军的小军官,能帮你们做甚呢?"

李克农说:"眼下我们并不需要你去做什么大事情,也不会让你做什么非常危险的事情。只是……"

在一旁的肖小艳听得忍不住了,她不知道一向干脆利落从不拖泥带水的李部长今天说起话来怎么一下子变得婆婆妈妈斟词酌句的了。她走过去,毫不客气地打断了李克农的话,指着姬鑫成说:"我说首长,你就直说让他做什么就行了,不用这么拐弯抹角地给他做工作。"

肖小艳这么一说,姬鑫成也知道眼下无法进行抉择的。而且听肖小艳的口气,她已经是共产党的人了。只要有肖小艳在,他姬鑫成还有甚说的呢?加入就加入吧,就算是脚踩两只船,还不是一样向前划,一样打日本人么?这样一想,他也就干脆地说:"哦,长官,你就说让我做甚吧?"

一听姬鑫成这样讲了,李克农就正正色,脸色也严肃了些,说:"好,姬鑫成同志,现在我可以正式称呼你同志了。我们需要你在军统内部潜伏。因为据河东特委的报告,你已经在去延安的途中加入了共产党,前一阶段由于我们的原因,让你和组织失去了联系,现在应该是恢复关系的时候了。"

姬鑫成一听,有点急,就说:"可我现在是军统特务了。我在特训班里的训练,有些就是针对共产党的。"

李克农说:"这就是要你潜伏的原因,就是要人在军统,心却在我们这边,必要时保护我们的同志,就像肖小艳同志这样。"

姬鑫成扭头望了望肖小艳,她正看着他,那双充满诱惑的妩媚眼睛里流露出的是渴望。他疑惑地问:"肖上尉早就是共产党咧?"

李克农看了一眼肖小艳,眼中充满了爱怜。他告诉姬鑫成,肖小艳的生身父母都是共产党,肖小艳的父亲原是西路军的一位将领。当年西路军西征时在河西失利,她母亲牺牲在河西走廊,她父亲因为率领部队征战,顾不上她,就把她托付给了唱秦腔的肖云亭。后来,肖小艳刺杀马家军的马元祥被抓了起来,被军统张掖站季大伦救出后就参加了军统,而肖云亭则在季大伦的安排下带着肖家班去了宝鸡继续唱戏。在那里,已经是八路军延安留守兵团一名副司令员的肖小艳的父亲,见到了肖云亭,向他询问肖小艳的下落。肖云亭讲了经过。然后八路军就向军统张掖站要人,正值国共合作共同抗日,要人的又是八路军延安留守兵团的副司令员,季大伦也不敢怠慢,就说肖小艳正在河东城里执行绝密任务。于是,延安就通知了河东特委,于是就出现了八路军吕梁山抗日独立大队到河东城里寻找并护送肖小艳过黄河的事情。

肖小艳在姬家养好伤离开后,在吕梁山抗日独立大队的护送下,秘密地渡过了黄河,到了延安,见到了自己的亲生父亲。在延安,肖小艳加入了中国共产党。就在这时,她随身携带的军统秘密电台通知她到重庆参加授衔颁勋仪式。这样她也就到了重庆,并在戴笠的直接安排下,特别晋升为少校军衔,调入军统特别行动处。

她向李克农汇报了在授衔颁奖仪式上看到了姬鑫成一事,这才有了今晚的会见。

肖小艳还告诉姬鑫成,胖子张明生还活着。那天晚上他挣脱了要置他于死地的西安站特务,先是躲避到马圈里,然后又翻墙逃了出去,自己跑到了延安，找到了组织，在经过一段时间的特别培训后，现在又潜回河东城了。而那位护送他们的同志牺牲了。

姬鑫成望着李克农，又扭头看看肖小艳。其实他早就有这样的愿望，只要这个女子说让他去做什么，他都会毫不犹豫地去做的，就像是在河东城里给日军飞行员投毒一样。今天，她又要自己"身在曹营心在汉"，或者就直接这样说，身在军统心在共党，去为共产党做事，他也就毫不犹豫地答应了。他愿意去这样做，就因为是肖小艳要让他去这样做的。

姬鑫成那天的表现让李克农刮目相看，毕竟他经过了这么长时间的培训，已经不是河东城里的那个游手好闲、惹事打架的混混了，也不是刚从河东城里逃出来的甚也没见过甚也不懂得的公子哥儿了。他已经是军统的一名少尉军官，也是一名年轻的中国共产党党员了，而且在从特训班毕业的那一天，他也将成为一名国民党党员。

既然姬鑫成已经接上了组织关系并且接受了组织的安排，潜伏在军统内部，那他就应该是自己的同志了，往下的谈话就轻松一些了，而且也该吃点夜宵了。在等着菜端上来的时间里，姬鑫成对李克农说："我在重庆的这几个月看了一些书，也听了一些形势报告。在抗战这个问题上，正面战场上几乎全是国军，八路军是不是有点像他们说的那样子，躲在深山里发展自己，说是打游击战，但干脆就是游而不击呢？"

李克农对这个刁钻的问题，并没有讲大道理，而是很通俗地说："咱们八路军是不能和人家国军去比的呀，这就是人比人要气死呢。双方的起点本来就不同，从合作之始，一方是被追剿到陕北的穷山沟里的'共匪'，一方是执政当局；一方是破衣烂衫、食不果腹，更别提武器了，另一方是掌握着强硬的国家机器，像个巨人。所以，天塌下来，也需要高个子巨人来顶着，他们担负正面战场作战多，也应该。你说是不是呢？"

姬鑫成点了点头，他确实觉着李克农说的是实情，也是公道话。

李克农接着说："当然，咱们中国的抗战，不仅仅是城市范围内的抗战，也不仅仅是正规军的抗战，更应该是一场纵深的，以时间换空间的抗战。在广大敌后农村地区的抗战，是要让敌人以为大后方的每一个村庄每一家都能成为埋葬敌人的坟墓。在这一点上，毫不谦虚地讲，八路军是做得最好的。"

姬鑫成听得很开心，发自内心地对李克农说："长官，不，我可以叫您首长么？"姬鑫成自觉地改变了称呼，而且用上了"您"。

李克农点点头，说："你早就应该这样称呼了。长官是他们那边的称呼，虽然一样，但显得生分。"

姬鑫成低头一笑，继续说："首长，我觉着您就是和别的长官不一样哩。"

李克农"哦"了一声，看着姬鑫成说："有什么不一样呢？"

姬鑫成说："他们总是给你讲大道理，一套一套的，听得人很烦。"

李克农哈哈大笑，说："大道理也有大道理的用处，那得看在什么场合，比如大集会大演讲，那就得讲大道理。当然，也得看对象是谁。你姬鑫成同志是个明白人，至少明白眼前的事情。所以大道理就不必讲那么多了。我心里也清楚，就是今天我给你讲一晚上的共产主义，你恐怕也不会一下子就相信共产主义有能实现的那一天。一个人在这个世界上，想做一些事情，但这些事情是好是坏，就得有个选择。这也就决定了这个人的选择，最终是成为一个好人，流芳百世，还是成为一个坏人，遗臭万年。"

姬鑫成听到中共的大特工头子这样评价他，这样和他一个小人物面对面平和地交谈，很感动，也很感慨。他觉着这就是中共的威力和自信。在特训班的这段时间里，他看得最多的是国民党军官的飞扬跋扈，听得最多的是国民党政界军队里的尔虞我诈。

就在这时,外面响起了警报声,随即电灯就灭了。有个人探进头来说:"空袭,日本人的飞机又来轰炸了。这帮龟儿子,非要把重庆毁了嚛!"听声音,是那个店老板。

李克农在黑暗中压低了声音继续说:"躲到重庆的蒋委员长一直把我们骂作匪,实际真正的匪是日本人,他们跑这么远,到别人的土地上来抢东西。现在,日本人对重庆的大规模的无差别血腥轰炸,就是要给蒋介石施加压力,迫使他投降。"

姬鑫成在特训班学过,知道了许多的专业军事术语,也知道"无差别"轰炸,就是不管你是作战人员还是老百姓,不分差别进行狂轰滥炸。他们特训班在歌乐山中,有大山做屏障,日军飞机飞不进去,倒是安然无事了。而重庆就在日军轰炸机无休止的狂轰滥炸中,已有上万人死亡,有好几次死亡人数都在三四千人,几乎把半个美丽的山城都炸毁了。

就在这会儿,就听见有飞机俯冲时的刺耳怪叫声传了过来,然后就是震耳欲聋的轰炸声,中间夹有还击的高射炮声。似乎一瞬间,灯火璀璨歌舞升平的陪都就陷入了灾难之中。

黑暗中,李克农听着传来的爆炸声,说:"从传过来的爆炸声分析看,日军飞机这次轰炸的是大渡口一带。那儿会有什么目标呢?"过了一会儿,屋里的灯亮了起来,随即店老板的头又探了进来,说:"日本人的飞机在大渡口那一带轰炸嚛,那儿好像停着几艘兵舰,正往长沙那边运兵,日本人不是想攻打长沙了嚛。恐怕是日本人的探子报告了,就派飞机来炸了。"

真的和李克农判断的一点不差,姬鑫成感叹一声,这共产党里真不缺人才的呢。

就在姬鑫成要离开时,李克农又从他的包里掏出一纸包交给他,说是第一笔活动经费。然后又拿出一张画着表格的纸,让他在标注着

"301"一栏的后面签个字。姬鑫成没有签,也不收那笔钱,说他现在还不缺钱,在这样推让了几次后,姬鑫成见李克农的脸上都露出怀疑的神色了,就灵机一动说,把这笔活动经费作为他的第一笔党费上交了。李克农听后,脸上的神色才正常了起来,想了想,也同意了,就在那一栏后面注明是收到"301"上交的第一笔党费。

李克农又特别交代他,在特训班期间,明处的联系人是肖小艳,但她不可能总是去特训班,那样就会让人产生怀疑,也会成为特务盯梢的目标。紧急情况下可以和一个代号叫"松鼠"的人联系,这个人就在特训班里,联系的暗号是……"

这回更是让姬鑫成吃惊了,他绝对没有想到在特训班里竟然也有共产党安插进来的人!

李克农说:"这不奇怪,情报工作,本来就是你中有我,我中有你。你现在不也成了咱们安插进军统里的一把尖刀了。"

姬鑫成反复念叨了几遍,向李克农点点头说:"记住咧。"

姬鑫成告别了李克农,一个人先出了这家酒店,就看到肖小艳正站在那辆吉普车前向他打招呼。

街头行人熙熙攘攘的,轰炸刚刚过去,街头又是繁华一片了,人们已经对这种战时生活习惯了。

姬鑫成走过去,看着闪烁灯光下微笑的肖小艳,觉着那笑容充满了温暖,充满了性感,充满了妩媚,真的让他陶醉了。

恍惚间,他觉着李克农讲了那么多,却忘了最根本的一条,那就是只要这个女人张张嘴对他说让他做些甚,他都会去毫不犹豫地去做的,就是让他去赴死,他也会笑呵呵地去赴死的。

这就是古语说的"一物降一物"!

姬鑫成的这一生,就服肖小艳!

第三章

1

姬鑫成没有想到,他在离开家乡大半年后,又要返回河东城了。

特训班还没有正式结业,姬鑫成就接到了军统总局派他迅速潜回河东城里的指示。和他同时结业的还有十几个学员,都是从华北一带的特工基地来参加培训的。郑光民代表军统总局要他们返回去后,在华北一带重点加强对日伪高层头目的刺杀和重要情报的搜集等工作,掀起几个打击日伪的高潮来。

这时候,姬鑫成才知道"松鼠"就是特训班的教务长。

本来,应该由肖小艳来通知姬鑫成的,但肖小艳早在姬鑫成他们结业半个月前就赴华北了,担任行动副组长的职务。所以,中共就启动了"松鼠"。

那天下午,在举行了简单的结业仪式后,姬鑫成回到宿舍,开始整理行装。门开了,教务长弓着个腰走了进来。

姬鑫成看到是教务长,赶紧立正敬礼,说:"教务长好。"

谁知教务长却关上门,伸出右手的拇指和小指头,把拇指伸进嘴里,学了一声松鼠叫。然后问道:"你喜欢逮松鼠吗?"

姬鑫成呆住了,半天没有回过神来。

教务长就笑了一下,又对他说了一遍。

姬鑫成这才反应过来，知道是中共派人联络自己了，但他还是保持着一点警惕，故意笑着说："哦呀，教务长，您老还会学松鼠叫呀？"

教务长扭头看了一下外边，听了一下走廊上的动静，声音有点焦急，低声却又坚决地说："你、喜、欢、逮松鼠吗？"

姬鑫成看教务长的脸色，心想他应该是自己人，不然不会这么焦急的，就赶紧回答说："喜欢，却不容易逮到。因为松鼠太狡猾了。"

听姬鑫成回答完暗号，教务长就赶紧低声说："三〇一，请接受党的一号指令。"

姬鑫成神色严峻地站到教务长跟前，只听他说："根据边区保卫部一号安排，你回到河东城后，先在《河东日报》上登一则寻人启事，用'赛冬一'署名，就是你在特训班的代号'三洞一'，这也是你到河东城里后的代号。启事登出后自然会有人来联络你，然后一切行动听他们的安排。但在没有联系之前，不允许私自与任何人联系，包括家人，更不允许擅自行动。"说完，教务长又恢复了那个不苟言笑的模样，交代他把特训班发下的东西一一交回，包括那身士兵服，不得遗漏。然后又看了姬鑫成一眼，又佝偻着腰到另一间宿舍去向学员交代注意事项了。

这天一大早，周也夫就开着车来接姬鑫成，说是军统局发给他的那笔奖金到了，帮他领了回来。说着，他拿过一个厚厚的信封，交给了姬鑫成。

姬鑫成接过来捏了捏，觉得比上次入学时交给他的信封厚多了，就知道这笔奖金不菲。他又把奖金递给周也夫说："周长官，我这两天就要返回河东城了。您是我的恩师，又一直关照着我，这笔钱您就留下吧。"

周也夫把奖金又推过来，说："你留下吧，这次返回去，有许多地方是要花钱的，军统费用不一定能及时到位。还是那句话，身边有点钱可以应急的，关键时刻，钱可以解决许多问题。不过，今天你就请我的客吧。"

姬鑫成一听，兴奋地说："没问题。你说到哪儿去？重庆这地方拐弯抹角，上山爬坡，绕来转去的，我摸不着哩。"

周也夫说："那行，咱们就先去吃饭，然后去各处转一转，大致熟悉一下重庆。吃过晚饭后洗个澡，然后嘛……我再带你去一个地方，让你也体验一下。作为一个特工人员，这也是必要的一课呢。"

姬鑫成十分诚恳地说："周长官，我听你的安排。"

周也夫拉着姬鑫成先到磁器口的小市场去吃早点，有麻辣烫、担担面、凉皮等，还有凉粉，但和河东的吃法不一样，随便切那么两刀，然后倒上一勺卤，就那么吃开了。周也夫告诉他，四川凉粉主要就是吃那勺卤呢。但姬鑫成就觉着黏糊糊的，没有河东凉粉的那股子呛劲儿。而麻辣烫却真是名副其实，真的是又麻又辣了。担担面里面则是又放辣椒又放了糖，让人觉着一股说甜又辣的怪味儿。

吃过早餐，周也夫拉着姬鑫成到处转。他的车有通行证，本人又是少将军衔，证件一亮，所有的哨兵都立正敬礼呢。他们先到挺有名的枇杷山公园游玩了一圈儿，又在鹅岭公园转了一会儿。两个公园的游人都不多。周也夫拉着姬鑫成经过一处岗哨林立的地方时，将车速减慢了些，告诉他，这就是著名的黄山官邸，蒋委员长就住在这里。他又告诉姬鑫成，就在去年的圣诞节时，日军突然出动了两批共八十多架大型轰炸机对陪都进行地毯式的轰炸，其中超低空对黄山官邸投下了十几枚重磅炸弹——

姬鑫成听着，吓了一跳，不由问道："那蒋委员长他……"

周也夫轻松地一笑说："多亏中共设在重庆的一部大功率电台，破译了日军飞行员的通话密码，给我们及时通报了情况。说起来，当时我们还不太相信中共有这样的能力，虽是半信半疑，但还是将委员长从黄山官邸接了出去。不然，中国……军统就是历史的罪人！"

姬鑫成说："那共产党就真的那么厉害么？"

周也夫就叹息了一下说："要说嘛，中共里面那才是真正的藏龙卧虎呢。他们不光间谍工作好，人员纯洁度也高，因为他们的人员都有统一的信仰，所以在反间谍方面更是一流。不像国民党的，三教九流，什么人都有，信仰也乱七八糟的。他们虽然很穷，很困难，但是在收买情报方面，他们却是非常大方，舍得花大价钱的。"

姬鑫成就不由想起了那天晚上李克农要给他的那一笔钱，那是不是在收买他呢？

不是，他自己又否定了。因为现在自己已经是一名中国共产党党员了，那只是一笔活动经费，而自己也已经把那笔钱作为党费上交组织了。听到周也夫夸耀中共人才济济，姬鑫成心里也暗自得意，心想自己也算是被中共看中的人才哩，是中共特工大头目李克农亲自看中和安排的哩。

姬鑫成似无意识地说："我在培训时听说了，他们的头子叫李克农。"

周也夫扭头看了一眼姬鑫成，说："李克农也不是中共的大特务头子，他也是跟一个人学的，那个人才是中共特务工作的鼻祖，现在是中共的副主席，叫周恩来，曾是黄埔军校的政治处主任，国共双方的许多高级将领都是他的学生。他在上海时候的代号叫伍豪，包括李克农在内，都是他的手下。他曾经成功地安排中共的钱壮飞、胡底、李克农等一批特工，打入了国民党高层，掌握了一大批机密。这可是能够震动世界间谍史的壮举呀！"

姬鑫成听着，内心里佩服极了，他此刻觉着能够在这么一批特工精英的领导指挥下工作，应该是光荣无悔的。但他装作懵懂的样子问："那后来这些人呢？都在中共当了大官咧？"

周也夫哼了一声说:"后来呀,事情的发展很难预料的,据情报,钱壮飞是跟着共军向西边逃走时失踪了,后来我注意到他一直没有露面,估计遇险了;胡底也是在西逃的途中被他们自己人内耗斗争杀掉了。如今就只留下一个李克农。其实,还是那句话,我们和共党,是你中有我,我中有你。要说,他们的特工活动,一直优于我们的;他们的人才,也是优于我们的。谁敢保证,此时的军统内部就没有中共打入的特工呢?我就敢说有,并且还不少呢。"说着,他又看了姬鑫成一眼。

姬鑫成的心就怦怦乱跳了起来,难道自己被他发现了?不可能的呀!他咋能知道呢?也许他就是这么一说罢了。他这样一想,也就踏实了,坐在车子里,看着外边的景色。

后来的中午饭和晚饭,吃的都是地道的川菜。正如歌里头唱的那样:"要吃川菜就莫怕麻辣!"两顿麻辣下来,姬鑫成的嘴都起泡了,虽然满嘴里是火烧火燎的,但却确实够味道。周也夫也是吃得浑身冒汗,嘴里直咻溜,还直叫:"过瘾,真过瘾!这一走还不知道啥子时候才能吃上嘞!"他说了句地道的重庆话。说完,他似乎感觉说漏了什么,抬头看了一眼正忙着对付那些漂在菜里的麻椒花椒粒的姬鑫成,似乎并没有听他在讲什么的,就又赶紧招呼了姬鑫成一句,让他多喝点水:"满嘴都烧着了火了嘞,快多喝点水来灭灭火,不然,就要烧焦了嘞!"又说:"今晚你可以喝醉,但过了今晚,你就不能再有醉酒的时候了。"

姬鑫成看着他,没有说话。他知道周也夫还会交代他的。

果然,就听周也夫继续说:"一个特工,是需要时时刻刻保持清醒的头脑的。如果喝醉了,那就可能会在分分秒秒里遭遇到杀身之祸的。"

姬鑫成牢牢记住了这些话。

吃过了晚饭,趁着全身被麻辣得发热发烫,周也夫和姬鑫成到两路口上清寺的"天福"大澡堂泡了个热水澡。从澡堂出来后,姬鑫成看了一下时间,晚上九点多钟。他以为该结束了,却没想到周也夫又把车开向了另一个方向,并不是回歌乐山的那条路。姬鑫成就问:"现在还去哪里?"

周也夫脸上露出一丝诡秘的笑意,说:"你放心,现在你已经正式结业了,特训班的纪律约束不了你了。我带你去找个姑娘,趁现在这个机会好好地放松一下,睡上一觉。一旦到了河东,恐怕就没有现在这种轻松了,那就连睡觉都得时刻睁着一只眼睛呢。"就这样说着话,车子拐上了一条石子铺就的路,剧烈地颠簸起来。看样子那是一条老街了,但周也夫肯定常来,他在这条老街上拐来拐去,熟悉得很呢。

车子终于在一座古香古色的门楼子跟前停了下来。

姬鑫成在周也夫的催促下下了车,第一眼就看到在这座古门楼子左右蹲着一对石狮子,彰显着这家前任主人的不凡。由于重庆雾气大,雨水多,石狮子上面布满了绿苔。周也夫停好车过来,告诉姬鑫成,这种高级暗门子,也就是暗娼,吃的都是回头熟客,而且都不是一般的客人。所以在门前既没有搔首弄姿勾引人的姑娘,也不挂招揽迷人的大红灯笼。反倒是和平常人家一样,一切看上去都是普普通通、规规矩矩的。

推开虚掩着的门,就看见一位个头一米五左右的矮个子中年男人,一脸谄笑地站在那儿。四川称呼这种在妓院门口打招呼的男人为"龟公"。看见有客人进来,这龟公就头向前倾,弯着腰向他俩鞠了个躬,说:"周大爷,你二老赏光了嚛。"

周也夫没有理会他,径直朝后面走。姬鑫成慌忙紧紧跟上,带着几分拘谨。他瞥了一眼这个小男人,只见他手脚利索地拉动了一下身后的一根细细的麻绳,那根细麻绳连着厅堂里的铃铛,铃铛一阵响动,通知有客人来了。那正坐在厅堂里对着几个年轻姑娘讲述自己当年的风光史的老鸨子,一听铃铛响,马上中断讲述,站起身像一阵风般迎了出来,未曾谋面笑声先闻:"哎哟哟,我当是谁嚛,原来是周大爷大驾光临了。

姑娘们，快给两位大爷泡茶。"

周也夫就伸手在老鸨的粉脸上轻轻地拍了拍，声音一下子很轻很柔和，和他平时在外面说话判若两人，说："最近生意还好吗？"说着话，就在一张雕着花的圈椅子上坐了下来，又招呼姬鑫成也坐下来。

那老鸨拍了两下手，把一张粉脸凑到了周也夫的跟前说："好？哪儿谈得上，简直是惨淡得很噻！龟儿子小日本的飞机三天两头来下蛋，把客人都吓跑了。要不是您周大爷照应着，我们可就得喝嘉陵江上刮来的风了噻。"

这会儿，有个姑娘端来了两杯茶，放在周也夫和姬鑫成的面前。老鸨说："雨前的龙井，尝一尝噻。"

周也夫就啜了一口茶，略蹙了一下眉头说："给我这位徒弟娃儿安排个嫩鸡儿，好好伺候伺候，也好开导开导。"

那老鸨就喜滋滋地走到姬鑫成身边，在姬鑫成的胳膊上捏了捏，说："行噻行噻，您就放一百个宽敞心噻，这里的姑娘您周大爷还不清楚，个个都如花似玉、水质兰心、温柔大方。看来这位大爷是初次来了，那我就给您挑一个了。"说着，就朝里面的屋子喊了一嗓子："艳儿，出来招呼大爷了噻。"

姬鑫成脑子就嗡的一声，她在喊甚哩？喊的是"艳儿"。

这时，随着老鸨的喊声，从厅堂里走出一位个儿不高的姑娘来，人长得很秀丽，尤其是那眉眼儿，和肖小艳真有那么点儿相似哩。

姬鑫成就不由得有点儿发呆。

老鸨把这一情形看在眼里，就赶紧绽开一张粉脸，让那姑娘快点儿招呼姬鑫成到里面"合欢屋"里去，说良宵一刻值千金的噻，别耽误过了好时辰。姬鑫成就被姑娘甜甜地叫着"大爷"，被挽着胳膊拉了起来。他回头看了一眼那边，却已经不见周也夫的人影了。

老鸨知道他在找谁，就说："娃儿噻，周大爷是常客，有他的相好的，早就在等着了噻。你就快跟着姑娘去噻。"

姬鑫成就在老鸨和那姑娘的拉拖下，进了一间屋子。老鸨为他们拉上门出去了。那姑娘利索地铺好床铺，看着呆呆站在一旁的姬鑫成，甜美地说："大爷，上床噻。"

姬鑫成似乎对屋子里的一切视而不见，他一言不发地望着地面，眼前晃动着肖小艳的影子，然后影子又和眼前这个姑娘重叠在一起了，甜美的声音又一次传了过来："大爷，上床噻，时间不早了。"

姬鑫成仍然不作声，就那么怔怔地站着，一句话也不说。

那姑娘看到姬鑫成这个样子，就悄悄地走到门口，想出去找老鸨。却听姬鑫成在背后说："站住，不要走！"

那姑娘望着姬鑫成，不懂他的意思，眼里满是问号，低低地叫了声："大爷……"

姬鑫成声音低沉徐缓，却不容拒绝。他说："就这样子，陪我坐到你该离开的时候，出去后甚都不要讲。"说着，从身上装的那个信封里掏出几张大钞票来，递给了姑娘，问道："够了么？"

姑娘连连点头说："够了够了噻。谢谢大爷，我晓得，大爷是个好人噻。我啥子也不会讲的噻。"

2

姬鑫成是搭乘着西北王胡宗南派到重庆的一架小飞机飞回西安城的。

整架飞机上，除了乘员，就姬鑫成一个乘客。这架小飞机是胡宗南打发到重庆送礼的。他不送金银珠宝，只送一些西安的特产和重庆那边没有的时令菜蔬，既无腐败之名，又是千里送鹅毛，更能打动人心一些。所以胡宗南是黄埔系里爬得最快的一位。底下的人说，胡宗南当官已当成精咧！

一个多小时后，姬鑫成就从满眼绿色的天府之国回到了黄土高原上，像是大火燎过似的，又满眼焦黄焦黄的。已是秋天了，树木倒也葱茏，尤其是塬上，各种秋天的果实挂满枝头，这一点倒也不比巴山蜀水差。

这一回没有任何人到机场接姬鑫成，此时的西安城里满布着各种方面的特工人员，明里有中统的党调部和军统西安站，暗地里既有延安中共的、汪伪集团的，也有日本的，而且还有许多商业间谍也在频频活动，搅得西安如同一锅粥。而姬鑫成这次是肩负着重大的使命，要在华北一带翻起股大浪潮来。原来这会儿，国民党的军统组织正在上海和江浙一带和由中统军统里的变节分子组成的汪伪特务组织"76号"厮杀得难解难分，由于这些变节分子熟悉军统的活动规律，所以军统在上海江浙一带伤亡惨重。戴笠亟须在华北地区开辟"第二战场"，加强特工工作，转移日伪视线，减轻军统在上海和江浙一带的压力。这些战略设想也是姬鑫成后来才知道的。他这次要潜回的河东城，虽然与西安城只是一河之隔，却已经是日本人占领下的"大东亚共荣模范城"，日军很嚣张，特务更是密布，你死我活，关乎存亡。所以他们这次一点不能马虎。虽然西安机场是在胡宗南的控制之下，可谁敢保证这里就没有日本人的特工人员呢？所以，姬鑫成下了飞机后，就先随一辆拉行李和货物的车出了站，然后搭乘了一辆一直等在机场外面拉货的卡车离开机场，没容他多说什么，那卡车就直接把他送到了火车站。后来，他才知道，这也是军统西安站安排的。

就这样，姬鑫成在离开河东城近一年时间后，又神不知鬼不晓地潜回到了河东城。离开的时候，他只是一个冲动的稚气十足的只知道成天混日子的公子哥儿，而如今却是一名熟练掌握着各种杀伐技能、成熟稳重的少尉特工人员了。

姬鑫成十分清醒，他不是衣锦还乡，而是肩负着重大使命。他必须把一切能暴露出自己本来面目的行动和身份，从踏进河东城门的那一刻起都隐藏起来，而成为另外一个姬鑫成，令人完全陌生的姬鑫成，或者说就是"赛冬一"了。

他想起了周也夫不止一次给他讲过的那些话："治国、齐家、平天下，这是一个男人生平的志向。""要想干大事，首先要齐家，要让家里人为你所做的事情骄傲。"

一个男子汉，盼的就是这一刻了！

姬鑫成夹杂在一群旅客中间，出了河东火车站。他在西安火车站外面的广场上剃了个光头，穿着一件白色的粗布裋子，是老百姓手工缝制的，钉着手工编的扣绊儿，但很干净。下身是河东人普遍爱穿的黑色粗布捩裆裤，扎着一条红裤带，背着一个不大的包袱。出站的时候，那些在粗暴地翻动着旅客行李的皇协军和穿着黑制服的警察们，只是看了他一眼，就认定他是个没甚油水的乡下小伙子，挥手让他出站了，根本没检查他和他的包袱。倒是一个皇协军在后面看着他的背影说："看见没？这体格，抓去了，能卖个好价钱哩。"

姬鑫成就赶紧加快了脚步，迅速离开了火车站。好在那俩皇协军议论归议论，并没有追上来。

就在他的包袱里面的衣服里面，藏着一把十分小巧的勃朗宁1906袖珍手枪，俗称"掌心雷"。这是他在临离开重庆时，郑光民送给他的。郑光民告诉他，这把比利时的枪，小巧玲珑，非常精致，是一个德国的军火商送给戴笠的，戴笠为表彰他多年来培训了大批军统精英人员，特地转送给了他。这把枪可装七发子弹，五十米距离内威力无比。郑光民说："我是毒药专家，从不打枪的。你现在也是一名特工人员了，虽然上级没给你配枪，但相信你有朝一日还是会用上的，就作为防身吧。我是非常看好你的，在你的身上有一种与生俱来的特工素质，将来你能成为一个特工奇才。我真的希望你能为国家、民族做些事情，不要辜负了我的期望。"

虽然周也夫一再交代的任何可能暴露他身份的物件，包括他的青天白日勋章，他都没有带，而是放在特工总部保存着，但他最后还是悄悄地把这把"掌心雷"带上了。他当时就是想把这把枪送给肖小艳。多亏他带了这把"掌心雷"，在后来才多次救了自己的命。

姬鑫成没有惊动任何人，就这么悄悄地又回到了河东城里，就像一片树叶，无声地落到了这片黄土地上了。为了隐蔽自己，他在城东靠近郊区的地方，租了一间平房。这是典型的河东建筑，也是河东"八大怪"里之一怪——"房子单边盖"，老百姓也叫"撅尻子厦"。他的口袋里钱倒是不少，足够他用了。周围都是河东城周边一带的老百姓，进城来做小生意的小手工业者，吃穿用甚行当都有。人员身份看上去挺杂挺乱，这倒也适合他在此居住，用以掩护自己的真实身份。谁知，就在他回来后的第二天上午，他就和当地的一个流氓地痞团伙发生了冲突，险些儿使自己的身份暴露了。只因为一个在河东街头买凉粉的名字叫珍儿姑娘的女孩子。

那天上午，姬鑫成遵照组织的安排，找到《河东日报》社，花钱登了一段署名"赛冬一"的《寻人启事》。剩下的这些时间里，他便耐心地等着组织上与自己进行联系。军统方面指示让他安心潜伏，待机行事，一切听从军统河东站的安排。其实，他还未回到河东城，军统河东站已将他的一切了如指掌了。因为这次来河东城指挥行动的仍然是军统少将周也夫。但他为了安全，避开日军特高课的耳目，没有和姬鑫成一同行动，而是先到太原城，由军统太原站护送他悄悄潜入了河东城，比姬鑫成早到两天时间。

姬鑫成一个人晃晃悠悠地在街上走，走到离自己的住处不远的东城区福致路时，闻到了烤火烧的香味儿，就不由停住了脚步，然后就移步过来,坐到了凉粉摊跟前。这时,他看到了正低着头弯着腰给顾客"抓凉粉"的珍儿姑娘。姬鑫成最先看到的是珍儿姑娘的一双手,那双手可真的是嫩若新葱、凝似华玉了。姬鑫成没有想到一个在街头卖凉粉的姑娘居然有这么一双光润细腻的手。只见她非常利索地抓满一碗凉粉,然后蜻蜓点水般端着盛满凉粉的碗在摆着各种调料的盘子上面跳动,那双玉手就在一个个调味盘子里点着、弯腰、直身、扭胯,很快就调拌好了一碗凉粉,然后又用那双手端平了,笑吟吟地送至客人面前,一连串的动作,就如同一曲设计好的舞蹈,让姬鑫成看得赏心悦目、心旷神怡。

要说哩,姬鑫成在河东城里并不是没有看到过漂亮姑娘,而且还与肖小艳那样的尤物有过肌肤之亲,为何还被一个从乡下来城里卖凉粉的姑娘吸引住了呢?

可以说,姬鑫成当时完全被眼前这个卖凉粉的姑娘身上迸发出的那种自然健康的活力、蓬勃的朝气、朴素天然的不加雕饰的美感吸引住了。不知不觉中,他就吃完了两碗凉粉,就在他还要"再抓一碗凉粉"时,那个卖凉粉的珍儿姑娘注意到了他,注意上了这位虽然穿着一身很普通的粗布裤褂,眉宇间却透露出一股隐藏不住英气的年轻人。只见她冲着姬鑫成微微一笑,两边腮上就挂上了两个浅浅的小酒窝儿,让人怦然心动。

这种脸上长着酒窝儿的女子,被认为是世间最美丽最漂亮的,也有老人说是狐狸精变的,会勾人哩。而且老人们说,凡娶脸上有酒窝的女子,是要比别的女子多付嫁妆钱的哩!这从另一个方面也说明了脸上长酒窝的女子漂亮和美丽的程度了。

这会儿,就见那长着两个酒窝的珍儿姑娘,在左手递过来凉粉碗的同时,右手也递过来一个温热的火烧。姬鑫成就愣了一下,说:"我、我没有要火烧的。"

珍儿姑娘就眨巴两下明亮无邪的大眼睛说:"给你就着凉粉吃么,

不要你火烧的钱。光吃凉粉太凉咧,会吃坏肚子的。"

姬鑫成就像是被施了魔法,乖乖伸出手去接那个火烧,就像是要从女神的手里接过宝物一样。那火烧显然是刚从炉子里取出来的,烤得黄澄澄的,有一股好闻的焦香味儿,让人流口水。就在接火烧的时候,姬鑫成的手触到了珍儿姑娘的手,他感到那小手真是柔软,不由得产生一种怜香惜玉的冲动。而且,眼前的这张脸晶莹精致、巧笑倩兮,美得人不敢长久直视。

正当姬鑫成按捺住怦怦乱跳的心,想和珍儿姑娘搭句话时,却见珍儿姑娘手抖了一下,脸色也一下子变了,有点惊慌地看着姬鑫成的身后,一双玉手也停止了"抓凉粉"。

姬鑫成扭头一看,只见身后不知何时站着一个梳得溜光的时髦的双分头、身穿白绸衣裤的年轻男子,手里拿着一把纸折扇。在那年轻男子的身后,还站了三个人,一看就是那种狐假虎威的跟班。姬鑫成心想,这个男人是什么来头呢?为甚他们一出现就让珍儿姑娘如此惶恐呢?是到这里白吃凉粉的吧。卖凉粉是小本生意,挣不了多少。他们白吃上几碗,一天说不定就白干咧。难怪这个卖凉粉的姑娘脸色都变了呢!

然而,姬鑫成这回想得简单,这个男人不是来白吃凉粉的,他是来白吃珍儿姑娘的。

这会儿,一直在那边忙碌着烤火烧的老汉,也就是珍儿姑娘的爹见状赶紧腾开手走了过来,对着那年轻人点着头赔着笑脸,声音颤抖地说:"他……他李大少爷,您……您来咧。快坐下。我刚往炉子里贴了几个火烧,马上就好咧。先让珍儿姑娘给你们抓凉粉……"

李大少爷压根就没有听珍儿姑娘她爹在说些甚,只是色眯眯地盯着珍儿姑娘看,顺手一拨拉,就把珍儿姑娘她爹推得倒退了好几步,跟跟跄跄差点儿摔倒在地上。

这边珍儿姑娘看见了,又心疼又着急地叫了一声:"爹!"

那李大少爷如同鹅叫般笑了起来，说："叫得好听，真好听哩。"走上前一步，一把拉住珍儿姑娘的胳膊，说："我说哩么，今儿个你是跟我走哩么，还是我请人抬个八抬大轿来抬你？"

珍儿姑娘挣脱出自己的胳膊，低了头，整理着摊子里的调料。

珍儿姑娘爹又想过来，却被一个跟班拦住了，劈手就是一耳光，嘴里骂着说："老东西，这儿没你甚尿事，躲远点儿。等着当你的老丈人享福吧。"

那李大少爷见珍儿姑娘不理会他，脸色有点变了，大声说："尿，再说咧，你又不是甚尿的黄花闺女咧，还装甚硬气哩么！"

后边一个跟班就凑上前来，气势汹汹地说："别给好脸不要脸，给你说哩，今儿个再不答应大少爷，就砸了你这个凉粉摊摊，滚尿回黄河边上去，别在河东城里混咧！"

摊子上正在吃凉粉的几个顾客见状，丢下没吃完的凉粉，赶紧走开了。只剩下姬鑫成一个还低着头在那儿就着火烧吃着凉粉，一口一吸溜，仿佛身边根本没发生什么事情一样。

那李大少爷扭头看看姬鑫成，做出一副吃惊状说："咋，还有胆子大、不怕事儿的哩？"

一个跟班就走上前来，在后边拍了拍姬鑫成的肩膀，喝道："说你哩。咋还不走？"

姬鑫成没抬头，只是朝身后一举手中的凉粉碗，把碗里吃剩下的调料水准确地扣到了那个跟班的脸上，调料里面拌有辣椒面和芥末水，那个跟班立刻揉着眼睛哇哇大叫起来。

另外两个跟班见状，就一齐向着姬鑫成扑过来。姬鑫成一抬身子，右脚向后一拨，刚才坐在屁股底下的那条凳子就在空中打了个转，一下子绊倒了一个跟班。他见状发了一下愣，正犹豫着，就见姬鑫成一个转身，又是一脚，把这一个蹬出去两三米开外，趴在地下了。

那李大少爷一看，顿时就吓尿啦，双腿不停地抖，连手里的折扇也掉地上了。他看着姬鑫成一步一步地走了过来，鼓起腮帮子说出了一句硬话来："你是什么人？你知道我是谁么？你知道我爹是谁么？"

姬鑫成却像个孩子般笑了，他似乎从这个李大少爷的身上看到了自己以前的影子，那会儿自己带着胖子张明生、林富有，不就是这样子一天在街头混么。不过，自己没有欺负过老百姓，没有强抢过良家女子。这个李大少爷太过分咧，今天非教训一下他，让他今后在河东城里不要太张狂跋扈了。

李大少爷看到姬鑫成笑的模样，越发害怕，颤抖地说："我告诉你，我叫李三皮，我爹是河东城里的维持会会长。你等着，我回去告诉我爹，让他派日本人来抓你！"

姬鑫成没想到这个李大少爷李三皮就是河东城里的大汉奸李良苟的公子。他以为他爹给日本人当了条狗，自己就可以这样狗仗人势欺负自己的同胞来咧！想到这儿，他就对这个李三皮说："告诉你那汉奸爹，过两天就去取他的狗头，让他等着！"

一听这话，那李三皮猜测是遇见抗日锄奸队啦，因为最近活动在河东城里的军统和共产党组织的抗日锄奸队已经杀掉了好几个替日本人做事的汉奸了。李良苟知道自己给日本人当维持会长，还兼着日本人在河东城的商会会长一职，中国的抗日人员迟早是要砍他的脑袋的。所以，日本人特别给他配备了好几个保镖。这些李大少爷自然是知晓的。他没有想到会在这里遇上抗日锄奸队，顿时吓得没了颜色，急忙说："哦，大爷，我走，我走还不行么？！"说着，转身就跑，掉地上的折扇也不捡了。那三个跟班也赶紧跟在后面，一瘸一拐地跑远啦！

姬鑫成拍拍手，转过身子准备离开，却看到了被这一幕惊得目瞪口呆的珍儿姑娘。

他不由自主地站住了。他们就这样相识了。

姬鑫成担心珍儿姑娘和她爹会遭到李三皮的报复，就不让他们再在河东城里继续卖凉粉和火烧了。他给了他们一些钱，是他们在河东城里卖上三四年凉粉也挣不下的，足够他们在家里盖房子置地了。珍儿姑娘就和她爹高兴地回了黄河边上的宝鼎镇了，尤其是珍儿姑娘爹，逢人就说是后土娘娘显灵咧，让他和女子遇上贵人咧。

在珍儿姑娘离开河东城三天后，他上街去买了一份《河东日报》，在报缝的"寻人启事"一栏里寻找着联络信息，正走到福致路时，就看到珍儿姑娘在那儿站着，胳膊上夹着一个蓝花包袱。原来她又返回到河东城里找姬鑫成，她愿意留在他的身边，服侍他，愿意给他当媳妇儿。

姬鑫成差点就告诉她，自己已经有媳妇了，且已经有娃娃了。这是他听肖小艳告诉他的，而且还是个男娃娃。但最终姬鑫成甚也没有说，这一段时间里他一个人无所事事，既得不到延安那边的指示，军统方面也没有人和他联系，而他又得时刻牢记着"松鼠"的交代，不得擅自行动，更不得擅自和任何人联系。他就像是一个突然被所有人抛弃了的人。自从潜入河东城，自己就如同一个可怜巴巴的诱饵，孤零零地吊在一根同样孤单的鱼竿上，扔在河边，而主人却不知去向了。突然间离开了那种日日夜夜时刻处于紧张的生活，他一下子显得很无聊很空虚，身边很需要一个人来填充这种空间，珍儿姑娘恰好在此时出现了，让处于孤独中的姬鑫成有了一种安慰。于是姬鑫成脑子一热，就把珍儿姑娘带到了自己租住的那间屋子里，开始过起了一种安居乐业的家庭生活了。

按说，姬鑫成在特训班受过了严格的训练，知道在一个地方待的时间长了，就会伴有危险出现的，这是作为一名特工人员的最起码的知识。但他这段时间里放纵了自己，他在这个珍儿姑娘身上找到了一种小日子的温馨来。他每天吃着珍儿姑娘用她那双玉葱般的手做出来的烧饼，喝着用黄河水浇灌出来的小米熬出的粥。他浑身松软，不用那么绷紧神经,搂着珍儿姑娘那光滑的胴体,在她的抚摸下慢慢进入梦乡。姬鑫成还发现,自从和珍儿姑娘住在一起,连做噩梦的时候也一下子少了。珍儿姑娘告诉他,自己还念过书哩,都读五年级咧,因为日本人占了河东一带,家里就没法子再供她一个女子去念书咧,说一个女子念书再多也是要嫁人的哩。在他们村子里,她是女子里学问最高的哩。每次说到这里的时候,珍儿姑娘都显出那么一点得意来。姬鑫成在心里也将珍儿姑娘和肖小艳做过比较的,他觉着肖小艳妖一些媚一些泼辣一些,和她在一起的时候,往往是她占据着主动,他是在听她的,就如同一会儿参加军统,一会儿又加入了中共一样。而珍儿姑娘憨实本分,虽然没有肖小艳那么有激情,却让他心里安稳踏实。没有事的时候,他喜欢看着她,就那么看着她在屋子里转来走去,做这做那,给他端茶送水,晚上给他洗脚擦身子。每次都是在服侍着他睡好后,她才悄悄地脱掉衣服,在他的旁边慢慢地钻进来,一点一点地移过来,挨住他,然后他就搂住了她……

她太听他的话了,让她做甚她就做甚,从来都不问一下的。许多时候姬鑫成的脑子里就冒出了这么一个念头来,不去做屎甚特工咧,不再和屎任何人取得联系咧,就这么安安静静地和珍儿姑娘这么过下去!此刻他的头脑里,早已没有家的这个概念了!他甚至已经想不起家里的那个给他生下个儿子的童养媳妇是个甚模样儿了,只模糊记得她那高大的身躯和踩得地面咚咚响的两只大脚板子。

偶尔的时候,他会想起郑光民晃动着油光的脑袋大声讲过的训练大纲:"一个真正的特工人员,对这个世界不应该抱有任何的同情,更不应是一个温情者,我们的手段就是毫不留情地去毁灭……"在特训班听这番话的时候,每个学员的心中都热血涌动,有充满杀戮的冲动,姬鑫成也觉着自己心硬如铁,不会再产生所谓的儿女之情了。如果不是后来发生的那一场生死相搏,他真的要对制定这些训练大纲的正确性产生怀疑了。

　　确切点说,那天傍晚姬鑫成感觉就不好,就感觉有事情要发生。若在平时,他都是上午出去买《河东日报》的,可这些日子他有点恋床咧,有点恋着和珍儿姑娘在一起的温馨日子。有时候,一个晚上都在她的身上动作着,这也难怪,姬鑫成和珍儿姑娘都正处于如狼似虎的年龄段呢。所以,他们在早晨的时候要睡一个回笼觉,这一觉有时候就睡到了十点多钟咧。但这也不妨碍什么,反正也没有人管着他们,真正是自由自在的了。所以,那天姬鑫成去买《河东日报》的时间就改在下午了。看了报纸后,仍然是没有一点信息,他就感到了一种烦躁和着急。虽然这并没有真正影响到多少他的情绪,他还是保持了一个特工应有的警惕性,没有直接从福致路回自己的住处,而是绕了一个大圈子,让黄包车拉着自己来到了与福致路相交的禹西街上,然后又从那里步行穿过去。这也是特训班教员们一再强调的,在任何时候都要像只警觉的猫。也就是在禹西街口,两个巡逻的伪警察叫住了他,盘问他是哪里人,并对他进行了搜身。他庆幸自己没把那把"掌心雷"带在身上了。当然,对付这么两个伪警察,就算在以前,姬鑫成也根本不当回事的,何况现在他还是一名经过培训的特工,那更是小菜一碟了。不过,姬鑫成已不是一年前的混混了,他知道了在什么场合要低头,要沉住气,要隐藏自己。所以,他很认真地回答了伪警察的提问,很配合地让他们搜了身。就在他快走到自己住处的时候,他突然发现原本热闹的街头变得冷清了许多,许多摊点儿过早地收摊了。

　　为什么?发生了什么事情?姬鑫成感觉不好,好像有甚危险正在逼近着!就在这时,街对面的一棵大树后面有个人影闪了一下,他停住脚步,弯下腰系着鞋带儿,注意着大树后面的动静。一会儿,有个人影儿闪了出来,是个半大的孩子,边提裤子边一溜烟地跑开了。

姬鑫成长出了一口气，然后迈开大步往自己租住的那间房子走去。今天的小巷子里也有点怪，出奇安静，太阳早已不见了，风也有点凉。姬鑫成心头的那种不好的感觉似乎愈来愈强烈。他不由加快了脚步。当他敲开门时，心里又是一跳，珍儿姑娘的神情说不出是意外还是期盼。是不是自己太紧张咧？他看着珍儿姑娘，倏忽间觉着她的脸上有了些细微的变化，是变胖了还是变肿了？咋这些日子里就没有注意到呢？

　　珍儿姑娘过去关上了门，然后利索地往屋子中间那张简易木桌上摆放了半盆温热的小米粥和两小碟潼关酱菜，姬鑫成一直绷紧着的神经才松弛了下来，尤其是当珍儿姑娘又端来了一盘子拌着黄黄的芥末和红红的辣椒油的凉粉时，他的心才算是彻底地放下了，不由自主地说了一句："真的是神经过敏、草木皆兵咧！"

　　这凉粉在拌芥末时是非常讲究的，这也是河东凉粉的一大特点，也是凉粉好不好吃的一道关键工序。拌多了，辣呛人哩，有时候呛得你鼻涕眼泪一齐往下掉；拌少了，也就没有了那股子辣呛味，失去了特色啦。所以在河东一带有这样的说法，吃凉粉也就是在吃芥末哩。而珍儿姑娘恰恰在拌芥末上很有一套，拿捏得很有分寸。看着她在那调味盘里就那么一点一点地放，似乎所有的料多少都一样，其实差别是很大的。所以，姬鑫成就特别爱吃珍儿姑娘给他拌的凉粉儿。他觉着，每天能吃上一碗由珍儿姑娘拌得匀匀的凉粉，那真的是舒坦极咧，简直是人生的一大享受哩。

　　姬鑫成每天就是用这种欣赏的目光看着珍儿姑娘忙碌，当珍儿姑娘给他盛好小米粥端到他跟前，他伸出手要揽她的腰。她却犹豫了一下，一反常态地躲开了，走到窗前，看了一眼外边，有点迟疑地放下了白碎花蓝窗帘，然后转身坐在他的对面，看着他一口一口地喝粥，眼睛一眨也不眨。那副纯真的模样儿，真让姬鑫成喜欢。

　　当然，更舒坦的还是每天躺在珍儿姑娘的身旁，让她那嫩葱般的一双玉手在全身轻轻滑过。当那双玉手轻柔地碰到那个部位时,那个部位就是一阵战栗。可是,今天珍儿姑娘给他拿捏时,他却没有了那种感觉,身上不知怎的泛起一阵酸疼来。尤其是当珍儿姑娘的手捏到那个地方时,竟没有了轻重。他疼得叫了一声,欠起身来,轻声问道:"咋啦?你今天是咋啦?"

她回过神来,有点怔怔的欲言又止。他这回确实看到了她的恍惚和魂不守舍。

他还发现,那台用来做饭的炉子不知什么时候搬到屋子里面了,就放在门口,旁边还扔着几截铁丝。他记得炉子原来是放在门口的窗台旁边的,珍儿姑娘说炉子放在屋子里烟大煤气味儿重,熏人哩。

他加重了语气,说:"你今天是咋回事?出甚事咧?咋把炉子也搬进屋子里,不嫌热么……"

珍儿姑娘突然如同发了疯一般从床上跳了起来,对着姬鑫成喊道:"你、你快跑,快跑——"

姬鑫成刚放松的神经顿时又绷紧了,本能地把手伸到枕头下面,去摸那块金属块。谁知摸了个空,他一下子紧张了,把枕头拿掉,发现"掌心雷"不见了。他猛地一把抓住珍儿姑娘的头发,厉声喝问:"枪呢?咋不见咧?你说,到底出甚事咧?"

珍儿姑娘就一下子撩开了自己的褂子,肚子上几道触目惊心的伤痕还没有结疤,有的还在渗着血渍,那分明就是用烧红的铁丝烫的,于是姬鑫成就明白炉子不是珍儿姑娘搬回来的了。珍儿姑娘说:"今个早上,你刚出门,他们……就是那个李大少爷带着人来咧,说是要去杀我爹杀我全家哩。他们打我,逼我,还……他们说只要你回来了一进屋子,就让我放下窗帘……不然,他们就要杀我全家……他们在满屋子里搜哩,就搜起了你的枪……你快跑……"她语无伦次,满脸泪水,发疯一般地把他往屋外推。

姬鑫成听到这儿，一切都明白了。就在这时，他听到从街道上传过来一阵纷沓急促的脚步声，越来越近，分明是往他们这边赶过来。他来不及多想，迅速穿好自己的衣服，又让珍儿姑娘穿好衣服。然后，姬鑫成抓起两条毛巾浸湿了，捂在自己和珍儿姑娘的嘴上，接着从挂在墙上的包里取出一个纸包包，从里面倒出一些粉末末，用水稀释了，倒在门口的炉子里，只听"嗞"的一声，屋子里就弥漫起一股雾气来。

就在这时，脚步声停在了门口，随即门就被脚踹开咧，门上的锁扣儿飞出老远。

其实，那就是一扇很普通的门，只有一个锁扣儿挂着。

本来，那个李大少爷带着人折磨珍儿姑娘的时候，交代她等姬鑫成回来后，就放下窗帘，把门虚掩上。可珍儿姑娘还是把门扣上咧，这样就让他们的突袭变成了先踹门，给了姬鑫成几秒钟的反应时间。等他们把门踹开后冲进来，姬鑫成已经把该做的事情都做完咧。

李三皮带着三个跟班冲进门来，看见姬鑫成和珍儿姑娘痛苦地用毛巾捂着嘴，蜷缩在床脚，不停地抽搐着，像是得了什么重病。

这一下倒让气势汹汹地带着人来找姬鑫成算账的李三皮怔住咧，奇怪地问："咋咧？已经有人要你们的命咧？"

姬鑫成就咕囔着说："我们中毒咧，有人在我们的饭里下了毒。"

那三个跟班围成一个圈，看着他俩痛苦的样子，也不那么紧张了。有一个跟班手里端着一把盒子枪，一看这情形，手也放下了。姬鑫成看到了自己的那把"掌心雷"就拿在那个跟班的手里，一转一转地把玩着，连保险都没打开哩。

李三皮很得意地笑了起来，说："起来么，起来再和我们打么，咋不那么厉害咧？真没有想到还会有人在我们的前面要你们的命哩！"

那三个跟班也跟着笑了起来。

李三皮继续说："今天就是要让你娃知道知道，在河东城里还没谁敢在老虎头上拔毛哩！本来么，今天是想给你娃身上钻几个窟窿眼哩，现在看尿你那个样子，算尿咧！"

姬鑫成用一种十分痛苦的声音央求道："求你们救我们一下么！"

李三皮说："救你们？我今天就是专门来要你们的命来咧，咋会救你们？我要看着你们就这样中毒死哩，死得长展了腿哩。呵呵。"说着话，他就往床跟前走，大概是想往床上坐，却趔趄了一下，差点摔倒在地上。有个跟班就急忙上前想扶他，却突然抽搐了一下，也险些倒下。

姬鑫成看着这一切，就站了起来，仍然用毛巾捂着嘴，咕囔着说："我是说，说救你们哩。因为你们都已经中了毒咧，再过一会儿就都要死咧，就是你刚才说得，长展了腿咧。"

李三皮和那三个跟班闻言，都笑了起来。李三皮说："你别吓唬我们，我们甚都没吃，中甚毒么？你大概是中毒，现在快不行咧，胡说开话哩。"

姬鑫成说："我说你们中毒了，你们还不相信。你们现在是不是全身无力，四肢开始变得有些僵硬起来咧？"

李三皮和三个跟班一听，赶紧活动了一下身子，果然有这种感觉了。那个手里端着盒子枪的跟班，手剧烈地抖动了起来，枪都无力拿住了，啪嚓一声掉到了地上。

姬鑫成就走过去，从那跟班手里拿过自己的那支"掌心雷"，单手打开看了一下弹夹，七发子弹还在。他用枪指着他们几个，然后过去对着珍儿姑娘的耳朵压低声音说："你快到屋子外面去，赶紧喝水，多喝点。"

珍儿姑娘看着他，脸上露出痛苦的神色，说："你呢？"她在说话时拿掉了捂在嘴上的湿毛巾。姬鑫成又赶紧给她捂上，拉起她推出了门外。

李三皮和那三个跟班见状，知道他们真的是中毒咧，而且这会儿也确实感觉到身体在大幅度抽搐。他们就一齐跪在了地上，央求姬鑫成说："哎呀，好爷哩，快救救我们么，我们知道做错咧，惹了爷咧，我们给爷磕头咧！"说着，几个人就挣扎着给姬鑫成咚咚地磕起了响头。有一个跟班刚磕了两下，就一头栽倒在地，嘴角就有白沫冒了出来。

这一下，李三皮和那两个跟班更是吓坏咧，鼻涕眼泪都出来咧，嘴里连叫带哭喊着"爷、大爷"的，央求姬鑫成救他们一命。

姬鑫成这会儿心也软了下来，或者说他这名特工还不够称职，他觉着毕竟都是中国人，不必非得置他们于死地。于是，他就对他们说："要想活命，就用那铁条，在炉子上烧红了，自己在脸上烫，一边一下，赶紧些。你看么，炉子你们不是都搬进屋子里咧？快点，不然，你们可就没救咧！"这样说着，他也退到了门口，把头伸出去，吸着外面的新鲜空气。他看到珍儿姑娘舀起屋外缸里的水，大口地喝着，脸色已经缓过来了。看见他伸出头来，珍儿姑娘就赶紧给他端过来一瓢水来喝。

这时，就听见屋里传出几声狼嚎般的声音，李三皮他们真的用烧红的铁丝相互在脸上烫开了。自己对自己下不了手，就让对方帮忙烫，他们也真能想得出来哩。

姬鑫成喝完了一瓢水，觉着胸前不是那么堵了，就打开了门，让空气扑进来。他站在门口对李三皮他们厉声说："今天这是给你们一个教训。记住咧，今后别在河东城里欺负自己的同胞，否则，随时可以要你们的命！"说完，看着点头如捣蒜般的几个人，说："赶紧滚，回去多喝点水，养几天就缓过来咧。"

那几个人疯一般跌跌撞撞地连爬带滚地扑向屋外的水缸，把头伸进去拼命地喝水。姬鑫成转身招呼珍儿姑娘说："这里不能住咧，咱们换个地方吧。"就拉着珍儿姑娘走出了巷子。

珍儿姑娘说："还有东西哩。"

姬鑫成说："不要咧，都沾染上毒咧。"

后来，姬鑫成才告诉珍儿姑娘，他是一名专门来杀日本人的特工，尤其擅长使用毒药。他这次下的就是生物中的剧毒马钱子草。当他发现自己的左轮手枪"掌心雷"不见时，第一个念头就是试一试马钱子草的毒性。他开始想把马钱子草放入火炉子里燃烧，用烟来使人中毒，但他又怕燃烧会使这种草木粉产生钙化，作用不是太大，便调和成水，泼进炉子里，生成水汽，人若是吸进肺里，比口服还要厉害。中了马钱子毒后，人会产生晕眩、抽搐、无力、四肢僵硬等感觉，重度者就会这样抽搐而死，蜷缩成一团，死相很难看的。

经过了这次事件后，爷爷姬鑫成马上认识到自己犯的错误了。他是来河东城和日本人战斗的，不是来过舒适日子的，不应该沉迷于温柔乡中，丧失了起码的警惕性，最后差点连自己都搭进去。他很快地清醒过来，决定把珍儿姑娘送回到宝鼎镇去，不能让她和自己一起担这些风险了。而珍儿姑娘这一次也吓得不轻，她也知道了姬鑫成的身份，知道了和这种人待在一起，危险会时刻伴在身边的。刚开始，珍儿姑娘还表现出一往情深的决绝，表示可以和姬鑫成共生死。但姬鑫成耐心地开导她说，有她在身边，反而让他放不开手脚，时时得考虑着保护她，无形中限制住了他的行动。她在身边，只能是一种负担，是一种累赘。珍儿姑娘也明事理，不是那种胡搅蛮缠的女子，听他这样一说，就很听话地离开了河东城，回到了宝鼎镇上。在离开的时候，姬鑫成又给了她一笔钱，说如果她还愿意去念书，就可以用这笔钱到县城里继续念下去。

3

日子在无所事事中飞速逝去，眼看着秋天就要过去，冬季就要来临了。

姬鑫成送走珍儿姑娘后，便离开了福致路这一带，另租住处。尽管那个李三皮被他用毒药吓跑咧，但等他缓过劲来，难保他不再找上门来报复，说不定还会引来日本人哩。正当他在寻找合适的房子的时候，有人找上门来，说已替他租好了房子。来人戴着一副宽大的墨镜，几乎把半张脸都遮住了。对于姬鑫成来说，人的眼睛一旦看不到，这个人就显得神秘起来。

姬鑫成问道："你是谁？"

墨镜说："我是谁并不重要，重要的是我身后那个让我替你租房子的人，他可是非常关照你呢。"

姬鑫成问："那么，他是谁？"

墨镜就蘸着碗里的水在姬鑫成屋里的那张桌子上写下了一个名字：周也夫！

姬鑫成这才知道周也夫到了河东城，而且开始指挥他的行动了。这样一想，他的心头泛起一丝微微的激动来，但是脸上并没有什么神情，只是问了一句："有具体任务么？"

墨镜说："你先住下来。任务下一次会交给你的。"

姬鑫成忽然想起一件事来，说："你知道肖小艳少校在哪里么？"

墨镜怔了一下，说："我不认识肖少校，所以不知道她在哪里。"又严肃地盯了他一眼，说："你不应该打听的。"

姬鑫成说："我是觉着，一个人租房子住，时间久了难免会引起一些怀疑来，要是有个伴儿，就是两口子一块住着，就合理些哩……"

墨镜听着，大概觉着姬鑫成说的也是理由，就说："这事我定不下来，我给周站长汇报一下再说。你赶紧先搬过去住下来，然后找个合适的活儿干着。"说完，就迅速离开了。

新租的房子位于河东城西面的汾水路上，是一幢二层楼房，虽然破旧了些，但比起那些平房来，还是鹤立鸡群的。姬鑫成的房间在二层，是个套间，屋子里有单独的卫生间和洗脸间，这在当时是非常豪华的。住在这里的人员成分看上去很杂，各种人物都有，有在河东城里做生意的，也有上班族，这些都是可以分辨出来的。穿着西装的，基本上都是上班族，有工作在干；而穿着随意的，就是甚人都有啦，说不定还有小偷哩。姬鑫成自己解嘲说，我不就是个特务么！

就在姬鑫成租住的这幢楼房的对面，还有一幢三层的楼房，显得比较豪华些，不知道住些什么人，但能看到有小汽车出出进进的。

楼房后面是那条让河东人引以为自豪的汾河，河面不宽水流也不急。河水缓缓地流着，看不到一点涟漪，让人误以为就是一潭死水哩。河水绕过了这两幢楼房，在通往河东城里的路上就架了一座木头桥，能让一辆马车通过。汾河的对岸是大片的庄稼地，有干枯了的玉米秆和高粱秆。放羊的汉子把羊赶到玉米地里，悠闲地跷着腿躺在河边唱着"乱台"。

姬鑫成听着放羊汉子唱"乱台"，就想起了肖小艳，她唱的眉户戏真是好听着哩，也不知道她现在在哪个城市里呢？还有"怡红院"，现在还开办着么？那个万太礼是不是还在那里当老板呢？这样想着，姬鑫成的心里就蠢蠢欲动，想到"怡红院"看一看去。

正如郑光民和周也夫他们所看中和肯定的，姬鑫成确实是个特工奇才，一旦接受了上级的任务和安排，就不折不扣地执行着。他能够克制并约束自己的欲望，这也是他和普通人不一般的地方。"松鼠"交代他不得和任何人私自联系，他就这么老老实实地一个人待着，既不去看望一下近在咫尺的老爹，也不找熟人朋友，更没有跑到自己的老家去。除了和珍儿姑娘的那段短暂的罗曼史后，他一个人耐心地等待着指示，等待着来和自己联络的人出现。

好在他并不缺钱用。

现在，军统和自己联系的人出现了，但却没有交代任务。这些他也明白，是要他先安定隐蔽下来。

他每天雷打不动做的一件事是买当天的《河东日报》，而且只看报缝里的"寻人启事",很细心地从头看到尾,有时候还要看好几遍,直到确认报纸上没有和自己有关的信息后,这才放下报纸,然后站在二层楼的后面窗户前,看着汾河,发上半天愣。有时候,他还会在心默念一下汉武帝刘彻的那首《秋风辞》:

  秋风起兮白云飞,
  草木黄落兮雁南归。
  兰有秀兮菊有芳,
  怀佳人兮不能忘。
  泛楼船兮济汾河,
  横中流兮扬素波。
  箫鼓鸣兮发棹歌,
  欢乐极兮哀情多。
  少壮几时兮奈老何!
  ……

  这天早上,姬鑫成刚打开房门,就又看见了那张戴着墨镜的脸。
  他告诉姬鑫成,就在他租住的这幢二层楼房对面的那幢显得比较豪华的楼房里,住着一伙日本人。这些日本人实际上都是日本特高课的特工。他们公开的身份是日本在河东的盐田株式会社的员工,这既是个疯狂掠夺河东城有名的潞盐的一个公司,又是特高课的一个派出机构。这些现象姬鑫成也注意到了,那幢楼房里的人似乎不是有钱的就是有身份的,出入不是坐黄包车就是坐小汽车,都挺招摇。
  墨镜说:"我们有一名同志已打入他们内部了,是一名二十岁的年轻女同志,是个电报接收和发报员。你的任务就是和她进行联系,负责传递情报,同时负责保护她。"
  姬鑫成说:"我还不认识她哩。"
  墨镜说:"她的代号是'布谷鸟',你的代号是'夜来香'。她会吹口哨模仿布谷鸟的叫声进行接头。你先想办法和她取得联系，接上头，然后由你不定期地传送情报。至于如何接上头，你自己想办法。有一点可以告诉你，她是当地人，你也是当地人。"

姬鑫成觉着自己在特训班里学的都是如何杀人的本领，说白了，自己就是一个杀手。叫一个杀人的人去保护一个人，听着都有点别扭。

墨镜似乎看出了姬鑫成的心思，说："这种保护，并不一定就是一定让保护对象活着，关键是要保护住秘密来。有些秘密比命还重要，绝不能让敌人得到。"

姬鑫成似乎有点明白了。

这天，姬鑫成去买《河东日报》回来，发现在楼下靠近汾河桥边不知什么时间出现了一个卖凉粉的摊子，自然与凉粉摊配套的还有一个烤火烧的炉子。那个卖凉粉和烤火烧都是一个胖男人，长得不太高，头上戴着一个大草帽，遮住了大半个脸，弯着腰在烤火烧的炉子跟前忙乎着，只见他在给客人抓完凉粉后又戴上一副帆布手套去烤火烧，动作熟练利索，都不耽误。他看到人就打招呼，让人去吃他的凉粉。嘴皮子挺利索，不住口地念着瓜句儿吸引过路行人驻足：

摆个凉粉摊摊，胜过当那官官。吃咱凉粉凉面，能坐金銮宝殿。

罗罗面，筛筛面，筛到舅家门跟前，舅舅给你两毛钱，吃碗凉粉解解馋。辣子辣，芥末生，就个火烧不要钱。哎呀哩，掌柜的，我这只是说嘴哩，你真不给钱我可吃甚哩？

他还能说河东"十大怪"："河东有个十大怪，我这搭只能说大概：撅尻房子半边盖，凳子不坐蹲起来，女人的头巾男人戴，老汉爱系红裤带，馍馍蒸得像锅盖，面条擀得像裤带，吃面条还把馍馍带，凉水泡馍来得快，油泼辣子算一个菜，能干叫'挣'羞叫'怪'，好不说好叫

'美得太'。我再加一个是：凉粉就火烧香得太。"

姬鑫成远远地看了一会儿，就被他不停地说道吸引住了，脚步不由得停了下来。那卖凉粉的一看他站下啦，就赶紧过来招呼他坐下，说着话就开始忙活了。一眨眼的工夫，他就把凉粉搁到了姬鑫成的面前，递过来一个烤得焦黄焦黄的热乎乎的火烧来。

就在姬鑫成伸手接过火烧的那一刻，他一下子愣住了，原来那卖凉粉的竟然是胖子张明生。张明生早就认出了他，先对着他挤了一下眼睛，然后就冲着他伸出左手的大拇指和小手指晃了晃，随即伸进嘴里学了两声松鼠叫。顿时，姬鑫成浑身就打了一个激灵，心就剧烈地狂跳了起来，一口刚吃到嘴里的凉粉既咽不下去也吐不出来，脸憋得通红了。

胖子张明生看他这样子，就笑着说："慢点吃，就着火烧吃，就不噎咧。"说着话，就凑到了姬鑫成的跟前，看着他大声说："小伙子，我看你每天东游西逛没个正事，还不如咱俩合伙来卖凉粉哩。我正好缺个帮手哩。"

听张明生这样说，姬鑫成就心里就明白了张明生的身份。他要和自己合伙卖凉粉，让自己帮他的忙，为的是方便联系，也好交代工作。但他心里又有点疑惑，不是说好了在《河东日报》的"寻人启事"一栏进行联系的么，咋改成直接联系咧？怀疑归怀疑，但闲散了这长的时间，急于和组织接上头的迫切心情让他还是认可了眼前的张明生就是组织派来和自己接头的。于是，他咽下了嘴里的凉粉，痛快地答应道："行么，挣钱多少先不管，能每天吃凉粉咧。"

张明生就说："那好，你吃完凉粉就开始干，先帮着烤火烧，再学着抓凉粉。"

姬鑫成三两下把凉粉和火烧塞进嘴里，用手抹抹嘴，说："说干就干么，开始吧。"

于是从这天开始，姬鑫成就成了河东城汾河路上一个卖凉粉和烤火烧的小伙计了。

张明生一边教姬鑫成烤火烧，一边低声说："赛冬一，我现在只能叫你的代号咧，中共河东特委派我来和你接上关系。你从现在开始，恢复组织关系，并接受我的单线领导，由我直接和你联系。"

姬鑫成没想到事隔一年多之后，他竟和张明生之间调了个儿。以前他是河东城里的少爷公子，是头儿，胖子张明生只是他的跟班，而现在倒变成张明生来领导他咧。但他只能是服从组织的安排，认真地点头说："是，张老板。"说完，他又疑惑地问："我离开重庆的时候，'松鼠'交代我在《河东日报》上登寻人启事进行联系，咋又直接进行联系了？"

张明生说："那个联系方式被敌人查获了，废咧，我们在《河东日报》里的人也被捕牺牲了。现在情况有点紧急，特委一直找不到你，和你没法取得联系。没有办法，我才装扮成个卖凉粉的，在全城找寻你，都换了好几个地点咧。我知道你特别爱吃凉粉哩。虽然这个办法笨了些，但我相信一定能联系上你的哩。这不就联系上咧！"说完他得意地笑了一下，说："功夫不负有心人么。"

姬鑫成说："你现在嘴巴咋一下子能说咧？在哪儿学得么？而且，你比以前又胖了不少么，都吃些甚？不会光吃凉粉吧。"

张明生得意地说："心情好么，人就容易胖哩。我告诉你，我在延安上的真是延安公学，可是有不少大人物都来给我们讲课哩，有林彪、贺龙、邓小平、张闻天、周恩来，还有专门负责我们学习的李克农，那可真是个大特务头子哩。噢，我还见了一回毛泽东，就是我们毕业的时候，他来接见我们，说我们都是当代精英哩。当然，我也真的学到了不少知识哩。你呢？听说你被他们带到重庆，也上学咧。"

姬鑫成淡淡地说："哦，我上了个特训班。"

张明生问:"甚特训班?和延安公学一样么?"

姬鑫成不想谈这些,就岔开话问:"那天晚上你是咋着逃走的?"

张明生迟疑了一下说:"我那天晚上打昏了那个想杀我的特务,然后想去救你哩,却发现他们看着你的是好几个人。没办法,我就又去找那个护送我们的,却根本找不见,怕是被他们杀尿咧。我就在马厩里躲藏着,想等他们睡着后找人救你,却没想天还没亮,你就被他们用汽车拉走咧。没办法,我这才自己一路要饭,总算是到了延安……哎,头儿,你看我现在是不是显得很成熟了?"他说着,不住地用手在下巴上摩挲着。

姬鑫成这才注意到,张明生留上胡子咧。

张明生看到姬鑫成在看他的胡子,就说:"留上胡子,人就显得老成些咧,是不是么?其实,我是到这儿执行特殊任务的。"他也告诉姬鑫成,对面那幢楼房里,实际上是日本驻河东城特高课的一个外派机关,专门负责收集情报的。里面有军统打入的情报人员,也有中共地下人员。中共河东特委知道和这名军统情报人员进行联系的是他,所以安排他在获取情报后,同样也给河东特委一份。

张明生告诉姬鑫成,打入敌特机关的这名军统情报人员是个女孩子,平常特别喜欢吃凉粉。这也是他化装成卖凉粉的一个目的,若还寻找不到他,就计划暂时由他想办法和这名女孩子试着进行接触:"这也是没有办法的办法咧。现在好了,这任务就交给你咧,包括这凉粉摊。"

姬鑫成问:"你不是说和我合作卖凉粉么?咋这么快就不干咧?"

张明生说:"两个大男人卖凉粉目标太大咧。从明天开始,这凉粉摊就交给你自己经营咧,不过,我会在每星期三定期来你这儿吃凉粉的哩。记住咧,我的代号就是'胖子'。"这就是说他会定期来和姬鑫成进行联系的。

姬鑫成这个当年游手好闲、晃悠在河东城里的浪荡公子，今天竟然老老实实地在河东街头摆开了凉粉摊摊，卖开了凉粉和烤火烧来。真做起事情来，倒也是很认真的。他先是给自己了做一身"行头"，白上衣，白帽子，白围裙，穿戴起来，倒也蛮像回事儿的。因为进入了冬季，他又请人制作了一个蓝色的大帆布棚子，把凉粉摊三面罩了起来，这样既可保温，又能挡住河东城里冬季里刮起的黄土风沙，俨然一个小饭亭。后来，胖子张明生来看了一次，不由啧啧着嘴说："头儿，还是你能行哩，做起甚来都像那么一回事儿。"

姬鑫成认真地说："你要是凑合着，别人又不是憨瓜，就看不出来你是在凑合么？"

张明生就连连点头，说："说得对哩，我们做这一行，可是不能有半点差池哩。我在延安公学里就听他们讲过的……"

墨镜也来过，看到姬鑫成的凉粉摊，一下子就明白啦，说："当地人都很爱吃凉粉的，这还真是一个绝佳的接触手段。难怪周站长一直夸你，说你是个特工奇才，看来名不虚传。"不过，他吃了一碗姬鑫成调拌的凉粉后，皱着眉头说："太呛了，那芥末味太重了。"

姬鑫成说："那是你还没有吃习惯，我们这里的人就喜欢这芥末味儿哩。"

墨镜有些疑惑地说："你一个人，又要卖凉粉又要烤饼子，忙得过来吗？我请示一下，给你派个帮手，派一个合适的帮手，来帮帮你……"姬鑫成以为他只是随意那么一说，也没在意。

河东一带流行这么一句话："只要盖起了庙，就有来烧香求神的哩。"这儿摆起了个凉粉摊，那来吃凉粉的顾客也就渐渐地多了起来。姬鑫成租住的这幢楼房里本身就杂人不少，而且对面楼房里的人也过来吃，并且还有操着生硬的中国话的日本人。看起来他们也并不富足的，经常只是一小碗凉粉，再要一个火烧。姬鑫成抓凉粉分大碗、中碗、小碗三份,价钱也不一样。姬鑫成在给那些日本人抓了几次凉粉后,看他们踌躇再三,最后还是选个小碗凉粉,打心眼里瞧不起,就干脆不管他们要小碗还是中碗,一律抓得满满的,这让那些日本人很感动,不停地在吃完离开时弯腰鞠躬,嘴里说:"玛考道尼哇,高扎义玛斯(非常感谢)。"后来时间一长,大家慢慢都知道了这个眉清目秀卖凉粉的年轻老板姓赛了,卖凉粉慷慨大方,许多穷人买不起火烧,他就慷慨送一个,说天气太冷咧,光吃凉粉会坏肚子的。那些日本人则每次来吃凉粉,都先夸奖半天老板,净拣好听的恭维话说。有个叫池田的总是先鞠一个躬,说:"赛的,大大的朋友。你的大大的发财。"然后就心安理得地挑大碗的凉粉吃,走时只给小碗凉粉的钱。

姬鑫成就在心里骂:"照你们这样子吃下去,我咋着发财?发尿个财哩。"但面子上还是笑脸相迎,说:"好的好的,欢迎光临。"

这一段时间里,不管是军统方面还是中共方面,谁都没有来和他进行联系,姬鑫成觉得自己真的成了一个卖凉粉的了。

有一天,凉粉摊前来了一家三口,中年男人的个子不高,彬彬有礼,上嘴唇上留着一撮小胡子,一看就是个日本人。但他的中国话说得很流利,不仔细分辨根本听不出来。和他在一起的是两个女人,那个中年女子看上去就是他的妻子了,打扮却像是个中国妇女,头发在脑后挽了个髻儿。她很恭敬,每说一句话都要弯一下腰,满脸的笑容。那个年龄小的肯定是他的女儿了,说着流利的中国话,看上去有十多岁的样子,乖巧可爱,但却很瘦很单薄,像是一阵风就可以吹跑的那种。中年男人要了一碗凉粉和一个火烧,都端给女儿,然后夫妻两个就一边一个坐在两边全神贯注地看女儿一口一口地吃。那场面相当温馨,姬鑫成看见了,心里忽然涌出来一种感动,同时又有一种失落。

姬鑫成注意到,在这一家三口过来的时候,正在凉粉摊上埋头吃凉粉的几个对面那幢楼里日本人,忽然间都不见了,有的只吃了个半截,丢下半碗凉粉在那里,连钱也没付。姬鑫成就在心里猜测着这个男人的身份。

这时,那个女孩子吃完了凉粉,有些心满意足地看了姬鑫成一眼,然后扭头对她妈妈说:"好吃,真好吃的哩。"

她妈妈就对着姬鑫成低了一下头,说:"谢谢,麻烦你了。"

那男人就掏出一张大钱来给姬鑫成。姬鑫成看看那张大钱,就说:"小本生意,还没卖到多少钱哩,找不开零的,算了吧。"

那男人就说:"既是小本生意,咋就能算了?"他想了一下,就又对姬鑫成说:"这样吧,我把这张钱存在你这里,以后由我妻子陪我女儿自己来你这儿吃凉粉,你负责照顾一下她。我很忙的,不能老陪着她们来。等这些钱快用完时你告诉我妻子,我再给你结账。你看这样行不行?"

姬鑫成就点了几下头,连声说:"行么,当然行。"就接过了那张大钱来,认真地正反两面都看了看,然后小心地装到了围裙里面的棉袄口袋里,还略压了压。做这些的时候,他敏锐地感觉到,那个男人一直在注视着他的一举一动。等姬鑫成做完这一切,那男人又说:"记住,我女儿叫高秋兰。"

姬鑫成就在心里念叨一下:"高秋兰,秋天的兰花,非常高洁哩。"他很认真地对他点了一下头,看了看那女孩子,说:"记住咧。"

那女人对姬鑫成鞠了一躬,说:"麻烦你啦。"又对那女孩子说:"以后再来,要叫大哥哥啦。"

那女孩子就有那么点害羞般地点点头,看着姬鑫成,认真地点了一下头,嘴唇动了动,却没发出声音来。

姬鑫成的心里顿时就涌出一阵很复杂的情愫来,他已经猜测出这一家子都是日本人,而且这个中年男子有可能就是这个盐田株式会社,也就是这个特务机关的头子。面对这个女孩子那纯真的眼睛,那充满甜蜜的害羞的神情，姬鑫成的内心里充满了感动。他情不自禁地又从炉子里拿出一个热乎乎的火烧，递到了女孩子的手里。

女孩子迟疑着，想要，却不敢接，看着那中年男人。那女人一见，就说女孩子："快谢谢大哥哥啦。"

女孩子这才接过了火烧，又是那么羞羞地看着姬鑫成一笑。姬鑫成觉着那笑容能把人心融化了。

等那一家三口离开后，刚才吃凉粉的那几个日本人不知道从哪里又一下子冒了出来，坐在原来的位子上继续吃他们刚才剩下的凉粉。

姬鑫成就奇怪地问他们，刚才那一家三口是什么人？你们咋如此怕他们？

一个叫中村的年轻日本人头也不抬地说，那个男人就是盐田株式会社的社长，叫高桥本太郎。那女人是他老婆，叫横田美枝子。他女儿叫高桥幸子。"我们都是他的手下员工。他很严厉，我们这些手下都有点怕他。"

姬鑫成没有再问，怕问多了他们起疑心。姬鑫成确认了他就是这个日本特务机关的头目，而他在姬鑫成的身上存了一张大额票子，因为他的女儿高桥幸子，中国名字叫高秋兰，要来姬鑫成的这个凉粉摊上吃凉粉。

在后来很长一段时间里，姬鑫成并没有听到布谷鸟的叫声，倒是这个高桥幸子，也就是高秋兰，会隔三岔五地来到凉粉摊吃凉粉。她并没有像她妈妈教的那样喊姬鑫成"大哥哥"，而是羞羞地笑着站到凉粉摊前，姬鑫成发现了她，就赶紧给她抓凉粉烤火烧。吃完后，她站起身，鞠一下躬，然后转身离去。如果不是那几个盐田株式会社的日本员工提醒，没有人知道高秋兰是个日本小姑娘。后来姬鑫成就知道了，这个高桥本太郎已经来中国许多年了，先是在东北，名义上一直是个商人。

"七七事变"后来到华北,日军侵占河东城后他就跟着来了,名义上依然是在做生意,只不过是一种掠夺般的"生意",把生长在河东大地上的棉花等农产品用极低的价格集中收购后打包运向他来时的那个岛屿上,把河东著名的潞盐用一列列火车往海边运,然后又用大轮船运回他们的小岛上。说白了,他们来到别人的国家就是来抢掠的。而高秋兰是在中国出生的,她从小就生长在中国,吃的是中国菜,说的是中国话,眼睛里看到的是中国的人和事儿,所以她比中国人还像中国人。姬鑫成注意到她剪的是一个童花头,额前是十分齐整的刘海,刘海下面是一双单眼皮的大眼睛,看人的时候总是稍微带出一些羞涩来,像极了河东周围一带的那些待阁闺中的乡下女孩子。

姬鑫成感到,在高秋兰的身上,有一种甜甜的味道。这种味道虽然闻不出来,却能感觉得到。

高秋兰确实很爱吃凉粉就火烧,她一次可以吃一大碗凉粉和两个焦黄的火烧,有时候甚至吃三个。她的胃口让她的母亲横田美枝子感到吃惊。姬鑫成看得出来,横田美枝子有时候想阻止高秋兰不要一下子吃那么多,可又不忍心,只好悄悄地告诉姬鑫成,让他把火烧做小一些,当然,她还是一样付钱的。姬鑫成没想那么多,他不在乎钱。他在心里说,只要高秋兰喜欢吃,他想吃甚样的他都可以做。于是,他专门给高秋兰烤一种小的,比一般火烧小一半的那种,还在上面烤出些花样来,比如烤出小狗小兔小鸡,让高秋兰每次拿起火烧就兴奋异常,告诉她妈妈说:"我今天要吃掉一只小鸡和一只小兔。"

高秋兰来凉粉摊的次数很明显地在增多,原来一个星期她只来一次,后来渐渐成了两次,再后来一个星期竟然来了三次。第三次来的时候,姬鑫成先是远远地看到高秋兰和一个女子走了过来,他以为仍然是她妈妈陪着她的。可等她们到了跟前,他的耳朵里忽然清晰地听到了布谷鸟的叫声,不,是口哨声。

姬鑫成猛然抬头一看，愣住了。原来这次陪着高秋兰来吃凉粉的不是她妈妈横田美枝子了，而是一个年轻的姑娘。那姑娘竟然是珍儿姑娘！

更让姬鑫成吃惊的是，类似布谷鸟的叫声的口哨，就是从珍儿姑娘那小巧的嘴里看似随意吹出来的，在不断刮着的西北风里，布谷鸟的叫声也有点断断续续的。

珍儿姑娘是被军统少将周也夫发现看中的。

其实，就在姬鑫成和珍儿姑娘之间发生的那么一段罗曼史的过程中，周也夫就注意上了珍儿姑娘的。实际上，姬鑫成自潜入河东城里后的一举一动，都处在军统的监控之中，他们是在观察他是否真能够按照一个特工的素质严格要求自己。对于他和珍儿姑娘的相处，周也夫虽是知道的，但却是放任的。姬鑫成的行为，他理解，毕竟姬鑫成是个血气方刚的年轻人，他主要看姬鑫成最后如何处理这件事情。在这过程中，他以一个老牌特工敏锐的眼光，发现了珍儿姑娘对数字有一种特殊的超乎寻常的天赋，对所有的数字都是过目不忘。他在一次跟随观察姬鑫成时，发现珍儿姑娘对每一个吃凉粉的顾客吃了几碗凉粉和几个火烧，该收多少钱，无论时间长短，全在脑子里清清楚楚地记着，一丝儿也不乱，就是事隔几天后的数字，她依然记得很牢，不会出现丝毫差错。所以她的老爹只是埋头在烤火烧，根本就不管收钱，对女儿非常放心。后来，珍儿姑娘回到宝鼎镇后，周也夫派了两名特工背着一部电台跟随到宝鼎镇，又对珍儿姑娘进行了一段时间的观察，肯定了自己的判断。于是，那两名特工协助珍儿姑娘组织起了黄河抗日支队，利用那部电台侦听日军的电台呼号，得知了日军进行扫荡的消息，又组织了一次我方无一伤亡的伏击战。就这样，他们先让珍儿姑娘对这个用数字传递情报的铁壳子产生了兴趣，一步步地将她引入军统这条船上了。随后，他们对珍儿姑娘进行了短期灌鸭子般的培训，恶补无线电知识，也多亏珍儿姑娘念过五年书，加上脑子确实聪灵，很快就能胜任工作了。然后她带着任务打入了这个日军的谍报机关，并且当上了报务员。

不过，确切点说，她是考入的。因为日军特高课的这个外派机构、名义上的盐田株式会社那一段时间在河东城里公开招考报务员，军统也是看中了这个机会才安排珍儿姑娘去报考的。结果，仅仅恶补了一个多月无线电知识的珍儿姑娘，除了在译电方面略差一些外，发报和收报都名列前茅。虽然盐田株式会社对她的背景进行了调查了解，但军统里的造假高手早就给她准备好了一套有利于日本人需要的材料出来，并且安排好了周围环境，确保万无一失。

对于周也夫他们一再宣传的革命，珍儿姑娘是一知半解的，甚至有一种越听越糊涂的感觉，但她对抗日杀敌这一条是明白的，所以也就很高兴很尽力地投入其中去了。

从这一点上来说，那会儿在中国有千千万万个像她一样的普通人，心目中并没有多么崇高的目标和多么远大的理想，只是一个很普通的目标，就走了革命的道路。比如姬鑫成，就只是因为肖小艳，为了去讨好一个美丽异常的女孩子的欢心，从而成了一名职业特工。

就在珍儿姑娘被盐田株式会社正式录用后，周也夫认真地给她谈了一次牺牲的问题。他告诉她，既然投身了这个抗日杀敌杀倭寇的壮烈事业，随时都有可能牺牲自己的生命，所以，思想上必须做好牺牲的准备。在给珍儿姑娘谈这些的时候，周也夫脸上表情严肃异常，甚至可以说包含着一种献身的悲壮。他还给珍儿姑娘朗诵了一首古诗："风萧萧兮易水寒，壮士一去兮不复返。"告诉珍儿姑娘，如果这样牺牲了，就可以流芳百世，全河东城的人都可以记住她的。就在周也夫口干舌燥地讲了半天后，珍儿姑娘却充满天真地对他说："我不怕死的，可我很怕疼的。"

周也夫被她的话弄得有点愣，思考了一下才反应过来她话里的意思，就小心地问："我明白了。你是说你不怕牺牲，却怕被敌人严刑拷打，被敌人折磨。是不是这样？"

珍儿姑娘就点了点头。她是在那次被那个李大少爷李三皮毒打，又用烧红的铁丝烫她，要她交代姬鑫成去向的时候，发现自己是经受不住被人折磨的。其实，这并不是珍儿姑娘一个人的弱点，许多人都是这样，不怕死，却怕没完没了地遭受折磨，那才是真正的生不如死哩。所以就有这么一句话，叫"死罪好受，活罪难熬"。

周也夫锐利地盯着珍儿姑娘那天真的又沉静如水般的娇美面容，好半天才用低沉的声音说："你放心，我会安排人保护你，不会让任何人去折磨你的！"

珍儿姑娘相信了他的话，但她还是很认真地说："如果，如果我的身份真的暴露了，你赶紧派个人来把我杀了，这样我就不会受折磨，也就不会当叛徒了！"

周也夫听着，脸色阴沉，什么话也没有说。

珍儿姑娘确实如同周也夫评价的，气质沉静如水，对数字有一种特殊的天赋。所以她很快就在盐田株式会社正式从事发报员的工作了。那每天看上去收报发报枯燥无味的数字游戏，让珍儿姑娘非常兴奋。她总是稳稳当当地安心坐在那里，认真地工作，和其他几个女报务员总是常有微词不同，面对按键和数码丝毫不会产生倦怠之意。时间不长，她就融进了盐田株式会社的那群人中间，这中间有日本人，也有许多中国人，大家都亲热地叫她"电报女郎"。就连平时那个总阴着一张脸的社长高桥本太郎也渐渐地信任起她来，觉着这个中国姑娘就如同她那个破落的财主家族背景一样，念不下去书了，于是到这儿挣些钱来给自己置办一套比较满意的嫁妆的，这几乎是所有中国女孩子的追求。

在没有收发报工作时,珍儿姑娘喜欢一个人在这个神秘的被封闭起来的院子里转一转。这幢楼房在外面看和别的楼房没有什么太大的区别,但人一旦进到里面就会发现,里面的管理非常严格,门口除了有门房门卫外,还有暗哨,这些门卫和暗哨的身上都带着枪的。所有进出这座院子的人员都有一张胸卡,也就类似于通行证了。但在楼房里工作的中国人和日本人的胸卡颜色不同,日本人的都是白色的,上面画了个红坨坨,就是他们插在楼房顶上那面旗子上的坨坨。而中国人戴的胸卡是蓝色的,没有那个红坨坨了。珍儿姑娘在一个人转悠的时候,就认识了高秋兰,也就是高桥幸子姑娘。她俩一见面,就互相喜欢上了对方。高秋兰要珍儿姑娘陪着她玩捉迷藏的游戏,珍儿姑娘看着高秋兰那双略显忧郁和孤独的单眼皮眼睛,很高兴地答应了。而高秋兰的妈妈横田美枝子惊喜地发现,她的独生女儿高秋兰在和珍儿姑娘玩捉迷藏的游戏时,突然爆发出了小鸟一般的欢叫声来,脸上的那股忧郁和孤独表情一下子消失了。于是,她告诉了丈夫,让珍儿姑娘没事时多陪高秋兰玩,因为她们两个都还确实是小姑娘呢。

所以,这天,高秋兰想吃凉粉和火烧了,珍儿姑娘就陪着她来了。门卫和暗哨都知道高秋兰的身份,没有人敢拦她,也就没有人敢拦珍儿姑娘了。

3

此刻,站在姬鑫成凉粉摊跟前的珍儿姑娘没有了那两根飘舞的大辫子,而且留了齐耳的短发,显得很文静。她穿着很朴素,一身整齐的黑色制服,胸前吊着个蓝色的牌牌,虽然失却了她在卖凉粉时的那股子活泼灵气,却多了一种沉稳。

珍儿姑娘陪着来的高秋兰则不住地仰着脸看着她,似乎是怕她跑掉似的。

珍儿姑娘陪着高秋兰来到凉粉摊摊前，看到姬鑫成时，身子就剧烈地颤抖了一下，差点儿摔倒。姬鑫成注意到了，心里顿时涌出一股心疼来，他知道珍儿姑娘看见了他而激动，确实还没有修炼到一个专业特工的那种超然物外的境界，单身处在一个狼穴里，确实难为她了。为了稳定她的情绪，姬鑫成赶紧招呼说："这位小姐，您先坐下。我也给您抓碗凉粉吧。"说着就冲珍儿姑娘使了个眼色。

珍儿姑娘长长地出了一口气，在冬季寒冷的空气里，嘴唇上很快地就结了一层薄薄的霜花出来，随即就用爽快的语气说："哦，就吃一碗么。"说着就要在身上掏钱出来。

高秋兰就挡住她说："姐姐，你不用掏钱的，你吃就是了。"

姬鑫成就对珍儿姑娘说："对着哩，她父母在我这里存了钱，就是让她来吃凉粉的。你就吃吧，不吃白不吃。"

珍儿姑娘就说："人家存的钱，我咋着能随便用呢。还是给你钱吧。"说着她就很利索地从身上掏出钱来，迅速塞到了姬鑫成的手里。姬鑫成就从她的动作里猜到了这钱里面有东西，就随手把钱塞到了围裙里的口袋里，说："这样也好，茄子一行，豆子一行，各是各，不打架。"说着话，已抓好了凉粉，递了过去，同时又递过去一个火烧，说："天气凉，别吃坏了肚子，自个得管好自个，时时得注意哩。"

姬鑫成的这句话是一语双关的，就是要珍儿姑娘时刻提高警惕。珍儿姑娘是何等聪明之人，自然听明白了姬鑫成的关照语，感动地说："有这个火烧垫着哩，吃不坏的。谢谢姬大哥关照咧。"

珍儿姑娘一激动就说错话了。

多亏凉粉摊摊的周围并没有多少吃凉粉的顾客，高秋兰只是埋下头在全力对付那滑溜溜极爽口的凉粉，也许是姬鑫成这次把芥末放多咧，辣呛得高秋兰直吸溜喷嘴，估计也没有听清珍儿姑娘后边的话了。

姬鑫成就瞪了珍儿姑娘一眼，略微蹙了一下眉头。珍儿姑娘知道自己差点儿铸成大错,悄悄吐了一下舌头,赶紧也埋下头吸溜凉粉,没想一下子吸溜进去一块没搅拌开的芥末,顿时呛得大声咳嗽起来,咳得鼻涕眼泪都出来咧,惹得高秋兰咯咯咯地大笑起来。

他们谁也没有想到,就在后面那幢楼房的一幢窗房后面,有人正用望远镜观察着这里的一切……

姬鑫成这天以天气太冷为由,提前收了摊。在拉好围着凉粉摊摊的篷布后,他似乎很闲散地逛着过了那座不宽的汾河小桥,拐进了条巷子里,扭头看不见那幢三层楼房了,这样子楼房里的所有人也就看不见他了。于是他就加快了脚步,有点慌不择路,就像是有人在背后追赶他呢,等赶到位于西城区西稍门外的一家羊肉泡馍店时,已经有点气喘吁吁了。

姬鑫成进了店门,就看到几个戴着回民白帽子的伙计正在招呼客人,柜台后面坐着老板,头上也戴了顶白帽子,正低着在算账。其实河东城里的羊肉泡馍店都是由汉人开办的,不像大西北的那些是回民清真,这里是既卖清真,也卖荤腥,生意非常红火。姬鑫成看到屋子里面的位置上都坐满了客人,就选了靠窗的一个空位置坐了下来,大声地吆喝说:"伙计,来碗泡馍。双份肉。"

伙计扭头看了一眼姬鑫成,嘴里说着:"好咧。一碗泡馍,双份肉。"却在那边招呼客人,没有马上过来。

姬鑫成心里有点急,就大声说:"那就来三份肉!"说着就竖起了三根手指头晃了晃。那正坐在柜台后面的老板一看,怔了一下,便从柜台后面走出来,提了一把茶壶,走到姬鑫成的旁边,一边给姬鑫成倒茶水,一边笑着说:"老板,您别急,先喝口水,泡馍很快就好咧。"

姬鑫成用手指蘸着水在桌子上写出了"301",然后低声说:"情况紧急,我要马上见胖子。"

老板也低声说:"胖子行踪不定,我们不一定马上就能联系他哩。"犹豫一下,又说:"不然,你把情况留下,我们联系上他就告诉他。"

姬鑫成坚决地说:"不行,一点也不能耽搁,必须马上联系上他,我要亲自告诉他,他是我的上线。"

老板迟疑了一下,点了一下头,说:"好,我马上安排人去联系胖子。你耐心等一下。"他转身过去,喊过来一个伙计,低声交代了几句,就见那个伙计点了点头,就到后面去了。老板就又过来,招呼姬鑫成到后面去坐,说是这儿靠着窗户,有点冷。

姬鑫成随老板来到后面,老板这才告诉他,河东特委最近出了点事,有人叛变啦,牺牲了几个同志,武装部长吴斌被敌人暗杀,尸体是在一个桥洞子里找见的,手脚都断啦,全身的骨头几乎都被敲碎啦!

姬鑫成想起了那个一直把自己护送到陕西黄陵的年轻人和他一路上爽朗的笑声。他还开着玩笑说让自己好好地干,将来在延安干好咧,当上了大官,好提携提携他哩。没想他这么早就牺牲啦!

姬鑫成沉默了,他又一次体会到了地下工作的残酷性。

老板又说,由于特委一时并没有查明是谁叛变的,所以,在叛徒还未查明之前,同志们之间的一切联系都暂时停止了,工作也暂且进入停止状态。由于特委的几个主要人员知道"赛冬一"是打入日本特高课和军统里的特别联络暗号,除非有紧急情况才进行联系。也正是这样,他才冒险过来接头的……

正说着,就听屋外脚步声很急很重,然后胖子张明生就急匆匆地来了,一见姬鑫成就带着批评的语气说:"哎呀头儿,咋屎搞得么,不是交代过了么,每个星期三我准时去吃凉粉的。你咋自己……"

姬鑫成说:"情况紧急,等不到星期三了。有紧急情报……"他告诉胖子张明生,就在明天,也就是星期二,日军太原驻军司令部指示临汾日军仓库,要给河东城的驻军运送一批军火和药品,上午六点出发,两辆卡车，由临汾驻军派一个小队的日军和一个中队的皇协军护送。然后这些卡车在返回时把盐田株式会社收购的棉花拉走。

姬鑫成的意见是先把这批军火和药品截获下来，本来这个情报是应该先报给河东军统站的，但他考虑到八路军缺少军火和药品，这个大便宜应该让八路军得了，就是先把这批军火截获下来。同时把日本人的汽车一打，也就让日本人把掠夺来的棉花拉不走咧，棉花也是军用物资，日本人很缺的，只要离不开河东城，就有办法摧毁掉。

张明生问："那边要是问到了，你咋去交代？"他是指军统那边。

姬鑫成说："他们和我约定的联络时间是每个星期二的上午，到明天那时候，我会准时把这个情报交给他们的。"

张明生说："那好，只要军统那边不出麻缠就好。"说完他又犹豫起来，说："可是，一个小队的日本鬼子，再加上一个中队的伪军，县大队怕对付不了哩，就是集中一些民兵也怕不行。这样，我现在就去向董敬方书记汇报，他那里有电台，能联系上在这一带活动的八路军主力部队。"

这时候，老板进来说，姬鑫成要的羊肉泡馍和双份肉已弄好咧，说着，就有伙计端着热气腾腾的一大钵碗羊肉泡馍进来了，在老板的示意下，放到了姬鑫成的面前，一股香膻气顿时扑鼻而来。

老板问张明生要不要也泡一碗？张明生说："没时间，下次吧。"就先探头警觉地看了一下外面的动静，然后匆匆地走了，很快隐没在街头。姬鑫成就在心里感叹，原来只是一个成天懵懵懂懂地跟在他身后在街头混的傻大个儿，如今竟然也成为一名地下工作者了。看来人都是需要逼的，在甚环境下就会适应甚样的要求，一个人的能力在许多时候其实都是被逼出来的。他想起在特训班里郑光民这样来形容人，说人就如同一根橡皮筋，是有弹性的，处在什么样的生存状态下，他都会在很短的时间内去适应那种状态。

姬鑫成确实饿了，他一口气把那碗双份羊肉的泡馍吃了个干干净净，又把老板特地给他倒的那杯茶喝了，然后痛快地抹了抹嘴，走出了羊肉泡馍店。在他出门的时候，又有一帮子人皇协军闯了进来，把他挤到了一边。领头的一个大声喊着："掌柜的，泡馍，泡九碗，每碗、哦哦、都泡上两个馍哩。这一个后响跑尿的抓人，可是把人饿尿日塌咧！"

另一个低声嘀咕说："尿，光是泡两个馍？不会要两份肉？！"

领头的那个就扭头骂："你个熊货，倒是能吃哩。抓人的时候只有你躲尿得远，你怕挨枪子，我们就不怕咧？要两份肉，妈日的，你掏钱呀？！"

姬鑫成不动声色地走出羊肉泡馍店，就看到门口蹲着五六个人，中间还有一个女的，全都五花大绑捆得结结实实的，有两个皇协军端着上了刺刀的长枪在看着。

姬鑫成绕了过去，心头一阵沉重。他不知道这些人是不是因为被叛徒出卖后抓的，但眼下自己没有能力救他们。不过，姬鑫成想，凭共产党的能力，不会这长时间还没有补好漏洞扎好篱笆吧，让自己的同志还处在暴露中？刚才店老板讲，同志们之间联系暂时都停止了呢。可是，这些人会是些甚人呢？不管咋说，也应该是抗日人员的。

一阵西北风打着旋旋卷起地上的枯叶子乱飞，街上的行人缩着脖子匆匆地走过，并没有人注意到姬鑫成。他就这样思考着，慢慢地走回到那座在暗夜里显得孤单的汾河桥上时，一只黑色的野猫猛地从他的脚前蹿了过去，迅速消失在前方，就像是暗夜里的一只精灵，不一会儿，姬鑫成就听到在前面的枯草里有几只猫在厮打着，呜呜地叫着……

姬鑫成走过了桥，看到了他的笼罩在暗夜中的凉粉摊摊用蓝色的帆布包着，远远地看去，就像是在平地里隆起的一座坟墓。他扭过头去，看着身后的这座被日本人占领下的河东城，日本人的探照灯投射在幽蓝的夜空中晃来荡去，把城市安静的夜色捅得七零八落的。

这时候,站在桥头的姬鑫成的身影孤单得就像是一根遗弃的木桩子,他的心里涌出许多失落,一股孤独感慢慢地包围了他。

那天晚上,姬鑫成失眠了。

第二天早晨,姬鑫成起得很晚。太阳都要升到头顶了,他才从床上爬起来,脸也没有洗就出了门。等他懒散地来到凉粉摊摊前时,已经有人在等着他了,一个是来给他送凉粉坨坨的店员,还有一个就是墨镜。墨镜的身边还站着一个女人,用一块方头巾包着半个脸,看不出长相来,只见她双手紧紧地抱着一个花布包袱。墨镜盯着他,嘴唇抿得很紧,一声不吭。一直等他掀开了凉粉摊摊四周围着的帆布篷,打发走了送凉粉坨坨的店员后,这才低声说:"夜来香,你违反了纪律,昨天的情报你应该先送给我们的。"

姬鑫成就怔了一下,心说咋这么快他们就知道咧?他有点不高兴地说:"你们一直在暗处监视着我!"

墨镜说:"不是监视,是一直在暗处保护着你。布谷鸟传出来的情报,我们要进行分析判断,进行甄别。有的可以采取行动,有的就没必要打草惊蛇,安排你在这里潜伏,是为了后面一些更大的行动。"说完他又强调一句说:"这是周也夫站长特别让转告你的,不能因小失大。"

姬鑫成就觉着墨镜的话有一定的道理,便哦了一声,说:"一批军火,送给穷八路算咧。我以为国军对这些不感兴趣的。"

墨镜说:"不是这个问题。眼下虽然是国共合作打击日本人,但我们的情报是和他们有交换的。这是个规矩。周也夫很不高兴,他觉着你不应该直接和他们联系,进行交易。"

这样一听,姬鑫成心里略微放松了一些,觉着他们认为自己是卖情报给中共了,便说:"我没法联系到你们,不敢贸然去找你们,情况又挺急的,就自己做了个主,卖给了他们,也算是一笔活动经费哩。当然，我告诉了他们，是军统华北站周站长让转给他们的。"

听姬鑫成这样讲，墨镜脸上表情放松了些，说："周站长确实很生气，他本来要亲自来找你谈的，可这里毕竟离敌人太近，我就没有让他来。不过，他说你是他一手带出来的，对你非常信任，这才特别让我转达他的意思。"说着话，他装着在帮姬鑫成搬东西，递给他一沓钞票，说："这是一笔活动经费，周站长让你不要再为一点点小钱去卖情报，引起敌人注意，而影响了大的行动。还有，你不是上次提出的，想要找个伴儿和你一起开展工作的事，我给周站长汇报后，他觉着你的想法是对的，一个单身男人是容易引起敌特的注意的。就给你安排了一位和你年龄差不多女同志，来配合你的工作。这样，今后我就不常来了，由她负责我们之间的联络工作。"说着，墨镜就唤那位女子过来，给他们做了介绍。他说那女子也是当地人，是抗日锄奸队的，名字叫改改。至于更详细的情况，他让他们自己进行交流，加深了解，好对外统一口径。说着，他扭头看了一眼改改，补充一句说："她也是个苦命人呢，年纪轻轻的，就……"没等话说完，墨镜就像他来时那样又离开了。

改改拿掉了一直包在头上的方头巾，脸儿有点红，不知是害羞还是让早晨的寒风吹的。她略微低着头，一会儿偷偷地看一下姬鑫成，又迅速地低了下去。

姬鑫成打量了一下她，发现她长得瘦了些，头发也有点发黄，看上去皮肤很粗糙，显然是长期从事田间劳动的结果，但眉宇间还是透出了一股清秀来，看上去年龄也就是二十多岁的样子。也许是长期从事生产劳动的缘故，她的臀部特别丰腴，和她的瘦腰形成了一个很鲜明的对比。姬鑫成不由咽了口唾沫。

改改放下手里的包袱，动手收拾起凉粉摊摊周围的卫生来，先把外面洒了水，又用扫帚轻扫一遍。看到里面的盆子里还泡着一堆没有洗的盘子和碗，她又十分麻利地洗干净，一摞摞地摆放整齐。一看，她就是个做惯了事的,也是个有力气的人。

这时候,就有客人来吃凉粉了。改改就对姬鑫成说:"你还是去烤火烧吧,我来抓凉粉。"说着话,就右手抓起捞笊篱儿,手腕儿一扭一转,很优美地在凉粉坨坨上转了一个圈儿,左手伸过碗去一拨拉,一缕凉粉就顺溜地抓进了碗里,不多不少,正好一平碗,动作要比姬鑫成利索多咧,看上去还花哨好看。那两个等着吃凉粉的客人就咂了一下嘴,说:"看这凉粉抓的,像是在表演哩。掌柜的,再拿个火烧过来么。"

看着改改干起活儿来的麻利劲儿,姬鑫成霎时闪现出家里的那个童养媳来,是的,她干起活来也是十分有力气十分麻利哩。可是,咋就非要做自己的媳妇呢?

生活中的许多事情总是这样子,想要的总是得不到,不想要的却自己送上来。在姬鑫成的心里,他总是放不下肖小艳,觉着自己和肖小艳在一起是最合适的。可肖小艳就像是个影子,只能在眼前晃,或者说她就像是风,倏忽就飘走了!所以说,你觉着最合适,却总是最不容易到一起的,或者是到了一起却总不能一起走到头的。

而眼前的这个改改,是来做自己的媳妇儿呢?还是就如同墨镜说的那样,只是来配合自己工作的呢?

等那两个客人吃完凉粉结了账走咧,姬鑫成又烤了几个火烧,递给改改两个,说:"趁这会儿,咱们赶紧吃早饭吧。等会儿吃凉粉的人一多,就没工夫吃咧。"

改改没说话,低着头先给姬鑫成拌了一碗凉粉过去。看着姬鑫成吃开了,这才也给自己满满地抓了一碗,相当于平常给客人抓的两大碗,然后就着两个火烧风卷残云一般,顷刻间就全塞进了肚子里,然后抹一把嘴,到旁边水桶里舀起一碗凉水,咕咚咕咚一口气喝干了。

姬鑫成这会儿才吃了半个火烧,一碗凉粉还剩大半碗哩。他目瞪口呆地看着这个虽然看上去瘦弱,饭量却如此大的改改,终于相信了墨镜刚才说的话,她真的是个苦命人!

　　确切点说,姬鑫成不只是晚上失眠,就是那天一个上午的时间里也一直心神不安,不时地注意对面那幢楼房里的动静。但那里却一直挺安静,看不出有什么变化。唯一让姬鑫成感到有变化的是,太阳都歪过头顶了,中午饭早就应该吃过了,高秋兰也没有来吃凉粉。按常规今天是星期二,珍儿姑娘会陪着高秋兰来吃凉粉的。而且,那幢楼房里原来经常来吃凉粉的中国员工和日本员工,今天一个也没有来。

　　直到太阳都快要挨近那幢楼的房顶了,他们才卖掉了半坨坨凉粉,不及平时的五分之一,生意明显冷清了许多。

　　姬鑫成也就是从那天才真正体会出来,这个凉粉摊摊还真的就是专门为对面的那幢楼房里的人开的呢。

　　这时,有两辆汽车从汾河桥上开了过来,径直开进了那幢楼房的院子里。前头的是一辆屎壳郎车,后面是一辆大卡车,车上坐满了拿着刺刀的日本宪兵。等汽车开进了院子后不大一会儿,就听见从院子里传来一阵狗吠声,随即就响起了零星的枪声。姬鑫成和改改就看到从院子里飞跑出一个穿着盐田株式会社的统一服装黑色西装的人,一边跑一边回身朝追出来的日本宪兵和穿黑西装的人开枪射击。那些宪兵就用手里的"三八"枪还击,就有子弹打到了这边来,从头顶上飞了过去,在冬季的寒风里发出嗖嗖的声音。姬鑫成就让改改赶快弯下腰来。那穿黑西装的汉子就快要跑上桥头的时候,一只蹿出的狼狗拖着拴在脖子上的皮绳,以异常矫健的速度追上了他,腾空而起从背后扑倒了他,随即就听到一声惨叫传了过来。

　　正在凉粉摊里和姬鑫成弯着腰躲避子弹的改改,就像是被蜂蜇了般,猛地一下子跳了起来,就要往外冲——

　　说时迟那时快,姬鑫成没来得及多想,一下子扑过去,把改改一下子压倒在地上了。这个动作在外面的人看来,他们是在躲避从那边桥上和院子门口的日本宪兵射过来的子弹的。

姬鑫成有点恼怒地说:"你想去干甚?"

改改被死死地压在姬鑫成的身子底下,动弹不得,就在嘴里嚷着说:"他是自己人,我得去救他!"

姬鑫成说:"就凭你?你这纯粹是去送死哩!"说着话,姬鑫成的头微微上扬,就看到那个黑西装的男子用枪打死了那只狼狗,挣扎着一拐一拐地跑到桥边,看样子是想跳下汾河去,但还是被身后射来的"三八"枪密集的子弹击中了,身上的血像打开的水龙头般往出流,顿时成了一块血筛子。但他还是挣扎着,爬上桥栏杆,翻了下去。清澈的河水里顿时就激溅起一片水花,随即就泛起一片血红的涟漪。

日本宪兵追上桥头,继续朝翻着水花冒着血泡的那一块水里开枪。

这时候,姬鑫成就看到一个肩膀上戴着红牌牌的日军官和戴着黑色礼帽的高桥本太郎出现在院子门口,听不清他们在说些什么,但很显然,说的话与这个被追杀的男子有关。然后,那个日军官就又坐上屎壳郎小汽车走了,高桥本太郎就摘下头上的礼帽,在车后面弯腰鞠了一个躬,目送着小汽车和大卡车上了桥,拐了弯。然后就在一群黑西装的簇拥下,向院子里走去,姬鑫成看到在那些黑西装的人里面有中村和池田,两人的手里都举着王八盒子枪。高桥本太郎走到院子的大门口时,突然停住脚步,扭头朝着凉粉摊摊的方向看了几眼,很显然,他看到了惊慌失措地趴在地上的两个人了,然后他又对中村说了几句什么,就快步回院子去了。

姬鑫成松开了改改,从地上爬起来,大口大口地喘着气,对还趴在地下的改改说:"打完咧,起来吧。"

改改就从地上起来,脸色苍白,走到凉粉摊的外面,不停地掸着身上土,眼睛一直望着那个黑西装男子跳下河的地方。

由于这一块儿发生了枪战,一个下午都没有人再来吃凉粉了。这是姬鑫成开办凉粉摊以来最清闲的一天了,他就和改改那么坐着,一直也不说话。看着天色渐渐晚了下来,姬鑫成站了起来,对改改说:"这就是战争,也就是我们的工作,就是这么残酷,不是你死就是我亡。"

改改嘴唇抿得紧紧的,一声不吭。

正当他们准备收拾打烊的时候,中村匆匆地过来了,对姬鑫成说:"赛老板,让你送两个大碗凉粉,还有三个,不,四个火烧到楼里。"

姬鑫成就问:"是谁要的?"

中村说:"自然是小姐要的了。别人这时候谁敢出来呀。"说着话,还回头看了看,似乎是怕后边跟着人。

姬鑫成就让改改赶紧抓凉粉,他又去捅炉子烤火烧。顺手拿过一个温热的火烧递给中村,然后装作甚也不懂地试探说:"中午那是咋的咧?跑的是个甚人么?"

中村很高兴地咬了一大口火烧在嘴里,使劲咽下去后才小声说:"赛老板,我得悄悄告诉你。就在今天早上,我们的两大卡车军火让人给截掉了,还死了十几个皇军。而这个情报昨天是从我们这里发出去的,这就是说情报有可能是从我们这里泄露出去的。所以中午,日军驻河东城的宪兵司令官武治片山大佐就带着宪兵来我们这里调查,结果查出那个叫何况的中国员工昨天夜里一个人悄悄出去过,问他到哪里,他支支吾吾地说不清楚。武治片山司令官就让把他抓到宪兵队去。谁知他竟然打倒了我们一个人,抢了一把枪,这就开始了激战,又没有想到他枪法挺好,一连打死了我们两个人,还让他逃出了院子。眼看他就要跳到河里逃走了,我们这才开了枪,把他打死在了河里。"

姬鑫成问:"那么说,他是八路了?"

中村就咳了一声,说:"八路?你说八路有这样子的么?我可是知道的,他昨晚是跑到妓院去了,要是八路还能让他去嫖娼?而且我们的高社长也是严禁员工嫖娼的,一经发现,轻则立即开除,重则送宪兵队惩戒。他是社里雇用的当地采买工,这中间贪污了不少钱。所以,他害怕查他,这才拔枪反抗,就被当作是敌方安插进来的奸细击毙了。"

姬鑫成就看了改改一眼,发现她也在认真地听着呢。他轻轻地舒了一口气,又装作不在意地问道:"这么说,还是没有查出来情报是咋着走漏出去的么?"

中村摇晃了一下头,说:"没法子查。单情报外露这件事,不要说在河东城里有八路的秘密电台,有国民党军统、中统的秘密电台在侦听,还有其他的地下电台,都在侦听着呢。再说啦,这幢楼房里面的员工有一半是中国人,防谁呢?我听高桥社长的意思,让今后加强防范。这次可能就到此为止了。"说着话,赶紧将最后一口火烧塞进嘴里,满意地拍拍手,对姬鑫成竖了一下大拇指,感激地说:"赛老板,你的大大的朋友。"又看看改改,问:"哦哟,她是你的……"

姬鑫成就笑了一下,说:"我媳妇改改。我一个人忙不过来,让她来帮个手。刚从乡下来的。"又对改改说:"这是中村太君。"

中村赶紧就朝着改改鞠了一躬,笑容可掬地说:"我和赛老板……我们的朋友大大的,太君的不要叫。你的大大的漂亮,大大的花姑娘。赛老板,你的好福气的。吆西吆劳西。"

这会儿,改改已将凉粉抓好了。姬鑫成把烤好的火烧用纸包好,对改改说:"看来不会再有人来吃凉粉咧,你先收拾着,我把这些送去就来。"然后跟着中村向那幢楼房走去。

尽管就在离那幢楼房不到二百米的地方开着凉粉摊摊,姬鑫成却一次也没有走进去过。这次他是第一次走进这座神秘的院子。他最先看到是两扇大铁门,很厚也很结实,就是子弹也打不透的。就在那幢楼房的下面,还修着两个圆形的小碉堡,周围有几个枪眼,在对着大铁门的枪眼里，有枪口探了出来。姬鑫成自然能认得出来那是歪把子机枪的枪口了。若是有人直接从大门口冲进来，两挺歪把子机枪的火力足以封锁住大门口的。

姬鑫成虽然没有来过这座院子，但里面的人大都认识他，知道他就是对面那个凉粉摊摊的年轻老板。再加上今天还有中村带着他，所以进大铁门时也无人过问，只是在门房里有人探出个头来，笑着打了个招呼。这样，他一路畅通地走进了楼里，一直来到了一楼走廊尽头的一间房间门口，就见中村抬手轻轻地敲了两下门，里面就传出一个女人脆脆的声音说："进来么。"

姬鑫成一下子就听出来了，那是珍儿姑娘的声音。

姬鑫成就跟着中村走进了房间里，就看到珍儿姑娘正坐在一张桌子的后面，在她对面坐着的正是高秋兰，两个人正在玩"老虎、杠子、鸡"的游戏，两只细皮嫩肉的手映在从窗户上射进来的太阳余晖里，显得玲珑剔透。这一局高秋兰出的"剪刀"，赢了珍儿姑娘的"布"，她举着食指和中指表示的剪刀，剪着珍儿姑娘的"布"的手掌，乐得大呼小叫，喊着："剪，剪，剪了你的布，做件花衣服。"

姬鑫成就赶紧走上前去，面带着微笑，恭恭敬敬地说："小姐，凉粉和火烧送来咧，趁火烧还热着哩，您的就快吃吧。"

高秋兰就高兴地过来，对着姬鑫成鞠了一躬，说："谢谢您了。"然后一边拿起火烧在手上拍了一下一边唧起小嘴说："哼，大人们事情就是多，他们一有什么事情，就连累得我都吃不成凉粉了。"

珍儿姑娘就说："要清查内部奸细呢，当然就不让人随便出入啦。"

姬鑫成听得出来，她这话实际是说给他听的。他就冲她们点了点头，说："小姐们慢慢吃，我就先走咧。盘子和碗，你们要是再来吃凉粉时记得带过来就是咧。"然后他就转身跟着中村往外走，刚走到门口，就听见珍儿姑娘猛地叫了一声说："掌柜的，等一下。"然后就手忙脚乱地在身上掏出钱来，跑到门口一下子塞到姬鑫成的手里了，嘴里说："这是我的凉粉钱。我可不沾秋兰妹子的光哩。"然后一转身又跑了回去，对着高秋兰说："是不是呀，秋兰妹子？"

高秋兰就又嘟了一下嘴说："哎呀，叫你吃就吃呗，又不是我的钱。"

珍儿姑娘说："那也不行。让你爸知道了我光吃你的凉粉，那还不打发掉我呀。"

高秋兰就举起手里的筷子一挥说："他敢！"

姬鑫成看着这一切，就把攥在手心里的钱往口袋里一塞，说："这样也好，也好。茄子一行，豆子一行……"

中村看着这一切，也摇了一下头，低声说："高桥社长都四十多了，就这么一个女儿，可惯着呢。"他并没有察觉珍儿姑娘在塞给姬鑫成凉粉钱时有什么异样。

姬鑫成就问："中村太君可有孩子了？"

中村一下子就显得很沮丧，摇了摇头，叹了一声说："还不知道什么时候才能回国呢。这场战争，可怕的战争……"他的嗓子眼里竟然带出了哭音来，然后警觉地迅速看了一下周围，没有再说下去。

姬鑫成带着怀里紧紧抱着花布包袱的改改来到自己租住的二层楼房里，对她说了一句莫名其妙的话："就是这里。"然后他从口袋里摸出珍儿姑娘塞到他手心里的钱，从里面抽出一张纸条，粗略地看了一下，说："我得出去一趟。"

改改放下了手里的包袱，正在收拾着胡乱卷着一堆被褥的床铺，听见他这样说，抬头看到了他手里的纸条，就说："我去吧，这是我的工作。"说着又补充一句："老韦今早上不是交代过咧？"

姬鑫成这才知道墨镜姓韦。但姬鑫成还是说："还是我去吧，因为还有些口头的,需要请示哩……"

改改这才没有作声。

姬鑫成就拉开门走了出去。他先是到了联络点,就是禹西路万花街上的"怡红院",也就是姬鑫成第一次见到肖小艳的地方。他没有想到万太礼如今也是军统地下人员,"怡红院"也成了军统的情报联络站啦。按照接头方式,姬鑫成就把情报留给了万太礼,万太礼马上就打发一个窑伙计送走了,然后就非常热情地邀请姬鑫成喝一杯,他显得有点快活地笑着,两只小眼睛又眯成了一条缝,用瘦长的手在姬鑫成的肩膀上拍了拍,嘴张了张,看那样子似乎是想说些甚的,但最终还是甚也没说。他就那么热切地用他那眯缝着的小眼睛看着姬鑫成,仿佛第一次看见似的。他吩咐窑伙计去拿了一瓶"竹叶青"和两个杯子来,还有一盘猪头肉和一盘油炸花生米,说是刚收下来的黄河边上的新花生。

看着万太礼这么高的兴致,姬鑫成便和他对酌起来。三杯酒下肚,万太礼的脸就红了起来,话也多了起来,说他是被逼着干这行的,不然他们就要通知日本人,说他……姬鑫成就赶紧叫来窑伙计,把万太礼搀扶了回去。然后他就一个人在河东城里漫无目的地乱转起来,转得街头几乎没有一个人咧,巡逻的日本人和皇协军都盘问了他两回咧,再这样转下去,就有可能被当成嫌疑人抓起来哩。姬鑫成这才精疲力竭地踏过汾河桥,回到租住的屋子里。

灯虽然灭了,但姬鑫成还是看清屋子被收拾得干干净净的,整个空间一下子都似乎变大了许多。他摸索着胡乱脱掉衣服爬上床,感觉到自己的被子已经铺好了。他钻进被子,直挺挺地躺在被窝里,一动不动,觉着自己有点喘不上气来。他就这样躺了一会儿,忍不住悄悄地伸出手往里边摸索了一下,感觉到改改就躺在他的旁边,也是直挺挺的,既不动,也不出声。但从她很粗的出气声来判断,她也没有睡着哩。

两个人就那样直挺挺地躺着,谁也不去主动地碰谁一下。姬鑫成一直在脑子里思考这样一个问题,墨镜,就是老韦说的是让她负责照顾他,这里面包不包括陪他睡觉呢?这也算照顾么。

总之,就在这样的一个晚上,姬鑫成和这位叫作改改的女子躺在一张大床上,什么也没有做,一直躺到了天亮。

在战争的状态下,自己所从事的又是那么一种生死瞬息万变的工作,对于一个突然睡在你身边的女人,姬鑫成是要思考许多的。他是一个典型的双面特工,老韦突然介绍来这样一个女子,他对她的社会关系背景甚的一概都不清楚,弄不好就是一个陷阱,就是一个阴谋哩。

姬鑫成还真是猜对了,周也夫安排改改帮他卖凉粉,名义上是帮助他,照顾他,暗地里则做他和军统站之间的联络员,因为一个女的来回跑比他目标要小许多。但更主要的还是策划着一场更大暗杀行动的。这里面有周也夫考虑到对珍儿姑娘的"保护",他也知道姬鑫成和珍儿姑娘的那一段浪漫的同居经历,就怕到了那万一的时候,爷爷姬鑫成对珍儿姑娘下不了手!那就需要改改出手了。她本来就是军统在河东城里的抗日锄奸队的成员,杀一个人对她来说没甚问题的。她一直紧紧抱着的那个花包袱里,就藏着一支小型的科尔特M19左轮手枪。

这些都是姬鑫成后来才知道的。

4

一切似乎又平静了下来,恢复到正常,至少从表面上看是这样的。

那幢楼房里的日本员工和中国员工又开始频繁地到姬鑫成的凉粉摊摊上吃凉粉了,而且来的员工还比往常多了起来。珍儿姑娘也隔三岔五地陪着高秋兰来吃凉粉,有时候她们不来了,就让门房里的人通知姬鑫成给他们送进去,现在姬鑫成再走进那幢楼房所在的神秘院子时,门房里的人连探头看一眼都不需要了。有一次姬鑫成在院子里碰见了高秋兰的妈妈横田美枝子,她一脸笑容地先对姬鑫成弯腰鞠躬,然后说高秋兰这些日子脸儿都变圆润了，中国的火烧是用发酵面做的，易消化，就是养人哩。又说高秋兰的爸爸过些日子要请他们两口子去吃饭，这一阵子只是太忙了。

姬鑫成也赶紧鞠躬，受宠若惊般地一连声说："哪里哪里。"逃一般地离开了院子，惹得门房里的特务们就撇着嘴议论这个没见过世面的卖凉粉的老板，确实是个典型的乡巴佬。

日子就在这种波澜不惊的平静中过去了。各种各样的日军情报则不断地出现在河东军统站和中共河东特委那里，并且很快地就又到了延安。

大概是这些吃过了姬鑫成凉粉和火烧的员工们回去都在传说着这个凉粉摊摊年轻老板的仗义和大方，而且现在还来了一位帮忙的"凉粉西施"，就是年轻老板的俊俏媳妇儿，那抓起凉粉来的动作又麻利又花哨，翘起的兰花指在五颜六色的调料盘上面东点西点，就如同在表演摘花呢，随着身子的转动，微微撅起来显得丰腴的臀部就扭过来扭过去，引得那些来吃凉粉的男人们目不转睛，凉粉还没吃，涎水就下来咧。这样就越传越神，引得那幢楼房里几乎所有的男女员工都为了一睹"凉粉西施"的风采，爱吃不爱吃凉粉的，也要来吃一碗凉粉，就是为了来亲眼看一看改改抓凉粉时的情景。

这样的日子相处了一个多月后，一次在没有顾客的时候，姬鑫成就悄悄地问改改，说："哎么，我说你是不是以前卖过凉粉么？这么熟练，比、比那个……"

他支吾了一下，还是没有说出珍儿姑娘的名字，他觉着这不光是女人之间的相互攀比，而是纪律。而女人的直觉是相当敏感的，改改就盯着姬鑫成，冷冷地说："比谁哩么？还有哪个女子来帮过你，照顾过你么？肯定是要比我照顾得好哩么。"

姬鑫成赶紧说:"哪里。你是第一个帮我卖凉粉的,以前就我一个人。"

改改也就不再追问了,低下头忙碌着。而这些日子里,改改晚上出去时候也分明地多了起来,她说是在执行锄奸的任务哩。据说这任务是在重庆的军统头子戴老板亲自给各个敌占区的军统一地下人员下达的锄奸令,全国统一行动,而河东城里的锄奸活动就是由周也夫亲自指挥的。他们神出鬼没,在大戏院、电影院、舞厅、饭店、酒楼,甚至是大街上,干掉了一个又一个罪大恶极的汉奸、叛徒,以及那些单独行动的日本军官和士兵。夜晚的河东城,经常响起枪声或者闪动着刀光,一个个汉奸和日军横死在他们的面前。一时间,整个河东城风声鹤唳,汉奸们惊恐万状,日军也不敢一个人上街和出营房的门。

而姬鑫成的凉粉摊摊对面那幢楼房里的人,却看不出有什么动静,照样安安静静的,只是偶尔有汽车和大卡车出入,大卡车都是蒙着帆布,不知道里面拉的是什么。

这些日子里,姬鑫成又去买《河东日报》了。他不再看报缝里的"寻人启事",而是专门看各版上的头条大新闻,那上面不断登有大汉奸和日军被杀后横尸街头的新闻,有的还配有图片。

这天半夜的时候,姬鑫成被开门声惊醒了,他从被窝里探头一看,只见改改摸索着进屋来了,她穿着一条他从未见过的缀着小朵白花的淡青色棉布旗袍,手里还拿着一个有点旧的半大手包。旗袍也许是不大合身,把改改丰腴的臀部包裹得很紧,使她愈发地显得性感,脸上还化了妆,在屋子里有点昏暗的光线里,她就像是一个站在街边的私娼。她大概以为姬鑫成睡着了,蹑手蹑脚地换下衣服,又包在那块花布包袱里,然后进了厨房里,洗了好半天才出来,然后又轻手轻脚地上了床,躺在姬鑫成的旁边,很快就睡着了。

第二天早上,改改醒来的时候,太阳都已经升得很高很亮了。姬鑫成坐在窗户前，借着窗户外射进来的光线，正在看他刚刚买回来的那张《河东日报》。报纸上标题醒目的新闻是发生在昨天晚上禹西街上枪击案，死者竟然是日军在河东城的维持会长、大汉奸李良苟，昨天晚上，他正陪着两个日本商人到万花街上去喝花酒嫖妓去了，再出来时就被一名化装成暗娼的女杀手连开五枪，打死了。

姬鑫成看着醒来的改改，扔下报纸说："你干的？"

改改从被窝里探出头来，看了一眼报纸，说："这种大汉奸，该死哩！"她看着姬鑫成，眼里闪过一种坚决的光芒，说："是我和同志们干的。我们杀掉了一些汉奸，我们也有许多同志被敌人杀掉了。"

姬鑫成就走过去，坐到床边，看着改改，伸出手去抓住了她的一双手。这双手没有珍儿姑娘的那般水灵和娇嫩，是短粗的，皮肤也很粗糙，却也是那么灵巧，能熟练地抓凉粉，也竟然抓得住手枪，扣得动扳机，面对面地去击毙一个大汉奸！

这是个特殊的早晨，当冬日的阳光洒满整个房间的时候，姬鑫成和改改紧紧地搂抱在一起了。当姬鑫成想要进一步的时候，改改却用手挡住了。她认真地告诉他，她是有丈夫的，而且就在河东城里。

她说他们的关系只能是同志。

在后来的日子里，姬鑫成就不再和改改在一张床上睡觉了。他在靠近炉子的旁边铺了两床厚毯子，每天晚上就睡在那里。有过和女人身体接触经历的姬鑫成，每天和改改这么一个有着细腰肥臀的性感女子处在一室，拼命地克制着生理上的冲动，这令他十分疲惫。

姬鑫成决定不要改改当自己的帮手了，不要她来照顾自己了，他让改改仍回她的抗日锄奸队去。但改改说，他姬鑫成无权决定自己的去留，她在执行命令。她协助他的工作，负责情报联络，做他的假妻子。而这命令里没有陪他睡觉这一项内容。

当然，改改并不拒绝姬鑫成抱她和亲她，有时候也主动地拥抱姬鑫成。但除此以外，他们之间再没有任何实质性的动作了。

姬鑫成觉着这样做更加折磨人！他打算如果再见到了老韦，就向老韦提出来，并让他转告周也夫，自己不需要改改这个浑身充满性感和诱惑的女子当帮手，也就是当自己的假妻子了。他无权开除掉改改，就只能让这种折磨继续下去，让这种"夫妻"关系继续下去。

姬鑫成基本上不管抓凉粉了，只是烤火烧。这样他也就不经常洗手擦脸，由于总是在炉子跟前转，炭火熏烤着，许多时候脸上就抹上了炉子里的黑灰来，他也不及时地擦洗掉，就让黑炭灰那样抹在脸上，像是个唱戏的。而且连胡子也不及时刮了，稀疏地挂在下巴上。套在身上的白围裙也变得发灰发暗，人就一下子显得邋遢了，年龄也似乎一下子变大了起来。

一天中午，姬鑫成接到那幢楼房的门卫通知，让他送两大碗凉粉和四个火烧到一楼的珍儿姑娘办公室里。但就在这时，从汾河桥的对面开过来两辆卡车，然后就从卡车上跳下来一队日本宪兵，姬鑫成看到这些日本宪兵有年轻的也有老的，年轻的甚至还没有长胡子，看上去就像个娃娃，但都是一样的凶神恶煞般；十几个五花大绑着的中国人，有男有女，被日本宪兵从卡车上推下来，推搡着跪到了桥中间。

姬鑫成刚走到离那幢楼房大门口有十几米远的地方，一个站在这边桥头上的日本宪兵叽里哇啦地冲着他大声吼叫起来，并且拉动了手里三八大盖的枪栓，举枪对准了姬鑫成。

姬鑫成立即站住了，他知道那三八大盖的威力，这么近的距离，能把自己打个对穿哩。

这时，姬鑫成就看到一伙子黑西装从院子的大门里走了出来，中间就是高桥本太郎，他在这伙子黑西装的簇拥下，显得很威风凛凛，杀气腾腾。

走在人群里的中村看到了姬鑫成，迟疑了一下，然后晃晃荡荡地走了过来，嘴里歪叼着一根烟。他用一种十分轻蔑的口气对姬鑫成说："桥上戒严了，要枪毙这些支那猪。"

姬鑫成就探头看了看，越过中村的头顶，看到了桥的那头也站着持枪的宪兵，行人都无法通行了，两边的人就越聚越多，密密麻麻的。

中村似乎很无意地告诉姬鑫成，驻军司令部对军火被截获非常恼怒，严令高桥社长一定要查出情报是如何泄密的。别看前些日子表面上是不查了，其实高桥社长暗地里一直没有放松对运送军火的情报泄密一事的调查。因为据几个侥幸保住性命逃回去的鬼子说，伏击打得非常漂亮，不但地形选得好，战术动作也极佳，目标非常明确，就是截军火。行动非常迅速，战斗从打响到结束也就是一袋烟的功夫，很像是中共的土八路军那种打了就走的游击作战风格。当地老百姓说是土匪所为，日本人也是半信半疑的。这些人中就有几个是从那一带抓回来的土匪。

姬鑫成看到高桥本太郎反剪着双手，绕着那些还在挣扎着的人走了一圈，然后停住脚步，走到他们面前，用手托起一个女人的下巴，似乎在问着什么。却见那女人猛地一扬头，啐了他一脸。然后高桥本太郎就推倒了她，还狠狠地踢了她一脚。

姬鑫成迟疑了一下，又问："那些人，还有些什么人？"

中村也回头看了一眼说："剩下的就是一些被怀疑是军统和共党分子了。"

姬鑫成装着有点傻乎乎地问道："高桥社长为甚要抓这些人？又抓到桥上来作甚？"

中村就看着姬鑫成哑然失笑，连嘴角的香烟笑掉地上了都没捡。他伸手拍了拍姬鑫成的肩膀，说："赛的，你的真是可爱！"他扭头看着桥上的人，说："你们中国有句话，叫杀鸡吓猴……"话没落音，就听从桥上传来一声枪响，刚才被高桥本太郎踢倒的那个女人就身子一歪，趴在地上了。再看高桥本太郎，他的手里不知何时多了一支王八盒子手枪。

然后，姬鑫成就看见高桥本太郎摆了一下手，站在他身后的那些黑西装们就一拥而上，纷纷掏出身上的枪，对着那些跪在桥上的人脑袋开了枪。那个叫池田的一马当先冲在最前面。一时间，枪声如炒豆般响成了一片，那些跪着的人一个个都歪倒在桥上了。

高桥本太郎看见所有的人都被打死了，就把自己手里的王八盒子递到旁边池田的手里，抬起裤子看了一下，池田赶紧拿出手绢弯下腰擦拭着他皮鞋上溅到的血迹。随后，高桥本太郎又在黑西装的簇拥下走回了院子里。

在日本宪兵的监视下，有几个看上去像是当地老百姓的人在搬运尸体，把这些尸体全都扔到汾河里，溅起一片又一片的水花来，一会儿，那清澈的汾河水变成了红色，缓缓地流向前去。

中村看着高桥本太郎的背影，对姬鑫成说："看见了，高桥社长，特高课的大佐，大日本帝国的特工精英。哼，大日本皇军是战无不胜的，就凭这些支那猪，想战胜大日本皇军，那不是做梦吗？"他自言自语般说着，充满了狂妄和傲慢。他回头看看呆呆站着的姬鑫成，以为他被这场屠杀吓傻了，赶紧拍拍他的肩膀，安慰说："赛老板，我们大大的朋友，皇军大大的朋友，我会保护你的。"

姬鑫成这会儿根本听不见中村在说些什么了，只看见他那张无比狂妄的脸上浮现的冷笑，这会儿的中村和他上次在诅咒"这可怕的战争"时完全判若两人，嗜杀已经让这些来自岛国上的矮子变得疯狂，变成了魔鬼。姬鑫成的胸口被仇恨堵得发闷，说不出一句话来。听着中村狂妄的话，他真想一下子把这个疯狂残杀中国人、视中国人为支那猪的小日本弄死在眼前。但他努力地克制住了自己愤怒的情绪，脸上表现出的是一副傻傻的表情，似乎周围的一切变故都与自己无关，自己就只是一个摆摊摊卖凉粉的。

中村看着姬鑫成的样子，又伸手拍了他一下肩膀，说："赛的，我们走吧。"

姬鑫成这才记起了手中的凉粉，赶紧点点头，跟在中村后面向里走去；但他脚步却很迟缓，耳边还是回响着那杀人的枪声……他心想，总有一天，我会让你们这些来自岛国的杀人狂付出代价的！

4

从珍儿姑娘那里传出来一个信息："布谷鸟无法子叫咧，被缠住咧。"

原来，珍儿姑娘近一段时间几乎每天都被那个池田纠缠和骚扰，说要和她这个漂亮的"电报女郎"交朋友。每天只要珍儿姑娘离开报务间回到办公室里，池田就会踩着珍儿姑娘的脚后跟进来，坐在她的对面没话找话地和她套近乎。他的目光一落在珍儿姑娘身上，平时浑浊无力的目光立刻变得闪亮起来，就像是他在杀人的时候那样。

池田能说一口流利的中国话，他说他的母亲是东北人，父亲才是日本人。他是在日军大特务头子土肥原办的训练班学习后才被派到华北来的。

他对珍儿姑娘说："你非常迷人。从你来的第一天，我就从心里爱上你了。"

珍儿姑娘说："你可真会说话哩。我哪里有你说得那么好？"

池田斩钉截铁地说："你比我说得还要好。我只是没法子来形容你的好，但我可以用实际行动来证明。"

珍儿姑娘赶紧说："不用，不用证明。"她看了一眼墙上的挂钟，赶紧躲开了，说："快到收报的时间了，我得去准备哩。"

对于池田纠缠珍儿姑娘一事，那幢楼房里的人都认为很正常，就连高桥本太郎和横田美枝子也觉得池田有一半的血统属中国，是可以娶个中国老婆的。而且他们认为池田和珍儿姑娘是般配的，虽然池田的年龄比珍儿姑娘大了整整十岁，但珍儿姑娘这个支那人能嫁给一个日本人，也算是高攀了。对这件事情持反对态度的似乎只有高秋兰一个人，她只要一看到池田纠缠珍儿姑娘，就会走过去，对珍儿姑娘说："姐姐，我们去玩捉迷藏吧。"强行把珍儿姑娘拽走了。当她和珍儿姑娘单独在一起的时候，就很认真地对珍儿姑娘说："姐姐，你别和他玩，别理他。他很凶的，他就知道杀人，杀了很多人。你和他在一起玩，他也会杀了你的。"

珍儿姑娘抱起高秋兰，把脸贴在她嫩滑的脸上，说："谢谢你。姐姐不和他玩，姐姐只和你在一起，只和你玩。"

其实，珍儿姑娘最大的苦恼并不是怕池田的纠缠和骚扰，而是不知道他会在什么时间进入她的办公室里。他的动作很轻，走起路来像只猫般没有声音，即使是把办公室的门关起来，他也能轻而易举地打开，然后突然出现在身后，让人防不胜防。这就让珍儿姑娘无法再靠记忆抄写出情报来。珍儿姑娘都是在收发完报、回到办公室后再靠记忆把情报抄写在一个小纸条上，字要写得很小才行。加上珍儿姑娘本身文化并不是很高，写起字来就有点慢，没有人打扰还好些，一有人打扰，许多时候记在脑子里的情报内容就忘记了。有一次，珍儿姑娘刚回到办公室拿出纸条来写了两个字，池田就不知什么时候站在了她的身后，轻声问："在写什么呢？不会是在写情书吧？"差点把她吓晕过去。

还好，珍儿姑娘毕竟是经过了一段时间的锻炼，有了在敌人内部的斗争经验了，很快地就把那刚写了两个字的纸条儿一团，扭头赶紧笑着说："我可不会情书，就是会写，可还不知道写给谁哩。"

池田就笑逐颜开，油嘴滑舌地说："吆西，吆劳西。第一，不会写我可以教你写；第二，可以写给我呀。我一直在盼着，盼望着能收到你的情书呢。"

珍儿姑娘就撇撇嘴说:"说得好听哩。谁不知道你是个日本人,我给你写情书,将来嫁给你,可你一回日本,把我不丢下咧?!"

池田赶紧说:"不,不是这样子的。大日本皇军占领了中国,建立了大东亚共荣圈。"他伸出短粗的胳膊在空中画了一个大圈,接着说:"咱们就都是一家子人了,我也许就待在这儿生活了。"

珍儿姑娘斜眼看他一下,哼了一声说:"你能待这么?远的不说咧,就说你那天一下子打死那么多人,你就不怕他们的鬼魂缠你么?我可怕哩。"

池田就讪笑着说:"他们都是、是反对大日本皇军建立大东亚共荣圈的抗日分子,所以要杀掉。我也是执行高桥社长的命令,没办法。"

珍儿姑娘故意逗他说:"没办法,要是高桥社长让你在这么大冷天去跳门前的河,你也去跳么?"

池田的脸色庄重了起来,说:"哈依,我就得去跳。就是高桥社长让我去死,我也得去死。这是在为天皇尽忠!"

珍儿姑娘冷笑了一声说:"我说哩,你连我都保护不了,就知道为你那个甚、甚天皇尽忠哩。你还是和他共荣去吧。"

这番话竟然让池田情绪一下子低沉了下来,黯然无言。

珍儿姑娘被池田纠缠和骚扰的情况,姬鑫成也知道一些,他在给高秋兰和珍儿姑娘送凉粉和火烧的时候也碰见过两次。池田赖在珍儿姑娘的办公室里,使珍儿姑娘无法向他传递情报。姬鑫成心里清楚,尽管此刻池田是在纠缠和骚扰珍儿姑娘,也和姬鑫成这个凉粉摊摊的"赛"老板很熟悉。但若是让他发现他们是中方的情报人员在传递情报,那就是另一回事儿了,性质也就变了。

池田有一次对姬鑫成说:"赛老板,你说她和我在一起,交朋友,然后做我的媳妇儿，好不好？"

姬鑫成就赶紧满脸堆笑地说："好，好，你的大大的日本太君，她的小小女孩子，肯定大大的好。"还冲着他们竖起了大拇指。珍儿姑娘就恨恨地瞪他一眼，哼了一声。

池田就过来拍着姬鑫成的肩膀，得意地说："她的跟着我，将来到大日本去享受大大的福。"

姬鑫成仍然在嘴里说："好，很好，到日本去享受大大的福。"心里却在恨恨地骂道："真是癞蛤蟆想吃天鹅肉哩。到你们日本去享受？你们穷屄得都跑到别人的国家抢东西来咧，还让别人享受哩，吹死屄牛哩。"

姬鑫成觉着珍儿姑娘瞪他那一眼，里面含了许多的东西，有幽怨，有思念，更多的则是着急，似乎是在说，快想个办法么！

池田只要一有空闲就像只吸血的蚊子般黏在珍儿姑娘的身边，嗡嗡地转着，无形中成了一个时刻在监视着她一举一动的特务，姬鑫成和珍儿姑娘他们之间的情报传递已经断了好多天了，布谷鸟可是真的叫不出来咧。

姬鑫成不得不思考如何处理这个令人棘手的问题了。

在这一天的时间里，他总是心不在焉魂不守舍，也不和人说话，客人来了也不像平常那般热情了，甚至忘了翻动炉子里正烤着的火烧，把好几个火烧都烤煳咧。

改改有点担心地看着他，注视着他的一举一动，在吃凉粉的客人少了些时，她问道："你咋啦？你是不是病啦？"说着伸手在姬鑫成的额头上摸了摸，看他发烧了没有。

姬鑫成被改改这么一问一摸，意识到了自己的失态，便迅速打起精神，恢复了状态，说了句："没事的。"就低下头忙碌开了。

改改的语气里充满了关切，低声说："不管有甚事，你不要瞒着我。

要知道我是来配合你的。"

姬鑫成就嘻嘻地笑了，一边飞快地在炉子里翻烤着火烧，一边对改改说："对着哩，你是我的同志么。"

听到姬鑫成这样说，改改就低了头，说了句："你不要让我担心。"

改改知道姬鑫成对她拒绝了他进一步要求心有芥蒂，她也知道两个生理正常的青年男女处在那种欲望状态下，都是非常受折磨的。但她又确实一下子和一个不是自己丈夫的男人做不出来那种事来，她也感觉到对姬鑫成似乎不公平，似乎是自己对不起姬鑫成，却又不知道如何才能处理协调好这种配合来。老韦只是交代她去协助一名自己的同志工作，传递情报，做一个表面上的假夫妻，却没有告诉她这假夫妻如何去做，做到何种程度？

改改没有接受过这方面的培训，她只是出于一种本能的对日本人的仇恨，参加了抗日锄奸队的。她和一帮被日本人残杀了亲人的男人妇女，在黄河边上的芦苇丛中学习了一下简单的射击和枪械知识，就被组织起来，专门暗杀那些罪大恶极的汉奸叛徒和日本人。

在和姬鑫成相处的这段时间里，她的内心深处对这个年轻的特工产生了好感。这也正应了人们常说的那句话，感情都是处出来的哩。

虽然姬鑫成没有告诉改改，但她还是猜到他要做甚事情，这件事情一定是与对面那幢楼房里的人有关的。

她开始注意着姬鑫成的一举一动。

姬鑫成打算自己来处理这个事情，不向军统方面汇报，也不向中共方面打招呼了。他觉着情报断线是一件大事情，要赶快恢复情报的传递工作。但这件事情的关键点在池田这个特务身上，只要他不再去纠缠和骚扰珍儿姑娘，一切也就都正常了。那么，如何能让他不再去纠缠和骚扰珍儿姑娘呢？现在池田觉着一切都很顺理成章的。也许也是为了体现大东亚共荣和中日亲善吧，就连高桥本太郎都默认了这件事，以致池田对珍儿姑娘的纠缠和骚扰变得肆无忌惮起来，都开始动手动脚了。在这种情况下，劝告肯定是不起作用的，最好的办法就是让他彻底消失掉。这家伙残杀起中国人来一点都不手软的，除掉他对于这幢楼房里的其他日本人也是一种警告。

姬鑫成制定了严格的行动方案。他知道自己的代号是"夜来香"，那也是一种有毒的花草哩。他还得利用自己所掌握的毒药知识，还得在夜间行动，一切就都像是早就设计好了的一样。姬鑫成先把平时采集到的紫藤的种子碾碎，然后小心地包好藏在身上，耐心地等待着机会。

终于，中村又来吃凉粉了，边吃边对姬鑫成埋怨楼房里的伙食糟糕极了，就和喂猪差不多，就这样还吃不饱，说是为了保证前方的战事，每个日本人都要节俭节俭再节俭。"最好不要吃饭了，把脖子都用绳子扎起来得啦。"中村怨气十足。

河东一带由于战乱，庄稼收成也不好，再加上遭遇了百年难遇的蝗灾，老百姓的日子更是雪上加霜了，所以，日军每次出去扫荡，也抢不到多少粮食回来的。

姬鑫成就又给了中村一个火烧，告诉他不要钱了。

中村就很感激涕零了，大口地咬着火烧，咽的时候噎了一下。姬鑫成就关切地说："慢点吃，不要着急。"中村嘟囔着说："都好长时间没有吃到过肉了，全身都没有油水，这才噎得不行。"

姬鑫成似乎就在等着他说这句话，同情地叹息了一声，慢慢地靠近中村，装作很关切的样子，低声说："中村君，这样子，晚上我请你去吃饭，改善一下。不然，这样子下去，身体真是要垮掉哩。"

中村刚兴奋地"吆西"了一声，却听姬鑫成又"唉"了一声，似乎想起了什么来，十分遗憾地说："噢，我都差点忘记咧，你们那里面晚上是不能随便出来的哩。"

中村一听姬鑫成这样说，似乎是怕姬鑫成又改变了主意，立即说：

"吆劳西一呆丝（我能出来的）。"接着又用中文说："我能出来，能出来的。我是日本人，可以出来的。赛老板，你真是大大的朋友。"

听中村这样讲，姬鑫成也就装作下了决心，告诉中村直接到东街口的"天福酒楼"去，避免让那幢楼房里的人看见引起不必要的麻缠。当然了，他可以先去点好菜，在酒楼里等他。然后又似无意地想起来了，便关切地让他也叫上池田君，"他也是大大的朋友。"

中村快活地满口答应了。

到了快吃晚饭的时候，姬鑫成告诉改改，收拾好摊摊回去睡觉。他有事要到河东城里办一下，甚时回来说不定，让她就不要等他了。

其实这句话是多余的，他们之间从来就不存在谁等谁的事情，两个人做事在许多时候相互之间还隐瞒着哩；而且经常是这个回来时，那个早睡熟咧。但姬鑫成还是说了，因为改改对他说了一句话，"你别让我担心"，他确实不想让她担心。

改改又说："你不该有甚事情瞒着我。"

姬鑫成淡淡地笑了一下，说："我能有甚事瞒着你？去妓院里找妓女？其实那也没有甚关系的，因为咱们只是假夫妻。"

改改说："我应该了解你的，你不会去妓院找妓女的。你有另外的事情。"

姬鑫成有点不耐烦地说："是我自己的私事，这你就管不着了。"

姬鑫成先回到住处，洗漱了一下，又换了一身黑西装，里面穿了件白色的衬衫，还扎了条红领带，头上扣了顶硬壳礼帽，把自己打扮得既像个老板又像个杀手。他出来后没有从桥上走，而是绕了一个大弯子，从一大片干枯了的高粱地里斜插了过去，以防那幢楼房里的人发现他进城去咧。然后他先到靠近东大街的一家中药店里，让坐诊的老中医诊了脉，又抓了几服药。这才提着一大包中药来到了"天福酒楼"。他没想到，中村和池田却已经比他先到了，一人的头上扣了顶大帽子，池田的嘴上还捂了个大口罩，大概是怕被人认出来吧。他们正站在酒楼门口的寒风中冻得瑟瑟抖动着，东张西望地等着他呢。

这天晚上姬鑫成表现得格外大方，先要了一瓶"竹叶青"，然后点了这家酒楼里最有名的红烧米粉肉，点了四喜丸子，点了烤鸡。中村和池田两个人馋得涎水止不住淌了出来，都顾不上用手擦一擦，全力以赴地对付着满桌子的佳肴，恨不得再生出两只手来吃呢。吃得满嘴流油，不住口地叫着"吆西"。

别看中村和池田个子都不大，人也长得挺瘦巴的，却硬是把那一桌子的鸡肉菜肴全吃光了，肚子吃得胀鼓鼓的。那一瓶"竹叶青"也喝得见了底。

吃完饭，姬鑫成就又领着中村和池田来到了花街上的"醉春宵"楼。他没有往"怡红院"那边领，因为那边已成了情报联络站了。他怕惹出事来反而暴露了。

中村和池田站在"醉春宵"的楼前，望着那闪闪的红灯笼，高兴地扭动着身子，跳起了日本舞，嘴里叽里哇啦地唱着日本歌。姬鑫成看着他们两个得意忘形的劲儿，趁机走开了。他压低礼帽，先到里面订了个房子，泡了一壶茶，又让老鸨叫来两个妓女，这才让窑伙计去把那两个日本人请进来。

中村和池田摇摇晃晃地在两个窑伙计的搀扶下，嘴里还哼着断断续续的日本歌进了房间，一看到屋子里的两个妓女，顿时眼睛就瞪圆了，发出狼一般的亮光，兴奋得五官都扭曲了，嘴里叫着："呀呀，花姑娘的，吆西！"就不顾一切地朝着两个妓女扑了上去。中村的脚步踉跄了一下，扑了个空，倒在了地下。池田却十分准确地扑住了一个妓女，两手就在妓女的胸前猛烈地抓挠了起来。那个妓女痛得叫了起来。

姬鑫成先扶起了中村，让他靠在椅子上，又从妓女的身上拉起了池田，然后使眼色让两个妓女给中村和池田端茶过来。

这会儿，姬鑫成已把碾碎后的紫藤种子拌在了茶水里了。

看着中村和池田听话地喝下了茶，姬鑫成就又嘱咐两个妓女照顾一下他们俩，一定要多让他们两个喝茶水，要把这一壶茶水都喝掉。又特别叮咛两个妓女，不要喝茶水，一口也不能喝，否则要她俩的命！

说这番话的时候，姬鑫成的脸色很难看，语气也很粗暴，两个妓女吓得答应着，连连点着头。

姬鑫成从身上掏出十几张大面额的票子，塞给两个妓女，说："等他们两个把这壶茶水喝完了，你们就离开这里，再也不要进来。当然，能离开'醉春宵'这里，找一个地方躲几天也好，这些钱够你们在外面生活一段时间咧。不管什么人问起你们，都不要说见过我，一口咬死就是他们两个人到这里来玩的，记住了么？"

两个妓女见他虽然一副凶神恶煞的样子，出手却很大方，自然是连连答应了。

交代完毕，姬鑫成压低帽檐，提起他放在墙角的那一大包中草药，低着头出了"醉春宵"楼。

姬鑫成大步走在河东城的街道上，大口地呼吸着，他觉着压抑了好久的心情一下子豁然开朗了，河东城里的空气真的很好。

姬鑫成绕了一个大圈子，坐着黄包车跑了一段路，等他回到他的租住屋子的时候，已经是大半夜了。四周静极了，只有寒风不时地卷起地面上枯草和纸屑儿，给人一种很凄凉的感觉。这就是冬天，冬天就是这点不好，一切都是单色调的，都是让人感觉凄凉的。而现在被日本人占领下的河东城，不就是冬天么？一切都是凄凉的呢！

姬鑫成晃晃悠悠地走到租住屋跟前，正要从腰带上解下那长长的铜锁的钥匙开门，忽然觉着在身后传来轻微的脚步声，而且越来越近，几乎就到他跟前了。他略一吸气,猛地一回身,丢下手里的中药。就在他欲将出手的那一瞬间,却看到站在面前的黑影是改改。

姬鑫成愣住了,说:"咋是你?你干甚去咧?"

改改没有吭声,而是将一件东西插在了腰里,然后打开了门。进屋后,她掏出了刚才插进腰里的那支科尔特M19左轮手枪。

姬鑫成恍然大悟,说:"你跟踪我?"

改改说:"我去保护你的。"

姬鑫成顿时发了火,说:"我一个大男人,用得着你一个女人去保护么?要是万一……"

改改的眼里泛起了泪花,低头说:"人家就是担心你么。"

姬鑫成的心一下子软了下来,低声说:"这一点你放心,我是经过专门培训的特工,对付这些小日本,那真是小菜一碟哩。明天早上等着看好戏吧。哼,让他们猖狂哩!"顿一下又说:"明天,布谷鸟就又能叫咧。"

改改听他这样说着,就无语地走过去,握住了姬鑫成的双手好久好久,然后伸出双臂抱住了他。

这天的晚上,改改没让姬鑫成继续在地板上睡,而是让他和自己睡在了一起……

改改告诉姬鑫成,他们看到从那幢楼里逃出来的那个穿黑西装的,后来被日军打死在汾河里的叫何况的男子,就是她的丈夫,他也是一名打入敌人内部的情报员,不过,他走的是另一条线向外传递情报。那天晚上他确实如中村所讲的,是悄悄地离开了那幢楼房的,但他是偷偷地见她的。没有想到第二天就发生了敌人两卡车军火被截的事情,敌人就先在内部进行追查起来,于是就轻而易举地追查到了晚上离开过那幢楼的何况身上了。

于是,姬鑫成也就明白了为甚那段时间里,改改一晚上全身都是冷冰冰的，不愿和他进行接触的原因了。他真正理解了她。

姬鑫成沉默了一会儿，问："他是哪条情报线上的？军统？"

改改摇了一下头，说："他是八路军的地下人员。"

姬鑫成奇怪地问道："那你咋参加的是军统？……"

改改说："我开始甚也不知道。我父母都被日本人杀咧，房子也烧咧。他很早就参加了八路的县大队，我就跑出来咧，跑到荣和县里找他，没找到，就看到你说的军统在招人参加抗日锄奸队哩。我那会儿心里全是对日本人的仇恨，甚也没想就参加咧。我第一次杀的人是给日本人带路的一个汉奸，在一条沟岔里藏着一个村子的人，日本人本来找不到那里的，可他带路找着了，日本人一次就杀了三十多口子人……后来，我来到了河东城，又杀了那个维持会会长，也就是那时候，我才知道了他也在这河东城里。那天晚上，他就想见我一面，却没想到，那竟是最后的一面……"

改改就这样躺在床上，用一种平淡的口气慢慢地说着，就像是在讲述一件久远的往事，讲得人心里直发颤……

改改继续说着："……这段日子里，我知道你很苦，可我也苦，心里苦哩……"

姬鑫成紧紧地抱住改改。

这会儿，姬鑫成的脑子里就又记起了郑光民讲过的特工训诫第三十六条："既把存之于头脑中的封建思想换成对革命之忠诚，不能受亲情、主仆等关系之干扰……既要残酷对待敌人，也必须残酷对待自己，一应软化意志之情感：亲情、友情、爱情、感激之情，甚至荣誉之心，概必压制。"

中村和池田的尸体是当晚十二点多钟的时候被窑伙计发现的。

那两个妓女按照姬鑫成的吩咐，热心地照顾着中村和池田喝光了掺了紫藤种子的茶水，看着他们两个醉醺醺地躺在那儿睡去，就悄悄地离开了。一直等到十二点多的时候，窑伙计感觉到这间包房里的情形有点不对头，既听不到客人和妓女的嬉闹声，也不见他们出来要茶水什么的，就站在门口谛听了一会儿，发现里面连一点动静都没有，悄悄把门推开个缝看了一眼，就看到两个日本人横躺在那儿，嘴和鼻子里都冒着血沫子，只有出的气，没有进的气了。而陪着他们俩来的那个用礼帽扣住半个脸的男人，早已不见影子了。

老鸨让窑伙计赶紧找那两个妓女，两个妓女却也不见了人影子。她赶紧让人报了警察局。等警察局来了人，判明身份是日本人，也不敢管了，又赶快报给日本宪兵队。宪兵队自然有人认识这两人是盐田株式会社的。等到把人拉回到那幢楼所在的院子里，天已经大亮了。

姬鑫成破例起了个大早，洗漱完毕，来到屋子外面，远远地看到对面那幢楼房的大门口站着两排日本宪兵，三八式步枪的刺刀闪着寒光，不时地有小屎壳郎车驶进驶出的，传出来一阵阵叽里哇啦的吼叫声。

他知道，中村和池田必死无疑。

快到吃中午饭的时候，从院子里快步走出一个人来，也是穿着黑西装，摇动着两条罗圈腿。走得近了，姬鑫成就认出来了，他也经常来吃凉粉，还是那幢楼房里面的一个小头目，名字好像叫什么"太郎"的。就见他来到凉粉摊摊前，对姬鑫成说："赛老板，让你送两碗凉粉、四个火烧。"

不用说，是高秋兰和珍儿姑娘要的。这么说，应该是有情报传出来了，池田刚除掉，珍儿姑娘就开始行动咧，布谷鸟就发出欢快的叫声咧，真的是立竿见影的哩。

姬鑫成压抑住兴奋，让改改赶紧抓了两碗凉粉，又顺手从炉子里取出一个热乎乎的火烧递给这个太郎，装作很随意地问道："你们那儿又发生甚事咧？一大早就来了那么多的宪兵。现在这会儿咧，也不见人来吃凉粉。"

这个太郎就扭头看了一下身后,压低声音说:"昨天晚上,中村君和池田君,哦,你的认识的。他们两个人悄悄地出去喝酒,喝醉后又去找妓女玩,结果都死了。"

姬鑫成表现出一副很吃惊的样子,说:"你是说中村和池田都死咧?"

这个太郎就做出一脸悲伤的样子点了点头。

姬鑫成又问:"喝酒喝醉咧,就死咧?"

这个太郎说:"应该是这个样子的。宪兵队的军医对他俩进行了解剖,没发现什么,全是酒呀肉的。再说,他们是偷偷地溜出去的,所以,高桥社长很生气,说要制定一条规定,从今天开始,所有社里的员工不许随意外出,就是出去了也要限制时间的。这不,就连高桥幸子小姐要吃赛老板的凉粉,也只能辛苦你送进去了。"

姬鑫成就赶紧说:"这个没甚的,只要你们想吃了,我就送进去么。就这么几步路,又不远的。"

说着话,改改已将凉粉抓好了。这个太郎也将手里的火烧吃完了,还将掉在手心里的渣渣儿往一块抖一抖,一仰脖子,捂进了嘴里。然后就领着姬鑫成到那幢楼的院子走去。来到院子门口,果然看到大门口架起了一道缠着铁刺的木头。本来守在门房里面的人,现在却站到了外面,在寒风中缩着脖子,用狼一般的眼神审视着每一个踏进这座院子的人。看到姬鑫成,他们笑了一下,以示友好。他们也常去凉粉摊上吃凉粉和火烧,他们也指望姬鑫成每次多抓一点凉粉或者免费送给他们一个火烧吃。

这个太郎只把姬鑫成带进了院子里,就让姬鑫成自己进楼里面了。

姬鑫成熟门熟路地来到了珍儿姑娘的办公室里,看见高秋兰也在那里。只是高秋兰的脸上布满了忧郁,低垂着头,正在听珍儿姑娘小声地讲着什么。听到姬鑫成进来,她俩一起抬起头来,珍儿姑娘冲着他微微笑了一下,说:"你来咧。"

姬鑫成走过去,把凉粉放在桌子上,说:"你们快点吃吧,不然,火烧就凉咧。"

珍儿姑娘就说:"凉就凉吧,凉火烧就凉粉,不是正好么?"她看着高秋兰,说:"你说是不是呢?"

姬鑫成就看到高秋兰的脸上露出一丝儿笑意,但瞬间又消失了。这个小女孩!

姬鑫成就看着高秋兰,说:"咋啦,一脸的不高兴?是不是嫌我给你送凉粉来得晚了?"

珍儿姑娘就走了过来,说:"她想去你的凉粉摊上吃凉粉,可是院子里昨晚死了两个人,高桥社长不让任何人随便出去了。"她看着姬鑫成,用一种刚好能让他听见的声音说:"是你干的?"

姬鑫成故作莫名其妙地说:"什么是我干的?送凉粉么?"

珍儿姑娘还想说什么,却看了一下姬鑫成的身后,突然就提高了声音说:"噢,等一下,我给你拿钱……"

高秋兰也停止了吃凉粉,看着他的身后。

姬鑫成就扭头一看,不知什么时间,高桥本太郎站在了房子的门口。他穿着一身和服,脚上穿了一双厚厚的棉布袜子,跂着日本的拖拉板鞋子,铁青着一张脸,一言不发。

姬鑫成就赶紧朝着高桥本太郎弯了一下腰,说:"小姐要吃凉粉和火烧的,我刚送了来……"

高桥本太郎没有理他,却走向正在拿钱的珍儿姑娘,从她的手里拿过钱来,看了一下,又递给了她。然后转身对姬鑫成说:"往后不要收她的钱,都记在我的账上面。"说完又回头看了一眼他的女儿,就跂着拖拉板鞋走了。

姬鑫成一下子愣在了那里。珍儿姑娘不给他钱，他们之间就无法进行接触，这样情报就无法传递到他的手里了。难道是高桥本太郎对他们起了疑心？

按照常理来说，如果真的怀疑起他们来，作为一个特工组织，就不会公开限制他们接触的，这样反而会让他们更加隐藏起来。那么，是高桥本太郎觉着一碗凉粉也让珍儿姑娘付钱，显得他太小气了些？毕竟自己的女儿非常喜欢跟她在一起玩，成天形影不离。

这样想着，姬鑫成就试探他说："噢么，既然记在他的账上咧，你也就不必再拿钱咧。"说着话，他向珍儿姑娘递了个眼色。

珍儿姑娘立刻就明白了，大声地说："哎哟，高桥社长说不让我拿，我就真的不拿咧？到时候没钱咧，你就会说都是这个馋嘴的珍儿姑娘把凉粉都吃咧。我可不敢沾你们家的光。"她最后这两句是直对着高秋兰的耳朵嚷嚷的，震得高秋兰把耳朵都捂了起来。珍儿姑娘也就借着这个机会，把一直攥在手里的钱递给了姬鑫成。

正在那边吸溜着凉粉的高秋兰，抬起胳膊抹了一下嘴，用一种满不在乎的口气说："哎呀，我爸说不让你拿钱就不拿了呗，他又不缺那几个钱。"

姬鑫成没有在珍儿姑娘的办公室里多待，赶紧离开了，他似乎感觉到有一双眼睛在盯着他们。他快步出了这座院子，总觉着有点不对头。可是哪儿不对头，是哪个环节上出了毛病，他又一时想不出来。

姬鑫成决定把这次珍儿姑娘传出来的所有情报压一压，过上一半天再送出去。所以，当改改问他接头的情况时，他摇了一下头，说那院子里刚死了两个日本人，所有活动都被监视了起来。所以，没法接触上，情报也就传不过来咧。

他说完，似乎是怕改改不相信，又补充一句说："明天再看机会吧，她们一定还会来吃凉粉的哩。"

姬鑫成心想，如果明天珍儿姑娘还能陪着高秋兰小姐走出那座院子到他这个凉粉摊摊上吃凉粉，就说明没甚大事，至少没有牵连到珍儿姑娘。这情报就马上送出去。反之……

5

第二天，姬鑫成并没有等来珍儿姑娘和高秋兰小姐，那幢楼房里面也没有人来通知他送凉粉到院子里去。他感到了不妙。

就在下午快要收摊的时候，凉粉摊前突然来了一个特别的顾客，说他特别，也是只有姬鑫成能感觉得到，在周围其他来吃凉粉的顾客眼里，这个人和别的人并没甚区别的。他穿了件旧棉袍长衫，两个胳膊肘那儿还补着补丁。等他往凉粉摊前的凳子一坐，姬鑫成就感到了蓦地有一股凛冽的光直刺了过来。

这人就是周也夫，国民党军统华北区负责人，河东军统站站长。

姬鑫成对周也夫还是心存畏惧的，这畏惧主要是来自对他的崇敬。他没有想到周也夫会亲自到他的凉粉摊摊来，心想，一定是发生重大的事情了。想到对面的那幢楼房就是日本人的特务机关特高课的分支机构，不停地有那些楼房里的日本人也来吃凉粉的。而且姬鑫成也知道，日本特务机关也对周也夫恨之入骨了，知道他是军统河东站的站长，策划了一系列暗杀行动。如果那幢楼房里的日本人知道周也夫此刻就坐在凉粉摊跟前吃着凉粉时，他们一定会像疯狗一样扑上来，把他撕成碎片的。

在忐忑不安中，姬鑫成打发走了最后一个顾客，让改改打扫收拾摊摊，自己领着周也夫悄悄地回到了自己的租住屋里。一进门，周也夫就盯着姬鑫成，非常严厉地训斥了姬鑫成，说他不该不请示就擅自行动，说他毒杀中村和池田这两个日本人是非常愚蠢之举。正是他这一愚蠢的举动，使得费尽心机打进敌人内部核心里的"布谷鸟"面临暴露的危险。据其他内线传出来的消息，珍儿姑娘已处于被监视之中。眼下虽然还没有对她采取什么措施和行动，有两个可能：一个是敌人还没有掌握珍儿姑娘确切的证据证明珍儿姑娘就是潜伏人员；再一个就是敌人是在放长线，想知道是谁在和她进行联络，想钓出珍儿姑娘身后的大鱼来。

不好的预感终于被证实了。这样一来，姬鑫成的心反而平静了下来。他等着周也夫冲他发完火，这才低声说："已经有好些日子情报传不出来咧，不除掉池田，我又能咋着？我只是着急……"

周也夫缓和了一下语气，说："一个成熟优秀的特工，需要时时刻刻保持头脑清醒，时时刻刻沉住气。我是怎么对你讲的？怎么一到关键时刻就忘了呢？"周也夫说着，不停地在屋子里走着，重重地叹了一口气，说："真是一语成谶呀！如果真的走到了那一步，也是到了布谷鸟为抗战献身的时候了……"

姬鑫成一惊，声音颤抖地说："你是说，要……要把珍儿姑娘……"

周也夫点了点头，说："她说过，她不怕牺牲，但怕遭受酷刑。她请求组织在她暴露身份的时候，立即派人把她杀死，这样她就可以不当叛徒了！我为什么特别安排你在这一带潜伏，就是要保护布谷鸟的。所以说，你要时刻做好'保护'她的准备。"他特别强调了保护两个字。

姬鑫成自然知道这种"保护"意味着什么。他有点着急地说："可我们还来得及采取行动，安排她撤离那幢楼房。"

周也夫摇了摇头，说："从我接到内线传出的情报那一刻起，我就开始考虑营救措施了。只要有一线的希望，我们都不会放弃自己的同志的。可是，你应该知道，我们面对的是一个特高科的大佐，他在中国多少年了，对中国风土人情是非常了解的。他其实早就开始怀疑珍儿姑娘了，包括安排珍儿姑娘陪他女儿出来吃凉粉，他都在暗中用望远镜跟踪观察珍儿姑娘在和谁接触。我估计他也怀疑过你，但最终似乎排除了。他一直没有动珍儿姑娘的原因，就是还没有找出是谁在和她接头。他一直以为是他们内部的人。同时还有一点,就是他的女儿高桥幸子非常喜欢和珍儿姑娘在一起玩,这也是他暂时不想动珍儿姑娘的一个原因。但是,你可能没有发觉,布谷鸟近一段传出来的情报已经没有什么重要价值了。这也就是说,她已经接触不上真正有情报价值的收发报业务了。"

姬鑫成听周也夫这样一讲,就赶紧拿出昨天从珍儿姑娘那里传出的情报,递给周也夫,说:"这是昨天传出来的。我昨天有点感觉不好,总觉着得到这些情报太顺利太容易了些,就想压一压,再报上去。所以……"

周也夫略微翻看了一下就放在一边,说:"我知道,应该都是一些真正的生意往来业务,没有什么情报价值的。还好,你压住了,这对布谷鸟来说,也是一个缓步。不然,她暴露得更加彻底了,而你也会因此暴露了的。因为昨天和她接触过的就只有你一个人了。"

姬鑫成头上的汗就出来了,心说,还真得感谢自己的那种感觉哩!

周也夫又说:"你也不用为你毒杀那两个日本人辩解。事情很明白,池田那些日子一直在纠缠珍儿姑娘,为什么高桥却不去制止,他有着自己的目的。而恰恰就是池田在纠缠珍儿姑娘的时候,私自出去喝醉酒死了,对于一般人肯定会这样认为的。可你也没有仔细琢磨,这不正好给人一种巧合吗?这就很明白地说明池田在纠缠珍儿姑娘的时候妨碍了她什么。你说这些能骗过高桥这个老牌特工吗?"他说着向姬鑫成比喻说:"你看过河里的鸭子吗,表面上看似乎没什么动静,但水底下的那两只脚一直没有停止过划动。"

周也夫的语气里竟然带出了些赞赏来,说:"那个高桥就是只鸭子!"

姬鑫成心里却还在为着珍儿姑娘的性命担忧,说:"可是,我觉着珍儿姑娘……"

周也夫毫不留情地打断了他的话说:"没有什么可是。我们从事了这种职业，就只有两种可能，要么成功，要么成仁。"

姬鑫成突然冲着周也夫喊道："你们、你们当初就不该选择她这样一个弱女子去做这样危险的工作的！"

周也夫压低声音说："在国破家亡的时候，我们每一个不愿做亡国奴的人都没有选择，包括你、我，还有珍儿姑娘，还有……"他扭头看了一眼门外，继续说："还是那句话，在这架庞大的战争机器面前，我们每个人只是这架机器上微不足道的一颗小小螺丝钉。"

姬鑫成明白他的意思，可他在心理上还是接受不了这个现实。他捶打着自己的头，说："让我去杀掉珍儿姑娘，杀自己人，我真的是下不了这个手的哩……"

周也夫看着有点冲动的姬鑫成，什么也没有说，而是从他穿的棉袍口袋里掏出一个小瓶子，放在了他屋子里的床上，然后又盯着他看了一下，就拉开门出去了。

太阳早早地隐没了，乌云黑沉沉地压了下来，像个扣着的大锅。昏暗中，对面矗立的那幢楼房的一些窗口上有闪闪烁烁的灯光透射了出来。

姬鑫成打开那个小瓶子，看到里面是三粒小药丸。他明白，那三粒药丸，其中有一粒是属于自己的。而另外两粒分别是给珍儿姑娘和改改准备的。

这时，改改推门进来了，看着姬鑫成，问道："刚才那个人是谁？"

姬鑫成说："上面的。"

改改今天一改平时不多说话的习惯，又问："甚上面的？"

姬鑫成显然很不耐烦，冲着她大声说："你忘记纪律了？不该问的不要问，你不知道么?!"

这一个晚上，姬鑫成辗转难眠，最后干脆起来，坐到桌子跟前。他苦苦地思索着，在他的头脑里又不断地重复着特工训诫第三十六条："……既要残酷对待敌人，也必须残酷对待自己，一应软化意志之情感：亲情、友情、爱情、感激之情，甚至荣誉之心，概必压制。"然后这些又幻化成珍儿姑娘娇柔的面容，她仿佛在看着他，嘴唇微张，却无声音发出来，一副乞求的模样。不行，珍儿姑娘还没有完全暴露，还有机会，一定得把珍儿姑娘从那幢楼里救出来，不能让她就这样死了。她那么年轻，如花一般的年龄，生活才刚刚开始呢。

但是如果珍儿姑娘确实身份暴露并且营救失败，她将被敌人施加酷刑进行审讯，如果她受刑不过，交代……最先交代出的一定是自己了。不行，那是坚决不能留下活口的。那自己就得坚决执行周也夫交代的"保护"珍儿姑娘的任务了。可是，真的让他对珍儿姑娘下手，确实太难咧！

姬鑫成就这样苦苦地思考了一夜，就在天蒙蒙亮的时候，裹了一件棉袄匆匆地出门，外面下起了雪，虽然不是很大，地面上却已铺了一层薄薄的雪，周围也成了一片灰白色。他迟疑了一下，又返身进屋告诉改改，一会儿去摊摊上等着来送凉粉坨坨的店员，他有些事，估计那会儿回不来。改改赶紧从床上爬起来，点着头答应，然后下床穿衣服。

姬鑫成出了门，走在雪地上，雪花飘下来，打在额头上，凉丝丝的。他大步走过那座汾河桥，桥面上留下了他一个人歪歪斜斜的脚印。

姬鑫成来到西城区西稍门外的那家羊肉泡馍店时，门还没有开哩。街道上冷清清的，一个人影也没有。姬鑫成站在门口，留意了一下周围，没有发现可疑的人，就拍了拍门。过了一会儿，里面有人应声："谁么？这么早。"

姬鑫成又拍了两下门，随着一阵脚步声，就有人来到了前厅，姬鑫成看见是老板，就冲他做了个手势，用嘴朝门上的玻璃上哈了哈气，写了个"三〇一"，然后说："请转告'胖子'，我有重要情况要和他联系。"然后就转身离开，又顺着原路返回去了。他现在不敢肯定，自己有没有受到怀疑和监视。他一路小心地走回去，直到过了桥，看到雪地上仍是自己一个人的脚印，心里才略微松了口气，知道自己眼下还没有被人跟踪。

　　羊肉泡馍店的老板一看是"三〇一"一大早找上门来，便知肯定有重要情况，便没敢怠慢，急忙地穿好衣服出了门，走向另一个方向。就在他走了有一千多米的时候，突然从另一条巷子里走出来两个人，看起来那两个人在此等的时间不短了，身上和肩头都有雪。他们在后面跟着老板。老板一看不好，本能地加快了步子，到后来就撒腿跑了起来，但没跑几步，却在雪地上滑了一下，跌倒了。等他一跌一滑地爬起来，那两人已追到了跟前。他就拔出自己身上的枪对那两人射击，那两人也拔出身上的盒子枪对着他开了枪……随着一串爆豆般的枪声，老板倒在了清晨的雪地上，从身上渐渐洇出的血把地面上那层薄薄的雪融化了。

第四章

1

　　这场冬春交季的雪只在黄土地面上铺了那么薄薄的一层，等到太阳一出来，就很快地融化了，在人们来来往往的踩踏中，地面上就泥泞不堪了。汾河桥上姬鑫成一大早踩出来的那行脚印，也早已汇入众多泥泞的脚印里了。这会儿姬鑫成就想起不知在哪儿看到过的一段话，大意是说雪花只有在空中飘舞的时候是美丽的，一旦落到了地面上，不是很快地融化，就是被污染。

　　那么，人呢？是否只能像雪花一样在空中飘着呢？一旦落地，就只有两种选择了？

　　也许是由于下了场小雪，天气有些寒冷的原因，来吃凉粉的人很少。姬鑫成和改改就显得比较清闲，两个人就靠在烤火烧的炉子跟前暖和着，看上去挺有一种幸福感。但实际上，姬鑫成的心里一直火烧火燎的，他在等着胖子张明生的出现。他觉得，要想救出珍儿姑娘，只有胖子张明生能够帮他咧。

　　一个上午的时间，胖子张明生都没有来，却来了横田美枝子。只见她穿着华美的和服，在冬季的萧条景色里就像是一株迎风绽开的樱花。雪后的天空湛蓝，像是用水洗过似的，显得格外诱人，横田美枝子就在这种诱人的天色中迈着细碎步，后面背着花布包袱，走了过来，走到了姬鑫成的凉粉摊摊前。就在姬鑫成和改改略显得惊愕的目光中，横田美枝子照例先向他们鞠了一个躬，然后又用日本话说了一句："奥哈约—高扎衣玛丝（早上好）。"

姬鑫成和改改赶忙站了起来，对着横田美枝子弯了一下腰。改改问道："你是要抓凉粉么？"

横田美枝子微微摇了一下头，满脸堆笑地告诉姬鑫成，是高桥先生请他过去一趟，要和他商量一件事情的。

姬鑫成和改改对视了一下，心里更加疑惑。这一大早的，不知高桥本太郎专门让太太过来请他过去，会是甚事情呢？

但不管咋着想，看着一直很谦恭地等在一旁的横田美枝子，姬鑫成还是决定跟着她去。他很含蓄地告诉改改，如果到吃中午饭时他还没有回来，就让她回去到她哥哥那儿吃饭，把自己的事告诉她哥哥。这其实是告诉改改，如果自己出了意外，就赶紧撤离，然后去通知墨镜老韦，这个联络点废咧。

姬鑫成跟着横田美枝子来到了那幢楼房里，一直上到了这幢楼房的最高层三楼，来到最里面的一间屋子跟前时，一名穿着和服的侍女弯腰推开了榻榻米的屏风门，横田美枝子对姬鑫成做了一个请进的手势，然后就退开了。姬鑫成就在侍女的服侍下，脱掉了大棉鞋，进了屋子，只见高桥本太郎盘腿坐在屋子靠窗户的茶几跟前。看到姬鑫成进来，他阴冷的脸上似乎露出了一丝笑容，招呼姬鑫成坐到他的对面来。

姬鑫成还是第一次见到这么干净的地方，尤其是在河东城这个黄土沙尘弥漫的冬季。他光着脚走过去，十分艰难地把自己的一双腿弯曲着盘起来，勉强坐到了高桥本太郎的对面。刚坐了不到一分钟，他就感觉两腿酸疼，似乎有点麻木了。他就只好又换一种姿势，把两腿伸展开去。他在心里十分不明白，日本的男人为甚也非要像女人一样把腿盘起来坐，选择这么一种遭罪的生活方式呢？

高桥本太郎看姬鑫成不住地变换着坐姿,不禁笑了,便示意他随便坐,然后把自己刚刚泡好的茶用茶杖推给姬鑫成一杯,做了个请的手势。这也是日本人茶道中的一种,只要开始泡茶了,就再也不能用手接触茶和茶具了。

姬鑫成端起高桥给他泡的这杯茶,一口就倒进了嘴里,可又差点吐出来。这茶不知是放的时间久了还是泡的时间长了,总之是有一股发馊的味道,他感到一阵反胃和恶心。姬鑫成想看着他们这些日本人正襟危坐一本正经地在喝茶哩,没想到喝的竟然是这种茶!

高桥本太郎的脸上就有些小小的不悦,开始慢条斯理地教导姬鑫成不该那样子喝茶,说着他就端起一小杯茶来给姬鑫成示范,一小口一小口地抿,或者说就是在一点一点地舔哩,至少姬鑫成看着高桥本太郎喝茶的样子就是这样认为的。

姬鑫成说:"我还要去卖凉粉和火烧的,没有时间像你那个样子喝茶。"

高桥本太郎说:"像你那个样子喝茶,很浪费。茶是很珍贵的,要喝出味道来。"

姬鑫成不屑地说:"那是你们日本太穷咧,甚都没有,也没有好茶喝么。好不容易……"他差点说出个"抢"字来,赶紧改了口说:"好不容易得到一点茶,还不慢慢地品呀,生怕一口喝没了哩。"

高桥本太郎听着似乎有那么点尴尬,随即笑了起来,他觉着姬鑫成说起话来也没个顾忌,非常实在。于是,他就把找姬鑫成来商量的事情说了出来。

高桥本太郎说,盐田株式会社里十分需要一名会做中餐的中国厨师,因为会社里的日本厨师每天采购回来的都是中国菜,却做不好,都浪费了。而且日本的菜式本来做起来就十分简单的,现在会社里也有不少中国员工都抱怨饭菜很不好吃,难以下咽了,所以就有个别员工在晚上悄悄溜出去改善一下。最近就是因为员工的晚上外出改善生活,还出了一些事,所以,会社里又有严格的管理约束规定,限制大家随意出去。这就需要在会社里改善大家的伙食,才能安抚大家,让大家认真工作,不随便外出。

高桥本太郎最后才说出了他的想法,他想请姬鑫成来帮助他完成这个设想:一个是请姬鑫成来盐田株式会社里当厨师;另一个就是想请他推荐一个中国厨师来。因为,他非常相信姬鑫成。

高桥本太郎又补充说,不光是他,他的夫人和他的女儿都十分相信姬鑫成这个年轻人。他说:"尤其是我的女儿。"

他说他们全家都不喜欢张扬的人,喜欢诚实的人,就如同姬鑫成这样子,每天认认真真地卖凉粉和火烧,不去招惹是非。这也是他们一家人非常信任他的地方。

姬鑫成认真地告诉高桥本太郎,自己是绝对做不了厨师的。他根本就不会做菜,只能是凑合着卖个凉粉,烤个火烧,这也是为了能在河东城里待下去而不得不为之的。其次,因为他和媳妇都是从乡下来到城里的,所以结交面很窄,并且也没有多少人肯和他们这样的人结交的,这样子他就只能从他有限的结交面里打听一下有没有愿意来做厨师的,而且,就是有,也无一例外地全是从乡下来的了。

谁知,高桥本太郎一听是这样,连连说乡下来的最好,就让他快快地打听,最好就在这两天时间里办好这件事情。

姬鑫成心说,这个日本大特务看着很沉稳,做起事情来倒是挺雷厉风行的哩。

姬鑫成离开高桥本太郎的房间,下到一楼,就见横田美枝子带着一个侍女,端着一个木托盘,上面放着一个矮矮的瓷瓶子,上面描着很粗糙的蓝色花纹,但都烧变色了。这说明烧窑技术很不过关的。横田美枝子说这是她自己酿制的清酒,让姬鑫成带回去尝一尝,并用十分恭敬的姿势请他笑纳。

这时候,姬鑫成看到高秋兰和珍儿姑娘笑着站在走廊里,高秋兰看着他,弯下腰用两手扶着膝盖,晃着身体很妩媚地笑着。珍儿姑娘没有看他,漫不经心地吹着口哨,姬鑫成听出来了,那是布谷鸟的叫声,而且吹得很急。

姬鑫成的心里一紧,怎么能和珍儿姑娘接触上呢?横田美枝子就站在身旁,满脸堆笑地注视着自己的一举一动呢。姬鑫成想着,先朝着高秋兰做了个怪相,又伸出左手对着高秋兰做了个连他自己都不知道是甚意思的手势,然后就伸出右手去拿托盘上把那粗糙的装青酒瓷瓶子。豁然传来侍女的惊叫声,他把托盘碰翻了,那瓶青酒就掉到了地上,一下子摔碎了。

侍女点头哈腰一连声说:"斯咪玛散(对不起)!道一毛,斯咪玛散(实在对不起)!"姬鑫成却做出了让横田美枝子、高秋兰、珍儿姑娘和那个吓得不轻的侍女都意想不到的令人啼笑皆非的举动来,只见他一下子趴在地上,用嘴吸溜起那洒在地板上的清酒来。这样子吸溜了半天,他们才反应了过来,先是跑过来的高秋兰说:"你怎么这样子喝酒呀?"

姬鑫成抬起头,说:"咋,不这样喝还咋,又没有菜。"

几个人愣了一下,便都哈哈大笑起来。珍儿姑娘把墙角处的拖把拿了过来,刚拖了两下,姬鑫成一把夺了过去,说:"还是我来吧。"

横田美枝子被姬鑫成的举动逗得乐了半天,反应过来后,急忙拦住他说:"赛老板,你的不用,让他们打扫就是了。真是对不起了。"然后她向侍女示意再去拿一瓶来。

侍女就赶紧迈着碎步去了。

横田美枝子就又向姬鑫成弯了一下腰,低声说:"真的对不起了。"

这会儿姬鑫成的手心里已经多了一个小纸条了。他也赶紧朝着横田美枝子鞠了一个躬,说:"嗨,怨我,都怨我!"也就在这会儿,他注意到在珍儿姑娘的身后,不知什么时间出现了一个穿着黑西装的男人,警惕地注视着他们。

当姬鑫成回到凉粉摊的时候,胖子张明生已经在吃第四碗凉粉了。他扭头看着手里捧着一个看上去十分丑陋的青瓷瓶子,像个醉汉般摇摇晃晃走过来的姬鑫成,打了一个饱嗝儿说:"头儿,你再不回来,我就要把你这凉粉全吃光尿咧。"

姬鑫成把那瓶清酒放在张明生的跟前,说:"你就全吃尿光么,反正这凉粉摊就是你的哩。还有这瓶酒,也送给你咧。"说着话,姬鑫成让改改给自己抓一碗凉粉,拿来两个碗,把那瓷瓶清酒打开,一人倒了一碗。

等姬鑫成坐下来,张明生的脸就变沉重了,低声严肃地说:"出事咧,羊肉泡馍店那个联络点废咧,老板今天早晨被不明身份的人杀咧。"

姬鑫成心里就又一惊,问道:"甚时间?"

张明生说:"也就是六点来钟吧。"

姬鑫成估算了一下,正是自己离开后不久。他沉默了一下,又问:"是什么人下的手?是不是日本人?"

张明生说:"好像不是。日本人不会搞这种暗杀的。据目击者说,是两个早就隐藏在巷子里的杀手,从手法上看,倒像是国民党军统的手法。"

姬鑫成似乎有点不相信,说:"你说是军统下的手?他们咋会……现在不是合作着么?大敌当前,他们咋能干这些亲者痛仇者快的事情?"

张明生就叹息了一声说:"抗战已经七年了,日本人的败象已渐渐地呈现出来咧,而且现在英美等国都已参战,日本人的失败也只是个时间问题。眼下国共合作抗战的局面,许多时候也只是表面上维持着哩,现在又该到了兄弟两个相争的时候咧。其实,国共双方都知道,意识形态上的分歧,是无法调和的。就在今年的七八月间,国民党还偷偷地派驻防陕西的胡宗南指挥第三十七集团军闪击延安,妄图一下子摧毁延安,将我们共产党八路军全部消灭掉哩!"

姬鑫成暗暗吃惊,心想,自己现在是脚踩着两只船,不管将来谁是胜者,他都能站住脚哩。但国民党一会儿和共产党合作,一会儿又偷偷地打人家,确实有点不讲信义,人无信义就损威哩,这样出尔反尔,有点街头赖皮的感觉。他问道:"共产党那边能人可是不少哩。那个胡、胡宗南打赢了没有?"

张明生说:"我们中共的特工了解到了国民党的闪击计划,总司令朱德发明电给胡宗南,严厉斥责他'破坏抗战团结之大业,而使日寇坐收渔利,陷国家民族于危亡之机'!并警告胡宗南:若遭攻击,必将自卫;延安的《解放日报》还发表了由毛泽东亲笔写出的社论——《质问国民党》。国民党怕国际联盟责难,更怕引起国人愤怒,而且胡宗南也不愿意背上打内战的罪魁祸首,自己就罢兵咧。"

姬鑫成心里感叹,还是中共里面的能人多,一个明码电报、一篇征讨檄文就打垮了国民党的几十万大军,还使国军陷入不仁不义的境地里。

两人就这样吃着凉粉喝着清酒,唏嘘着,直到那瓶清酒喝光了,张明生才说:"这酒没尿一点劲头,喝着寡淡,咋就像是涮锅水哩。"

姬鑫成说:"日本人的甚尿东西好过?那高桥老婆说是她自己酿的酒,非要我带回来尝尝。"突然他想起一件事来,接着说:"我早晨去泡馍店找你咧,我没想到……"

张明生也紧张了一下,说:"你没碰见那两个人么?"

姬鑫成摇了一下头。

张明生就肯定地说:"这就明白咧,他们就只是针对我们的。哼,必要时就要以血还血、以牙还牙哩。"他又问道："你找我有甚事？"

姬鑫成说："你不是会做菜、会做厨师么？"

张明生说："咋啦，你想开饭店咧？"

姬鑫成赶紧摇头说："不，不是。"他就讲了自己打算救珍儿姑娘的事，早晨着急见他，是想和他商量讨主意的，毕竟两个人在河东城里厮混了许多年，甚好事坏事都是一块儿去干的哩。当然是一到着急的时候就想起了好朋友咧。接着又讲了高桥本太郎让他介绍厨师的事，觉着这真是一种巧合呢，并说："我觉得这是一举两得的事情，如你能打入进去，到时候想法把珍儿姑娘解救出来，还能得到他们的情报。"说到这儿，他想起了珍儿姑娘今天着急地传给他的情报，打开一看，原来是近期有一批从华北各地来的日军情报官，将在河东城里的特高课开秘密会议，而会议的地址就在盐田株式会社的那幢楼房里。

姬鑫成和张明生同时惊叫一声，这个情报太重要咧！这是珍儿姑娘在被监视的情况下，冒险传递出来的哩！

姬鑫成终于明白高桥本太郎为甚在这个时候让他快快地找一名会做中国菜的厨师了，原来是为了日军的这个秘密会议准备的。大概高桥本太郎也知道，他们盐田株式会社里的伙食确实太难吃咧！

经过中共河东特委和军统河东站双方秘密接洽协商，制定出了一个消灭这批日军情报官的秘密行动方案来，那就是国共双方特工人员进行全面合作，具体是军统方面提供资金、资料和武器，中共出人员，执行具体行动。于是就决定由姬鑫成抓住高桥本太郎急切需要一个会做中国菜厨师的机会，介绍张明生以厨师身份打入特高课派出机构盐田株式会社里去。

于是，张明生恶补了一下厨师技巧，尤其把一个厨师最擅长的掂大勺练得很熟练，又把河东一带流行的诸如"八大碗"等菜肴都练习得非常娴熟,让自己更像是一个厨师。只有更像厨师,才能取得敌人的信任,自己也才能更加安全。

同时,张明生剃了一个大光头,刮了胡子,如果光头上再扣上一顶厨师白帽子,看上去就是一个厨师了。

半个月后,姬鑫成就带着张明生去见高桥本太郎了。

姬鑫成介绍张明生是和自己一个乡下的,两个村子相隔不到半里路。他们是前后出来的,张明生比他出来要早半年的时间,在此之前也卖过凉粉和火烧,在河东城里的"芙蓉楼"做过二厨,也就是河东人说的"打下手的"和"学徒"了。这样过了一年时间,他就到现在的"河东大酒楼"做大厨了。他最擅长做的菜是河东有名的"八大碗"。

当天晚上,张明生就在盐田株式会社露了一手,做了河东城里有名的"八大碗",还特地给高秋兰小姐做了几个用萝卜丝煎的饼。高秋兰刚咬了两口,就连声嚷着好吃,大声喊着珍儿姑娘姐姐,要让她也尝一尝。张明生就不失时机地拿起一个送了过去,就在他把手里的萝卜丝煎饼递给珍儿姑娘时,低声说:"我的代号叫'胖子',负责营救你安全离开这里,你做好准备。"

珍儿姑娘一愣,她是知道"胖子"这个代号的,那是她在中共方面的联络人,却没想到眼前这个看上去肥头大耳的厨师就是她的上线"胖子"。还没等她反应过来说什么,"胖子"已经对她点头哈腰地说了句"请多关照",转身走了。

那天晚上,高桥本太郎一家子和盐田株式会社里的那些日本人一直闹腾一夜。他们难得放纵一次,他们喝了不少清酒,又喝了不少姬鑫成让人送来的"竹叶青",几乎所有的日本人都醉了,他们唱着十分难懂也难听的歌,有的还扭着身子跳舞,简直就像是鸭子在摇晃屁股。到了后半夜,这些日本人又几乎都哭成了一团。这时候已经没有什么菜可炒了,张明生就让人喊来了姬鑫成,把他白天没卖完剩下的凉粉拌了几大盘子端了过去。姬鑫成看着这些叽里哇啦哭叫着的日本人，心想他们是否在想自己的家呢？他们为甚非要从那么远的小岛上跑到别人的国家里，又杀人又放火又抢东西的？中国人又没欠下他们甚，可他们就是要这么狠地对付我们哩，这又是为甚呢？

快天亮的时候，除了横田美枝子和高秋兰，几乎所有的日本人都喝醉躺在地上或趴在地下了，包括高桥本太郎在内。就在姬鑫成和横田美枝子费劲地搀扶起醉倒在地的高桥本太郎回房间去的时候，横田美枝子眼中含泪对姬鑫成说："赛老板，你们都辛苦了。其实，他们也都很苦，心里都很苦的。他们不愿意来中国打仗，但天皇不允许……"她又弯一下腰，说："优炉西台，苦达萨依玛（请原谅）！"

这时候，张明生找到了珍儿姑娘，让她趁此混乱的时机，赶紧撤退，离开河东城。

谁知珍儿姑娘不走。她说："我的任务还没有完成哩，我咋能离开？！"

张明生有点急，说："你的任务完成得够出色的咧，应该撤离咧！要知道敌人已经怀疑上你咧，再不走，会有生命危险的哩！"

珍儿姑娘说："仅仅只是怀疑么，怕甚哩么？"她对张明生说，这次日军情报官在此开会的电报是她接收的。如果她现在突然离开了，敌人就会怀疑的，说不定就会取消这次秘密会议的。她问张明生："那你不是白白费尽心机打入了么？"

张明生觉着有道理，就不知道是劝她撤离还是留下来咧。

珍儿姑娘又说，她的真正上线是代号"夜来香"，要撤离也只有"夜来香"来和她联系。她和"胖子"之间的联系，只是当初答应为他们提供一定的情报的，因为都是为了抗日，为了消灭日本人，这只是她当初的理解。谁知道他们派来负责和她联系的那个何况，很不小心，晚上还出去和小姐约会，很快就暴露了，并且被敌人杀害啦。她问张明生,他让她撤离,"夜来香"知道么?

张明生就摇晃了一下头,说他根本不知道"夜来香"是谁;但他知道军统那边负责和她传递情报的就是姬鑫成。他迟疑了一下,有点醒悟道:"对咧,他会不会就是'夜来香'呢?"

珍儿姑娘问:"你是说,姬大哥?"

张明生赶紧点了点头,说:"就是他负责安排我打进来的。在这之前,也是他让我想办法帮你撤离这儿的,他说你已经被敌人监视咧,绝不能让你牺牲的。但他接到的指示是在你完全暴露后将你……他不想让你死的,所以就让我来帮你撤离。因为他不能公开活动,他还要潜伏下去,有更加重要的任务哩。"

珍儿姑娘的脸上就露出一副坚毅的神色来,说:"那么,就请你转告他,我当初参加革命时就向组织提出过要求,如果我暴露了,就请组织上派人打死我,不要让我落在敌人的手里。因为我了解我自己,我不怕死,却有怕痛的弱点。我不敢保证我在敌人的严刑拷打下就不当叛徒。所以,就请他按照组织上指示来执行。但在我还没有完全暴露以前,我是不会擅自撤离的。"然后她就转身走了。

张明生把珍儿姑娘说的话原原本本地讲给了姬鑫成,姬鑫成甚话也没有说,脸上也看不出有什么表情。当张明生又问他是否有两个代号,而在军统的代号就是"夜来香"时,姬鑫成突然冲着张明生发火了。他突然出手,朝着张明生的头部击了一拳,不等张明生还手,又抬脚猛踹在张明生的肚子上,一下子将张明生就踹出了好几米远,跌了个仰面朝天。他是特训过的,出手何等利索和有力量。好半天,等张明生蜷缩着身子从地上爬起来,抹了一把嘴角的血丝,抬起头来,就看到眼泪像潮水般漫出了姬鑫成的眼眶,无声地滴落着。

张明生站起身子来,刚才姬鑫成的那一脚踹得狠了些,巨大的疼痛让他的身子一下子直不起来。他蹒跚着走到姬鑫成的身边,努力地抬起头，看着他说:"她是对的。如果她现在撤离，就会影响到下一步的行动。"他喘了一口气，接着说:"在这场战争中，我们每个人都在时刻准备着献出生命的，如果需要，我们谁都会这么去做的。"

姬鑫成没有说话，而是从张明生的头上取下了他的厨师白帽子，把那颗药丸放在了帽子的针脚背后，然后又递给了他。

2

张明生的厨师手艺得到了高桥本太郎和横田美枝子的认可，也得到了盐田株式会社里的日本员工的认可，更得到了高秋兰的认可。她特别喜欢吃张明生专门给她做的萝卜丝煎饼，她开始用萝卜丝煎饼就凉粉吃，而不多吃姬鑫成烤的火烧了。

而珍儿姑娘却连凉粉也不吃了，急得高秋兰一个劲地说:"姐姐，你不吃，我一个人吃不了这么多呀。"

晚饭时，横田美枝子一反常态地没有让珍儿姑娘陪高秋兰在她的办公室里吃饭，而是让张明生专门做了四个小菜，端到了三层楼房的高桥本太郎的榻榻米房间里，她把珍儿姑娘和高秋兰都带到了那间屋子里，而高桥本太郎却不在房间里。

等三个人坐下后，横田美枝子先倒了一杯酒，双手端给珍儿姑娘，鞠着躬说:"珍儿姑娘，谢谢你这些日子里一直照顾着幸子，让她好开心的。这是我诚心诚意地敬你的。请你喝下。"

看着这一桌子饭，看着横田美枝子的举动，珍儿姑娘似乎明白了一些什么。她也学着横田美枝子的样子鞠了个躬，双手接过酒杯来，然后顺手将胖子张明生交给她的那粒一直隐藏在头发里的药丸取了出来，就着酒一口喝了下去，然后说:"谢谢您了，太太。"

横田美枝子就赶紧招呼珍儿姑娘吃菜，让她多吃，眼睛却不停地扫视着屏风门口。

珍儿姑娘轻轻地揽过高秋兰，看着她说："秋兰妹子，你取了一个中国名字，真好。你要像中国的兰花一样，淡雅高洁。今后，也不要忘了我这个中国姐姐。"

　　高秋兰看看自己的妈妈，又看看珍儿姑娘，有点不解地说："姐姐，你今天是咋了？我是在中国出生的，我就是中国孩子。我怎么会忘记你这个姐姐呢？"

　　珍儿姑娘就动情地搂抱了一下高秋兰，在她的脸上亲了一下，说："谢谢你。姐姐知足了。"

　　横田美枝子的脸上就有泪水流下来，她朝着珍儿姑娘跪着说："我真的很抱歉，没办法帮您。请您原谅！"

　　这时候，高桥本太郎推开屏风门进来了，他先让跟进来的侍女带走了高秋兰，说他要和姐姐说些事情的。然后盘腿坐在了珍儿姑娘的旁边，眼睛里流露出惋惜和无奈来，低声说："'电报女郎'，我是第一次这样叫你。我也一直想说服自己，你不是的，不是那个潜伏在我们内部的特工……"

　　珍儿姑娘很坦荡地笑了笑说："其实连我自己都不敢相信，我就是那个潜伏在你们内部的特工，而且还获取了你们不少的情报。"

　　高桥本太郎就摇了一下头，说："幸子是那么喜欢你，我真的不想……因为到了宪兵队里，一块铁也能变了形，一块石头也能散了架，就是男人也经受不住的呀！"随着他的话音，屏风门又被推开了，在门口站着两个宪兵。

　　突然，珍儿姑娘轻轻呻吟了一声，软软地倒在了榻榻米上。

　　横田美枝子急忙过去要扶起珍儿姑娘来，对高桥本太郎说："你这样说，吓着她了！"

　　高桥本太郎缓缓地抬起身来，苦笑一声说："她已经中毒死了。你没看见她七窍都流血了吗？这样也好，省得去宪兵队受罪了。"然后对着横田美枝子说:"不要让幸子知道她死亡的真相。"

横田美枝子仍在抹着眼泪,说:"可是……"

高桥本太郎说:"只是她这样一死,又无法追查她的联络人了。还有,她又是怎么得到毒药的呢?"

高桥本太郎为这件没有解开的谜还去问过自己的女儿高桥幸子。

他本来不想让女儿也卷进这些血腥里边的,他要让她干干净净地成长,然后清清白白地做人。这也是他特地在河东城里找了个算命先生为她取了个秋兰名字的原因。

但他太想解开这个谜了,就忍不住地去问了女儿,就在那天的下午或者那一个白天里,都有谁去找过珍儿姑娘,哪怕是和珍儿姑娘面对面地走过呢?

高秋兰,不,我们现在还是叫她高桥幸子吧。她面对着爸爸严肃的提问,很认真地想了好半天,然后又很认真地摇了摇头。

高桥本太郎不死心地问:"一个人都没有?你们下午不是还吃凉粉了吗?"

高桥幸子说:"我吃了。姐姐说她心口疼,嫌凉粉太凉了,就没有吃。"

高桥本太郎问:"珍儿姑娘姐姐没有给你说过什么吗?"

高桥幸子歪起脑袋想了一下,说:"她说她是布谷鸟,然后就吹口哨,说是布谷鸟就那样叫呢。布谷鸟一叫,夜来香就开花了。"

高桥本太郎若有所思地"哦"了一声:"布谷鸟一叫,夜来香就开花了。"他也确实听见过有人在吹口哨的声音,但不知道是不是布谷鸟的叫声,他也不知道布谷鸟叫声是怎么样的。他沉思了一下,又问:"那么,凉粉又是谁送来的呢?"

高桥幸子说:"好像是那个卖凉粉的老板送到了大门口,太郎叔叔不让他进来,然后太郎叔叔端了进来。"

高桥本太郎"哦"了一声,顿了顿,不知怎么,却又这样问了女儿一句:"你想珍儿姑娘姐姐吗?"

高桥幸子一听,瞪大眼睛看着他,愣了好半天,一句话也不说,突然冲着他大声喊道:"你……你们都把姐姐害死了,还让幸子怎么想呀!"她双手掩面,呜呜地大哭了起来。

在一场淅淅沥沥夹杂着雪花的春雨中,大地就又开始苏醒了。

其实就在去年的冬天里,日本军队的败象已经很明显的了,他们的战线拉得很长也很宽,光是一个中国就够他们折腾了,何况还惹上了美、英及东南亚等国,把他们自己整个国家都折腾得筋疲力尽的,软塌塌的就像是一匹饿得奄奄一息的狼,但还不愿认输,瞪着血性的眼睛盯着这片广阔的土地,瞅冷子就扑上去猛叼一口。

日本人没有放弃这最后的机会,他们重点加强了情报战,不光是对重庆和延安,还包括对美、英等国的。他们要在这些联盟国中找出矛盾点来进行分化,各个击破。于是,就在这个时候,日军华北特高课情报系统的军官们要集中到河东城里召开秘密情报会议了。

在日军情报官秘密会议即将召开的前三天里,张明生就已经带着帮工们忙碌开了,他和那个太郎一起带着人到河东一带的村子里进行采购,买老百姓秋后储存在窑里的大白菜、大葱和萝卜,还买了几只羊和一头牛,只是买不到鸡鸭咧。老百姓说鸡鸭都在日本人下乡扫荡的时候抓的抓走咧,打死的打死咧,谁家还敢养这些活物么!

那个太郎就很尴尬的样子,嘴里"啧啧"着,说这次开会可就吃不上鸡和鸭子了。

张明生就说:"尿,哪怪谁么?都是你们这帮小日本货闹腾尿的!"

就在日军的秘密情报会议即将召开的前一天,军统方面又从秘密渠道得到一条情报，就是在第一天会议开始的时候，日军的大特务头子土肥原贤二将莅临会场。原来，土肥原贤二策划的建立伪"华北国"计划破产后，又准备再做一番垂死挣扎，利用山西军阀阎老西和蒋介石的矛盾，策划山西和晋绥实行自治。重庆给周也夫下的指令是：不惜一切代价，对土肥原贤二格杀勿论。与此同时，中共河东特委也接到延安指示，绝不能让日本人策划的山西晋绥自治计划得逞，一定要破坏敌人的这次秘密情报会议。

共同的敌人、共同的杀敌任务和目标，使中共河东特委抛弃前嫌，和军统河东站再次联合起来。

就在前两天，军统河东站通告中共河东特委，说他们破获了日本人设在西城区的一个秘密联络点，同时击毙了汉奸一名。但后来才知道搞误会了。中共河东特委对军统河东站故意制造摩擦的做法提出了抗议，并指出他们是故意为之。后来，周也夫亲自上门约见了中共河东特委书记董敬方，双方这才又重新坐到了一起，共同商量制定这次对日军情报官的暗杀行动计划。

其实，暗杀计划一直就在实施中，中共代号"胖子"的特工已成功打入盐田株式会所了，只需要在那天晚上举行晚宴的时候，把毒药投入日军情报官和那个土肥原贤二要喝的酒中就行啊。这看似简单的问题，但却不一定能办得很成功，因为日军的情报官们，尤其是那个土肥原贤二，在喝酒前一定会检查酒的，这样就是投毒的时机把握了，早了不行，说不定会被检查出来；晚了，酒已经喝了不少了，毒药也就达不到效果了。而且毒药如何带进去也是一个问题，因为那天进出那幢楼房和院子的人一定检查得非常仔细。

周也夫想到了姬鑫成。他告诉中共方面，这件事由军统打入的"夜来香"来完成，他是军统方面的毒药专家。

还有一个问题，投毒过后，日本人一定不会放过所有的可疑人员。

同时也会在河东城里举行大搜捕,这样就不可避免地给各方带来不少困难甚至损失。为了保护有生力量,不给在河东城里的潜伏人员带来危险和压力,就需要有一个同志站出来,把投毒的罪名承担起来,从而避免更多的牺牲。

这个承担投毒罪名的同志落到了中共方面,因为双方在一开始商定合作关系时,就是军统出物资,中共出人员的。于是,中共河东特委方面毫无疑问地把这个任务交给了"胖子",要求他在党组织需要的时候,勇敢地面对敌人站出来。

当天,姬鑫成和张明生都接到了双方的指令。在对姬鑫成的指令上还附加了一句,必要时,可以站出来指证张明生,也就是向日本人举报。

姬鑫成是在将要举行晚宴的那天下午,和改改一起端着两大坨的凉粉和几十个烤好的火烧进入那幢楼房所在的院子的。高桥本太郎除了要让所有的日军情报官品尝中国菜外,还要特别上一道菜,就是河东凉粉就火烧。

果然,日军在他们进入院子的时候对他们进行了仔细的搜查,全身给摸了个遍,包括裤裆处。上面穿的衣服要在料峭的寒风里解开,仔细地摸一遍,包括改改的胸前,连嘴都要张开用个小灯照一照。还有两条大狼狗,伸着血红的舌头,嗅来嗅去的。他们端着的凉粉坨坨和火烧也让狼狗嗅了半天。姬鑫成看到在那座院子的周围全部拦上了铁丝网,四周全是日本人,有穿着黑西装的便衣,更多的是端着上了刺刀的三八枪的日本宪兵,简直就是三步一岗五步一哨了。那座汾河桥也被封锁了,两边的桥头都是荷枪实弹的皇协军,一般行人是不准通行的。在院子的大门口停着一辆装甲车,装甲车上的炮口移动着,在搜寻着可疑目标。大门口还站着两排宪兵,楼房顶上的四角都架着机关枪,加上院子里楼房底下地堡里的机关枪，组成上下交错的火力网，怕是连个苍蝇也无法飞过去哩。

姬鑫成自从接到墨镜老韦的传达指令后，心情一直很沉重。珍儿姑娘刚刚牺牲，马上又轮到自己最好的哥们张明生了，他实在无法接受这个现实，更无法接受让自己去举报指证张明生是投毒者的指令。

姬鑫成问老韦："必须得有人牺牲么？就不能想个更好的办法？"

老韦看着他，说："这是国共双方商定的最好的办法，就是为了把牺牲减少到最小。"

姬鑫成说："是我投的毒，还是我站出来吧。"

老韦严肃地说："由谁站出来都是国共双方商定的结果，不是随便站出来就可以的。你是特别保护的人，有更大的任务还在等着你呢。不要再说了，这是命令，国共双方的命令，谁违反破坏了行动计划，军法处置，格杀勿论。"

走在院子里，姬鑫成看到了张明生正在厨房那边的墙角处指挥着帮工洗菜、拣菜。看到姬鑫成和改改来送凉粉和火烧，他大声地喊着让他们送到厨房来。

姬鑫成和改改走过去，把凉粉和火烧送进了厨房里面，然后就开始抓凉粉，一盘又一盘……

这会儿，改改似乎内急，就扯了一下姬鑫成的衣服，低声问茅房在哪里？

姬鑫成就又问张明生，张明生就喊过来一个女帮工，让她领着改改去茅房，并大声地对改改说："要说文明词哩，要说上卫生间。"

张明生倒了两杯清酒，端过来递给姬鑫成一杯。

姬鑫成端着酒杯用眼睛斜瞥了一下周围，看到大家都在忙碌着，就说："你不怕死，对吗？"

张明生喝了一口酒，扬一下厚厚的下巴说："我不怕。我在延安的时候宣过誓，奋斗终身的。现在到奋斗终身的时候咧。"他又喝了一口酒，问道："你是入党了，可是没有宣过誓。"

姬鑫成愣了一会儿，说："好像……没有……"

张明生说："这就对咧。所以就选中了我，我是可以为党献身的！"他在说这番话时，确实显示出了一种勇敢献身的自豪。

姬鑫成知道张明生已经为自己的信仰下定了献身的决心，也就不再说什么了。他知道，说得再多也是白说，有什么东西能超过一个人的信仰呢？他一仰头喝干了杯中的酒。

这时，改改回来了，她靠近姬鑫成，脸儿有点红，乘人不注意，递给姬鑫成一个小蜡丸。这个小蜡丸里面装的是氰化钾，是夹在改改的阴部才带进来的。

张明生又开始大呼小叫了起来，一边有点夸张地指挥着厨房里忙碌的手下的帮工们，一边将手中的那把菜刀在案板上"咣咣当当"剁得挺欢实。姬鑫成觉着，那是张明生在给自己敲的鼓点，在给自己鼓劲哩。

当夕阳把那片绛红色涂抹到这幢楼房顶上时，日军情报官的秘密会议告一段落，他们陆续从位于三楼的榻榻米房间里出来，来到位于一楼的餐厅里。他们都穿着西装，显得很整齐划一，叽里哇啦地说着日本话。大概他们听说高桥本太郎特意为他们安排了丰盛的中国餐晚宴，一个个都显得很兴奋，迫不及待地进入餐厅里，团团围坐在了桌子前，坐满了两张桌子。

姬鑫成听到他们说得最多的两个词，一个是"米西"，另一个是"吆西"，都带着"西"。而中国人带着"西"就说"一命归西"。

张明生站在餐厅门口，指挥着手下的帮工们开始上菜，然后又让人拿来两瓶"竹叶青"，放在离姬鑫成很近的窗台边上。姬鑫成很麻利地打开了两瓶"竹叶青"，用手中的毛巾擦拭了一下瓶子口，就分别给一个桌子上放了一瓶，示意他们可以开始倒酒了。

这些日军的情报官们很兴奋,看着满满当当一桌子的中国佳肴,有的甚至手舞足蹈起来,嘴里哼开了日本歌子。

姬鑫成就退了出来,在餐厅的门口看到了横田美枝子。她穿着一身颜色很亮丽的和服,看上去也很兴奋,对着姬鑫成又鞠了一个躬,说:"您辛苦了。"

姬鑫成不知道该说什么,就点了一下头,一边往外走一边回头观察着餐厅里的动静。他希望横田美枝子只吃菜,千万别去喝酒。

他没有看到高秋兰。他在心里暗暗祈求,宁愿让高秋兰饿上一顿,也千万别吃今天的晚饭。

他并没有看到高桥本太郎出现在餐厅里,出现在酒桌上。

这时,姬鑫成看到一名穿着黑西装的中年男子在和横田美枝子叽里哇啦地说着话,两个手里各端着一个酒杯,里面是微黄色的"竹叶青",中年男子大概喝得有点多了,给横田美枝子递酒时有点摇摇晃晃的,把杯子里的酒都晃了出来。横田美枝子弯了弯腰,然后就在伸手接那杯酒。姬鑫成的头上立刻就冒出了汗,他来不及多想,顺手接过了一位帮工手里的盘子,就在进门的时候脚下一滑,人就摔倒了,手里的盘子摔在了横田美枝子的脚下,把她吓了一跳。她看见跌倒在地的是那个卖凉粉的赛老板,就赶紧放下了手里的酒杯,迈着碎步走过来,弯下腰关切地问道:"哎呀,你是怎么了?没摔坏吧?"

没等姬鑫成从地上爬起来,餐厅里就有人也摔倒了,接着就有人用日本话叽里哇啦地大喊着什么。姬鑫成就看到横田美枝子的脸变了色,用手紧紧地捂住了嘴。

更多的日军情报官横七竖八地在餐厅里倒下了。

这个时候,餐厅里传来桌子被掀翻的声音和嘈杂纷乱的脚步声。一个声音大喊着:"统统的,统统的不许离开,任何人的不许离开,离开的,统统死啦死啦的!"

冲进来的日本宪兵迅速封锁住了任何可以离开盐田株式会社的出口和通道。

姬鑫成是在横田美枝子的搀扶下离开餐厅的，改改看到了他，赶紧跑过去搀扶住了他，急切地问："你咋啦？咋啦？"听到姬鑫成说是他摔了一跤，她才略略放下心来。一会儿工夫，院子里开进来一辆救护车，然后把那些穿着黑西装倒在地上的日军情报官一个个地往上面抬。高桥本太郎和一个个子不高、有点瘦削的日本人出现在院子里，他们默默地看着院子里的情形，又走进餐厅里看了一下。那个日本人对高桥本太郎咕噜了几句什么，就在几个人的护送下上了一辆屎壳郎车走了。

姬鑫成没有想到那个人才是土肥原贤二，他是在楼上和高桥本太郎商量一件事情，没有及时下来和大家一道吃菜喝酒，这才避免了中毒，逃过了一劫。也有人说，这是土肥原贤二的一贯做法，也是他多年来的特工生涯养成的一种习惯，从来不在大庭广众的场合吃饭喝酒。所以，他才能一次次地逃脱对他的暗杀。

高桥本太郎阴沉着脸，注视着这一切！他大概没有想到，精心安排策划制作的一场中国菜的晚宴，竟然会是这么一种结果！他狠狠地骂出了声："八嘎！"

3

当天晚上，那个宪兵司令武治片山大佐就带着更多的宪兵来到了盐田株式会社，把这幢楼房所处的院子更加严密地里一层外一层地包围了起来。

所有的人被集中到了院子里，在靠着楼房一侧的墙角站成了一排。因为害怕，大家拼命地往一起挤，似乎这样就能保护自己，减少一些危险了。在这一堆人里，有不少的日本人，包括许多特工，也有那个太郎。作为日本宪兵，他们从来就没有放弃过对自己人的怀疑。他们在中国的一大任务就是整治那些违反了天皇的指令和违犯了纪律的日军士兵。所以，这些日本人，可能还有一些来自菲律宾、泰国和其他东南亚国家的在盐田株式会社工作的员工，他们一个个像被圈在这里的中国人一样，在寒光闪闪的刺刀里抖动着，缩成一团。

姬鑫成和改改也站在人群里，姬鑫成伸出手去搂住了改改的肩。他觉着改改在簌簌地抖动，就低声说："虽然是春天了，但气温没上来哩，昨天穿衣服少了。"

改改说："不是，是、是……"她没有说出来她的心里话，她是在担心。

姬鑫成就脱下了自己的外套，披在了改改的身上，他此刻觉着改改就是他的妻子，和他同甘共苦共命运着。他略微转了一下脑袋，就看到张明生那颗光光的头在晃动着，头上的厨师白帽子不知甚时候摘掉了，那颗头在日本宪兵们特意挂到院子里的电灯光照射下，格外地光亮了。

有两个日本宪兵搬来一张木头椅子，放在武治片山的旁边。武治片山只是看了一眼，却没有去坐，而是走过去，和一直沉默不语的高桥本太郎低声说了几句什么。看样子，今天调查投毒案件的事情，是要由武治片山来主持了。案件是在盐田株式会社发生的，高桥本太郎也不能完全脱离干系。一下子死了这么多的日军情报官，这些都是日本人中的精华呀！就是最后调查清楚不是他干的，他也有推卸不掉的责任，也是要受到严肃处理的。所以，此时的高桥本太郎一声不吭，一副受人摆布的模样。他的盐田株式会社的所有员工都受到了怀疑，都要接受调查了。

武治片山叉开双腿站在那里，手里拄着那柄长长的指挥刀。旁边的两个日本宪兵牵着两条大狼狗，盯着被刺刀逼着的那些人，随时准备扑上去。

武治片山不动声色地站着，一句话也不说，目光从一排人的身上扫过去，然后又扫过来。他玩起心理战术，要用这种静默来摧毁人的心理防线,许多心理承受能力差的人,就会在这种不声不响的逼视中垮掉,情不自禁地说出真相来。

这样站了约有两袋烟的工夫,武治片山看人群中并没有他期待的场面出现,就伸出右手,轻轻地挥了一下。

一直躬腰站在他旁边的那个翻译站到前面,冲人群喊道:"是谁干的,站出来。不然的话,大家就一起枪毙!"

站着的人群又往一起挤了挤,没有吭声,也没有人站出来。

翻译看了武治片山一眼,就又大声地重复着他的话,一连喊了好几遍,还是没人站出来。

姬鑫成这会儿就又看到了张明生晃动着的光头,在明亮的灯光下向自己投过来的目光,那目光里很有内容,就是在向自己示意,把他供出去。其实,张明生在翻译不断喊话的时候,有几次都打算勇敢地站出来的哩。

看到没有人主动站出来,武治片山就慢慢地走到人们的面前,然后他就在人们的前面踱着步子,脚上的皮靴重重地踩在那场雨夹雪后的地上,踩在积存的小水洼里,每步都很重,每一步都重重地踩在人们的心上。他踩一下,人们的心就猛地往下跌一下……

那两条狼狗被两个日本宪兵牵着,跟在武治片山的屁股后面,只要武治片山的脚步一停,眼睛盯住一个人看时,那两条狼狗也盯着那个人,血红的舌头一抽一伸,随时会扑上去把那个人撕碎似的。

就在这会儿,姬鑫成觉着是到了"出卖"张明生的时候咧,再拖下去,这里的所有人都会遭到残酷报复的,中共和军统联手制定出来的计划就要流产啦。他尽管像所有的人一样,装作害怕地低着头,却感觉到武治片山走到了他的前面,正在注视着他哩。他就用搂着改改的右手狠狠地在她的背后掐了一把,正紧张惶恐喘不上气的改改,突然遭到背后的猛然一掐,不由得叫了一声,顿时就吸引了武治片山的目光,那两条狼狗也同时都把眼睛盯着叫出了声的改改,只等着主人一挥手,就扑上去。

果然,改改在武治片山盯着她的目光中感觉到了那股寒气和杀气,她本能地害怕了起来,浑身就不由得也哆嗦了起来,她不敢和武治片山的目光对视,急忙低下了头。

武治片山就笑了,他朝身后的日本宪兵使了个眼色,两个日本宪兵就冲上来,不由分说推开了姬鑫成,把改改拖了出来,一直拖到本来是给武治片山准备的那把椅子跟前,让她坐在了椅子上。改改不知道日本人要干什么,只是更加惶恐地全身抖动着,努力地抬起头,在人群中寻找着姬鑫成。

武治片山大佐看着全身发抖、坐也坐不稳的改改,嘴角露出一丝鄙视的笑意,然后他朝一个牵着狼狗的日本宪兵点了点头。就听那日本宪兵冲着狼狗吼了一句什么,随即就见一条黑色的影子腾空而起,扑向坐在椅子上的改改。在改改发出令人毛骨悚然的尖叫声里,院子里几乎所有的人都听到了姬鑫成发出的一声大喝:"不——"

随着那个日本宪兵的一声呼哨,那条狼狗矫健地在空中打了个转,四个爪子稳稳地落在了地上,恰好就在改改的面前两米多的地方,然后又拖着那条皮绳迅速回到了日本宪兵的身边。

这时候的姬鑫成,不顾一切地扑过去,抱起了快要瘫痪成一团的改改,大声地喊道:"不是她!"

武治片山走过去,看着姬鑫成,用生硬的中国话说:"你的说,是谁?"

姬鑫成这才知道,武治片山会说中国话,也能听懂中国话。

这时,一直站在旁边不语的高桥本太郎走了过来,看着姬鑫成说:"赛老板,我知道不是你,也不是她。可你肯定知道是谁!"

武治片山恍然大悟，说："吆西，你的赛老板，卖凉粉的赛老板。我的知道。那么你的说，不是她，是谁？"

姬鑫成就避开了武治片山凛冽的目光，而是看着高桥本太郎，低了一下头，说："我对不起你，我把他介绍过来，我也不知道……"他说着话的时候，目光有些虚虚的，扭头看了一下人群那边，最后落在了那颗很亮的光头上。

几乎所有人的目光都顺着姬鑫成的目光在寻找着，只有那颗光头在不安地晃动着，等他知道人们的目光都在盯着他的时候，他的身子开始发抖，然后就开始向后退，看样子他是想退到楼上去，然后从那里再寻机逃走哩。

但是，一切都晚咧，先是那条凶猛的狼狗追上了他，在他的惨叫声中，两个日本宪兵冲过去，架起了他，随即又在他紧紧攥在手里的白色厨师帽子的夹缝里搜到了剩余的氰化钾，那是包在一个小纸包里的，很小，也藏得很巧妙，不仔细搜根本发现不了。

一切都真相大白了。

高桥本太郎也似乎明白了什么，走过去，看着张明生问："我知道了，你就是'夜来香'？"

张明生先是稍微愣了一下，随即就说："对，我就是。可我不香，我有毒，专门来毒死你们这些小日本狗的。"

武治片山拍了一下姬鑫成的肩膀，带着一种赞赏说："赛老板，你的很聪明，很识时务。要是中国人都像你，就好多了。"然后他一挥手，两个宪兵就架着张明生往汽车上拖。在路过姬鑫成身边的时候，张明生冲着姬鑫成瞪大了眼睛，大喊大叫着骂他："你这个汉奸！哈哈，我杀了这么多的日本人，我是赚了的哩！"但姬鑫成却从他的眼神中看到他要说的话了："头儿，我走咧，替我多杀日本狗，替我报仇！"

姬鑫成低下头，对着张明生鞠了一个躬，说："对不起！"但他心里说的是:"哥们,放心,我一定替你报仇!"

武治片山把投毒的张明生带回到宪兵队进行严刑拷问去啦,但盐田株式会社的人仍然不能随便离开,包括那些日本人在内。因为武治片山怀疑这些人里面还有同党,他要撬开张明生的嘴,让他交代出来。

于是,姬鑫成和改改以及所有的人,都被集中到了餐厅里,门口仍然有宪兵守卫着。

姬鑫成和改改坐在一个角落里,改改一反平时的样子,紧紧地靠在姬鑫成的身上,两只手抓着姬鑫成的一只胳膊,生怕日本宪兵会突然冲进来,把姬鑫成带走。她一直在后悔,后悔没有把她那支枪偷偷地带进来,那样在日本宪兵带走姬鑫成的时候,她就可以杀出一条血路来,把他救出去。

已经是下半夜了,姬鑫成却一点困意也没有,他的目光扫过餐厅里那些叽叽咕咕的人们,扫过那些东倒西歪的桌椅,扫过天花板。没有人敢和他对视,偶尔有人悄悄地窥他一眼,又赶紧移开了。姬鑫成并不在意这些,他的耳朵里出现的是一阵阵的惨叫声,他瞪着眼睛,想象着张明生遭受酷刑的情景:日本宪兵正在给他上老虎凳哩,正在一块一块地给他的腿下垫砖,非要把他的两条腿垫断不可;或者又换上了烙刑,烧得通红的烙铁在全身的皮肤上挨着烙过去,非要把全身都烙焦不可;或者开始拔他的脚指甲了,拔掉一个,又一个……脚指甲拔光咧,又开始拔手指甲,一个,又一个……

突然,姬鑫成想到了这样一个问题,如果张明生扛不住咧,忍受不了酷刑咧,那么自己就会是下一个张明生了,自己刚才所想象的酷刑就会在自己的身上重新过一遍了。

他猛地抖了一下,觉得有冷汗在全身沁了出来。他把改改往自己胸前搂了搂,看着她的眼睛低声说:"要是……万一……你一定要逃出去,然后记着每年的清明时，给我的坟前献盘凉粉和火烧。你要亲自抓好拌好。"

改改一把抱紧了姬鑫成，泪流满面。她想说句什么，却说不出来，只是拼命地点着头。

漫长的夜终于过去了，随着太阳的升起，天又亮了起来。

一辆三轮摩托车开进了盐田株式会社的院子，下来两个日本宪兵，他们把昨晚关在餐厅里面的人又都赶了出来，让大家看他们手里提着的一颗血淋淋的人头，姬鑫成一眼就认出来了，那是张明生的人头。那还大睁着的眼睛里流露出的是坚定。姬鑫成明白了，张明生什么也没有告诉敌人，什么也没有说。如果说了，他姬鑫成就不会还待在这里，张明生的人头也就不会提在日本宪兵的手里了。

张明生是在用自己的一条命，换了十几个日军情报官的命的。

这个日本宪兵是个伍长，他大声地告诉所有的人，这个投毒犯昨晚已被处以死刑，他的头将被悬挂在这幢楼房的院子门口示众，而他的身体昨晚就被狼狗分食啦！

高桥本太郎出现在院子里了，他走过来看着张明生的人头，心头仍是愤恨不已，抬起自己穿着皮鞋的脚，狠狠地去踢张明生的人头，一下又一下，就像是在踢一只皮球。他一边踢一边狠狠地骂着，嘴里就不断地冒出一连串的骂人的话来："八嘎（混蛋）！考恩期枯小一（该死的东西）！期艾-依玛依玛西（你他妈的）！嘿刀呆那西、改斯麦（狗娘养的、杂种）！"他越踢越恼怒，一脚踢在了张明生头上的眼睛，把眼珠子连着血浆一起踢飞了起来，竟然一直落在了几个人的脚边，那几个人干呕了起来。

高桥本太郎出了气，也踢得有点累了，最后警告大家说，不要做抗日分子，不要与大日本皇军作对，否则，这就是下场！

看着张明生的人头，改改紧紧地咬着自己的嘴唇，手死命地掐着姬鑫成的胳膊。

虽然日本河东城驻军司令部严密封锁日军情报官被毒杀这一消息，但是两天后，这些消息还是不胫而走，几乎河东城里的大人小孩都知道啦。后来，《河东日报》登出消息，大标题为《日军情报机关设宴，日军情报官员中毒。》副题为《死亡十余人，其余在抢救，此系抗日分子所为。》然后详细地叙述了日军华北地区情报官在盐田株式会社开秘密会议，被我抗日人员投毒，致使所有到会的日军情报官均中剧毒的情况。同时还报道了抗日志士英勇不屈，惨遭杀害，头颅被悬挂在盐田株式会的楼房大门前示众。

于是，就有不少的群众跨过那座汾河桥，向悬挂在院子大门上的张明生人头致哀吊唁，有的群众一边跪地大哭，焚烧纸钱，一边痛斥日寇在河东烧杀掳掠的罪行。一时群情激愤，高呼口号，还有人向守在那幢楼房大院门口的宪兵投掷砖头，气恼的高桥本太郎就下令日本宪兵开枪，结果就打死两名群众，打伤数人。

后来，又一小报纸称："日军抓获投毒案犯，刑讯供出抗日人员。"称日军已先后抓获抗日人员数名，全部枪毙。

再后来，在重庆的《中央日报》也进行了报道，但比较简单，称"敌情报官均中剧毒，前后毙命已达十人。"

第三天后，挂在院子大门上的张明生人头突然消失了。那几个守在大门口的日本宪兵和盐田株式会社的特务们眼睁睁地甚也没发现，连一点动静也没听到。于是，在河东城里又流传着说是有会飞檐走壁的武林高手，痛恨日军杀害抗日人员，就神不知鬼不觉地从日本人的眼皮子底下把这名抗日志士的人头取走安葬咧。

4

墨镜老韦传来周也夫的指令,让姬鑫成和改改放弃这个凉粉摊摊,立即撤离。

姬鑫成安排改改先撤,他自己还有些事情没有办妥,要去办一下哩。

他将那把小巧的"掌心雷"交给改改,也让她转交给周也夫,并请周也夫还给郑光民。

改改眼泪汪汪地望着他,说:"不,我要等你回来一块走。"

姬鑫成坚决地说:"不能等。你身上带的这些情报很重要,要赶紧交给上面,耽搁不得哩。"

改改半信半疑,但她看到了姬鑫成那坚定的眼神,她就哭着说:"那你一定要回来,安全地回来。"

姬鑫成伸开双臂拥抱了一下她,笑着说:"一定。"

等改改离开后,姬鑫成自己抓好了两盘子凉粉,又提了一瓶"竹叶青"酒,独自走向了那幢楼房所在的院子。他告诉门口站岗的宪兵,他要去见一见高桥本太郎大佐,他是来向他告别的,因为他的凉粉摊摊不开办咧。

院子门口穿黑西装的特工认识姬鑫成,就过来对宪兵比画着说了半天,然后就放行啦。

姬鑫成径直上到了三层楼上,没等迈着碎步的侍女走过来,他就直接推开了那道屏风门,直接穿着那双大棉鞋踩在了榻榻米上。

他看到了独自坐在那里的高桥本太郎。

高桥本太郎一下子憔悴了,平时总刮得干净的下巴上已长满了杂乱的胡子,看上去老相了许多。他面前的茶几上摆着一副围棋,正一个人无聊地下着,隔上好半天,扔上去一颗子。

姬鑫成没等他招呼,就大咧咧地走过来,放直腿直接坐在了他的对面,笑着说:"我不会盘腿,不会你们日本人的那种遭罪坐法。"

高桥本太郎就显得宽容地说:"你随便坐。"

姬鑫成放下手里的凉粉和酒,说:"我不开凉粉摊咧,准备回家呀。所以,我来向你道个别。感谢你这么长的时间,一直对我这个凉粉摊摊的关照。"

高桥本太郎微微笑了一下,说:"关照谈不上。主要是我女儿高桥幸子喜欢去吃。"

姬鑫盛听他说到高桥幸子,就问道:"我已经有好些日子没有看到高秋兰、噢么,应该是高桥幸子小姐去吃凉粉咧。所以,我今天带来两盘子……"

高桥本太郎摆了一下手,说:"哦,是这样,我已经奉调回国了,也不再在军中任职了。前两天,我已将幸子和她妈妈,就是我妻子横田美枝子先送走了,她们先到东北,然后将从朝鲜转道回日本国。"

姬鑫成沉思了一下,说:"是不是因为这次中毒的事……"

高桥本太郎点了一下头,语气有些哀伤地说:"有这个原因。其实,本来就一直有人想整垮我的,许多人都很眼红这个盐田株式会社的职务呢,包括军队里面的一些人,又正好出了这件事,日本陆军情报总部知道了,就连天皇都知道了,还发了火。我就只好回国接受处分了。"他看了一眼姬鑫成,继续说:"你今天还真来得巧,晚来一天,咱们还真见不着了。一会儿,武治君要亲自带着人来送我启程的。从今天起,就由武治君接任盐田株式会社的社长了。"

姬鑫成有点弄不懂,就说:"他不是河东城宪兵司令么?"

高桥本太郎就撇了撇嘴,语带讥讽地说:"宪兵司令他还兼着呢,那是武行;再做这个株式会社的社长,就是商行了。要知道,株式会社这里主要就是做生意,既然是做生意,那就会有钱赚的。所以,他们都很看重这个社长职务的。"他很有意味地笑了笑,说:"明白了吗?"

正说着,就听见楼梯上传来一阵脚步声,随即,就听见了武治片山那阴沉沉的声音,说:"高桥君,你的准备好了吗?准备好了,就开路的。"说着话,他就拉开了屏风门,一眼看到了坐在那儿的姬鑫成,就惊奇地说:"卖凉粉的小老板,你的,干什么的来了?"

姬鑫成笑着说:"我听说高桥社长要离开了,就准备了一瓶'竹叶青',来给他送行。正好武治司令官也赶上了,那就共同来干一杯吧。"说着,他就自来熟地从茶几下摸出三个高脚酒杯,倒好了三杯酒,先往自己跟前放了一杯,再给高桥本太郎面前放了一杯,然后把第三杯推给了武治片山。

武治片山看到真的是中国的名酒"竹叶青",就也忍不住想喝上一杯了。虽然他有点儿警惕,但看到姬鑫成也倒了一杯,便放心了。今天,武治片山竟然穿了一件中国式的蓝色长衫,圆口布鞋,打扮很中国化的。于是,他也轻松地盘腿坐了下来。

姬鑫成又把两盘凉粉打开放好,说:"既然幸子小姐吃不上咧,我们就替她吃了吧。你们是咋着说来着?叫'米西',我们就米西掉吧。"然后就端起杯子,邀请他们说:"来,我们干一杯。"然后一仰脖子,把那杯酒喝干了。

高桥本太郎和武治片山一看姬鑫成喝干了,心里存的那点疑心也就没有了,便一仰头,也喝干了杯中的酒。

姬鑫成看到他们两人都喝干了杯子里的酒,就又给他们的杯子里倒满了,然后说:"这第二杯酒么,我要代表一个人敬你们二位。"

武治片山有点奇怪地说:"赛老板,还有谁让你代表他来敬我们?是我们的朋友吗?"

姬鑫成举起酒杯说:"干杯,干了杯我就告诉你。"

武治片山端起杯子，迫不及待地就喝干了，然后看着姬鑫成，问："好吧，告诉我他是谁？"

姬鑫成说："他已经是一个死人咧。"

高桥本太郎刚端起杯子抿了一口，一听这话，似乎明白了些什么，就淡淡地笑了一下说："你代表'夜来香'，就是那个厨师，我说的没错吧，姬老板？"

武治片山更加奇怪了，说："你的姓姬？你的不是赛老板吗？"

姬鑫成一听高桥本太郎这样叫他，心里明白他已经清楚自己的身份了，就也笑了一下说："高桥社长知道我姓姬，而不是姓赛了？"

高桥本太郎苦笑了一声说："我女儿幸子在临走时特地叮嘱我，不要难为她的大哥哥姬老板。我这才知道你原来是姓姬，这确实让我大吃一惊。就问幸子是怎么知道的？她说是有一次和珍儿姑娘去吃凉粉，听到珍儿姑娘那样叫你的。于是，一切我就都明白了。"他的身子晃了一下，但还是双腿跪在了地板上，向着姬鑫成鞠了一躬，说："不管怎么样，我要感谢您在危急时刻，救了我的妻子和我的女儿，玛考道尼，啊里鹅阿道－高扎依依玛丝（非常感谢您）！"他又一次鞠躬。

姬鑫成就明白，那天珍儿姑娘这样失口叫自己，高秋兰听见了，但她却一直悄悄地把这些压在了心底。她也一直没有开口叫过他"大哥哥"，却在心里称他为"自己的大哥哥"，看来她一直是把他当成"大哥哥"的哩。他动情地说："幸子小姐，她的中国名字叫秋兰，就是我们中国大地上的兰花，高洁的兰花哩。你的女儿多么可爱呀，她真的是我的好妹子哩。还有你的太太，她们都是好人，都应该是我们的朋友，都不应该成为这场可诅咒的战争——对了，这句话我还是听中村先生从口里骂出来的哩。她们都不应该成这场可诅咒的战争的殉葬者。我说得对么？高桥君？"

高桥本太郎深深地垂下了头，说："我根本不想来中国的，可我是天皇的臣民,我做不了自己的主。我欠下了中国人的血债,我应该还。"他抬起头看着姬鑫成,说:"当我知道了你原来姓姬,我就猜出你的身份了,也知道你会来找我的,我一直在等着你!"

武治片山猛地跳了起来,大声说:"八嘎,你的是支那特工……"他身子猛地摇晃了一下,一下子摔倒在地板上了。

姬鑫成轻蔑地看了他一眼,说:"你最好乖乖地坐下别动,越动作,越喊叫,毒药发作越快。我忘了告诉你们两个了,我在这'竹叶青'里加了剧毒氰化钾,还有我研制的马钱子碱。现在,就是天王老子也救不了你们了。你就乖乖地坐下来吧。"

武治片山还是大喊了一声:"来、来人哪!"

屏风门猛地被拉开了,两个日本宪兵出现在门口。

姬鑫成抓起一个高脚杯,一下子摔破了杯子,将锋利的玻璃碴子对在武治片山的脖子上,说:"你还是别让他们进来,不然,我手一动,你死得更快,也更惨。"

没等武治片山开口,只见高桥本太郎冲着两个宪兵摆了一下手,喊了一句什么,那两个日本宪兵疑惑地相互对看了一下,又慢慢地将屏风门拉上了。

姬鑫成笑了一下,看着武治片山说:"都是你,乱喊乱叫,让我这第二杯酒没喝上。好吧,我就用瓶子吧。我们中国人叫吹喇叭哩,你们听,多好的比喻么。现在,我就告诉你第二杯酒我代表谁?高桥社长,你真聪明,我就是代表那个胖厨师,他的代号就叫'胖子',也确实是和我从小在一起长大的哥们。不过,他是真正的共产党,一个真正抗击你们这些倭贼的中国男人!"

这会儿,武治片山已经捂着肚子,趴在地板上痛苦地呻吟起来。

高桥本太郎的脸上也出现了痛苦的神色,但他还是强忍着,问道:"那么,你告诉我,谁是'夜来香'?"

姬鑫成哈哈大笑起来，他强挣着身子站了起来，双手叉着腰，居高临下凛然地看着高桥本太郎和瘫痪在地板上的武治片山，大声说："我才是真正的'夜来香'哩，这只是我在军统的代号。我告诉你们，我还在中共有个代号，就是你们经常叫我的赛老板赛冬一，这其实就是我在重庆特工训练班的编号三〇一。说实话哩，我在重庆特工训练班结业的时候，他们都夸我是个特工奇才，我还不信哩。没想到我就在你这个特务大本营的门口卖了这么长时间的凉粉，获取了你们那么多的情报，你这个大佐特务就没有把我识破呀！咱们之间的这场情报战，这场较量，看来还是你们这些小日本失败咧！哈哈哈。"

……

据说，姬鑫成那天下午豪放的大笑声冲破了那幢楼房，一直回荡在初春的旷野上。守卫在门口的那些日本宪兵和穿着黑西装的特工们都听见了。他们说他们日本人从来没有这么大笑过，他们也从来没有听到过这么宏亮这么有穿透力的笑声。

由于高桥本太郎和即将接任社长的武治片山都中毒死了，盐田株式会社这个日军驻河东特高课分支机构就彻底地垮掉咧。

周也夫在接到姬鑫成让改改转交给他的那把"掌心雷"后，就知道姬鑫成已抱定必死的决心了。他十分惋惜地望空长叹一声说："壮哉，姬鑫成！惜哉，姬鑫成！"

尾声

爷爷姬鑫成的双面特工的投毒史和罗曼史就到这里了。

因为爷爷姬鑫成也死了，主人公已死，故事就失去了往下发展的理由了。姬鑫成喝了自己亲手掺进氰化钾和马钱子碱的"竹叶青"毒酒啊，而且他也根本没有想按照肖小艳教给他的办法，再把毒酒呕吐出来。他的哥们张明生死得那样惨烈，他怎么能心安理得地活下去呢？他要替张明生复仇，然后到另一个世界里和他做哥们儿。

我不知道周也夫后来怎么样了，只是听村子里的老人们说，就在河东城快解放的时候，有一天，村子里开来了一辆屎壳郎车，直接开到了我家的门前，从车上下来一个穿着笔挺的国军制服的人，肩膀上有一颗星金光闪闪。那会儿父亲已大啦，他站在门前望着来人不知所措。那军官盯着父亲看了半天，问清了这就是爷爷姬鑫成的家，就从怀里掏出两根金灿灿的东西，让父亲带回去交给家里人。这时候，我那大脚板奶奶姬春贤闻声后，就咚咚咚地一阵风从屋子里刮了出来，把我的父亲往身后一拽，然后冲着来人说："你找错人家咧，我家没有这个人！"然后就哐当一声关了大门。

那军官默默地站了一会儿，无声地苦笑了一下，叹口气，就转身上车走了。

至于爷爷姬鑫成的那位红颜知己肖小艳，我一直没有打听到她的下落和结局。但有一点是可以肯定的，她最后应该是坚定不移地站到了共产党方面了。后来，我在一本描写抗战题材的纪实文学上看到有这么一个女子，名字叫肖捷，她曾一个人带着一把盒子枪，还有一个抗日工作队的印章，就去开拓自己的战场了，仅半年工夫，她就在冀中组建起了一支一百多人的游击队，自任队长，神出鬼没地和日本鬼子展开了搏斗。她使用双枪，百发百中，经常骑一匹白马，在华北冀中一带的老百姓都称呼她"女飞侠"。那一带的日伪军提起她就闻风丧胆，经常赌咒发誓说："我要是咋咋了，让我出门碰见女飞侠！"

这位叫肖捷的"女飞侠"还有着一副非常好非常亮的嗓子，经常把抗日的事情编成戏词儿来唱给大家听，宣传效果自然好得多咧。

但我不知道她是不是肖小艳儿！

而改改，则是没有她的任何一点儿消息了，作为一名抗日锄奸队员，也许她早已在和日本鬼子的拼杀中献身，魂归河东大地了。

对了，还有那个开妓院、后来又成了军统联络站的万太礼，在解放后的镇反中被枪毙了。据说是作为历史反革命定的性。

还有那个日本人成田次郎，不知道他到西安参加反战同盟后怎么样了？抗战结束后他回到了他的九州了么？

当年，那座千年小桥也早已被拆掉咧，现在是一座非常宽阔的水泥大桥，据说是一位从台湾回来的老兵捐建的。

我站在这座桥上，默默地凭吊着爷爷姬鑫成的英魂。

我想，如果爷爷姬鑫成当年不那样冲动，不那样去死，凭着他的聪明和才智，凭着他那种天生的特工奇才，也许他还会有更多建树的，也许还会演绎出更多的传奇来哩。但他就是那样子壮烈地赴死咧，就为了给自己哥们儿的一个承诺：一定要替他报仇！

我也知道，爷爷的尸骨也肯定不存在咧。在当时日本人控制下的河东城里，他的尸体也一定是被当作敌对方不知抛弃到哪里去咧！

在爷爷和奶奶合葬的墓穴里，爷爷姬鑫成仍然只是一块镴砖。但我在爷爷和奶奶的坟头上立了一块碑，郑重地写上了"抗战英烈姬鑫成之墓"，也写上了奶奶姬春贤的名字，和爷爷姬鑫成的大名并列着。而且我将爷爷姬鑫成的投毒事迹刻在了碑的背面，我用这样的方式为爷爷姬鑫成平反。我告诉后人，我的爷爷姬鑫成原来是咋样的一个人，他应该是一个真正的特工，一个英雄，一个真正的抗战英雄哩。

这就是我的爷爷，一个双面特工的投毒史和罗曼史。